KNAUR

Aus dieser Reihe sind bereits im Knaur Taschenbuch erschienen:
Giftspur
Schwarzer Mann
Sühnekreuz
Totengericht

Über die Autoren:

Daniel Holbe, Jahrgang 1976, lebt mit seiner Familie im oberhessischen Vogelsbergkreis. Insbesondere Krimis rund um Frankfurt und Hessen faszinieren den lesebegeisterten Daniel Holbe schon seit geraumer Zeit. So wurde er Andreas-Franz-Fan – und schließlich selbst Autor. Als er einen Krimi bei Droemer Knaur anbot, war Daniel Holbe überrascht von der Reaktion des Verlags: Ob er sich auch vorstellen könne, ein Projekt von Andreas Franz zu übernehmen? Daraus entstand die *Todesmelodie,* die zu einem Bestseller wurde. Mit *Giftspur* hat Daniel Holbe seine eigene Reihe begründet; *Blutreigen* ist der mittlerweile fünfte Fall für das Ermittlerduo Sabine Kaufmann und Ralph Angersbach.

Ben Kryst Tomasson, Jahrgang 1969, ist Germanist und Pädagoge und promovierter Diplom-Psychologe. Ehe er sich ganz dem Schreiben gewidmet hat, war er einige Jahre in der Bildungsforschung tätig. Tomassons Leidenschaften sind die Geschichten, die das Leben schreibt, die vielschichtigen Innenwelten der Menschen, Motorradfahren und Reisen zu jenen Orten, an denen Sonne und Meer sich treffen. Tomasson ist verheiratet und lebt in Kiel. Im Frühjahr erscheint im Droemer Taschenbuch der erste Band seiner Reihe um den Göteborger Kommissar Forsberg.

DANIEL
HOLBE
BEN TOMASSON

Blutreigen

Kriminalroman

KNAUR

Besuchen Sie uns im Internet:
www.knaur.de

Aus Verantwortung für die Umwelt hat sich die Verlagsgruppe Droemer Knaur zu einer nachhaltigen Buchproduktion verpflichtet. Der bewusste Umgang mit unseren Ressourcen, der Schutz unseres Klimas und der Natur gehören zu unseren obersten Unternehmenszielen. Gemeinsam mit unseren Partnern und Lieferanten setzen wir uns für eine klimaneutrale Buchproduktion ein, die den Erwerb von Klimazertifikaten zur Kompensation des CO_2-Ausstoßes einschließt.
Weitere Informationen finden Sie unter: www.klimaneutralerverlag.de

MIX
Papier aus verantwortungsvollen Quellen
FSC www.fsc.org
FSC® C083411

Originalausgabe Dezember 2020
Knaur Taschenbuch

Redaktion: Regine Weisbrod
Covergestaltung: ZERO Werbeagentur, München
Coverabbildung: Julie Ginger Conner / Arcangel Images
Satz: Adobe InDesign im Verlag
Druck und Bindung: CPI books GmbH, Leck
ISBN 978-3-426-52589-0

5 4 3 2 1

Die Handlung dieses Buches ist um den Bad Vilbeler Markt angesiedelt, ein Volksfest mit langer Tradition. Ganz bewusst haben wir dabei Sachverhalte und Zusammenhänge verfälscht, um zu vermeiden, mit realen Personen oder Begebenheiten in Konflikt zu geraten. Vergessen Sie also bitte nicht: Diese Geschichte und sämtliche Beteiligte sind frei erfunden!

1

Zehn Tage vor dem Bad Vilbeler Markt

Der Vogelsberg ließ ihn nicht los. Nachdem sich der Traum vom eigenen Haus in Fuchsrod zerschlagen hatte, konnte er seiner Mietwohnung in Gießen noch weniger abgewinnen als zuvor. Das einzig Positive war der kurze Weg zum Präsidium. Aber jedes Mal wenn Ralph Angersbach seinen Vater besuchte und durch die herrliche Landschaft mit ihren ansteigenden Hügeln und den bewaldeten Bergrücken, den Flickenteppichen aus Wiesen und Feldern und den schmalen, gewundenen und wenig befahrenen Straßen unterwegs war, blutete ihm das Herz. Hier gehörte er hin, hier wollte er leben.

Das Geld dafür hätte er; nach dem Verkauf des Hauses in Okarben, das ihm seine Mutter vermacht hatte, war zumindest für eine Anzahlung genügend Kapital vorhanden. Für seine Halbschwester Janine, die er zusammen mit jenem Haus in der südlichen Wetterau geerbt hatte, musste er nicht mehr sorgen. Sie lebte in einer Wohngemeinschaft in Berlin, zusammen mit Morten, einem australischen Jurastudenten. Seit dem letzten Herbst besuchte sie die Abendschule, um ihr Abitur nachzuholen. Sie hatten nur selten Kontakt; er mochte sich nicht aufdrängen, und Janine hatte so viel anderes zu tun, aber er war froh, dass es sie gab. Wenn er daran dachte, dass sie plante, nach dem Abitur und Mortens Abschluss mit ihm nach Australien zu gehen, zog sich ihm der Magen zusammen. Und das nicht nur wegen allerlei giftiger Tiere und der immer heißer werdenden Sommer. Aber noch waren das zum Glück ungelegte Eier.

Weitaus mehr beschäftigte ihn der Wunsch nach einem eigenen Haus. Eines, das so aussah wie das seines Vaters. Sein alter Herr hatte schon einige Male vorgeschlagen, ebenfalls eine Wohngemeinschaft zu gründen, aber das war ihm dann doch zu eng. Zumal die anderen Mitbewohner, an die sein Vater dachte, als ergraute Hippies und Altachtundsechziger im Hinblick auf den Konsum von Rauschmitteln nicht unbedingt gesetzestreu waren; etwas, das Ralph nicht akzeptieren konnte.

Nein, er wollte etwas Eigenes.

Deshalb fuhr er jedes Wochenende kreuz und quer durch den Vogelsberg, in der Hoffnung, irgendwo die Perle zu entdecken, von der er träumte. Schließlich war er schon einmal auf ein Schmuckstück gestoßen, das gerade zum Verkauf stand, damals in Fuchsrod. Dass aus dem Hauskauf nichts geworden war, stand auf einem anderen Blatt.

Angersbach steuerte den alten grünen Lada Niva über eine holprige Nebenstraße, während er den Blick über die Häuser rechts und links seines Wegs schweifen ließ.

Tatsächlich war die Suche nach der Perle eher eine nach der Nadel im Heuhaufen. Je länger er sich damit beschäftigte, desto mehr beschlich ihn das Gefühl, dass es das, was er sich erträumte, gar nicht gab. Es mangelte freilich nicht an leer stehenden Immobilien, doch mittlerweile wusste Ralph recht gut zu entschlüsseln, was sich hinter blumigen Begriffen wie »Heimwerker-Paradies« oder »Schmuckstück zum Wiederbeleben« verbarg. An die eine Ausnahme, die seinen Traum noch übertroffen hätte, dachte er lieber nicht. Dieses Haus wäre selbst dann unerschwinglich gewesen, wenn man ihn schon vor Jahren ein paar Gehaltsklassen höher eingestuft hätte.

Er zuckte zusammen, als sein Smartphone auf dem Beifahrersitz zu vibrieren begann. Mit einer Handbewegung, die inzwischen in Fleisch und Blut übergegangen war, schaltete er das Gespräch per Bluetooth auf sein Autoradio; eine Modernisierung, die er sich vor einiger Zeit gegönnt hatte. Aufs Display sah er nicht. Deshalb traf ihn die Stimme, die aus dem Lautsprecher erschallte, wie eine Sturmbö.

»Angersbach?«, schnarrte der Anrufer.

Es war Kriminaloberrat Horst Schulte, Koordinator der Abteilung für Gewaltdelikte bei der Regionalen Kriminalinspektion Friedberg. Derselbe Mann, der auch verantwortlich für das Projekt »Mordkommission in Bad Vilbel« gewesen war. Das Experiment, zwei Außenstellen des K10 in der Polizeistation Bad Vilbel zu schaffen, hatte nicht überall für Begeisterung gesorgt. Schon gar nicht beim dortigen Dienststellenleiter. Ralph Angersbach war einer der beiden Kommissare gewesen, gemeinsam mit Sabine Kaufmann. Seine Gedanken kehrten zu dem Anrufer zurück, der in der Leitung auf eine Antwort wartete.

»Ja! Am Apparat.« Obwohl er dank Bluetooth beim Fahren telefonieren konnte, lenkte Ralph den Wagen an den Straßenrand und stellte den Motor ab. Er hatte den Verdacht, dass er für das Gespräch seine gesamte Konzentration brauchen würde.

Schulte kam sofort auf den Punkt, er war kein Mann, der lange um den heißen Brei herumredete. »Ich nehme an, Ihnen ist bekannt, dass der Bad Vilbeler Markt vor der Tür steht?«

»Ja.« Auch wenn Ralph mittlerweile wieder in Gießen und damit einem anderen Bezirk zugeordnet war, bekam er von den umfangreichen Vorbereitungen immer etwas mit. Das Volksfest blickte auf eine fast zweihundertjährige Tradition zurück und wurde Mitte August ausgerichtet. Nach mehreren furchtbaren Anschlägen auf feiernde Menschen in verschiedenen Städten war in den vergangenen Jahren das Sicherheitskonzept für diesen Markt deutlich ausgebaut worden. Immer wieder wurden externe Beamte angefordert, und immer mehr versuchte man dennoch, einen normalen Anschein zu wahren. In seiner Zeit in Bad Vilbel hatte Ralph Angersbach den Markt allerdings gemieden. Er hatte diesen Massenveranstaltungen noch nie etwas abgewinnen können, zu viele Menschen auf viel zu engem Raum: um Aufmerksamkeit heischende Marktschreier, kreischende Jugendliche in den Fahrgeschäften, grölende Betrunkene, plärrende Kinder, schimpfende Eltern … Und dazu die laute Musik, die einen von allen Seiten beschallte und sich, zusammen mit den surrenden Motoren der Karussells, zu einer Kakophonie mischte, die nichts als ohrenbetäubender Lärm war.

»Das betrifft auch Ihre ehemalige Dienststelle. Die Kollegen spielen im Sicherheitsmanagement eine wichtige Rolle. Ich habe die Koordination übernommen. Der Kollege Möbs ist ja mittlerweile im Ruhestand.«

Ralph war für einen Moment überrascht, obwohl es ihm hätte bewusst sein müssen. Konrad Möbs, der damalige Dienststellenleiter, hatte zwar seit vielen Jahren immer wieder seinen neunundvierzigsten Geburtstag gefeiert, aber jeder hatte gewusst, wie alt er wirklich war. Ralph rechnete nach. Inzwischen musste Möbs fünfundsechzig sein. Möbs war froh gewesen, als man das K10 zunächst auf eine Stelle reduziert und schließlich ganz eingestampft hatte und erst Ralph Angersbach und ein Jahr später Sabine Kaufmann aus Bad Vilbel weggegangen waren, Angersbach zurück zum K11, der Mordkommission der RKI Gießen, Kaufmann nach Wiesbaden zum LKA.

»Hm«, brummte Ralph. Was sollte er auch dazu sagen? Doch ihm schwante nichts Gutes.

Schulte räusperte sich. »Weshalb ich Sie anrufe: Wir haben ein Problem.«

»Aha?« Was immer es sein mochte, es ging ihn nichts an. Auch wenn die Polizeistation Bad Vilbel genau wie die RKI Gießen zum Polizeipräsidium Mittelhessen gehörte – sein Job waren Kapitalverbrechen, nicht die Erstellung von Sicherheitskonzepten für Großveranstaltungen.

Schulte hörte offenbar die Ablehnung in seiner Stimme. »Ich weiß, dass Sie damals nicht im Frieden auseinandergegangen sind. Aber Konrad ist nicht mehr da. Und mit den anderen Kollegen haben Sie sich doch gut verstanden?«

Das musste Angersbach einräumen.

»Also, die Sache ist die: Wir haben ein Drohschreiben erhalten. Von einem unbekannten Absender.«

»So?« Ralph verspürte ein unangenehmes Kribbeln im Nacken. »Was steht darin?«

»Der Absender kündigt an, dass es einen Anschlag geben soll. Auf die Polizei Bad Vilbel. Er schreibt, das Attentat solle den *krönenden Abschluss* des diesjährigen Marktes bilden.«

Angersbach wurde innerlich kalt. Das war nichts, was man auf die leichte Schulter nehmen durfte.

»Ich komme«, sagte er rau.

»Danke.« Obwohl Schulte vermutlich nichts anderes erwartet hatte, wirkte er erleichtert. »Sie finden mich in meinem Büro in Friedberg.«

Sabine Kaufmann drehte den Hahn über der Wanne zu und goss ein wenig von dem teuren Badezusatz ins Wasser, den sie sich gegönnt hatte. Ein angenehmer Duft nach Lavendel breitete sich aus. Sie legte ihre Kleidung ab, faltete sie auf dem Hocker neben dem Waschbecken und steckte den rechten großen Zeh ins Wasser. Die Temperatur war perfekt. Mit einem Seufzen ließ sie sich in die Wanne gleiten.

Auf diesen Moment hatte sie sich schon die ganze Woche gefreut. Sie fühlte sich überarbeitet und ausgelaugt. Zu viele Fälle, zu viele undurchsichtige Geschäfte, zu viel Zeit am Schreibtisch. Die Jagd nach Tätern, die in die Zuständigkeit des Landeskriminalamts fielen, war eine deutlich trockenere Angelegenheit als die Suche nach gewöhnlichen Mördern. Häufig ging es um Organisierte Kriminalität. Ehe eine Festnahme erfolgen konnte, mussten Verdächtige oft monatelang observiert werden. Es gab Unmengen von Papieren durchzuarbeiten. Alles in allem kam sie zu selten auf die Straße.

Kaufmann lehnte den Hinterkopf an den Wannenrand und schloss die Augen. Die Wärme löste die verkrampfte Muskulatur in Schulter und Nacken, und sie spürte, wie sie sich entspannte. Aus dem eingebauten Radio neben der Tür ihres Badezimmers perlte leise Musik. Es war eine der Annehmlichkeiten der Wohnung im Wiesbadener Stadtteil Dotzheim, die sie direkt nach der Grundsanierung und Renovierung bezogen hatte. Entsprechend hoch war die Miete, fast tausend Euro warm. Aber da sie ansonsten so gut wie keine Ausgaben hatte, konnte sie sich den Luxus leisten.

Ihr Kopf wurde schwer und füllte sich mit einer angenehm dumpfen Leere. Beinahe wäre sie eingedöst, doch da schrillte das Telefon im Wohnzimmer. Sabine öffnete die Augen und stöhnte.

Nein. Nicht jetzt, beschloss sie.

Es klingelte fünf-, sechs-, siebenmal, dann brach der Klingelton ab.

Na also.

Kaufmann lehnte sich lächelnd zurück und schloss die Augen wieder.

Im Wohnzimmer erklang die Melodie ihres Handys.

»Verdammt.« Warum hatte sie das Gerät nicht mit ins Bad genommen und auf den Hocker neben der Wanne gelegt?

Weil sie nicht telefonieren, sondern ihre Ruhe haben wollte, antwortete sie sich selbst. Doch der Anrufer war hartnäckig. Das Klingeln des Smartphones brach ab, als sich die Mailbox einschaltete, setzte aber zehn Sekunden später erneut ein.

Offenbar war es wichtig.

Sabine stieg seufzend aus der Wanne, rieb sich notdürftig mit dem flauschigen Handtuch ab, das sie bereitgelegt hatte, und schlüpfte in den Bademantel. Dann lief sie ins Wohnzimmer, gerade als das Smartphone zum dritten Mal zu klingeln begann. Sie nahm es zur Hand und sah, dass der Anrufer ihr Vorgesetzter war, Kriminaloberrat Julius Haase.

Was vermutlich bedeutete, dass es Arbeit gab.

Eine halbe Stunde später fuhr sie mit ihrem silberfarbenen Renault Zoe auf der A66 von Wiesbaden in Richtung Frankfurt. Am Nordwestkreuz wechselte sie auf die A5 nach Norden. Gut fünfzehn Kilometer, dann kam die Abfahrt zur B455 nach Friedberg. Sabine durchfuhr die erste Stadt, Rosbach, um festzustellen, wie sehr sich alles verändert hatte. Neue Straßen, ein ganz neues Wohnviertel. Der äußerste Speckgürtel des Rhein-Main-Gebiets mit direkter Anbindung an die Autobahn. Sie erreichte Friedberg und passierte einen Kreisel, der so gebaut worden war, dass die US-Panzer der hiesigen Kaserne ihn bei Manövern über eine Schranke direkt überfahren konnten, und nahm die erste Ausfahrt, die sie entlang eines Industriegebiets zur Regionalen Kriminalinspektion führte. Ein Weg, den sie immer noch auswendig beherrschte. Während sie ohne Eile die letzten paar Hundert Meter fuhr, dachte Sabine darüber nach, was ihr Chef Julius Haase ihr mitgeteilt hatte.

Kriminaloberrat Horst Schulte aus Friedberg hatte sich ans Landeskriminalamt gewandt, weil bei der Polizeistation Bad

Vilbel ein Drohbrief eingegangen war. Man kündigte einen Anschlag auf die Polizei im Zusammenhang mit dem Vilbeler Markt an. Für solche Dinge war das LKA zuständig.

Es rührte sie, dass ihr ehemaliger oberster Vorgesetzter aus ihrer Zeit in der Mordkommission in Bad Vilbel explizit darum gebeten hatte, sie für diesen Fall abzustellen. Trotzdem widerstrebte ihr dieser Ausflug in die Vergangenheit. Nicht nur, weil sie und Konrad Möbs, der Bad Vilbeler Dienststellenleiter, alles andere als freundschaftlich auseinandergegangen waren. Bad Vilbel beschwor noch eine Reihe anderer unangenehmer Erinnerungen herauf.

An die letzten Jahre, die sie dort zusammen mit ihrer Mutter gelebt hatte, weil diese nicht allein zurechtkam – paranoide Schizophrenie, die sich auch mit Medikamenten nicht hundertprozentig kontrollieren ließ. Ihre Mutter hatte Betreuung und Hilfe gebraucht. Das war oft schwer gewesen, und Sabine hatte sich manches Mal gewünscht, die Dinge wären anders. Bis zu dem Tag, an dem man Hedwig Kaufmann ermordet hatte.

Seit ihre Mutter tot war, vermisste sie sie schmerzlich. Statt sich der Trauer zu stellen, war sie geflohen. Es war einer der Gründe für ihre Entscheidung gewesen, zum LKA nach Wiesbaden zu gehen. Nach Bad Vilbel kam sie nur noch, um das Grab ihrer Mutter zu besuchen, und das tat sie nicht oft. Es wühlte zu vieles auf, und sie konnte nicht gut damit umgehen.

Als sie die ersten Häuser von Friedberg erblickte, kamen ihr die Tränen. Vielleicht hätte sie doch auf Haase hören sollen, der ihr bei ihrem Dienstantritt beim Landeskriminalamt geraten hatte, sich Hilfe bei einem Psychotherapeuten zu holen. Den Mord an der eigenen Mutter zu verkraften war nichts, was man allein gut bewältigen konnte. Sie hatte seine Empfehlung in den Wind geschlagen, weil sie nicht noch mehr aufwühlen wollte. Ohnehin hatte sie sich schon wie ein leckgeschlagenes Schiff gefühlt. Ein Therapeut hätte sich nicht damit zufriedengegeben, ihre Gefühle in Bezug auf den Tod ihrer Mutter zu besprechen. Er hätte auch in ihrer Vergangenheit gewühlt und über den Vater reden wollen, der die Familie verlassen hatte, als Sabine ein kleines Mädchen gewesen war, um irgendwo in der spanischen Sonne ein neues Leben anzufangen. Doch mit diesem Thema wollte sie sich nicht auseinandersetzen, wie mit so vielen anderen auch nicht. In der letzten Zeit hatte sie allerdings der Verdacht beschlichen, das wachsende Gefühl der Leere, das sie von innen heraus aufzufressen schien, könnte womöglich etwas damit zu tun haben, dass sie alle Probleme in die dunklen Kellerräume ihrer Seele verbannte, statt sich ihnen zu stellen.

Doch jetzt gab es zunächst anderes zu tun. Bad Vilbel stand der Marktbeginn bevor, und nun drohte ein Verrückter mit einem Anschlag auf die Polizei. Sie musste herausfinden, wer derjenige war, und ihn unschädlich machen, im besten Fall, ehe das Volksfest begann. Das Letzte, was die Stadt brauchte, war eine blutige Katastrophe, die sich ausgerechnet hier abspielte. Sie lenkte den Zoe auf den Parkplatz der Regionalen Kriminalinspektion und blinzelte. Neben dem silbernen E-Klasse-Mercedes, der, wie sie wusste, Horst Schulte gehörte, parkte ein dunkelgrüner Lada Niva.

Kaufmann kannte nur einen Menschen, der eine derart in die Jahre gekommene, schlecht gefederte und hässliche Schrottkiste fuhr.

2

Ostdeutschland, vier Jahre vor der Wende

Die Zeit verrann unerbittlich. Kostbare Sekunden, Minuten. Wenn sie sich nicht bald auf den Weg machten, würden sie zu spät kommen. Aber die Männer in den grauen Uniformen hatten keinen Grund, sich zu beeilen. Sie genossen ganz offensichtlich, was sie taten.

Schubladen und Schranktüren wurden aufgerissen, der Inhalt herausgezerrt und auf dem Boden verteilt. Papiere wurden durchwühlt, Dokumente gründlich geprüft. Es klirrte, als einer der Volkspolizisten die Besteckschublade umdrehte und Messer, Gabeln und Löffel zu Boden fielen.

Rico ballte die Fäuste, öffnete und schloss die Hände immer wieder. Er hörte den eigenen Herzschlag, und das Blut rauschte ihm in den Ohren. Sein ganzer Körper kribbelte. Warum waren sie ausgerechnet heute gekommen?

Sein Vater stand an der Wand, schmal und stocksteif, die Arme verschränkt, das Gesicht wachsweiß. Die Haare hingen ihm strähnig ins Gesicht. Er wollte es sich nicht anmerken lassen, aber Rico kannte seinen Vater. Er wusste, dass er Angst hatte.

Wenn sie etwas fanden, das ihr Misstrauen erregte, wenn sie sie mitnahmen, war alles verloren.

Rico schloss die Augen. Er musste an etwas anderes denken. An die Zukunft. Wie er mit seinen neuen Fußballschuhen über den Platz stürmte, den Ball eng führte, die gegnerische Abwehr spielerisch umdribbelte und abzog. Tor! Er riss die Arme hoch, hörte das begeisterte Johlen der Zuschauer. Dann waren seine Mitspieler bei ihm, klatschten ihn ab, schlugen ihm auf die Schulter, rannten ihn fast über den Haufen. Er schaute zur Ehrentribüne, wo Franz Beckenbauer saß. Der Bundestrainer hob den Daumen für ihn!

Ein harter Knall.

Rico riss die Augen auf.

Einer der Volkspolizisten schlug mit seinem Gewehrkolben auf das Schloss der Schreibtischschublade. Es sprang auf, und der Mann riss die Unterlagen heraus. Der Anführer blätterte sie durch. Er hatte ein hässliches Mopsgesicht, tief liegende Augen und dicke Tränensäcke darunter, dazu einen breiten Mund mit wulstigen Lippen, die sich jetzt wütend verzerrten. Er warf die Papiere auf den Boden und gab seinen Männern einen Wink.

»Wir ziehen ab.«

Schwere Stiefel auf den Holzbohlen, das Scheppern der Ausrüstung, finstere Mienen. Dann war nur noch der Anführer im Raum. Er hob drohend den Zeigefinger. »Dieses Mal hast du Glück gehabt. Aber verlass dich nicht darauf. Wir haben ein Auge auf dich.«

Damit wandte er sich ab und folgte seinen Männern. Ricos Vater stöhnte auf. »Verdammt.« Sein Blick wanderte zur Uhr über der Anrichte. »Schon so spät.«

Er öffnete die Wohnungstür einen Spalt, lauschte ins Treppenhaus. Rico hielt die Luft an. Es war nichts mehr zu hören.

Sie sahen aus dem Fenster.

Vor dem Haus stiegen die Volkspolizisten in ihre Wagen und fuhren davon.

»Los jetzt. Schnell!«

Sein Vater riss die Tür weit auf. Rico beeilte sich, ihm zu folgen.

Hastig liefen sie die Stufen hinunter bis in den Keller. Der Hinterausgang war nicht verschlossen, dafür hatten sie schon am frühen Abend gesorgt. Sie huschten hinaus, kletterten über die Mauer aufs Nachbargrundstück und rannten zu dem kleinen Verschlag, in dem der Nachbar seine Gartengeräte verwahrte. Sein Vater öffnete die Tür und holte die beiden Rucksäcke heraus, die sie am Nachmittag dort deponiert hatten. Darin befand sich alles, was sie mitnehmen wollten. Geld, ein paar Klamotten, einige Erinnerungsstücke. Es war nicht viel, aber Rico war das gleichgültig. Im Austausch für das, was sie zurückließen, würden sie eine Zukunft bekommen.

* * *

Kriminaloberrat Horst Schulte war alt geworden. Das früher volle braunschwarze Haar und die buschigen Augenbrauen, die an einen Habicht erinnerten, waren grau, die Tränensäcke schwerer, die Haut um den Mund herum faltiger. Kein Wunder, dachte Ralph Angersbach. An ihm selbst gingen die Jahre ja ebenfalls nicht spurlos vorbei. Mittlerweile war auch sein Haar von etlichen grauen Strähnen durchzogen, und seit einiger Zeit beobachtete er vermehrten Haarausfall.

Angersbach überlegte, wann er Schulte zuletzt gesehen hatte, und stellte fest, dass die Begegnung bereits einige Jahre zurücklag. Schade eigentlich. Er hatte den energischen und geradlinigen Kollegen immer geschätzt.

Schulte und er hatten in der Sitzgruppe in Schultes Büro Platz genommen. Die Sekretärin hatte Kaffee und Kekse gebracht. Ralph trank einen Schluck. Der Kaffee war zu stark, doch hieß es in der Werbung nicht immer, dass Koffein das Haarwachstum stärke? Mit einem flüchtigen Schmunzeln nahm er sich das Schreiben vor, das die Bad Vilbeler Kollegen an Schulte gefaxt hatten.

In diesem Jahr wird der Vilbeler Markt mit einem Feuerwerk der besonderen Art enden. Der Tod wird den krönenden Abschluss bilden. Denkt daran: Ich habe euch im Visier. Eure Tage sind gezählt. Auf den Sünder wartet das Höllenfeuer. Macht euch bereit und sprecht euer letztes Gebet. Ihr entkommt mir nicht.

Natürlich ohne Unterschrift. Auf dem Umschlag, von dem Schulte ebenfalls eine Kopie erhalten hatte, stand in fetter Arial Black die Anschrift der Polizeistation, der Riedweg in Bad Vilbel, dem Schriftbild nach zu urteilen mit einem Laserdrucker ausgedruckt. Ein Absender fehlte.

Ralph hielt den Zettel hoch. Sein Schmunzeln war verschwunden. »Sicher, dass das nicht nur ein Dummejungenstreich ist?«

Die buschigen Augenbrauen zogen sich zusammen. »Wir haben selbstverständlich sofort das LKA kontaktiert. Es gibt dort Kollegen, die auf linguistische Analysen spezialisiert sind.«

Schulte stand auf und nahm ein Blatt von seinem Schreibtisch. »Der Verfasser zeichnet sich durch eine sichere und differenzierte Verwendung der deutschen Sprache aus«, las er vor. »Der Text lässt auf einen umfangreichen Wortschatz schließen, der gut beherrscht wird. Er ist grammatikalisch korrekt und fehlerfrei. Die hohe Stilsicherheit und Eloquenz deuten auf einen Schreiber mit höherem Bildungsniveau hin, der wenigstens die allgemeine Hochschulreife, eventuell auch einen Hochschulabschluss erworben hat.«

Schulte ließ die Hand mit dem Papier sinken. »Das klingt nicht nach dummen Jungen, oder was meinen Sie?«

»Nein.« Angersbach kniff die Augen zusammen. Wenn man das Schreiben ernst nahm, stand ein gewalttätiger Anschlag auf die Polizeistation zu befürchten. Wäre es dann nicht angebracht, nicht nur die Analyse des Schriftstücks, sondern den ganzen Fall dem Landeskriminalamt zu überlassen, statt einen einzelnen Beamten der Gießener Mordkommission zurate zu ziehen? Er wollte gerade eine entsprechende Bemerkung machen, als es an der Tür klopfte.

Horst Schulte lächelte. »Herein«, rief er.

Ralphs Herz machte einen Satz, als sie eintrat. Obwohl er sich nach den gemeinsamen Ermittlungen in Fuchsrod geschworen hatte, den Kontakt aufrechtzuerhalten, war er wieder abgerissen. Er war einfach unglaublich schlecht in diesen Dingen. Vielleicht hatte er auch Angst davor gehabt, zu hören, wie es Sabine mit den Verletzungen erging, die sie erlitten hatte. Seine gebrochene Rippe war längst verheilt, aber die Erinnerung an den Fall verfolgte ihn oft nachts in seinen Träumen. Wer wusste schon, wie es bei ihr war?

Erst jetzt ging ihm auf, dass er sie vermisst hatte. Das Lächeln entfaltete sich wie von selbst auf seinen Lippen, wurde aber nicht erwidert.

»Ralph.« Kaufmann nickte ihm ernst zu. Sie hatte Berufliches und Privates schon immer besser zu trennen gewusst als er.

Angersbach wusste nicht genau, was er tun sollte. Aufzustehen und sie zu umarmen war zu viel, ein einfaches Händeschütteln im Sitzen zu wenig. Am Ende tat er gar nichts. Es fiel nicht weiter auf, weil Horst Schulte mit großen Schritten auf Sabine zuging. Er fasste sie an den Schultern und schaute sie mit väterlicher Neugier an.

»Frau Kaufmann. Gut sehen Sie aus.« Er ließ sie wieder los. »Ich bin froh, dass Julius meinem Wunsch entsprochen hat.« Schulte wandte sich zu Angersbach um. »Kriminaloberrat Julius Haase, Frau Kaufmanns Vorgesetzter im LKA. Ich habe ihn gebeten, Frau Kaufmann für diese Ermittlung abzustellen. Bei Bedarf werden weitere Kollegen dazukommen. An die Herren Schmittke und Rahn erinnern Sie sich vielleicht noch?«

Ralphs Laune verschlechterte sich zusehends. Natürlich erinnerte er sich. Die beiden LKA-Beamten hatten sie bei einem Fall in ihrer Zeit bei der Bad Vilbeler Mordkommission unterstützt. Zwei aufgeblasene Wichtigtuer, die alles besser wussten und wenig hilfreich waren. Einer rothaarig, einer blond, fiel ihm wieder ein, aber beide gleichermaßen blasse und verwaschene Charaktere. Ralph hatte sie nie auseinanderhalten können. Wozu auch? Nun gut, korrigierte er sich im Stillen, am Ende hatte sich ihre Mitarbeit doch noch als nützlich erwiesen. Trotzdem verspürte er nicht das geringste Bedürfnis, die beiden wiederzusehen.

Er stellte die Kaffeetasse beiseite und stand auf. »Schön. Wenn das LKA die Sache übernimmt, werde ich ja nicht gebraucht. Es fällt ohnehin nicht in meine Zuständigkeit.«

Schulte hob die Hand, Kaufmann die Augenbrauen.

»Das ist alles mit Ihrem Vorgesetzten besprochen«, stoppte ihn der Kriminaloberrat. »Die Regionalkriminalinspektion Gießen stellt Sie für die Zeit der Ermittlungen in Bad Vilbel frei, also bis zum Ende des Vilbeler Marktes.« Er wedelte mit den Armen, als wollte er eine Hühnerschar in den Stall treiben. Ralph und Sabine verstanden es als Aufforderung, sich zu setzen, und nahmen in den grauen Schwingsesseln Platz. Schulte nickte zufrieden und gesellte sich dazu.

»Uns allen ist daran gelegen, dass diese Sache möglichst wenig Staub aufwirbelt. Dieses Volksfest ist das bedeutendste der südlichen Wetterau, ein Aushängeschild und von erheblicher wirtschaftlicher Bedeutung. Und die Kollegen in Bad Vilbel sollen nicht mehr als nötig beunruhigt werden. Deshalb möchten wir, dass jemand die Angelegenheit bearbeitet, der sich dort auskennt und mit dem sie vertraut sind.«

Angersbach dachte, dass er außerordentlich beunruhigt wäre, wenn er einen solchen Brief bekäme, sagte aber nichts.

Kaufmann kräuselte die Nase. »Ich weiß nicht, ob Möbs sich besonders freut, uns wiederzusehen.«

Schulte schaute sie nachsichtig an. »Konrad ist seit einigen Jahren im Ruhestand. Wo ich im Übrigen in drei Monaten auch sein werde. Die Landesregierung hat zwar meinem Antrag zugestimmt, meine Dienstzeit über das vorgesehene Rentenalter hinaus zu verlängern, weil ich nicht im exekutiven, sondern im administrativen Bereich tätig bin, aber mit zweiundsechzig ist endgültig Schluss.«

»Ach so.« Angersbach sah, dass Kaufmann sich entspannte. Mit Konrad Möbs war es zu einigen unschönen Zusammenstößen gekommen. »Dann sind also nur noch Mirco Weitzel und Levin Queckbörner in Bad Vilbel?«

»Gemeinsam mit einigen neuen Kollegen. Die Polizeistation ist wieder gut besetzt. Aber das werden Sie ja sehen.« Schulte schien keinen Zweifel zu haben, dass sie die Aufgabe übernahmen. Es war ja auch gar nicht ihre Entscheidung. Man hatte sie längst abgeordnet.

Ralph tauschte einen Blick mit Sabine.

»Okay«, sagte sie. »Dann fahren wir jetzt nach Bad Vilbel.«

»Mit deinem oder meinem Wagen?«, frotzelte Angersbach. Das war ein ständiger Streitpunkt zwischen ihnen. Kaufmann verurteilte seine veraltete Benzinschleuder, er belächelte ihr elektrisches Spielzeugauto. Ein Wagen, der nicht aufheulte und röhrte, wenn man Gas gab – das war doch kein Auto.

»Jeder mit seinem«, gab Kaufmann zurück. »Ich will anschließend nach Hause. Du nicht?«

Schulte ging dazwischen. »Es wäre mir lieber, wenn Sie vor Ort wären. Ich habe Ihnen bereits Zimmer in Bad Vilbel reserviert.«

Sabine wehrte ab. »So weit ist es nicht von Wiesbaden aus.«

»Von Gießen aus auch nicht«, stimmte Angersbach ein. Knapp vierzig Kilometer vielleicht, eine halbe Stunde Fahrzeit, solange man nicht im Stau stand.

Schulte ging zu seinem Schreibtisch und nahm einen Prospekt zur Hand, den er zwischen Ralph und Sabine auf den Tisch legte.

»Es wäre das Golfhotel *Lindenhof* in Dortelweil, drei Kilometer bis zur Polizeistation Bad Vilbel. Moderne und bestens ausgestattete Zimmer mit Balkon, weitläufige Anlage mit gepflegten Grünflächen, Terrassenrestaurant mit Blick auf den See.«

Angersbach schaute auf das Titelbild des Prospekts. Es weckte ohne Zweifel Begehrlichkeiten. Und warum eigentlich nicht? Auf diese Weise konnte man die Arbeit mit ein wenig Entspannung verbinden. In Gießen wartete niemand auf ihn. Sabine und er könnten im Hotelrestaurant zu Abend essen, ein, zwei Gläser Wein zusammen trinken und ein wenig von dem nachholen, was sie im vergangenen Jahr versäumt hatten.

Kaufmann blätterte den Prospekt durch. Ihr gingen wohl ähnliche Gedanken durch den Kopf, jedenfalls lächelte sie.

»Wenn das so ist … Dann fahre ich nur nach Hause, um zu packen.« Sie schaute zu Ralph. »Es ist vermutlich trotzdem besser, wenn jeder mit dem eigenen Auto fährt. Wir können uns anschließend gleich auf den Rückweg machen und schon heute Abend im Hotel sein.«

Horst Schulte lächelte zufrieden. »Machen Sie sich ein Bild. Erstatten Sie mir regelmäßig Bericht. Und versuchen Sie, so behutsam wie möglich zu agieren.«

»Klar.« Angersbach stand auf. Kaufmann tat es ihm gleich, allerdings warf sie ihm einen skeptischen Seitenblick zu.

Ralph ahnte, weshalb. Seine Kollegin glaubte, dass es ihm an Sensibilität mangelte. Dass er nicht in der Lage wäre, subtil vorzugehen. Ganz falsch lag sie damit nicht. Aber er würde ihr beweisen, dass er auch anders konnte.

Schulte hielt sie auf, ehe sie den Raum verließen. »Eine Sache noch: Bisher wissen nur die Kollegen Weitzel und Queckbörner von dem Drohbrief. Queckbörner hat ihn in Empfang genommen und geöffnet. Die beiden waren zu diesem Zeitpunkt allein in der Polizeistation. Ich habe sie angewiesen, mir das Dokument zuzuschicken und ansonsten Stillschweigen über das Schreiben zu bewahren. Es wäre mir sehr lieb, wenn das so bliebe.«

Angersbach schaute rasch zu Kaufmann und sah, dass sie die Stirn runzelte.

»Wäre es nicht besser …«, setzte er an, doch Schulte unterbrach ihn mit einer unwirschen Handbewegung.

»Nein. Es gibt keinen Grund, das gesamte Revier in Angst und Schrecken zu versetzen, solange wir nicht wissen, was an der Sache dran ist.« Die buschigen Augenbrauen zogen sich zusammen. »Nur für den Fall, dass wir uns nicht richtig verstanden haben: Das ist keine Empfehlung, sondern eine Dienstanweisung.«

Ralph lag einiges auf der Zunge, das er Schulte entgegenzusetzen gehabt hätte, doch er schluckte es hinunter. Besser, er stiftete nicht gleich in den ersten Stunden der Ermittlungen Unfrieden. Vielleicht hatte der Kriminaloberrat ja recht, und es gab tatsächlich keinen Grund, Panik zu verbreiten. Sie würden sich zunächst einen Überblick verschaffen, und dann konnte man Schultes Entscheidung immer noch diskutieren.

»Zu Befehl.« Angersbach tippte sich nachlässig mit zwei Fingern an die Stirn. Schultes Blick wurde noch ein wenig grimmiger.

»Nun gehen Sie schon«, forderte er.

Ralph hielt Sabine die Tür auf und folgte ihr durch den Flur nach draußen. An ihrem steifen Rücken konnte er ablesen, dass ihr die Sache ebenso wenig gefiel wie ihm.

Sabine Kaufmann startete ihren Renault Zoe und fuhr mit einem leisen Surren vom Hof der Regionalen Kriminalinspektion. Hinter ihr dröhnte der Motor von Ralphs Lada auf. Kaufmann rollte mit den Augen. Es war ihr ein Rätsel, was Ralph an dieser stinkenden Dreckschleuder fand. Vom ökologischen Aspekt einmal ganz abgesehen.

Sie lenkte den Wagen in Richtung Bad Vilbel. Mit jedem Meter, den sie der Stadt näher kam, verstärkte sich das mulmige Gefühl. Es gefiel ihr nicht, dass Horst Schulte die ganze Angelegenheit unter dem Deckel halten wollte. Wenn es nach ihr ginge, würden alle Vilbeler Kollegen sofort informiert werden. Schließlich mussten sie wissen, dass es eine Bedrohung gab.

Aber die Entscheidung lag nicht bei ihr. Schulte war zwar nicht mehr ihr direkter Vorgesetzter, aber er war der höherrangige Beamte. Sie war ihm gegenüber weisungsgebunden. Sich über seine Anordnung hinwegzusetzen würde ihr ein Disziplinarverfahren einbringen. Im schlimmsten Fall könnte es eine Degradierung und die Versetzung in eine unbedeutende Dienststelle zur Folge haben.

Dass sie in den nächsten Tagen und Wochen in der Stadt arbeiten würde, in der sie zuletzt mit ihrer Mutter gelebt hatte, bereitete ihr zusätzlich Bauchschmerzen. Sie würde an jeder Ecke mit Erinnerungen konfrontiert werden. Ein paar schönen vielleicht, vor allem aber schmerzlichen.

Ein Stück voraus tauchte am Straßenrand ein verwittertes Steinkreuz mit weißem Flechtenbewuchs auf. Das Sühnekreuz, jener Ort, an dem Hedwig Kaufmann ermordet worden war. Sabine spürte den Druck hinter den Augen, und heiße Tränen rannen ihr über die Wangen. Ungeduldig wischte sie sie weg.

Sie durfte jetzt nicht daran denken, sonst war sie nicht arbeitsfähig. Sie wollte auch nicht, dass einer der Kollegen merkte, wie aufgewühlt sie immer noch war. Es war ein hartes Stück Arbeit gewesen, sich in der Männerwelt der Polizei Respekt zu verschaffen. Gerade für eine kleine und zart gebaute Frau wie sie. Sie weckte bei Männern den Beschützerinstinkt, nicht das Gefühl, eine verlässliche Partnerin an ihrer Seite zu haben. Die Kollegen vom Gegenteil zu überzeugen hatte sie einiges gekostet. Auf keinen Fall wollte sie, dass sich daran etwas änderte. Trotzdem schaute sie immer wieder in den Rückspiegel, bis das Sühnekreuz nach einer lang gezogenen Kurve endlich ihren Blicken entschwand.

Sie passierte die Ortseinfahrt von Bad Vilbel, durchquerte den Kreisel, an dem die Friedberger Straße zur Kasseler Straße wurde, bog am nächsten in die Homburger Straße ab und fuhr am dritten Kreisel in die Straße Am Sportfeld. Von dort zweigte nach knapp hundertfünfzig Metern der Riedweg ab, in dem sich die Polizeistation befand.

Sabine parkte den Zoe auf dem Hof hinter dem L-förmigen, zweistöckigen Gebäude. Das weiße Haus mit den türkisen Fensterrahmen, in dem man auf den ersten Blick ein Ärztehaus aus den Neunzigerjahren vermuten konnte, hatte sie schon damals angesprochen. Mit dem hohen, über zwei Etagen reichenden Fenster über dem Eingang und den zahlreichen Gauben im mit hellroten Ziegeln gedeckten Dach sah es freundlich, solide und vertrauenerweckend aus.

Hinter ihr röhrte Angersbachs dunkelgrüner Lada Niva auf den Hof. Ralph stellte den Motor ab, kletterte aus dem Wagen und wartete neben seinem Fahrzeug.

Kaufmann atmete noch einmal tief durch und wischte sich mit einem Taschentuch die letzten Tränenspuren vom Gesicht. Dann griff sie nach ihrer Handtasche, hängte sie sich über die Schulter und stieg ebenfalls aus.

Eine neue Herausforderung wartete auf sie, und Sabine war bereit, sie anzunehmen.

3

Ostdeutschland, vier Jahre vor der Wende

Sie setzten die Rucksäcke auf und schlichen durch den Nachbargarten zur Straße. Es war absolut still, die Gegend war abgeschieden, kein Mensch war zu dieser späten Stunde unterwegs. Auf ein Zeichen seines Vaters überquerten sie die Straße und tauchten auf der anderen Seite in den Wald ein.

Der Weg zum vereinbarten Treffpunkt war nicht weit. Sein Vater hob den Arm und versuchte, auf dem Ziffernblatt seiner Armbanduhr etwas zu erkennen.

»Wir sind zu spät«, flüsterte er.

Rico wurde es flau. Er blickte sich suchend um. »Wo ist Mama?«

»Sie ist sicher schon im Wagen.« Sein Vater gab sich große Mühe, ruhig zu klingen, das hörte Rico. »Sie wollte gleich nach der Spätschicht hierherkommen und sich verstecken.«

»Aber …« Rico versuchte mit den Augen die Dunkelheit zu durchdringen. »Ich sehe keinen Wagen.«

»Wir gehen noch ein Stück weiter. Irgendwo müssen sie ja sein.« Die Stimme seines Vaters zitterte leicht, und Rico fröstelte. Er hätte sich jetzt gern an seinen Vater geschmiegt, aber dafür war er längst zu alt. Immerhin war er zwölf. Schon fast erwachsen.

Irgendwo heulte ein starker Motor auf. Im nächsten Moment brach ein gepanzertes Fahrzeug zwischen den Bäumen hervor und hielt auf die Grenze zu.

»Da sind sie!« Rico ruderte aufgeregt mit den Armen. Sein Vater riss ihn zurück.

Rico spürte, wie ihm die Tränen kamen. »Sie müssen uns doch mitnehmen.«

»Dafür ist es zu spät. Sie können jetzt nicht mehr anhalten.«

Rund um sie herum flammten starke Scheinwerfer auf. Das Licht brach sich in den Nebeltropfen, die wie ein weißer Schleier über den Wiesen hingen. Es sah unwirklich aus, eine Szene wie hinter einem halb durchsichtigen Vorhang.

Der Panzerwagen raste mit hoher Geschwindigkeit über die Rasenfläche. Ein Knall ertönte, so laut, dass er Rico schmerzhaft in den Ohren dröhnte. Unter dem linken Vorderrad des Fahrzeugs flog die Erde auf, ein kurzer, rötlicher Schimmer blitzte durch die weißen Schwaden. Doch der Wagen stoppte nicht, er fuhr geradewegs durch das Minenfeld. Weitere Detonationen zerrissen die Stille in immer schnellerer Folge. Die Luft, die der Wind zu ihnen herübertrug, war erfüllt vom Geruch nach Rauch und Sprengmitteln.

Am Rand der Wiese formierte sich ein Trupp Grenzbeamter. Sein Vater zog Rico tiefer ins Gebüsch.

»Pass auf. Wenn sie uns entdecken, sind wir geliefert.«

Rico sah dem Wagen nach, der sich immer weiter entfernte, bis er hinter der Nebelwand verschwunden war. Es waren nur knapp zweihundert Meter, doch er hätte auch zum Mond katapultiert worden sein können. Dort drüben, wo sich seine Mutter nun befand, war eine andere Welt. West und Ost, dazwischen eine Mauer.

Er konnte die Tränen nicht länger zurückhalten.

»Was tun wir denn jetzt?«

Sein Vater legte ihm die Hand auf die Schultern. »Wir warten. Bis die Vopos abgezogen sind und die Scheinwerfer wieder ausgeschaltet werden. Dann rennen wir. Genau den Weg entlang, den der Wagen genommen hat. Jetzt ist es nicht mehr gefährlich. Die Minen sind alle explodiert, als er darübergefahren ist. Wir müssen nur schnell sein. Du bist doch schnell?«

Rico wischte sich die Tränen ab und nickte.

Oh ja. Er war schnell, schnell wie ein Pfeil. Deswegen entkam er jedem Gegenspieler. Niemand konnte ihn aufhalten.

* * *

Es war ein merkwürdiges Gefühl, das Polizeigebäude in Bad Vilbel wieder zu betreten, das vor Jahren sein Dienstort gewesen war, vertraut und fremd zugleich. Mirco Weitzel kam hinter dem Tresen hervor, als er sie erblickte. Er strahlte Sabine an und schloss sie in die Arme. Ralph verspürte einen leichten Stich der Eifersucht. Dabei konnte es ihm doch gleich sein. Er wollte nichts von Sabine. Wenn sie auf Männer wie Mirco stand, hatte er ohnehin keine Chance. Mirco war ein Frauentyp, groß, schlank, athletisch gebaut, das kurze, blonde Haar stets korrekt gestylt. Außerdem war er fast fünfzehn Jahre jünger als Ralph, viel eher in Sabines Alter also als er selbst. Zehn Jahre trennten ihn von ihr, er fast fünfzig, sie noch keine vierzig.

Weitzel führte sie in den kleinen Besprechungsraum, in dem der Tisch bereits gedeckt war. Levin Queckbörner, mit Anfang zwanzig der jüngste Beamte der Polizeistation, faltete Servietten und stellte sie auf die Teller. Er war füllig und wirkte ein wenig schwerfällig, doch Ralph wusste, dass der Eindruck täuschte. Levin war ausgesprochen flink im Kopf und außerdem zuverlässig und freundlich. Sie hatten nie zusammengearbeitet, aber Angersbach war sich sicher, dass er jemand war, mit dem man auskommen konnte.

»Es gibt Kuchen«, verkündete Mirco. »Schwarzwälder Kirschtorte mit echtem Kirschwasser.«

Kaufmann hob abwehrend die Hand. »Wir hatten schon Kaffee und Kekse bei Kriminaloberrat Schulte.«

Mirco blinzelte ihr zu. »Aber Levin hat extra für euch gebacken.«

Der junge Kollege mit dem rundlichen Gesicht, den dunklen, widerspenstigen Haaren und dem spärlichen Bartwuchs errötete leicht und wehrte bescheiden ab. »Nur wenn ihr wollt.«

Die eindrucksvolle Bassstimme passte nicht zu seiner kindlichen Erscheinung, das leicht pubertäre Krächzen darin schon eher.

»Ich nehme auf jeden Fall ein Stück«, verkündete Angersbach und ließ sich auf einem der Stühle nieder. Kaufmann setzte sich ihm gegenüber, und Weitzel nahm neben ihr Platz. Ralph verspürte schon wieder einen Stich. Der Neid auf die Leichtigkeit, mit der sich Mirco Frauen gegenüber verhielt, hatte sich im Laufe der Jahre kein bisschen abgenutzt.

Queckbörner verteilte Kaffee und Kuchen und hockte sich auf den letzten freien Stuhl.

»Schön, dass ihr hier seid«, eröffnete Mirco die Tafel. »Auch wenn der Anlass nicht so erfreulich ist.«

Sabine probierte den Kuchen und verdrehte genüsslich die Augen. »Lasst uns erst mal essen. Alles andere wäre eine Sünde.«

Levins Gesicht wurde flammend rot. Er schlug die Augen nieder. »Das Rezept ist von meiner Oma«, murmelte er verlegen. »Ich habe nur die Anleitung befolgt.«

»Das muss man auch können«, kommentierte Weitzel, und Angersbach fragte sich, ob er auf den selbst gebackenen Kuchen anspielte, den Ralph einmal anlässlich seines Geburtstags mitgebracht hatte. Er war zu lange im Ofen gewesen, und

Angersbach hatte reichlich Kuvertüre auftragen müssen, um die dunklen Stellen zu verdecken. Aber zumindest hatte er sich Mühe gegeben.

Kaufmann jedenfalls konnte sich offensichtlich gut an sein kulinarisches Experiment erinnern. Sie grinste und zwinkerte ihm zu. Ralph versuchte, die Geste zu erwidern, doch es war wohl mehr eine Grimasse. Er war keiner, der gut über eigene Schwächen lachen konnte.

Mürrisch vertilgte er das Tortenstück. Es war exquisit, das musste der Neid Levin lassen. Als alle fertig waren und Queckbörner die Teller abgeräumt hatte, legte er die Kopie des Drohbriefs auf den Tisch.

Weitzel deutete darauf. »Das Original ist schon bei den Kollegen in Wiesbaden. Sie haben ihre Untersuchungen noch nicht abgeschlossen, aber soweit sie es bisher sagen können, handelt es sich um handelsübliches Druckerpapier. Ausgedruckt worden ist der Brief mit einem Laserprinter, zu Hause oder in irgendeinem Copyshop. Sie analysieren den Toner, um eventuell auf die Marke des Geräts rückschließen zu können. Aber das wird kaum reichen, um uns zu einem Verdächtigen zu führen.«

Er zeigte auf die Kopie des Umschlags. »Der wurde im Briefzentrum in der Gutleutstraße in Frankfurt abgestempelt. Dorthin gelangen alle Briefe aus den sogenannten Leitregionen sechzig und einundsechzig. Er wurde demzufolge in Frankfurt – das ist die sechzig – oder in Bad Homburg, Friedberg, Bad Vilbel oder Oberursel – das ist Region einundsechzig – eingeworfen. Viel zu viele Möglichkeiten, das hilft uns kein Stück weiter.«

Angersbach zog sein zerfleddertes Notizheft hervor. Kaufmann warf einen kurzen Blick darauf und schüttelte den Kopf. Sie öffnete ihre Handtasche, der sie ein dickes Notizbuch mit sauberem Einband und weißen Seiten entnahm. Ralph deutete ein Schulterzucken an. Welche Rolle spielte es, wie man seine Gedanken festhielt? Entscheidend war der Inhalt.

»Wir müssen uns dem Problem folglich von der anderen Seite nähern. Nicht über die Spuren, sondern über das Motiv. Wer könnte einen Grund haben, einen Anschlag auf die Polizeistation zu planen?«

Levin Queckbörner stand auf und verschwand kurz. Als er zurückkehrte, hatte er einen dicken Ordner in der Hand.

»Wir haben uns schon Gedanken darüber gemacht.« Er setzte sich und schlug den Ordner auf. »Es könnte jemand sein, der von uns festgenommen und verurteilt wurde und Rache geschworen hat. Häftlinge, die in den letzten Monaten entlassen wurden. Aber viel ist da nicht zu finden. Im Grunde gibt es nur zwei Möglichkeiten …«

Weiter kam er nicht.

Von draußen war ein Poltern zu hören. Ein dumpfer Knall, der, wie sie alle wussten, von der schweren Glastür zu den Diensträumen stammte, die nur mit der passenden Schlüsselkarte oder von innen mit dem Summer zu öffnen war. Die vier schauten einander alarmiert an. Weitzel sprang auf.

Harte Schritte erklangen, und dann wurde die Tür zum Besprechungsraum aufgestoßen. Mirco, der eben seine Hand nach der Klinke ausstrecken wollte, stoppte und zog seine Dienstwaffe. Auch Ralph, Sabine und Levin schnellten hoch und richteten ihre Pistolen auf die Tür.

Der Mann, der dort erschien, runzelte die Stirn. Dann lachte er höhnisch.

»Du liebe Güte. Machen Sie sich etwa ins Hemd wegen dieses albernen Briefchens?«

Ein kollektives Aufatmen, erleichtert und entnervt zugleich. Die vier Beamten ließen ihre Waffen sinken und steckten sie zurück in die Holster. Weitzel starrte den Mann böse an. »Wie sind Sie hier hereingekommen?«

Der Besucher hielt eine Plastikkarte hoch. »Mit der Schlüsselkarte natürlich.«

Mirco kniff die Augen zusammen. »Die hätten Sie *eigentlich* abgeben müssen!«

Konrad Möbs, Kriminalrat im Ruhestand, wischte den Tadel mit einer Handbewegung beiseite wie eine lästige Fliege. Er war mittlerweile komplett ergraut, hatte sich ansonsten jedoch kaum verändert. Die fünfundsechzig Jahre sah man ihm nicht an, dabei hatte er sich nie gesundheitsbewusst ernährt oder Sport getrieben. Er war wohl mit guten Genen gesegnet. Der Blick, mit dem er Ralph und Sabine maß, war so widerwillig wie immer.

»Dass wir uns noch mal über den Weg laufen«, schnaubte er und versuchte dabei, sarkastisch zu klingen. »Ich hätte jedenfalls nicht gedacht, dass wir uns wiedersehen.«

Kaufmann verschränkte die Arme vor der Brust. »Ging mir genauso.«

Möbs zog seinen langen Mantel aus und hängte ihn an die Garderobe. Dann setzte er sich an den Tisch und deutete auf die Kaffeetassen. Levin verstand die Aufforderung. Er eilte los und kehrte gleich darauf mit einer sauberen Tasse und einem Stück Schwarzwälder Kirschtorte für Möbs zurück.

»Mhm.« Möbs' finstere Miene hellte sich ein wenig auf. »Selbst gebacken?«

Queckbörner legte zackig die Hand an den nicht vorhandenen Mützenschirm. »Jawohl, Chef. Rezept von meiner Großmutter.«

Möbs probierte und hob den Daumen. »Sehr gut. Wenn Sie Ihre Arbeit genauso machen …« Seinem Tonfall war zu entnehmen, dass er nicht daran glaubte.

Angersbach, der fassungslos neben seinem Stuhl gestanden hatte, setzte sich wieder und legte die Hände auf den Tisch.

»Um noch einmal auf die Eingangsfrage zurückzukommen: Was tun Sie hier?«

Sein ehemaliger Vorgesetzter schob sich ein weiteres Stück Torte in den Mund. »Horst hat mich angerufen«, schmatzte er. »Mich sozusagen auf Knien angefleht, Ihnen bei den Ermittlungen unter die Arme zu greifen. Niemand kennt sich schließlich mit dieser Polizeistation besser aus als ich. Und dass Ihre Kompetenzen begrenzt sind, haben Sie ja mehr als ein Mal unter Beweis gestellt.«

Ralph verspannte sich. »Wir haben alle Fälle, mit denen wir hier zu tun hatten, lückenlos aufgeklärt.«

»Weil Sie mehr Glück als Verstand hatten.«

Angersbach schnaufte. Seine Hände ballten sich wie von selbst zu Fäusten. Dieser verdammte aufgeblasene Fatzke!

Er spürte eine Bewegung an seiner Seite. Sabine rückte einen Stuhl heran, ließ sich neben ihm nieder und legte ihm die Hand auf den Arm. Noch einmal holte er tief Luft und ließ sie dann ganz bewusst entweichen. Er wusste ja, dass Möbs ihn provozieren wollte. Trotzdem brachte es ihn auf die Palme. Gut, dass Kaufmann eingegriffen hatte, sonst hätte er sich am Ende noch in Schwierigkeiten gebracht.

Er staunte, dass sie so gelassen blieb, dabei hatte sie in ihrer Vilbeler Zeit noch mehr unter Möbs zu leiden gehabt als er. Sie war wohl doch reifer und abgeklärter als er, und das, obwohl sie zehn Jahre jünger war.

»Ich nehme an, er hat Sie nicht dazugebeten, damit Sie hier Unfrieden stiften«, sagte sie betont ruhig.

Möbs funkelte sie an. »Er meinte, wir sollten uns zusammenreißen und über unsere alten Animositäten hinwegsehen. Weil es hier um etwas Größeres und Wichtigeres geht.«

»Richtig.« Kaufmann schob ihm die Kopie des Drohbriefs hin. »So wie ich das verstehe, wird hier der Mord an einem Polizisten angekündigt. Oder an mehreren, schließlich sind auch einige Formulierungen im Plural dabei. Und das Ziel ist vermutlich diese Polizeistation, sonst hätte der Absender das Schreiben wohl anders adressiert.«

»Ja, ja.« Möbs warf nur einen kurzen Blick darauf. »Das hat mir Horst schon erzählt.«

Ralph erinnerte sich, dass die beiden Männer befreundet waren, auch wenn Schulte in beruflicher Hinsicht nicht viel von Möbs gehalten hatte. »Möbs ist ein Blödmann«, hatte er einmal im Vertrauen zu Kaufmann und Angersbach gesagt, als sie während einer Ermittlung heftig mit ihrem Vorgesetzten aneinandergeraten waren. Schulte hatte ihnen empfohlen, Möbs nicht zu ernst zu nehmen. Schlussendlich schien er aber doch von seinen Fähigkeiten überzeugt, sonst hätte er ihn wohl jetzt kaum zurate gezogen.

Sabine machte Levin ein Zeichen. »Herr Queckbörner wollte gerade referieren, was seit Eingang des Drohschreibens unternommen wurde.«

»Sehr gut.« Möbs lehnte sich in seinem Stuhl zurück und winkte jovial. »Schießen Sie los.«

Levin zog den Ordner wieder zu sich heran.

»Wir haben nach einem Motiv gesucht. Wer hätte einen Grund, unsere Arbeit zu blockieren und sich an uns zu rächen?«

»Ja, natürlich. Das versteht sich doch von selbst.« Möbs ruderte mit den Armen. »Kommen Sie auf den Punkt, Mann.«

Queckbörner senkte den Blick. Seine Wangen färbten sich feuerrot. »Also, da wären zunächst mal die Ermittlungen, die wir zurzeit durchführen. Also eigentlich nicht wir, sondern die Dezentrale Ermittlungsgruppe.« Diese Abteilung hatte man neben der normalen Schutzpolizei in Bad Vilbel eingerichtet, um auf schwerere Delikte schneller reagieren zu können, als es der Fall wäre, wenn jedes Mal Beamte aus Gießen angefordert werden müssten. Das Experiment K10, jenes kleine Zwei-Personen-Kommissariat, das Ralph und Sabine zwei Jahre lang gebildet hatten, war dieser Ermittlungsgruppe zugeordnet gewesen.

Sabine beugte sich neugierig vor. »Worum geht es da?«

Queckbörner fuhr sich durch die dunklen Haare und brachte sie damit noch mehr in Unordnung. »Das hat alles mit dem anstehenden Markt zu tun. Da will ja jeder dabei sein, von den Leuten, die ein Fahrgeschäft oder eine Würstchenbude oder dergleichen betreiben, meine ich, aber es können unmöglich alle zugelassen werden. So viel Platz haben wir hier gar nicht. Deswegen werden Lizenzen vergeben. Neben der Stadt kümmert sich da vor allem eine Eventagentur aus Frankfurt darum, die sich auf große Volksfeste spezialisiert hat.«

Ralph rieb sich die Augen, während er versuchte, bei Queckbörners umständlichen Ausführungen den Faden nicht zu verlieren.

»Und wo ist das Problem?«

Levin schnitt eine bedauernde Grimasse. »Bei der Vergabe der Lizenzen ist möglicherweise nicht alles mit rechten Dingen zugegangen.«

»Wir reden von Bestechung und Korruption«, präzisierte Mirco Weitzel.

»Oh, oh.« Konrad Möbs hob abwehrend die Hände. »Das ist ein Minenfeld. Passen Sie bloß auf, was Sie da wem vorwerfen. Solche Schüsse können ganz leicht nach hinten losgehen.«

»Deswegen ermitteln die Kollegen von der Dezentralen Ermittlungsgruppe ja gründlich. Mit Betonung auf *dezentral*. Denn in Bad Vilbel gibt's genau denselben Filz wie in allen anderen Städten, das wissen Sie ja selbst. Millionäre, Vereine,

Mäzene. Netzwerke und Seilschaften. Jeder mischt da auf seine Weise mit, und keiner von uns möchte da dem Falschen auf die Füße treten. Trotzdem müssen wir in alle Richtungen ermitteln.«

»Haben sie schon etwas herausgefunden?«, mischte sich Angersbach ein.

Weitzel machte eine vage Geste. »Sie setzen uns natürlich nicht über alles in Kenntnis. Aber ich glaube, viel ist dabei bisher nicht herausgekommen.«

»Weil an der Sache nichts dran ist«, dröhnte Möbs, der schon die ganze Zeit über dreinblickte, als wären das alles nur Phantastereien. »Man kennt das doch. Große Ereignisse werfen ihre Schatten voraus. Wer sein Geschäft hier auf dem Vilbeler Markt aufstellen darf, macht ordentlich Reibach, und diejenigen, die abgelehnt werden, gucken in die Röhre. Das war schon immer so und wird immer so bleiben, warum soll das ausgerechnet bei uns anders sein? Das hat deshalb nicht zwingend mit irgendwelchen Amigos oder Seilschaften zu tun! Dieses ganze Schlechtgerede geht mir ziemlich auf den Geist.«

Möbs sagte das mit solcher Überzeugung, dass Ralph fast geneigt war, ihm zuzustimmen. Zugleich schüttelte er innerlich den Kopf. Wie konnte man so naiv sein? Lügner und Betrüger gab es überall, in der Großstadt ebenso wie auf dem Land und in den kleineren Orten, das sollte Möbs nach fast vierzig Jahren Polizeiarbeit wissen.

Weitzel und Queckbörner starrten ihren ehemaligen Chef aufgebracht an. Mirco öffnete den Mund, doch Sabine Kaufmann kam ihm zuvor.

»Wir werden mit den Kollegen sprechen«, sagte sie, bevor sich die explosive Stimmung im Raum entzünden und in einem Knall entladen konnte. »Sind sie im Haus?«

»Nein. Die sind heute in Frankfurt. Eine Besprechung mit dem Sicherheitsbeauftragten für den Vilbeler Markt, Eckard

Roth. Sie stellen ein Team zusammen, das die Schaustellerbetriebe auf mögliche Mängel überprüft. Morgen früh sind sie wieder hier.«

»Okay. Kannst du dafür sorgen, dass wir uns dann zusammensetzen und sie uns über ihre Ermittlungen in Kenntnis setzen?«

»Klar.« Weitzel nickte und machte sich eine Notiz. »Um neun?«

Kaufmann nickte. Sie schenkte Queckbörner ein Lächeln. »Du hattest eine zweite Möglichkeit erwähnt. Welche ist das?«

Levin senkte den Kopf und warf Mirco einen raschen Seitenblick zu. »Das … äh … hat etwas mit uns zu tun.«

»Aha?« Möbs' Oberkörper schoss vor. Seine Augen blitzten. Er fixierte Levin wie ein Raubvogel, der fette Beute entdeckt hatte.

Weitzel richtete sich auf. »Wir haben nichts falsch gemacht. Das hat das Gericht bestätigt.«

Queckbörner zupfte an seinen Fingern. »Na ja. Schon. Aber …« Er sprach nicht weiter.

»Vielleicht klärt ihr uns auf, worum es geht?«, schlug Kaufmann freundlich vor.

Weitzel räusperte sich. »Wir hatten im letzten Jahr einen Einsatz auf dem Hessentag. Wir waren abgeordnet, um die Kollegen dort zu unterstützen. Man hat uns gerufen, weil bei einer Händlerfamilie der Verdacht auf häusliche Gewalt bestand. Sie betreiben einen Verkaufswagen, Fleisch- und Wurstspezialitäten, aber das spielt ja erst mal keine Rolle. Als wir bei ihnen eintrafen, war die Lage unübersichtlich. Ein vollkommen außer Kontrolle geratener Mann und sein Sohn, der ebenfalls wie von Sinnen war. Er hat mit einer Eisenstange auf seinen Vater eingedroschen, und als wir dazwischengegangen sind, hat er uns angegriffen. Wir haben unsere Gummiknüppel benutzt, und dabei …«

Mirco keuchte. Er hatte so schnell gesprochen, dass er darüber das Atmen vergessen hatte. Jetzt schnappte er zischend nach Luft. »Dabei hat Levin den Jungen unglücklich am Kopf getroffen«, fuhr er dann fort. »Er ist gestürzt und mit dem Gesicht auf einen Stein geprallt.« Weitzel schluckte. »Nase und Kiefer sind gebrochen. Und er hat … ein Auge verloren.«

Ralph musste unwillkürlich an Professor Wilhelm Hack von der Gießener Rechtsmedizin denken, von den Kollegen heimlich Hackebeil genannt. Auch er hatte nur noch ein Auge.

Weitzel schluckte und räusperte sich. »Es gab eine Anzeige. Der Fall ist vom Frankfurter Landgericht verhandelt worden. Vor drei Wochen war die Urteilsverkündung.« Er schaute seinen Kollegen an. »Levin und ich sind in allen Punkten freigesprochen worden.«

Der junge Schutzpolizist schniefte. »Trotzdem … Wenn wir nicht gleich die Knüppel benutzt hätten …«

»Dann hättest *du* jetzt vielleicht eine gebrochene Nase und einen gebrochenen Kiefer und ein Auge weniger«, versetzte Weitzel schroff.

Levin vergrub das Gesicht in den Händen. »Ich weiß ja.«

Mirco schaute Ralph an, dem es schwerfiel, den Blick von Queckbörner zu lösen. Der junge Mann tat ihm leid.

»Die Familie war sehr wütend über das Urteil. Sie wollten Schmerzensgeld für das verlorene Auge. Aber das Gericht war der Ansicht, dass der Sohn der Familie selbst für die Ereignisse verantwortlich war. Da er uns angegriffen hat, blieb uns keine andere Wahl, als ebenfalls Gewalt anzuwenden.«

»Vollkommen richtig«, schnarrte Möbs. »Wie man in den Wald hineinruft, so schallt es heraus.«

Queckbörner lachte unfroh, sagte aber nichts.

»Der Vater hätte uns am liebsten noch im Gericht den Hals umgedreht«, erklärte Weitzel. »Und dann hat er uns Rache geschworen. Wir würden die Sache noch bereuen, hat er uns hinterhergebrüllt. Auge um Auge, Zahn um Zahn.«

Kaufmann blätterte eine neue Seite in ihrem Notizbuch auf und schrieb etwas hinein.

»Wie heißt diese Familie? Wo finden wir sie?«

»Der Name ist Metzger«, sagte Mirco.

Konrad Möbs prustete los. »Das passt ja.«

Angersbach hatte Mühe, nicht mitzulachen, aber er beherrschte sich. Das Schicksal des Jungen war nichts, worüber man sich lustig machen sollte, selbst verschuldet hin oder her.

Kaufmann warf Möbs einen wütenden Blick zu. »Pietätvoll wie immer.«

Möbs machte eine unwirsche Handbewegung. »Sie sind zu zart besaitet«, grummelte er. »Das waren Sie schon immer.« Ohnehin fand er, dass Frauen nichts bei der Polizei verloren hatten, außer vielleicht zum Strafzettelschreiben. Das konnte man an seiner Miene mühelos ablesen, und daraus hatte er auch nie einen Hehl gemacht; Kostproben dieser Haltung hatten Sabine und Ralph in ihrer Vilbeler Zeit oft genug miterleben müssen.

Weitzel knirschte mit den Zähnen. Er holte sein Tablet hervor und malte das Muster zum Entsperren aufs Display. Anschließend wischte er ein paarmal darüber und sagte dann: »Die Familie hält sich zurzeit in Heldenbergen auf. Da findet gerade ein Markt mit regionalen Spezialitäten statt, eine Menge der dortigen Händler werden dann auch hier bei uns stehen.« Er schaute auf das Gerät. »Der Betrieb heißt ›Metzgers Stracke – die hessische Traditionswurst‹.«

Ralph biss sich auf die Lippen und starrte einen Fettfleck auf der Fensterscheibe an, aber es nützte nichts. Jetzt musste er doch lachen.

Sie gingen in den Hof zu ihren Autos. Kaufmann kniff die Augen zusammen und rechnete nach. Wann hatte sie zuletzt Strom getankt? Vor drei Tagen, und danach war sie zweimal ins LKA gefahren, außerdem zum Einkaufen und gestern und vorgestern zum Joggen. Bis zu ihrer Wohnung und zur Ladestation würde die Energie noch reichen, aber die knapp zwanzig Kilometer nach Heldenbergen und zurück könnten das entscheidende Stück zu viel sein. Am Ende würde sie womöglich kurz vor ihrer Wohnung liegen bleiben, weil der Akku leer war.

Auf der anderen Seite war ihr nur allzu klar, was passieren würde, wenn sie Angersbach mitteilte, dass sie bei ihm mitfahren wollte. Schließlich wusste er, dass sie seine Klapperkiste nicht mochte. Er würde sofort durchschauen, was das Problem war. Und auf seine dummen Sprüche hatte sie überhaupt keine Lust. Nicht hier in Bad Vilbel, wo sie sich ohnehin besonders dünnhäutig fühlte.

Sie kannte sie ja auswendig.

Ach ja, die Reichweite.

Also, ich kann nicht stundenlang warten, bis die Batterie voll ist. Ich brauche ein Fahrzeug, das jederzeit einsatzbereit ist.

Trotzdem, es war das geringere Übel. Sie beschloss, in den sauren Apfel zu beißen. »Fahren wir mit deinem?«

Ralph hob die Augenbrauen. Belustigt? Sein Blick huschte zu ihrem silberfarbenen Zoe, dann zu seinem dunkelgrünen Lada.

»Klar«, sagte er und öffnete ihr galant die Beifahrertür.

Sabine schaute ihn überrascht an. Keine Bemerkung über die Nachteile eines Elektroautos? Keine Aufrechnung, dass der ökologische Fußabdruck einer Batterie auch nicht gerade klein war? Dazu der Ladestrom, der noch immer zu vierzig Prozent aus fossilen Brennstoffen gewonnen wurde …

Aber nein. Nichts von alldem. Stattdessen bemerkte sie einen seltsamen Schimmer in seinen Augen. Sie waren dunkel, nachdenklich. Wärme lag darin – und noch etwas anderes, das sie nicht einordnen konnte. Zuneigung?

Ihr Herz machte einen kleinen Satz. Sie wollte die Sache genauer ergründen, doch da hatte sich Angersbach schon abgewandt und ging um den Wagen herum zur Fahrertür.

Kaufmann kletterte auf den Beifahrerplatz und wusste sofort wieder, warum sie das Auto nicht mochte. Der Sitz war hart und unbequem. Außerdem schlecht gefedert, was sich bemerkbar machen würde, sobald sie unterwegs waren.

Ralph startete schweigend den Motor, lenkte den Niva vom Parkplatz und steuerte ihn durch die Kreisel in Richtung B521.

Sie betrachtete ihn heimlich von der Seite. Bisher hatte sie eigentlich nie bewusst darüber nachgedacht, doch jetzt fragte sie sich plötzlich, was Ralph eigentlich in ihr sah. Nur die Kollegin – oder auch die Frau? Und was sah sie in ihm?

Am Anfang, als sie sich kennengelernt hatten, hatte sie gedacht, sie würde nie mit ihm warm werden. Ein Raubein, unsensibel und schnodderig. Einer dieser hartgesottenen Landtypen, die zwar eins mit der Natur waren, aber menschlich nicht viel hermachten. Überhaupt nicht der Typ Mann also, auf den sie stand, weder privat noch beruflich. Inzwischen wusste sie es besser. Unter der harten Schale verbarg sich ein weicher Kern. Sie hatte sich nicht nur an ihn gewöhnt. Inzwischen mochte sie ihn gern. Oder war da noch mehr?

Sabine horchte in sich hinein, doch die Antwort versteckte sich irgendwo hinter den Mauern, die sie zu ihrem Schutz errichtet hatte.

Vielleicht lag sie ja auch völlig falsch, und seine nachdenkliche Miene war nur dem Fall geschuldet.

Und wenn nicht?

Sie schob den Gedanken beiseite. Es gab Wichtigeres, worum sie sich kümmern musste. Alles andere konnte warten.

»Was meinst du?«, fragte sie, als sie über die Landstraße in Richtung Heldenbergen fuhren. Rechts und links erstreckten sich Wiesen und Felder, dahinter Wald und ein bewaldeter Höhenzug. »Haben die Metzgers etwas mit dem Drohbrief zu tun? Oder geht es eher um Bestechung und Korruption?«

Angersbach wich einem entgegenkommenden Traktor aus und rumpelte über den Seitenstreifen. Kaufmann wurde auf ihrem Sitz durchgeschüttelt.

»Keine Ahnung«, erwiderte er, als er den Wagen wieder in der Spur hatte. »Aber eines sage ich dir gleich: Wir machen das hier zu zweit. Wenn Schmittke und Rahn dazukommen, bin ich raus.«

Sabine wusste nicht recht, was sie von dieser Ansage halten sollte. Ging es ihm darum, mit ihr allein zu sein, ohne Beobachter? Oder waren seine Vorbehalte gegen die LKA-Kollegen noch immer nicht ausgeräumt, obwohl man am Ende relativ gut zusammengearbeitet hatte? Sie kannte Bernhard Schmittke und Holger Rahn mittlerweile etwas besser und wusste ihre ruhige, akribische Art zu schätzen. Aber sie sah wenig Sinn darin, dieses Argument zum jetzigen Zeitpunkt zu diskutieren. Wenn sich herausstellte, dass sie Unterstützung brauchten, konnte man das immer noch tun.

»Von mir aus«, entgegnete sie deshalb nur.

Angersbach nickte zufrieden und kam auf ihre Frage zurück. »Besser wäre es wohl, wenn es die Metzgers waren. Dann würde ich annehmen, dass es nur darum ging, Mirco und Levin ein bisschen Angst zu machen. Bellende Hunde, die nicht beißen. Wenn es dagegen etwas mit der Lizenzvergabe für den Bad Vilbeler Markt zu tun hat …«

Er sprach nicht weiter, doch Sabine ahnte, was er sagen wollte: Beim Geld hörte der Spaß auf. Wer sich bestechen ließ oder andere bestach, hatte mit empfindlichen Strafen zu rechnen, nicht zuletzt mit dem Verlust seines Arbeitsplatzes. So jemand stand unter erheblichem Druck. Der Brief sollte möglicherweise die ermittelnden Beamten davon abhalten, zu tief zu stochern. Wenn der Verfasser merkte, dass diese Strategie nicht von Erfolg gekrönt war, würde er handeln. Das war etwas, das sie in Erwägung ziehen mussten. Sie mussten einen Weg finden, die Kollegen von der Dezentralen Ermittlungsgruppe zu schützen. Aber wie sollte das gehen?

Heldenbergen war ein Stadtteil von Nidderau. Es war einige Jahre her, dass Ralph zuletzt hier gewesen war; seitdem hatte sich das Städtchen verändert. Begonnen beim Ausbau der Bundesstraßen und diverser Zubringer, die selbst ihn als Ortskundigen zunächst irritierten. Vielleicht auch gerade deshalb, weil er sich in der Gegend auskannte und plötzlich alles so anders war. Etliche Neubauten waren hinzugekommen. Daneben gab es den alten Kern, mittelalterlich wirkende Gebäude und gut erhaltene Fachwerkbauten. Im Süden befand sich das Schloss, im Norden die katholische Pfarrkirche, in der Mitte das Einkaufszentrum an der Konrad-Adenauer-Allee. Dort war auch die sogenannte Neue Mitte, ein gepflasterter Platz mit ordentlich in Reihen gepflanzten Bäumen, den Angersbach zum ersten Mal in seinem Leben sah. Vor ein paar Jahren war das alles noch was gewesen – eine Wiese? Nun war es ein Marktplatz, auf dem sich allerlei Spezialitätenhändler eingefunden hatten. Er stellte den Lada auf dem Parkplatz des Nidder Forums ab und ging mit Sabine Kaufmann um das große Gebäude herum dorthin.

Der Markt bestand aus einer Reihe von Wagen, die einheimische und internationale Lebensmittel und Delikatessen anboten, Käse, Wurst, eingelegtes Gemüse, Fisch und Meeresfrüchte, Brot und vieles mehr. Natürlich gab es auch einen Bierstand, eine Würstchenbude, Pommes frites, gebrannte Mandeln, Zuckerwatte und Eis. Der Markt war gut besucht, zahlreiche Personen drängten sich vor den Ständen und verbreiteten eine entspannte Stimmung. Ralph, dem solche Veranstaltungen zuwider waren, weil er die körperliche Nähe fremder Menschen nicht mochte, stöhnte leise. Sabine schaute ihn tadelnd an.

»Nun komm schon. Es ist nur ein kleiner, übersichtlicher Markt, kein Public Viewing mit mehreren Hundert Zuschauern.«

Angersbach knurrte. Das hätte ihm auch gerade noch gefehlt.

Sie ließen sich mit dem Strom treiben, vorbei an den Gerüchen einer Pizzabude, eines Zuckerbäckers und eines Stands, an dem man Duftöle, Seifen und Kräuter erwerben konnte. Dahinter entdeckten sie den Wagen mit Metzgers Stracke.

Zwei Männer standen im Inneren hinter der Theke, der eine um die vierzig mit kurzen, rotblonden Haaren, keulenartigen Armen und einem Stiernacken, der andere knapp zwanzig, ebenfalls kräftig gebaut, aber mit besser definierten Muskeln. Das Gesicht unter den gleichfalls rotblonden Haaren wies keine Deformationen auf; Nasen- und Kieferbruch waren offenbar erfolgreich gerichtet worden und verheilt. Nur die schwarze Klappe über dem rechten Auge deutete auf die Folgen der Auseinandersetzung mit den Vilbeler Polizisten Weitzel und Queckbörner hin.

Ralph tauschte einen Blick mit Sabine und machte eine einladende Geste. Er wusste ja, dass sie der Meinung war, er würde Befragungen mit mangelndem Feingefühl verderben und zu rabiat in Richtung des Ziels vorpreschen. Ihre subtile Strategie hielt sie für erfolgversprechender. Also sollte sie ihr

Glück versuchen, dann kamen zumindest hinterher keine Klagen.

Kaufmann trat an den Wagen und studierte das Angebot in der Auslage. Hessische Traditionswürste in allen Größen und Formen, durchaus appetitlich anzusehen, wie Angersbach zugeben musste, auch wenn er kein Fleisch aß. Die Familie verstand offensichtlich ihr Geschäft.

»Na, junge Frau? Was darf's denn sein?«, sprach der ältere Metzger sie an. »Möchten Sie vielleicht kosten?« Er hielt ihr einen Teller hin, auf dem verschiedene Wurststücke drapiert waren. Kaufmann nahm sich eines davon und schob es in den Mund.

»Mhm.« Sie drehte sich zu Ralph um. »Die Wurst solltest du probieren. Köstlich.«

Angersbach schaute sie verkniffen an. Kaufmann wirkte für eine Sekunde irritiert, dann zeichnete sich die Erkenntnis in ihrem Blick ab.

»Ach. Du bist ja Vegetarier. Das hatte ich beinahe vergessen.« Ihre Miene wurde ein wenig spöttisch. »Wenn du wüsstest, was du verpasst …« Sie wandte sich wieder Metzger senior zu. »Davon hätte ich gern eine.«

Metzger grinste zufrieden, nahm eine der Würste aus der Auslage und wickelte sie in Papier. »Das macht dann acht sechzig.«

Sabine bezahlte und nahm im Gegenzug die Stracke entgegen. Sie lächelte den Metzgerssohn an. »Was ist denn mit Ihrem Auge passiert?«

Der jüngere Mann musterte sie. »Ein dummer Unfall.«

»Ich hoffe, der andere sieht genauso schlimm aus?«

Metzger junior stemmte seine beachtlichen Pranken auf den Tresen und beugte sich zu ihr vor. »Der andere«, erwiderte er betont, »war ein verdammter Bulle. Hat mir das Auge ausgeschlagen, und diese tauben Nüsse von Richtern haben ihn und seinen Kollegen freigesprochen. Keinen Cent Schmerzensgeld habe ich bekommen.«

Kaufmann lächelte ihn freundlich an. Sie wich auch nicht zurück, obwohl er sich so weit aus dem Wagen lehnte, dass ihre Nasen sich beinahe berührten.

»Das hat Sie sicherlich wütend gemacht.«

Der Jüngling schnaubte. »Wütend ist gar kein Ausdruck.«

»So wütend, dass Sie sich überlegt haben, dem *Bullen* eine Lektion zu erteilen?«

Metzger junior zog misstrauisch die Augenbrauen zusammen. Sein Vater verdrängte ihn von seinem Platz Kaufmann gegenüber. »Wer sind Sie? Was wollen Sie?«

»Ich hätte nur gern eine Antwort auf meine Frage.«

Metzger hob die Hand und fuchtelte mit dem Zeigefinger vor ihrem Gesicht herum. »Ich wüsste nicht, was Sie das angeht.«

»Nun ja.« Sabine zog ihren Dienstausweis aus der Handtasche. »Ich bin auch von der Polizei. Landeskriminalamt Wiesbaden.«

Metzger senior sah aus, als sei er gerade in einen Hundehaufen getreten. »Reicht es nicht, dass Ihr Kollege meinem Sohn das Auge ausgeschlagen hat? Wollen Sie uns jetzt auch noch irgendwas anhängen?«

Kaufmann vollführte eine bedauernde Geste. »Die Polizei Bad Vilbel hat einen anonymen Drohbrief erhalten. Wir müssen der Sache leider nachgehen.«

Metzger lief rot an. »Mein Sohn ist halb blind. Und Sie glauben, wir schicken dem Schwein, das dafür verantwortlich ist, einen *Brief*?«

»Möglicherweise ist das Schreiben ja nur der Anfang, und Sie haben vor, Ihren Worten Taten folgen zu lassen.«

Metzger verschränkte die Arme vor der Brust. Ralph fand, dass er aussah wie Popeye, wenn man ihm seinen Spinat verweigerte. »Wenn – und ich sage: wenn – wir die Absicht hätten, Ihrem Kollegen eins auf die Rübe zu geben, dann würden wir das einfach tun. Wir würden es nicht vorher mit der Post ankündigen. Wozu soll denn das gut sein?«

Kaufmann behielt ihr unverbindliches Lächeln bei. »Vielleicht reizt es Sie ja, sich vorzustellen, wie die Kollegen vor Angst schlottern.«

»Mir würde es gefallen, wenn sie sich in die Hose machen, weil mein Sohn ihnen die Birne zerquetscht. Aber wir tun so etwas nicht. Wir sind gesetzestreue Bürger.«

»Sie sind also nur innerhalb der Familie gewalttätig?«

Metzger grinste. »Mein Sohn ist nicht der Hellste. Manche Dinge muss man ihm mit dem Holzhammer einbimsen.« Sein Blick wurde wieder grimmig. »Daran ist noch keiner gestorben. Wenn Ihre Kollegen sich nicht eingemischt hätten, wäre überhaupt nichts Schlimmes passiert.«

»Unsere Kollegen haben sich gewehrt, weil Ihr Sohn sie angegriffen hat.«

»Mit völlig überzogenen Mitteln«, empörte sich der Senior.

Angersbach hatte schon eine ganze Weile die Hände in den Hosentaschen geballt. Mit zwei schnellen Schritten war er neben Kaufmann.

»Ihr Sohn«, grollte er, »ist mit einer Eisenstange auf unsere Kollegen losgegangen. Was hätten sie denn tun sollen?«

Metzger bemerkte, dass sich um den Wagen eine Traube Schaulustiger versammelt hatte. Er holte tief Luft, und seine Gesichtsfarbe normalisierte sich wieder halbwegs. »Ich möchte Sie jetzt bitten zu gehen«, sagte er mit scheinheiliger Freundlichkeit. »Die Angelegenheit ist vor Gericht geklärt worden. Nicht zu unserer Zufriedenheit, aber das ist nicht Ihr Problem. Und Ihre Fragen haben wir beantwortet. Es gibt keinen Grund, unsere Kundschaft zu vertreiben.«

»Dann bedanken wir uns für das Gespräch«, knurrte Ralph und zog Sabine vom Wagen weg.

»Das bringt doch nichts«, schimpfte er, während sie zurück zum Parkplatz liefen. »Oder hast du geglaubt, die beiden würden sagen: Ja, Frau Kommissarin, wir haben der Polizeistation Bad Vilbel einen Drohbrief geschickt?«

Kaufmann blieb stehen. »Nein. Aber darum ging es auch nicht. Ich wollte mir einen Eindruck verschaffen.«

»Und den hast du jetzt?«

»Ja. Du etwa nicht?«

Angersbach musste ein paarmal durchatmen, ehe er sich beruhigt hatte. »Doch«, gab er zu. »Die Metzgers sind Männer, die auf den Tisch hauen, aber nicht solche, die perfide Rachepläne aushecken und Drohbriefe schreiben.«

Sabine nickte. »Also hat es sich doch gelohnt. Und außerdem haben wir jetzt eine leckere Wurst.«

»Die kannst du in deine Speisekammer hängen«, entgegnete Ralph mürrisch. »Heute Abend gehen wir schick ins Restaurant. Im Golfhotel in Dortelweil.«

»Ja.« Sabine lächelte ihn an. »Darauf freue ich mich.«

Ralph schluckte. Er hatte plötzlich ein flaues Gefühl im Magen. Hunger vermutlich, er hatte ja seit dem Frühstück nichts mehr gegessen, und wo sie jetzt darüber sprachen, zusätzlich zu all den appetitanregenden Gerüchen auf dem Markt …

Er eilte mit langen Schritten zu seinem Lada. Weil er schnell zurück nach Bad Vilbel und von dort nach Gießen wollte, um seine Sachen zu packen und ins Golfhotel zu fahren, redete er sich ein. Aber eine leise Stimme in seinem Hinterkopf sagte ihm, dass es um etwas anderes ging. Dass er Sabine nicht in die Augen sehen wollte. Damit er nicht merkte, dass es nicht der Hunger war, der ihm die Knie weich werden ließ.

4

Ostdeutschland, vier Jahre vor der Wende

Es dauerte lange. Rico fror. Er biss die Zähne zusammen, damit sie nicht klapperten, und schlang die Arme eng um den Körper, um seinen Vater nicht sehen zu lassen, wie seine Hände zitterten. Seine Mutter war jetzt drüben auf der anderen Seite, zusammen mit Onkel Dranko. Das war der beste Freund seines Vaters. Er war bei der Grenzpolizei und hatte zusammen mit weiteren Freunden hier und drüben den Plan ausbaldowert.

Eigentlich war es ganz einfach. Dranko wollte bei seiner Einheit den Panzerwagen stehlen, Rico und seine Eltern aufnehmen und durch das Minenfeld rasen. Es hatte ja auch geklappt. Nur dass sein Vater und er nicht rechtzeitig am Treffpunkt gewesen waren, weil dieser Stasimann mit einem Trupp Volkspolizisten aufgetaucht war und ihre Wohnung durchsucht hatte.

Zufall? Oder hatte die Stasi Wind von ihrem Fluchtplan bekommen?

Die Flutlichter gingen aus, und sein Vater griff nach seiner Hand.

»Jetzt!«

Er zerrte ihn hinter sich her aus dem Gebüsch, und sie rannten über die Wiese.

Rico betete, dass sich sein Vater den Weg genau gemerkt hatte. Wenn sie von der Spur des Panzerwagens abkamen und auf eine Mine traten …

Er wollte lieber nicht daran denken. Ihm fehlte auch der Atem dafür. Sein Vater lief sehr schnell, und obwohl Rico auf dem Fußballplatz allen davonrannte, hatte er Mühe, ihm zu folgen. Er sah ja nicht, wohin er trat, und normalerweise hatte er beim Sprinten auch keinen schweren Rucksack auf dem Rücken. Nun stolperte er, seine Füße verhedderten sich, und er wäre gestürzt, wenn sein Vater ihn nicht wieder hochgezogen hätte.

Sie hatten vielleicht die Hälfte der Strecke geschafft, als die Flutlichter wieder aufflammten. Der milchige Schein fraß sich durch den dichten Nebel, der über der Wiese hing, zusammen mit dem Rauch der unzähligen explodierten Minen, der sich noch nicht verzogen hatte. Eine weißgraue Giftwolke, und mittendrin sie, zwei dunkle Gestalten, allein auf freiem Feld, ohne jede Deckung, hinter der sie sich in Sicherheit bringen könnten.

Eine blecherne Lautsprecherstimme hallte über die Ebene.

»Bleiben Sie sofort stehen! Wir werden nicht zögern, zu schießen!«

Rico bekam keine Luft mehr. Seine Knie fühlten sich an wie Gummi, seine Füße wie dicke Betonklötze, die er kaum vom Boden heben konnte.

»Lauf!«

Sein Vater beschleunigte, zog so schmerzhaft an seinem Arm, dass er dachte, er werde ihm aus dem Gelenk gerissen. Hinter ihnen heulte ein Motor auf. Das dumpfe Dröhnen eines Jeeps, der wie sie der Spur folgte, die frei von Minen war.

Rico konzentrierte sich nur noch auf seine Beine. Sein Herz hämmerte wie verrückt.

Sie mussten es einfach schaffen. Er wollte doch zu seiner Mutter!

Der Scheinwerferkegel des Geländewagens erfasste sie. Schüsse peitschten durch die Nacht. Und immer wieder diese Megaphonstimme: »Stehen bleiben!«

»Lauf, Junge!«

Sein Vater zog und zerrte, und Rico gab sein Bestes. Auf der anderen Seite der Wiese konnte er die Bäume sehen, die Äste ausgestreckt wie Arme, die ihn willkommen heißen wollten. Dort war die Grenze. Wenn sie es in den Wald schafften, waren sie frei.

Es war nicht mehr weit, fünfzig, sechzig Meter vielleicht. Nur noch ein paar Sekunden, dann hatten sie es geschafft. Rico verspürte ein euphorisches Kribbeln, so wie er es auch erlebte, wenn er ganz allein mit dem Ball am Fuß aufs Tor zustürmte. Wenn er wusste, dass ihn niemand mehr aufhalten konnte, der Torhüter eine Pappfigur, die er lässig austricksen würde. Nur noch ein kurzer Blick, die Konzentration auf den Schuss, und dann …

Irgendetwas traf ihn am rechten Knie wie ein Hammerschlag. Ein Splittern und Reißen, dann ein Schmerz, der so heftig war, dass ihm schwarz vor Augen wurde. Seine Hand glitt aus der seines Vaters, und er stürzte zu Boden wie nach einem besonders brutalen Foul.

Er wusste sofort, was das bedeutete.

Für ihn war das Spiel aus.

* * *

Das Golfhotel war ein Traum, ein imposantes Haupthaus und mehrere kleine Nebengebäude auf einem weitläufigen Grundstück mit gepflegtem Rasen. Die Zimmer geräumig und modern eingerichtet, mit flauschigen, weißen Handtüchern im chromblitzenden Bad und einem eigenen Balkon für jedes Zimmer. Es war ruhig; bis auf das entfernte Brummen eines Traktors, der in der Nähe ein Feld bestellte, und das Gezwitscher einiger Vögel war nichts zu hören.

Sabine Kaufmann stellte ihre Reisetasche auf der dafür vorgesehenen Bank ab und zog den Reißverschluss auf. Nach der Befragung der Metzgers hatten sie sich kurz getrennt und waren in ihre Wohnungen gefahren, um zu packen. Einen Moment lang hatte sie überlegt, ob es nicht besser wäre, zu Hause zu bleiben, doch jetzt freute sie sich, hier zu sein. Es war ein bisschen wie Urlaub, auch wenn die Ermittlungen sicherlich anstrengend werden würden. Aber die freie Zeit in einem derart angenehmen Ambiente verbringen zu können, noch dazu in der Gesellschaft eines Mannes, mit dem sie sich wohl fühlte …

Sie räumte ihre Kleidungsstücke in den Schrank und stellte Zahnbürste und Schminksachen ins Bad. Dann trat sie auf den Balkon. Während sie ihren Blick über die grüne Wiese zum See wandern ließ, der hinter dem Haupthaus lag und tiefblau in der Abendsonne leuchtete, dachte sie darüber nach, ob sie bereit für eine neue Liebe war. Nur gesetzt den Fall, Ralph hätte tatsächlich Interesse an ihr. Vielleicht bildete sie sich das alles ja auch nur ein, weil sie einsam war. Obwohl sie schon fast zwei Jahre beim LKA in Wiesbaden tätig war, hatte sie noch keine neuen Kontakte geknüpft. Die Kollegen waren nett, aber gebunden. Sie hatten Familie, einen festen Freundeskreis und kaum freie Kapazitäten.

Eine Zeit lang hatte sie Streifzüge durch Clubs und Diskotheken unternommen, doch das war nicht die richtige Umgebung, um jemanden kennenzulernen. Wenn es ihr um einen One-Night-Stand gegangen wäre, ja, doch daran hatte sie kein Interesse. Ihre letzte diesbezügliche Begegnung hatte sich als grober Fehlgriff erwiesen. Deshalb saß sie jetzt nach Feierabend wieder in ihrer Wohnung, hatte diverse Streamingdienste abonniert und war in den meisten aktuellen Fernsehserien up to date. Ihr Essen bestellte sie beim Bringdienst, und davon gab es in Wiesbaden eine ganze Menge, damit es nicht langweilig wurde. Das alles war völlig okay, denn Sabine sagte sich, dass es nur eine Phase sei. Aber diese Phase dauerte nun schon eine ganze Weile, und manchmal verspürte sie eine Leere, die ihr wie ein dunkler Schlund vorkam, der sie zu verschlingen drohte, und eine überwältigende Sehnsucht nach Nähe. Es wäre einfach schön, jemanden zu haben, mit dem sie ihr Leben teilen konnte. Das musste nicht einmal eine Liebesgeschichte sein. Eine gute Freundschaft würde es auch tun.

Seit dem Tod ihrer Mutter waren alle früheren Kontakte eingeschlafen, zu den ehemaligen Frankfurter Kollegen ebenso wie zu jenen aus Bad Vilbel und Friedberg. Sie musste an Petra Wielandt denken, mit der sie einige Jahre lang eine lockere Freundschaft gepflegt hatte, nachdem bei einem gemeinsamen Einsatz ein Kollege ums Leben gekommen war. Warum hatte sie das nicht fortgeführt? Sie hatte Petra doch gemocht.

Weil sich ihr Leben irgendwann nur noch um ihre Mutter gedreht hatte, gab sie sich die Antwort selbst. Für alles andere war kein Platz mehr gewesen. Jede freie Minute hatte sie Hedwig gewidmet. Damit sie keinen neuen schizophrenen Schub bekam, damit sie nicht in Panik verfiel, weil sie wieder einmal glaubte, Sabines vor über zwanzig Jahren nach Spanien desertierten Vater auf der gegenüberliegenden Straßenseite zu sehen, damit sie nicht wieder zur Flasche griff. Die Sorge um ihre Mutter hatte alles ausgefüllt. Ihr Tod hatte ein Vakuum hinterlassen.

Ihre letzte Beziehung lag mittlerweile einige Jahre zurück. Es war ein Kollege aus Frankfurt gewesen, Michael Schreck, ein IT-Spezialist. Spannungen hatte es schon lange gegeben, oder, besser gesagt, es hatte ihrer Beziehung an Spannung gefehlt. Alles wirkte wie eingeschlafen, und keinem von beiden war es gelungen, es wieder aufzuwecken. Einer der Gründe, weshalb Sabine sich für den Wechsel nach Bad Vilbel entschieden hatte. Eine Zeit lang hatten sie die Beziehung noch fortgeführt. Dann war Michael für ein paar Monate in die USA gegangen, um sich dort mit den neuesten Methoden der Cyberkriminalistik auseinanderzusetzen, und Sabine hatte festgestellt, dass sie ihn nicht vermisste. Nur als ihre Mutter gestorben war, hatte sie ihn sich an ihre Seite gewünscht, aber er war nicht da gewesen. Wer neben ihr gestanden und sie getröstet hatte, war Ralph.

Kaufmann seufzte leise. Sie kam immer wieder auf ihn zurück. Dabei war er überhaupt nicht ihr Typ. Er sah nicht schlecht aus, war groß und schlank, aber er machte nichts aus sich. Meist trug er ausgebeulte Cargohosen, dazu seine abgewetzte dunkelgrüne Wetterjacke. Die Haare, die langsam grau und dünn wurden, waren ständig verwuschelt, das Kinn meist schlecht rasiert. Ganz anders als Michael Schreck, bei dem immer alles korrekt war. Das war die Sorte Männer, die sie mochte: smart, gepflegt und gut gekleidet, mit geschliffenen Manieren und Einfühlungsvermögen. Ralph dagegen war ein Stoffel. Ein Raubein. Einer, der überall hineintrampelte und gar nicht merkte, wenn er jemandem auf die Zehen trat.

Zumindest vermittelte er auf den ersten Blick diesen Eindruck.

Sabine schüttelte den Kopf. Selbst wenn das alles nur Fassade war und dahinter eine sensible Seele steckte, wie sie nicht erst seit heute vermutete – Ralph war ein Einsiedler. Sie hatten nicht durchgehend Kontakt gehabt, aber soweit sie wusste, hatte es in den Jahren, seit sie einander kannten, keine Frau in seinem Leben gegeben.

Warum eigentlich nicht?

Er hatte nie über das Thema gesprochen. Sie wusste auch nichts von irgendwelchen Anstrengungen, die er unternommen hätte, um jemanden kennenzulernen. Aber was wusste sie überhaupt von ihm? Sie hatte nicht einmal eine Ahnung, wie er seine Abende verbrachte. Immerhin, seine Wohnung kannte sie. Gemütlich war es dort, das Mobiliar ein wenig antiquiert und angestaubt, aber eine Atmosphäre, in der sie sich wohlgefühlt hatte.

Nun, dann würde sie den Abend eben nutzen, um den privaten Ralph Angersbach kennenzulernen.

Sie ging ins Bad, um sich frisch zu machen.

Wie immer, wenn sie vor dem Spiegel stand, zitterten ihre Finger, als sie die Bluse aufknöpfte. Die Wunde war verheilt, zumindest äußerlich, aber es war eine Narbe zurückgeblieben, eine dunkle, wulstige, hässliche Schlangenlinie mitten auf der Brust. Würde Ralph sie abstoßend finden? Oder würde er zärtlich darüberstreichen, weil er wusste, welches Leid ihr widerfahren war? Sie stellte sich vor, wie seine kräftigen, rauen Hände die weiche Haut berührten, und ein leichter Schauer durchrieselte sie.

Energisch drehte sie den Hahn auf und klatschte sich kaltes Wasser ins Gesicht. Diese Hirngespinste mussten ein Ende haben. Ralph war ein Kollege, und sie hatten einen Fall zu klären. Wie sollten sie zusammenarbeiten, wenn sie mit ihm flirtete und dabei lediglich auf Vogelsberger Basalt biss, weil sie seine Signale schlicht falsch gedeutet hatte?

Die Stimmung hätte romantischer nicht sein können. Das Essen war exquisit, und das Abendlicht, das sich rot auf dem See hinter der großen Terrasse spiegelte, beinahe unwirklich.

Für Ralph Angersbach war es fast zu viel. Er fühlte sich unbehaglich. Ihm fehlte die Routine in solchen Situationen.

Wann hatte er zuletzt mit einer Frau zusammengesessen, die ihn interessierte? Empfand er für Sabine überhaupt mehr als kollegiale Gefühle? Sein Sensorium war so eingerostet, dass er es beim besten Willen nicht sagen konnte.

In den letzten Jahren hatte es keine Frau in seinem Leben gegeben. Er hatte auch keinen Versuch unternommen, jemanden zu finden. Mit seiner Halbschwester Janine, um die er sich plötzlich kümmern musste, und seinem leiblichen Vater, den er erst als erwachsener Mann kennengelernt hatte, hatte er genug zu tun gehabt. Er hatte auch keine guten Erfahrungen mit Frauen gemacht.

Damals im Heim hatten sie ihn vor allem ausgenutzt. Ihm schöne Augen gemacht, weil sie wollten, dass er etwas für sie tat. Sie vor den bösen Jungs beschützte oder ihnen Dinge spendierte, die sie sich selbst nicht leisten konnten. Er hatte früh angefangen zu arbeiten, Zeitungen ausgetragen, Material auf Baustellen geschleppt oder im Supermarkt Waren einsortiert. Er hatte die Mädchen ins Kino eingeladen, zum Eisessen oder auf eine Spritztour mit dem Mofa, das er sich zusammengespart hatte. Hatte geglaubt, dass sie es ernst meinten, und war mehrmals bitter enttäuscht worden. Wenn sie jemanden fanden, der ihnen mehr bieten konnte als er, ließen sie ihn fallen wie eine heiße Kartoffel. So war das eben im Heim, es ging nicht um Gefühle, sondern ums Überleben.

Später, an der Polizeischule und in seinen ersten Dienstjahren, war es anders gewesen. Diese Frauen hatten es ernst gemeint – zu ernst. Während er einfach nur das Leben und die endlich gewonnene Freiheit genießen wollte, dachten sie ans Heiraten, Hausbauen und Kinderkriegen. Er hatte sich bedrängt gefühlt, eingeengt, als wolle ihm jemand die Luft abschnüren. So viel Nähe, wie sie verlangten, konnte er nicht geben. Dafür war er als Heimkind zu sehr zum Einzelkämpfer geworden. Er war ein Einsiedler, ein Eigenbrötler, kein Familienmensch.

Würde Sabine mit dem, was er zu geben hatte, zufrieden sein? Oder wünschte sie sich auch das volle Programm? Würde sie ständig reden wollen und Probleme von allen Seiten beleuchten und ausdiskutieren? Ralph fühlte sich dazu nicht in der Lage. Also war es wohl besser, das Ganze von vornherein zu lassen. Er war einfach nicht dafür gemacht, eine normale Beziehung zu führen.

Mittlerweile hatte er sich in seinem Leben eingerichtet und sich daran gewöhnt, dass die Dinge eben so waren. Warum sollte er daran etwas ändern?

Er winkte dem Kellner, noch eine Flasche Wein zu bringen. Nippte an seinem Glas und ließ den Blick über den See schweifen. Die Sonne versank im Westen hinter den Bäumen, und die Dämmerung senkte sich über die Felder.

»Schön«, sagte Kaufmann und prostete ihm zu. »Ich bin froh, dass Schulte uns hier einquartiert hat.«

War das irgendeine Art von Botschaft?

Angersbach seufzte leise. All diese Beziehungsdinge waren ihm zu kompliziert. Es lag ihm auch nicht, zu flirten, das hatte er nie gelernt. Sollte er jetzt noch damit anfangen?

»Hast du dich mittlerweile in Wiesbaden eingelebt?«, fragte er, um das Gespräch auf sicheres Terrain zu lenken.

Sabine krauste die Stirn. Weil sie enttäuscht war? Oder weil sie in sich hineinhorchte?

»Nicht wirklich«, erwiderte sie nach einem langen Moment der Stille. »Die Kollegen sind nett, aber private Kontakte habe ich nicht.« Sie schaute ihn offen an. »Manchmal fühlte ich mich verdammt einsam.«

Ralph spürte sein Herz klopfen. Seine Zunge klebte am Gaumen. Er trank noch einen Schluck Wein.

»Du nicht?«, hakte sie nach. »Oder hast du Freunde in Gießen?«

»Nein.« Angersbach lehnte sich zurück. Die einzigen Freunde, die er hatte – wenn man sie denn überhaupt so bezeichnen konnte –, waren der Gießener Rechtsmediziner Professor Hack und Neifiger, ein Vogelsberger Metzger, bei dem er gelegentlich Lammfleisch für seinen Vater oder für Hack besorgte. Und immer war er, der Vegetarier, es, der das tote Tier in seinem Auto durch die Gegend fahren durfte. Der dem Geruch nach Blut und Gewürz ausgesetzt war. Eigentlich hieß der Metzger Göbel, aber seit er sich beim Kotelettschneiden versehentlich einen Finger abgehackt hatte, nannte ihn niemand mehr so. Er war jetzt der Neifiger – Neunfinger.

Kaufmann merkte offenbar, dass ihm das Thema unangenehm war. Sie trank von ihrem Wein und lächelte.

»Wie geht es Janine?«

»Gut.«

Sabine hob die Augenbrauen. »Und weiter?«

»Sie arbeitet immer noch ehrenamtlich im Berliner Jugendstrafvollzug, und parallel holt sie an der Abendschule ihr Abi nach. Wenn sie fertig ist, will sie mit Morten nach Australien auswandern.« Noch ein Thema, das ihm Bauchschmerzen bereitete. Sosehr es ihm damals missfallen hatte, die Halbschwester zusammen mit dem Haus in Okarben vererbt zu bekommen, so sehr vermisste er sie jetzt. Immerhin war sie neben seinem Vater seine einzige lebende Verwandte.

»Noch ist sie ja da. Hast du sie mal in Berlin besucht?«

»Nein.«

Kaufmann neigte den Kopf. Angersbach versuchte, sich zusammenzureißen. Er wusste, dass er einsilbig wurde, wenn ihm Dinge zu nahgingen, aber auch, dass er sich Sabine gegenüber unhöflich verhielt. Sie gab sich alle Mühe, ein nettes Gespräch mit ihm zu führen, während er jeden Versuch mit seiner Einsilbigkeit im Keim erstickte.

»Ich verreise nicht gern«, erklärte er. »Und Großstädte mag ich nicht besonders. Außerdem will ich nicht stören. Janine hat ihr eigenes Leben.«

»Aber du würdest sie gern öfter sehen.«

Ralph leckte sich die Lippen. Was sollte das jetzt werden? Ein Beratungsgespräch? Danach stand ihm noch weniger der Sinn als nach einem Flirt.

»Ich warte lieber, bis sie herkommt. Dann können wir auch gleich meinen Vater besuchen.«

Kaufmann durchschaute sein Ablenkungsmanöver vermutlich, ließ sich aber auf den erneuten Themenwechsel ein. »Wie geht es ihm? Hat er mittlerweile seine Hippie-WG gegründet?«

»Nein. Zum Glück nicht.«

Sabine lachte. Sie kannte seine Bedenken hinsichtlich des hemmungslosen Marihuanakonsums, dem sich die Altachtundsechziger seiner Meinung nach hingeben würden.

»Und du? Hast du mittlerweile das Haus gefunden, nach dem du suchst?«

»Nein.« Wieder eine knappe, abweisende Antwort, aber er konnte nicht anders. Die Erinnerung an sein Traumhaus, das ihm durch die Lappen gegangen war, schmerzte noch zu sehr.

Kaufmann schaute auf ihre Armbanduhr. »Ich glaube, ich gehe auf mein Zimmer und lese noch ein bisschen, wenn es dir nichts ausmacht.«

»Ja, klar.« Angersbach deutete auf die leeren Gläser und Teller. »Ich übernehme das hier.«

»Danke.« Sabine stand auf. »Treffen wir uns morgen früh um acht? Dann sind wir pünktlich zu unserer Besprechung mit den Kollegen von der Dezentralen Ermittlungsgruppe in Bad Vilbel.«

»Ja.«

»Schön. Dann gute Nacht.« Sie beugte sich zu ihm herunter und hauchte ihm einen flüchtigen Kuss auf die Wange. Im nächsten Moment lief sie mit leichten Schritten über die Terrasse und verschwand im Inneren des Hotelgebäudes.

Ralph berührte vorsichtig seine Wange. In seinem Magen knäuelte sich irgendetwas.

War er nun froh, dass nichts passiert war? Oder bedauerte er, eine Chance verpasst zu haben?

Er holte seine Brieftasche hervor und legte ein paar Scheine auf den Tisch. Dann stand er auf.

»Nein«, sagte er laut. Es war alles gut so, wie es war.

5

Ostdeutschland, vier Jahre vor der Wende

Als er wieder zu sich kam, lag er in einem weißen Bett in einem weißen Raum. Draußen war es noch dunkel, nur ein rötlicher Schimmer der aufziehenden Morgendämmerung fiel durch das Fenster herein und ließ Bett und Wände leuchten.

Sein rechtes Bein lagerte auf einem weichen Klotz, der in der Mitte eine Rinne hatte, sodass es nicht wegrutschen konnte. Es war dick bandagiert, von der Mitte des Oberschenkels bis zur Hälfte des Unterschenkels.

Schmerzen hatte er nicht, aber er fühlte sich benommen. Als wäre der Nebel, der über der Wiese gelegen hatte, in seinen Kopf gekrochen und hätte sich dort verdichtet, bis nur noch weiße Leere in seinem Schädel war. Nur langsam kamen seine Gedanken in Gang.

Er registrierte die durchsichtige Flasche, die an einem Ständer neben seinem Bett hing. Ein Schlauch führte von dort zu einer Kanüle, die in seiner linken Armbeuge steckte.

Angestrengt versuchte er sich zu erinnern, was geschehen war.

Sie hatten die Abfahrt des Wagens verpasst. Onkel Dranko und seine Mutter waren allein durch das Minenfeld gerast. Sein Vater und er waren ihnen zu Fuß gefolgt. Bis ihn ein Schlag gegen das Knie gestoppt und zu Fall gebracht hatte.

Eine kalte Hand griff nach seinem Herzen.

Sie hatten es nicht geschafft.

Die Tür des Zimmers öffnete sich. Grelles Neonlicht fiel vom Flur in den dunklen Raum. Ein hagerer Mann mit streng zurückgekämmten grauen Haaren im weißen Kittel trat ein. Er betätigte den Lichtschalter neben der Tür, und die Deckenlampe flammte auf. Rico schloss geblendet die Augen.

Als er sie vorsichtig wieder öffnete, sah er, wie der Mann den Tropf kontrollierte. Er nahm Ricos Arm und fühlte nach dem Puls am Handgelenk. Anschließend schob er Ricos Lider hoch und schaute ihm in die Pupillen. Dann nickte er.

Rico sah, dass er sich wieder abwenden wollte. Er leckte sich die Lippen. Der Arzt schien nicht mit ihm sprechen zu wollen, aber er musste doch wissen, was mit seinem Knie los war.

»Ist es schlimm?«, krächzte er.

Der Arzt schaute ihn ausdruckslos an.

Rico merkte, wie seine Hände feucht wurden. »Dauert es lange, bis ich wieder gesund werde?«

»Davon solltest du ausgehen.«

Kalt und hart, eine Stimme wie ein Messer.

Rico schlug das Herz bis zum Hals. »Aber … Ich kann doch irgendwann wieder Fußball spielen?«

Die Mundwinkel des Arztes zuckten, erst nach oben, dann nach unten. Ganz so gefühllos, wie er vorgab, war er wohl doch nicht.

»Deine Kniescheibe ist von einer Kugel getroffen und zertrümmert worden. Wir haben dich operiert, aber natürlich kann man so etwas nicht wieder zusammensetzen.«

In Ricos Kopf setzte ein Summen ein, das immer lauter wurde.

»Aber … Ich will doch Profifußballer werden.«

Der Arzt schnaubte leise. »Das kannst du vergessen. Sei froh, wenn du irgendwann wieder laufen kannst und dein Bein nicht steif bleibt.«

Damit drehte er sich um und wollte das Zimmer verlassen.

»Warten Sie! Was ist mit meinem Vater?«

Der Arzt warf einen Blick zurück. »Man hat ihn verhaftet. Was dachtest du?«

Die Tür fiel hinter ihm ins Schloss.

Rico starrte auf sein bandagiertes Knie.

Es war kaputt, alles war kaputt, und man konnte es nicht reparieren. Genau wie seine Träume.

* * *

Über den Feldern hing dichter Nebel. Die Sonne hatte es an diesem Morgen noch nicht geschafft, sich hindurchzufressen. Es war, als fahre man durch eine Wolke.

Sabine Kaufmann kniff die Augen zusammen und starrte angestrengt durch die Frontscheibe. Dabei konnte sie ohnehin nichts tun. Angersbach lenkte den Wagen, ruppig und nachlässig wie immer. Er rumpelte um die Kurven, streifte ständig den Grasstreifen am Fahrbahnrand und schaltete krachend die Gänge hinauf und hinunter. Sein Gesicht war zerknittert, die Haare noch strubbeliger als sonst. Offenbar war seine Nacht unruhig gewesen.

Ob ihm der vergangene Abend auch im Magen lag? Sabine hatte versucht, die Gedanken daran abzustreifen, erst mit einer ausgedehnten Joggingrunde durch die verträumte Landschaft um das Golfhotel herum, anschließend mit einer heißen Dusche. Sie hatte gut geschlafen, die Betten im Hotel waren hervorragend, und beim üppigen Frühstücksbuffet hatte sie sich vor allem an das Obst gehalten. Je näher sie Bad Vilbel kamen, desto mehr verblasste die Erinnerung an das Gespräch auf der Terrasse, und ein wohlbekanntes Kribbeln breitete sich in ihrem Körper aus. Sie verspürte es immer, wenn sie in einen neuen Fall eintauchte. Die Befragung der Metzgers war nur das Vorspiel gewesen. Sicher hatten die Männer ein Motiv, doch die schlichten Gemüter der Metzgers passten nicht zu der sprachlich gewandten Drohung, die auf der Polizeistation eingegangen war. Dass der Brief etwas mit dem Fall der Dezentralen Ermittlungsgruppe zu tun hatte, erschien ihr plausibler.

Ralph lenkte den Lada auf den Parkplatz der Polizeistation und stellte den Motor ab. Gemeinsam betraten sie das Gebäude.

Kaufmann war gespannt auf die Kollegen. Würden sie kooperativ sein oder mauern, weil ihnen die Einmischung durch das LKA nicht passte? Sie erinnerte sich noch gut, wie Angersbach und sie selbst vor ein paar Jahren reagiert hatten, als Schmittke und Rahn ungebeten aufgetaucht waren und sich in ihren Fall eingeklinkt hatten. Ralph hatte, wie ihr gestern klar geworden war, seine Aversionen bis heute nicht überwunden.

Konrad Möbs erwartete sie bereits im Foyer. Von Weitzel und Queckbörner war nichts zu sehen.

Möbs nickte ihnen nur knapp zu. Kein »Guten Morgen«, kein Handschlag zur Begrüßung. Nun, sie legte auch keinen Wert darauf. Möbs hatte sich damals keinerlei Mühe gegeben, seine Freude darüber zu verbergen, dass man das Projekt »Mordkommission« nach zwei Jahren eingestampft hatte. Wahrscheinlich hatte er in seinem Büro heimlich einen Freudentanz aufgeführt, als sie gegangen waren.

»Kommen Sie«, sagte ihr ehemaliger Chef, »die Kollegen von der DEG warten schon.«

Er geleitete sie in den Konferenzraum, in dem sie auch schon am Tag zuvor gesessen hatten. Immerhin, der Tisch war gedeckt, Getränke standen bereit, außerdem ein Teller mit Keksen und eine Schale mit Obst. Sogar Servietten waren da.

Angersbach warf seine abgewetzte Jacke nachlässig über einen Stuhl und blickte sich mürrisch um. »Wo sind sie denn nun, die Kollegen?«

Möbs schien ebenfalls irritiert und wandte sich zur Tür, durch die im selben Moment zwei Frauen traten. Kaufmann entfuhr ein überraschtes »Ach!«.

Nicht nur, weil es sich bei den »Kollegen« offensichtlich um Kolleginnen handelte, was Möbs bei seiner Wortwahl natürlich nicht berücksichtigt hatte, sondern weil sie eine der beiden kannte. Sabines Mundwinkel hoben sich unwillkürlich.

»Petra!« Sie trat auf die Freundin zu, die sie in den letzten Jahren aus den Augen verloren hatte. »Ich hatte keine Ahnung, dass du jetzt hier in Bad Vilbel arbeitest.« Zuletzt war Petra Wielandt bei der Dienststelle in Friedberg beschäftigt gewesen.

»Du hast ja auch nie angerufen«, entgegnete Petra, lächelte aber dabei. Im nächsten Augenblick hatte sie Sabine in die Arme geschlossen und drückte sie. »Schön, dich wiederzusehen.«

»Ja.« Sabine löste sich von Petra, nahm ihre Hände und betrachtete die alte Freundin. »Gut siehst du aus.«

Petra Wielandt war ein paar Jahre älter als sie selbst, Anfang vierzig, doch das sah man ihr nicht an. In den kurzen, dunklen Haaren war keine graue Strähne zu entdecken, das Gesicht war bis auf ein paar Lachfältchen in den Mund- und Augenwinkeln glatt, und die tiefblauen Augen hatten einen jugendlichen Glanz.

»Danke. Es geht mir auch gut. Die Arbeit hier in der DEG ist sehr reizvoll.«

Sabine stutzte. Petra klang ehrlich begeistert. Trotzdem schien etwas Distanziertes in ihrer Aussage mitzuschwingen.

Den Grund dafür ahnte sie, als sie sich Wielandts Kollegin zuwandte. Sie war im selben Alter wie Petra, hatte ebenfalls dunkle Haare und war ebenso wie diese mittelgroß und schlank, aber damit endeten die Ähnlichkeiten auch schon. Petra Wielandt trug Jeans, Turnschuhe und einen locker fallenden Pullover. Sie war eher der burschikose Typ. Ihre Kollegin dagegen präsentierte sich in einem grauen, eng geschnittenen Hosenanzug, schwarz glänzenden Pumps und einer hellblauen Bluse, die bis zum obersten Knopf geschlossen war. Sie wirkte korrekt und ein wenig verkniffen. Selbst ihre schwarze Kurzhaarfrisur war streng. Jemand, mit dem man nicht leicht warm wurde und wahrscheinlich auch nicht so einfach zusammenarbeiten konnte, vermutete Kaufmann.

Die Kollegin hielt ihr eine schmale, blasse Hand hin.

»Guten Morgen. Ich bin Cordula Scherer.«

Ein wenig von oben herab, aber Kaufmann versuchte, darüber hinwegzusehen. Es kam immer wieder vor, dass man mit Kollegen oder Kolleginnen zusammenarbeiten musste, zu denen man keinen persönlichen Draht fand. Trotzdem konnte man in der Sache an sich produktiv sein. Dienst ist Dienst … wie es so schön hieß. Man musste sich eben zusammenraufen.

Cordula wandte sich Ralph zu, und auf ihrem abweisenden Gesicht vollzog sich eine wundersame Wandlung. Die strenge Miene verschwand und wurde von einem mädchenhaften Lächeln abgelöst. Ihre Stimme klang plötzlich nicht mehr hart, sondern weich und einschmeichelnd.

»Hallo.«

Petra warf Sabine einen vielsagenden Blick zu. Angersbach schüttelte Scherer die Hand. Auch er lächelte, etwas dümmlich, fand Kaufmann. Wie ein Schaf, dachte sie ärgerlich.

Konrad Möbs räusperte sich vernehmlich. »Wollen wir dann vielleicht anfangen?«

Alle vier drehten sich zu ihm um. Nicht nur Sabine hatte offensichtlich seine Anwesenheit völlig vergessen.

»Setzen wir uns doch.« Wielandt machte eine einladende Geste.

Sie nahmen am Konferenztisch Platz, Möbs an der Stirnseite, Ralph neben Cordula, Sabine und Petra den beiden gegenüber.

Cordula Scherer klappte den Laptop auf, der vor ihr auf dem Tisch stand, und schaltete mit einer Fernbedienung den Beamer an der Decke ein. »Herr Möbs hat uns gebeten, euch einen Überblick über unsere aktuellen Ermittlungen zu geben«, sagte sie steif. Sie war offensichtlich nicht begeistert darüber.

Auf der Leinwand an der Schmalseite des Raums erschien ein Bild, auf dem die Fotos von drei Männern und einer Frau zu sehen waren.

»Anlass waren die Beschwerden mehrerer Schausteller, die sich um einen Platz auf dem Festgelände beworben haben, aber abgelehnt worden sind. Sie haben den Verdacht geäußert, dass bei der Vergabe der Lizenzen nicht alles mit rechten Dingen zugegangen sei. Die Staatsanwaltschaft hat sich entschieden, ein Ermittlungsverfahren einzuleiten.«

Sie deutete auf die Fotos. »Der Vorwurf lautet auf Bestechung und Korruption. Diese vier Personen sind unsere derzeitigen Verdächtigen. Es handelt sich um Frau Kirsten Gerlach, die im Stadtmarketing sitzt, die Herren Lohmann und Fuller von der Frankfurter Eventagentur Fuller & Lohmann sowie den Sicherheitsbeauftragten der Frankfurter Polizei, Herrn Eckard Roth.«

Kaufmann erinnerte sich, dass die beiden Kolleginnen am Vortag zu einem Gespräch mit Roth in Frankfurt gewesen waren. Offenbar nicht, um das Sicherheitskonzept für den Vilbeler Markt zu diskutieren, sondern um ihn zu überprüfen.

»Bisher haben wir keine Hinweise darauf gefunden, dass an den Vorwürfen etwas dran sein könnte«, fuhr Scherer fort. »Aber wenn irgendjemand vom Stadtmarketing oder ringsherum an unsauberen Geschäften beteiligt ist, dann mit ziemlicher Sicherheit einer oder mehrere dieser vier hier. Sie sitzen an den Schaltstellen und können Einfluss nehmen. Wir beschäftigen uns schon eine Weile mit der Sache, allerdings ist die Untersuchung ziemlich aufwendig. Wir haben etliche Kartons mit Korrespondenz, E-Mail-Verkehr und Bankunterlagen zusammengetragen. Es wird einige Zeit dauern, bis wir wissen, ob sich darin irgendwelche Unstimmigkeiten finden.« Sie lächelte Angersbach an. »Aber jetzt haben wir ja Unterstützung.«

Ralph, dem jedes ausgiebige Aktenstudium zuwider war, brummte etwas Unverständliches.

Cordula Scherer zwinkert ihm zu. »Ich schlage vor, wir teilen die Sachen auf.«

Das war Kaufmann recht. Lieber saß sie mit einem Karton voller Papiere allein in ihrem Hotelzimmer als mit dieser Schnepfe am Tisch. Oder urteilte sie vorschnell? Ein unangenehmer Gedanke durchzuckte sie. War sie womöglich eifersüchtig?

Unsinn, befand sie. Angersbach konnte flirten, mit wem er wollte. Er war ohnehin nicht der Richtige für sie.

»Vielleicht erklärst du uns kurz, warum diese vier infrage kommen?«, bat sie Cordula und legte Notizblock und Stift vor sich auf den Tisch. »Welche Rolle spielen sie bei der Lizenzvergabe?«

Scherer deutete auf die Projektion an der Wand. »Kirsten Gerlach ist diejenige im Stadtmarketing, die in letzter Instanz die Entscheidungen trifft. Sie beraten alle gemeinsam darüber, aber am Ende setzt sie ihren Stempel auf die Papiere.«

»Was wissen wir über die Frau?«

Petra Wielandt zog ein dickes, in Leder gebundenes Notizbuch aus der Handtasche und klappte es auf. »Zweiundfünfzig

Jahre alt, verheiratet, zwei Kinder. Seit vier Jahren im Stadtrat von Bad Vilbel. Ihr Mann arbeitet beim Straßenverkehrsamt in Frankfurt. Beide sind strafrechtlich nie in Erscheinung getreten. Auffällig ist allerdings, dass sie relativ luxuriös leben. Ein großes Einfamilienhaus in bester Lage hier in Bad Vilbel, zwei teure Autos. Die Kinder gehen kostspieligen Hobbys nach, Tennis, Golf, Reiten. Die Tochter hat sogar ein eigenes Pferd auf einem Hof in der Nähe untergestellt. Das Konto der Familie ist gut gefüllt. Wir wissen noch nicht, wo das Geld herkommt. Allein mit den zwei Gehältern scheint uns das alles nicht finanzierbar.«

»Okay.«

Sabine machte sich Notizen. Die Frau würde man noch genauer unter die Lupe nehmen müssen, auch wenn ihre Intuition ihr sagte, dass der Schreiber des Drohbriefs ein Mann war.

»Wir hatten gestern ein Treffen mit Kirsten Gerlach, sind aber vage geblieben«, erläuterte Cordula Scherer. »Bei Politikern muss man ja vorsichtig sein, die setzen schnell irgendwelche Hebel in Bewegung, um die Ermittlungen zu behindern. Deswegen haben wir auch nichts Neues erfahren.«

Sie deutete wieder auf das Bild an der Wand. »Die beiden in der Mitte sind Markus Fuller und Johannes Lohmann«, setzte sie ihre Ausführungen fort. »Fuller ist fünfundvierzig, Lohmann siebenundvierzig. Beide ledig und strafrechtlich ebenfalls nie in Erscheinung getreten. Sie pflegen keinen ausschweifenden Lebenswandel. Der Verdacht gegen die beiden begründet sich bisher allein dadurch, dass sie an einer zentralen Position sitzen. Die Eventagentur entwirft weite Teile des Konzepts für den Bad Vilbeler Markt, und sie sprechen auch Empfehlungen aus, welche Schausteller eingeladen werden sollen. Die Stadt versucht dann, ihre Vorschläge so weitgehend wie möglich umzusetzen. Wenn also jemand Einfluss nehmen möchte, wären die beiden eine gute Anlaufstelle.«

Kaufmann schrieb sich auch hier die Eckdaten auf. »Habt ihr mit ihnen gesprochen?«

»Noch nicht. Sie waren bis gestern in der Schweiz. Irgendeine Großveranstaltung in Zürich, die sie betreut haben.«

»Dann übernehmen wir das.«

Scherer nickte säuerlich. »Darf man fragen, warum wir plötzlich nicht mehr gut genug dafür sind?«

Kaufmann sah, dass Angersbach zu einer Antwort ansetzte, und hielt ihn mit einem scharfen Blick davon ab. Ob sie es nun richtig fanden oder nicht – Schulte hatte sie gebeten, Stillschweigen über den Drohbrief zu bewahren.

»Darum geht es nicht«, erwiderte sie kühl. Was Scherer konnte, konnte sie schon lange. »Wir wollen lediglich prüfen, ob es sich um Vorgänge handelt, die in die Zuständigkeit des Landeskriminalamts fallen. Mit der Qualität eurer Arbeit hat das nichts zu tun.«

Cordula gab ein verächtliches Schnaufen von sich.

Petra lächelte Sabine entschuldigend zu. »Wir können ohnehin nicht alles alleine machen«, sagte sie zu Cordula.

»Ja, schon gut.« Scherer wandte den Kopf demonstrativ ab und zwinkerte Ralph zu. »Ich wollte es nur wissen.«

»Gut. Dann haben wir das ja geklärt.« Kaufmann tippte ungeduldig mit dem Stift auf ihren Notizblock. »Wie ist das mit dem Kollegen?«

Wielandt seufzte leise. »Das ist natürlich besonders unangenehm. Aber wir müssen ja unvoreingenommen agieren. Für Roth gilt dasselbe wie für Fuller und Lohmann. Es existieren keine konkreten Verdachtsmomente, aber Roth hat bei der Vergabe eine Schlüsselstellung. Er entscheidet, ob ein Unternehmen die Anforderungen erfüllt, die an die Sicherheit des Marktes gestellt werden. Was er sagt, ist Gesetz. Niemand in den Gremien zweifelt sein Urteil an. Für jemanden, der sich durch Bestechung Vorteile verschaffen will, wäre er demnach eine gute Option.«

Angersbach nahm sich eine Flasche Wasser und füllte sein Glas. »Ihr habt gestern mit ihm gesprochen?«

Wielandt und Scherer bestätigten das.

»Was war euer Eindruck?«

Die beiden DEG-Kolleginnen verständigten sich mit einem kurzen Blick. Dann ergriff Cordula Scherer das Wort. »Roth ist ein Polizist der alten Schule. Geradlinig, kompromisslos und absolut korrekt. Ich kann mir nicht vorstellen, dass er sich bestechen lässt.«

»Natürlich nicht«, dröhnte Möbs, der sich bisher im Hintergrund gehalten hatte. »Ich kenne Eckard. Der nimmt keine Schmiergelder. Wenn ihm jemand ein paar Scheine hinhält, hat der schneller stählerne Armreifen um die Handgelenke, als er blinzeln kann.«

Die anderen ignorierten seinen unqualifizierten Einwurf.

»Wie sind Roths Lebensumstände?«, erkundigte sich Ralph.

»Bescheiden.« Petra Wielandt lächelte. »Er hat eine kleine Zweizimmerwohnung im Frankfurter Westend und ein altes Motorrad, mit dem er zur Arbeit fährt. Seit zehn Jahren verwitwet, seine Frau hatte Magenkrebs. In zwei Jahren geht er in Pension. Hat gute Kontakte zu den Kollegen, man trifft sich oft in der Kneipe zum Kartenspielen. Von irgendwelchen kostspieligen Hobbys wissen wir nichts.«

Sabine dachte nach. War an dem ganzen Korruptionsverdacht also nichts dran? Die Anzeige nur eine Reaktion verbitterter Schausteller, die man aus guten Gründen abgewiesen hatte? So oder so, sie mussten das prüfen. Solange auch nur die geringste Möglichkeit bestand, dass einer der Verdächtigen etwas mit dem Drohbrief zu tun hatte, mussten sie der Sache nachgehen.

»Wir fahren nach Frankfurt«, entschied sie und steckte Notizblock und Stift in die Handtasche. »Zuerst zu Fuller & Lohmann, dann zu Roth.« Sie schaute zu Petra. »Kündigt ihr unseren Besuch bitte an?«

»Klar.« Wielandt hob zur Bestätigung ihr Smartphone.

»Anschließend statten wir Kirsten Gerlach einen Besuch ab. Vielleicht könnt ihr für uns einen Termin in der Stadtverwaltung vereinbaren?«

»Kein Problem.« Petra tippte auf ihrem Telefon. »Ich gebe dir Bescheid.«

Scherer zog die Augenbrauen zusammen. »Soll das jetzt unsere Aufgabe sein? Für euch das Sekretariat zu erledigen?«

Ralph stand auf und nahm seine Jacke vom Stuhl. »Ist das zu viel verlangt?«, grummelte er. »Zwei kurze Anrufe?«

»Nein.« Sofort knipste Cordula ihr Lächeln wieder an. »Wir haben ja die Kontaktdaten. Du hast recht. Es ist einfacher, wenn wir das übernehmen.« Sie griff in ihre Handtasche und beförderte eine Visitenkarte hervor. »Wenn wir in Zukunft zusammenarbeiten, sollten wir uns besser kennenlernen, meinst du nicht? Vielleicht hast du Lust, heute Abend etwas mit mir essen zu gehen? Dann könnten wir den Fall auch noch mal in Ruhe durchdenken. Ruf mich einfach an.«

Angersbach nahm die Karte und steckte sie ein. Sein Blick wanderte kurz zu Sabine, dann wieder zu Cordula Scherer. In seinem Kopf schien es zu rattern. Dann ging ein Ruck durch seinen Körper, und er straffte sich. »Wir können das auch gleich festmachen«, schlug er vor. »Heute Abend, zwanzig Uhr, Golfhotel Dortelweil?«

Scherer fuhr sich mit einer mädchenhaften Geste durch die Haare. »Ein entscheidungsfreudiger Mann«, säuselte sie. »Das gefällt mir.« Sie schaute zu ihm auf. »Ich werde da sein.«

»Fein.« Ralph grinste und winkte ihr zum Abschied zu. »Dann bis später.«

Sabine wandte sich ab und kniff die Lippen zusammen. Ihr gefielen weder Cordula Scherer noch die Art, wie sie sich an Angersbach heranmachte, doch das war seine Sache. Sie wartete, bis er zu ihr aufgeschlossen hatte, und ging dann gemeinsam mit ihm zur Tür. Auf dem Weg kamen sie an Konrad Möbs vorbei.

»Sie sollten sich ein wenig zusammenreißen«, zischte er Sabine zu. »Wir brauchen hier niemanden, der Zwietracht sät. Sie mögen jetzt beim LKA und den Kollegen von der DEG übergeordnet sein, aber Sie sind ihnen gegenüber nicht weisungsbefugt.« Er sah missfällig auf sie herab. »Ich habe Horst gleich gesagt, dass wir nicht ausgerechnet Sie dazuholen sollten. Er hätte besser auf mich gehört.«

Kaufmann spürte ihr Herz bis zum Hals klopfen. Sie setzte zu einer giftigen Erwiderung an, doch Angersbach zog sie mit sich, ehe sie ihrem Ärger Luft machen konnte.

»Lass es«, murmelte er. »Du kennst doch Möbs. Er will dich bloß auf die Palme bringen.«

Kaufmann atmete tief durch. »Das ist ihm gelungen.« Vielleicht wäre es tatsächlich besser gewesen, den Fall jemand anderem zu überlassen. Bad Vilbel wühlte sie zu sehr auf. Dazu noch Möbs und diese Zimtzicke Cordula Scherer …

Sie lief hinter Angersbach die Treppe hinunter ins Foyer.

Dort standen Mirco Weitzel und Levin Queckbörner in ein Gespräch vertieft. Als sie Ralph und Sabine erblickten, unterbrachen sie es, und Mirco kam auf sie zu. Er lächelte Sabine strahlend an.

»Wie ist es gelaufen?«

Sie fasste kurz zusammen, was sie erfahren hatten.

»Prima.« Weitzel blinzelte ihr zu. »Dann seid ihr heute

Abend wieder hier? Wir könnten zusammen etwas essen gehen. Um der alten Zeiten willen. Ich lade dich ein.«

Kaufmann registrierte, wie Angersbach neben ihr die Hände in die Jackentaschen stopfte. Was meinte Weitzel wohl damit, wenn er von alten Zeiten sprach? Damals, als sie in Bad Vilbel zusammengearbeitet hatten, hatte sie gedacht, Weitzel wäre an ihr interessiert, was sich zu ihrer Erleichterung als Irrtum herausgestellt hatte. Doch mittlerweile hatte sich vieles geändert – und Mirco war immer noch solo. Die Frauen, die auf ihn flogen, wurden von seinem attraktiven Äußeren angezogen. Er tat auch einiges dafür. Die Kollegen frotzelten, er fixiere seine akkurat gestylten Haare wohl mit Sekundenkleber, weil sie auch beim Tragen der Dienstmütze keinen Schaden nahmen. Man munkelte, er trage sogar stets einen kleinen Spiegel in der Brusttasche, um jederzeit nachbessern zu können. Zugegeben, er war ein Schönling, aber dahinter steckte eine Persönlichkeit. Sabine vermutete, dass er sich eine Partnerin wünschte, die auch hinter die Kulissen schaute.

Womöglich dachte er also daran, mehr aus ihrer lockeren Freundschaft zu machen. In dem Fall wäre es besser, die Einladung abzulehnen.

Sie wollte es schon tun, doch dann juckte es sie in den Fingern, Ralph seinen albernen Flirt mit Cordula Scherer mit gleicher Münze heimzuzahlen.

»Ja. Warum nicht?« Sie schenkte Weitzel ein charmantes Lächeln. »Die alten Zeiten aber sollten wir dabei lieber ruhen lassen. Zu viel Ballast. Ich freue mich auf die neuen.«

Angersbach knurrte und marschierte zur Tür. Dort drehte er sich mit grimmiger Miene um. »Kommst du?«

Sabine zwinkerte Mirco verschwörerisch zu. »Ich bin schon unterwegs«, flötete sie.

Auf der Fahrt nach Frankfurt schwiegen sie. Kaufmann schaute aus dem Seitenfenster und hing ihren Gedanken nach. Angersbach konzentrierte sich auf den Verkehr. Er mochte Frankfurt nicht; die Straßen waren zu voll, die Menschen zu hektisch. Ständig musste man befürchten, dass ein Geschäftsmann in Eile nicht darauf wartete, dass eine Ampel auf Grün sprang, sondern einfach auf die Straße stürzte.

Dazu kam, dass er sich überfordert fühlte.

Was war auf einmal los? Erst flirtete Sabine mit ihm, dann Cordula Scherer. Dabei wollte er doch nur seine Ruhe haben. Diese Spielchen waren nichts für ihn. Und gerade als er angefangen hatte, sich ernsthaft Gedanken zu machen, ob er sich Sabine annähern sollte, machte sie Mirco Weitzel schöne Augen. Ausgerechnet.

War das ihre Reaktion darauf gewesen, dass er Cordulas Ansinnen zugestimmt hatte? Dabei hatte er doch nur vermeiden wollen, dass sich die Situation vom Vorabend wiederholte. Aber war es jetzt besser?

Wenn Weitzel sein Konkurrent war, konnte er ebenso gut gleich die Waffen strecken. Mirco war jünger, smarter, attraktiver und souveräner im Umgang mit Frauen als er. Wenn er wollte, konnte er jede haben.

Es war besser, wenn er die Gefühle, die plötzlich die Finger nach ihm ausstreckten, auf der Stelle wieder dorthin verbannte, wo sie hergekommen waren: in den hintersten Winkel seines Unterbewusstseins. Solche Dinge, wie Klaus Lage sie in den Achtzigern besungen hatte, funktionierten im realen Leben ohnehin nicht. Tausendmal berührt, tausendmal ist nix passiert. Daran sollte man nicht rütteln.

Umso erleichterter war Ralph, als sie ihr Ziel erreichten und er unmittelbar vor dem Gebäude, in dem sich die Agentur Fuller & Lohmann befand, einen Parkplatz erspähte. Er rangierte den Lada in die schmale Lücke und stellte den Motor ab.

»So«, sagte er. »Da wären wir.«

Fuller & Lohmann residierten in einem der schlanken, komplett verglasten Türme, die typisch für das Frankfurter Stadtbild waren. Sabine Kaufmann blickte an der Fassade nach oben. Offenbar liefen die Geschäfte gut, andernfalls hätte man sich ein Büro in dieser Lage nicht leisten können.

Sie fuhren mit dem Fahrstuhl in den zehnten Stock. Die Aufschrift an der Milchglastür zeigte ihnen, dass sie hier richtig waren.

Fuller & Lohmann, Eventmanagement stand dort in dezenten dunkelblauen Buchstaben.

Ralph Angersbach drückte auf den Klingelknopf neben der Tür.

Es dauerte ein paar Sekunden, dann erschien ein Schatten hinter dem Glas. Gleich darauf wurde geöffnet. Ein großer, schlanker Mann Anfang vierzig mit halblangen braunen Haaren und gepflegtem Vollbart sah sie an.

»Ja, bitte?«

Er hatte hübsche braune Augen, die durch den weichen hellbraunen Kaschmirpullover noch betont wurden. Seine linke Hand steckte in der Tasche seiner grauen Businesshose, die rechte hatte er an den Türrahmen gelegt, als sei er nicht sicher, ob er sie einlassen sollte.

Kaufmann zog ihren Dienstausweis aus der Tasche und stellte sich und Angersbach vor. Der Mann trat von der Tür zurück.

»Bitte. Treten Sie ein.« Er wandte den Kopf und rief in Richtung der rückwärtigen Räume: »Johannes? Kommst du mal? Wir haben Besuch von der Polizei.«

Er führte sie in einen Konferenzraum, der mit einem langen Glastisch und eleganten grauen Schwingsesseln aufwartete. An den Wänden hingen großformatige Fotodrucke von Veranstaltungen. Konzerte, Freilichtaufführungen, Festivals. Professionelle Bilder, die viel Atmosphäre transportierten. Bei Fuller & Lohmann verstand man offenbar sein Handwerk.

Der Mann lud sie mit einer Handbewegung ein, Platz zu nehmen, und stellte mit routinierten Bewegungen Gläser und Getränke auf den Tisch.

»Kaffee?«, fragte er und deutete auf die chromglänzende Espressomaschine auf dem Schrank neben der Tür.

»Gerne. Stark und schwarz«, sagte Angersbach.

Sabine nickte. »Für mich dasselbe.«

Während sich der Mann am Kaffeeautomaten zu schaffen machte, schaute sie durch die bodentiefen Fenster nach draußen. Der Morgennebel hatte sich verzogen und war einem klaren, fast gläsern blauen Himmel gewichen, der Blick über die Stadt bis zu den Ausläufern des Taunus war phänomenal. Die Miete für diese Räumlichkeiten war es sicherlich auch.

Die Tür öffnete sich, und ein zweiter Mann trat ein. Ebenfalls groß, mit einer etwas sportlicheren Ausstrahlung als der erste. Kurze, dunkelblonde, widerspenstige Haare und ein fast bartloses, jungenhaftes Gesicht. Er trug ein weißes T-Shirt unter einem anthrazitfarbenen Sakko, dazu blaue Markenjeans und braune Sneakers.

»Polizei?«

Ralph und Sabine standen auf. »Kriminaloberkommissarin Sabine Kaufmann, Landeskriminalamt Wiesbaden. Kriminaloberkommissar Ralph Angersbach, Regionalkriminalinspektion Gießen.«

»Aha?« Der Jeansträger schüttelte ihnen ratlos die Hände. »Johannes Lohmann.«

Sein Kompagnon stellte edle Espressotassen auf den Tisch, aus denen ein verführerischer Duft aufstieg.

»Ach so.« Er grinste. »Ich habe mich gar nicht vorgestellt. »Markus Fuller. Setzen Sie sich doch wieder. Was können wir für Sie tun?«

Sabine warf Ralph einen warnenden Blick zu. Bestechung und Korruption waren ein heikles Feld. Wenn man zu ungestüm vorpreschte, schlossen sich schnell alle Türen, und man stand vor unüberwindlichen Mauern. Wenn man etwas erreichen wollte, musste man subtil vorgehen.

Zum Glück verstand er ihre stumme Botschaft, nahm seine Kaffeetasse und lehnte sich im Sessel zurück.

»Wir haben ein Problem«, erklärte Kaufmann. »Und wir hoffen, dass Sie uns helfen können. Haben die Kollegen von der DEG uns nicht angekündigt?«

Johannes Lohmann sah sie ratlos an. »Sie meinen den Düsseldorfer Eishockeyverein?«

Ralph gab ein leises Prusten von sich. Sabine funkelte ihn ärgerlich an.

»Nein«, sagte sie zu Lohmann und Fuller. »Die Dezentrale Ermittlungsgruppe der Polizeistation in Bad Vilbel.«

Fuller runzelte die Stirn. »Das wird ja immer verworrener. Erst Wiesbaden und Gießen – und jetzt auch noch Bad Vilbel. Worum dreht es sich denn?«

»Um den Vilbeler Markt.«

Johannes Lohmann nahm seine Kaffeetasse, lehnte sich zurück und streckte die Beine aus. »Wenn es um das Sicherheitskonzept geht: Da arbeiten wir mit der Frankfurter Polizei zusammen. Der Ansprechpartner ist Kommissar Eckard Roth, ein Beamter mit einer Menge an Erfahrung, aber das brauche ich Ihnen ja vermutlich nicht zu sagen.«

»Ja. Das ist uns bekannt. Aber wir ermitteln in einer anderen Angelegenheit, und die ist leider etwas heikel. Die Kollegen von der Dezentralen Ermittlungsgruppe wollten sich deshalb mit Ihnen in Verbindung setzen.«

»Wir sind gerade erst aus der Mittagspause zurückgekommen«, erklärte Lohmann. »Die ist uns heilig, da gehen wir nicht ans Telefon und lassen auch unsere Smartphones ausgeschaltet.«

»Aha.« Kaufmann war ein wenig irritiert, doch das war nicht das Thema. Sie beugte sich zu den beiden Männern vor und nahm den eigentlichen Faden wieder auf. »Es gibt vonseiten der Schausteller Anschuldigungen, dass bei der Vergabe der Lizenzen für den diesjährigen Markt nicht alles mit rechten Dingen zugegangen sei.«

»So?« Markus Fuller kniff die Augen zusammen. »Und was genau ist damit gemeint? Wollen Sie unterstellen, wir hätten dabei unsere Finger im Spiel?«

Lohmann legte den Kopf schief. Seine blaugrauen Augen blitzten. Belustigt? Oder alarmiert?

Sabine hob die Hände. »Es geht nicht um Sie. Wie gesagt: Wir brauchen Hilfe. Der Verdacht richtet sich gegen ein Mitglied des Stadtmarketings. Wir kommen auf Sie zu, weil Sie beide bei den Planungen eine zentrale Rolle spielen. Sie sind oft vor Ort, aber mit den anderen Beteiligten nicht persönlich verbandelt. Wir hatten gehofft, dass Sie uns etwas sagen können.«

Lohmann runzelte die Stirn. »Zum Beispiel was? Dass wir gesehen haben, wie einer von diesen Jahrmarktsleuten Kirsten Gerlach heimlich einen dicken Umschlag übergeben hat?«

Kaufmann zuckte innerlich zusammen. Hatte sie den Namen erwähnt? Nein. Sie war ganz allgemein geblieben. Woher wusste Lohmann dann, dass es um Gerlach ging?

Der Eventmanager sah ihr offenbar an, was hinter ihrer Stirn vorging.

»Das war nicht schwer zu erraten«, erklärte er. »Kirsten ist diejenige, die letztlich die Entscheidungen trifft. Alle anderen – die Mitarbeiter der Stadt, die Sicherheitskräfte, wir – beraten sie nur.«

Angersbach hielt es nicht länger in seiner Zuschauerposition. Er rutschte auf seinem Sessel nach vorn und stellte seine Tasse so schwungvoll auf den Unterteller, dass Sabine eine Sekunde lang befürchtete, das Geschirr könnte Schaden nehmen.

»Aber sie verlässt sich auf das Urteil ihrer Berater, oder nicht? Jemand, der bestimmte Interessen hat, könnte sie entsprechend manipulieren.«

Kaufmann seufzte innerlich. Da war er wieder, der Bulldozer. Erwartungsgemäß fuhr Lohmann die Abwehr hoch.

»Sie denken also doch, dass wir etwas damit zu tun haben.« Er vollführte eine weit ausholende Handbewegung. »Glauben Sie, wir hätten das nötig? Schauen Sie sich doch hier um. Ein solches Büro in bester Lage.« Er wies auf die Wände mit den Fotodrucken. »Events in ganz Europa. Wir gehören nicht zu diesen kleinen Agenturen, die sich mehr schlecht als recht durchschlagen. Bei uns stehen keine Gläubiger Schlange. Wir sind gefragt, weil wir gut sind. Meinen Sie, irgendein Jahrmarktschausteller könnte uns etwas anbieten, das uns reizt? Die Branche hat seit Jahren massive Umsatzeinbußen, die Leute gehen nicht mehr so viel nach draußen. Die sitzen zu Hause, starren auf ihre Flachbildfernseher oder Smartphones. Waren Sie in den letzten Jahren mal auf einem Volksfest? Die Betreiber fahren die halbe Zeit mit massenweise leeren Gondeln. Das war früher anders.«

Er hatte sich in Fahrt geredet, seine Wangen glühten. »Jeder von denen steht mit einem Fuß am Abgrund. Die müssen kämpfen, sonst gehen sie unter.«

Markus Fullers Miene war mit jedem Satz, den Lohmann äußerte, verkniffener geworden. »Deine Argumentation ist nicht gerade geeignet, den Verdacht zu entkräften, Johannes«, versetzte er. »So wie du es darstellst, hätten die verzweifelten Budenbesitzer allen Grund, ihr letztes Hemd zu opfern, um einen Platz auf dem Vilbeler Markt zu ergattern. Immerhin ist das eines jener Feste, bei denen hohe Besucherzahlen zu erwarten sind, anders als bei den vielen jährlichen Jahrmärkten, zu denen kaum noch jemand hingeht.«

Lohmann nickte. »Das ist aber nicht der Punkt. Was ich meinte, war, dass wir kein Interesse an Almosen haben. Wer uns kaufen will, müsste mehr bieten als ein Schausteller, der sich in wirtschaftlicher Schieflage befindet.«

Fuller schüttelte ärgerlich den Kopf. »Das klingt, als wäre es nur eine Frage des Preises. Aber so ist es natürlich nicht. Es geht ums Prinzip. Wir sind als Eventmanager gefragt, weil wir gute Arbeit machen und einen untadeligen Ruf genießen. Unser Anspruch ist es, aus jedem Event das Beste herauszuholen. Wir machen keine Abstriche, weil uns irgendjemand Geld anbietet, sei es nun viel oder wenig.«

Lohmann lächelte schief. »Du hast natürlich recht. Wir würden es ohnehin nicht annehmen. Ich wollte nur sagen …« Er brach ab, weil er merkte, dass er sich nur immer weiter verheddern würde. »Ist auch egal.«

Sabine hob die Augenbrauen und tauschte sich wortlos mit Angersbach aus. War Johannes Lohmann einfach nur naiv? Oder brachte ihn ihr Besuch aus dem Konzept, weil die Agentur tatsächlich in einen Bestechungsskandal verwickelt war? Es mussten ja nicht beide Partner daran beteiligt sein. Möglicherweise hatte Lohmann Geld genommen, und Fuller wusste nichts davon. Oder umgekehrt. Aber ehe sie die beiden unter Druck setzen und ein Geständnis erzwingen konnten, brauchten sie Hintergrundinformationen. Über die Vermögensverhältnisse der beiden Teilhaber und deren Lebensstil. Daten, die ihnen in Form der Unterlagen, die ihnen Wielandt und Scherer mit den großen Kartons übergeben hatten, bereits zur Verfügung standen. Sie mussten sie nur durchgehen.

»Um noch einmal auf den Ausgangspunkt zurückzukommen: Sie können sich also nicht vorstellen, dass Frau Gerlach empfänglich für Bestechungen wäre?«

»Auf keinen Fall«, antwortete Lohmann wie aus der Pistole geschossen. Markus Fuller gab sich nachdenklicher. »Nun ja. Was weiß man schon? Man kann den Leuten nicht in den Kopf schauen.«

Lohmann sah ihn böse an. »Kirsten ist absolut korrekt. Sie würde so etwas niemals tun.«

Fuller hob beschwichtigend die Hände. »Nein. Wahrscheinlich nicht. Auf der anderen Seite: Man kennt sich nicht wirklich.« Er winkte ab, als Lohmann dazwischengehen wollte. »Du hast schon recht. Vorstellen kann ich es mir auch nicht.«

»Eben.« Lohmann nickte zufrieden.

Kaufmann sah zwischen den beiden hin und her. »Und sonst ist Ihnen auch nichts Verdächtiges aufgefallen?«, blieb sie allgemein.

Fuller und Lohmann schüttelten die Köpfe.

»Gut.« Angersbach stand auf. »Dann wollen wir Sie nicht länger stören.« Er sah Sabine auffordernd an.

Wir verschwenden hier nur unsere Zeit, sagte sein Blick.

So wie es aussah, hatte er recht.

Ralph atmete auf, als sie das Gebäude verließen. Das hier war nicht seine Welt. Politik, dubiose Geschäfte, Wirtschaftskriminalität – das waren Bereiche, in denen Ermittlungen für gewöhnlich langwierig und zäh waren. Zu viel Papierkram, zu wenig handfeste Beweise. Er konnte auch mit solchen Yuppie-Typen nicht gut umgehen. Kaufmann dagegen schien Feuer gefangen zu haben.

»Was meinst du?«, fragte sie auf der Fahrt zum Frankfurter Polizeipräsidium. »War das nur Theater, was sie uns vorgespielt haben? Oder kocht da jeder sein eigenes Süppchen?«

»Du meinst, der eine macht hinter dem Rücken des anderen krumme Geschäfte?« Dieser Gedanke war ihm nicht gekommen. Er konnte sich auch kaum vorstellen, dass es möglich war. Wenn man zu zweit war, hatte doch jeder Einblick in alles, was geschah. Andererseits konnte das Schmiergeld auf einem privaten Konto eingezahlt oder in bar übergeben worden sein.

Aber Angersbach fand das Argument, das Johannes Lohmann ins Feld geführt hatte, überzeugend. »Die haben es nicht nötig, mit gezinkten Karten zu spielen. Ganz offensichtlich ist die Agentur erfolgreich. Die brauchen das Geld nicht. Und das Risiko, den ganzen Laden an die Wand zu fahren, ist viel zu groß.«

Kaufmann lachte. »Das siehst du so, weil du ein grundanständiger Charakter bist.«

Ralph schaute zu ihr hinüber. Er wusste nicht, was daran schlecht sein sollte. Aber ihr Tonfall hatte nicht so geklungen, als meinte sie das als Kompliment. Fand sie, dass er zu sehr Dorfbulle war und zu wenig Ahnung hatte von der großen, weiten Welt, die ihr zu Füßen lag, seit sie beim LKA arbeitete? Nun ja, ganz unrecht hatte sie nicht. Angersbach war trotzdem gekränkt.

»Du nicht?«, knurrte er und trat aufs Gas, um den Lada bei Dunkelgelb in eine enge Kurve zu steuern. Er rumpelte über den Bordstein, und Sabine streckte reflexartig die Hand nach dem Griff über der Beifahrertür aus. Sie rollte mit den Augen und wartete, bis er den Wagen zurück in die Spur gebracht hatte.

»Ich weiß es nicht«, erwiderte sie dann. »Ich denke nur, man darf die Gier der Menschen nicht unterschätzen.« Sie nahm ihren Notizblock aus der Tasche und blätterte darin. »Vielleicht haben sie es wirklich nicht nötig, sich bestechen zu lassen, weil sie im Geld schwimmen. Aber vielleicht ist es auch genau andersherum. Sie schwimmen im Geld, *weil* sie sich bestechen lassen.«

Ralph stöhnte leise. Er hatte es ja gewusst. Ermittlungen im Wirtschaftsmilieu waren immer unübersichtlich. Es gab einfach zu viele Möglichkeiten.

»So oder so, wir finden es heraus«, erklärte Kaufmann optimistisch. Sie deutete auf das Gebäude des Frankfurter Polizeipräsidiums, das vor ihnen auftauchte. »Jetzt bin ich erst mal auf den Kollegen Roth gespannt.«

»Ja, ich auch.«

Angersbach fuhr auf den Hof des Reviers und stellte den Motor ab. Hier fühlte er sich auf jeden Fall wohler. Man war unter sich und sprach dieselbe Sprache. In dieser Umgebung würde er ein schwarzes Schaf erkennen, wenn er eines sah.

6

Ostdeutschland, vier Jahre vor der Wende

Es war derselbe Arzt, der sein Krankenhauszimmer betrat, aber dieses Mal war er nicht allein. Ihm folgte ein Ehepaar mittleren Alters, beide in langweiliges Beige und Braun gekleidet. Der Mann hatte graue Haare, die ebenso streng zurückgekämmt waren wie die des Arztes, buschige Augenbrauen und kalte Augen. Die Frau war ebenfalls grau; die langen Haare hatte sie am Hinterkopf zu einem festen Knoten aufgesteckt. Ihr Mund war verkniffen, die Nase schmal, mit einem Höcker wie eine Hexennase, ihr Blick stechend.

Die beiden blieben neben der Tür stehen und betrachteten ihn eingehend. Der Arzt trat ans Bett, fühlte nach seinem Puls und schaute in seine Augen. Anschließend machte er sich Notizen auf seinem Klemmbrett.

Rico fühlte sich nicht wohl mit diesen fremden Menschen in seinem Zimmer, während er hier klein und hilflos mit seinem Krankenhausnachthemd im Bett lag. Er sah den Arzt fragend an. »Wer sind diese Leute? Was wollen sie von mir?«

Der Arzt setzte ein falsches Lächeln auf. »Das sind Walter und Margot. Deine neuen Eltern.«

Irgendetwas in seinem Kopf hakte. Er musste den Arzt falsch verstanden haben. »Ich habe doch Eltern.«

»Deine Mutter hat sich in den Westen abgesetzt.« So wie er es sagte, klang es, als hätte sie eine komplette Grundschulklasse mit dem Maschinengewehr niedergemäht.

»Aber mein Vater ist noch hier.«

Rico sah ihn vor sich, das schmale Gesicht, die leuchtend blauen Augen, die blonden Haare, die ihm wirr in die Stirn hingen, den lachenden Mund. Er war keiner von den Vätern, die ihren Kindern Vorschriften machten, sie drangsalierten oder einfach gar nicht beachteten. Jürgen Krawitz grinste, wenn Rico Dummheiten machte, er sprach ihm Mut zu und legte ihm warm die Hand auf die Schulter, wenn er zauderte, und er stand jeden Sonntag am Fußballplatz und feuerte ihn an. Nicht wie die anderen Väter, die schimpften und die Augen verdrehten, »Gib doch ab«, »Lauf ein bisschen schneller«, »Streng dich mal an«, »Den hättest du halten können«. Sein Vater klatschte, wenn ihm etwas gelang, zeigte ihm den erhobenen Daumen, wenn er einen guten Ball gespielt hatte, und sprang jubelnd wie ein Derwisch herum, wenn er ein Tor geschossen hatte, die geballte Faust in die Luft gereckt. Ging ihm etwas daneben, lächelte er nur und tröstete ihn nach dem Spiel. »Das hätte jedem passieren können.« – »War eben nicht dein Tag.« – »Beim nächsten Mal machst du es besser.« Mit seinem Vater an der Seite fühlte er sich stark. Ohne ihn war seine Welt leer.

Der Arzt sah ihn von oben herab an. »Dein Vater sitzt im Gefängnis. Versuchte Republikflucht.« Seine Miene war angewidert, er spuckte das Wort beinahe aus. Rico musste sich zusammenreißen, um sich unter seiner Verachtung nicht zu ducken.

»Aber irgendwann kommt er wieder raus.«

Der Arzt schnaubte leise. »Bis dahin bist du erwachsen. Es spielt auch keine Rolle. Laut Gesetz erlaubt das Verbrechen deiner Eltern dem Staat, über deinen weiteren Lebensweg zu entscheiden.« Sein Blick wurde hart. »Der zuständige Richter hat deine Zwangsadoption verfügt.«

Der Kloß in Ricos Kehle war so dick, dass er kaum schlucken konnte. »Was ist das?«

»Die gerechte Strafe für das, was dein Vater und deine Mutter getan haben. Sie haben das Recht auf ihr Kind verspielt.«

»Aber ich will nicht zwangsadoptiert werden.«

Jetzt lachte der Arzt. »Du hast in dieser Angelegenheit überhaupt nichts zu entscheiden.« Er gab dem grauen Ehepaar einen Wink.

Der Mann trat ans Bett. Er betastete Ricos Bizeps, zog seine Augenlider hoch und studierte seine Pupillen, zwang seine Kiefer auseinander und schaute sich seine Zähne an. Anschließend nickte er seiner Frau zu. »Er ist in einem guten Zustand.«

Die Frau trat näher und musterte Rico. »Macht einen ordentlichen Eindruck, ja.« Sie wandte sich dem Arzt zu. »Wie alt ist er? Wie sieht es mit seiner Gesundheit aus?«

»Zwölf Jahre«, rapportierte der Arzt. »Gute Allgemeinverfassung. Altersgemäßer Entwicklungsstand.«

»Wie heißt er?«

»Rico.«

Die Frau kräuselte die Nase. Dann zuckte sie mit den Schultern. »Das kann man ändern.«

Der Arzt hob sein Klemmbrett. »Also nehmen Sie ihn?«

Als wäre er ein Pferd oder ein Schaf auf dem Viehmarkt.

Walter und Margot tauschten einen kurzen Blick. Anschließend nickten sie. »Ja. Wir nehmen ihn.«

Rico stöhnte leise. Ihm war schlecht. Wäre sein Magen nicht leer gewesen, er hätte sich vermutlich auf die Bettdecke übergeben. So würgte er nur trocken, während das Blut in seinen Ohren rauschte und sich das Krankenhauszimmer vor seinen Augen drehte.

Das konnte nur ein Traum sein. Ein böser Traum, aus dem er hoffentlich schleunigst erwachen würde.

* * *

Sabine Kaufmann hatte ein mulmiges Gefühl im Magen. In ihrer Frankfurter Zeit bei der Sitte hatte man ihr einmal angeboten, in die Abteilung Interne Ermittlungen zu wechseln. Sie hatte abgelehnt, obwohl sie die Arbeit wichtig fand. Gerade bei einer Behörde, die so viel Macht hatte, durfte niemand ein falsches Spiel treiben. Aber die Vorstellung, den eigenen Kollegen mit Misstrauen zu begegnen, hatte ihr nicht gefallen. Man gehörte plötzlich nicht mehr dazu, sondern stand auf der anderen Seite. Niemand gab sich gern mit den Beamten von der Internen ab. Für die anderen waren sie Aussätzige. Wölfe, die das Rudel verlassen hatten und sich über die anderen stellten. So wollte sie nicht arbeiten. Stattdessen war es einige Zeit später die Mordkommission geworden.

Nun war sie beinahe wieder in derselben Situation. Eckard Roth war ein altgedienter Polizist. Er hatte die verantwortungsvolle Aufgabe übernommen, das Sicherheitskonzept für den Bad Vilbeler Markt zu erstellen und zu koordinieren. Und genau daraus wollten sie ihm einen Strick drehen. Dabei lag nichts weiter gegen ihn vor als die Anschuldigungen der Betreiber einiger Fahrgeschäfte, die bei der Lizenzvergabe leer ausgegangen waren. Das konnte stimmen, genauso gut aber auch vollkommen aus der Luft gegriffen sein. Wenn dieser Drohbrief nicht wäre, den die Polizeistation erhalten hatte … Doch auch dafür könnten natürlich die Schausteller verantwortlich sein. Falls sie keine Hinweise auf Korruption fanden, würden sie auch diese unter die Lupe nehmen müssen. Es war die Suche nach der Stecknadel im Heuhaufen.

Was würde geschehen, wenn sie den Verfasser des Briefs nicht ausfindig machten? Würde dann am letzten Tag des Volksfestes tatsächlich ein Polizist sterben? Oder war es eine leere Drohung? Sie hoffte, dass sie nicht an den Punkt kamen, an dem sie es erfahren mussten.

Der diensthabende Beamte hinter dem Tresen begrüßte sie freundlich und kündigte sie telefonisch bei Roth an. Anschließend öffnete er ihnen die Panzerglastür, die den öffentlichen Bereich von den Zugängen zu den Diensträumen trennte. Er beschrieb ihnen den Weg zu Roths Büro und kehrte an seinen Platz zurück.

Kaufmann und Angersbach gingen durch einen langen, graugrün gestrichenen Flur mit ausgetretenem Linoleum. Vor Roths Bürotür blieben sie stehen.

Sabine wollte etwas sagen, doch Ralph wehrte mit einer unwirschen Geste ab.

»Ich weiß schon. Wir gehen behutsam vor und fallen nicht mit der Tür ins Haus.«

Sie musste lachen, und dabei kamen ihr gleichzeitig die Tränen. Angersbach, der schon anklopfen wollte, zog die Hand zurück und legte sie ihr stattdessen auf die Schulter.

»Hey. Was ist denn los?«

»Ich weiß auch nicht.« Sabine schniefte. »Mir gefällt das nicht. Gegen einen Kollegen vorzugehen …«

Angersbach verstärkte den Druck.

»Wir gehen nicht gegen ihn vor. Wir führen nur ein Gespräch.«

Kaufmann nickte. »Kannst du das übernehmen? Ich … Das ist meine alte Dienststelle. Ich komme mir vor wie eine Verräterin, wenn ich die Kollegen verdächtige.«

»Schon gut.« Angersbach klopfte ihr auf die Schulter. »Ich spiele den bösen Bullen.« Er wandte sich wieder der Tür zu, drehte sich dann aber noch einmal um. »Kennst du diesen Roth?«

»Nein.« Sabine nahm ein Taschentuch aus ihrer Handtasche und tupfte sich die Augen ab. »Vielleicht hatten wir mal miteinander zu tun, aber ich erinnere mich nicht.«

»Okay.« Ralph klopfte schwungvoll an Roths Tür. Von drinnen forderte jemand ebenso energisch zum Eintreten auf.

Der Mann, dem Ralph Angersbach im nächsten Moment gegenüberstand, hätte sich gut auf einem Werbeplakat für die Polizei gemacht: groß und aufrecht, mit militärisch kurzen, dichten grauen Haaren, kantigem Kinn und einem entschlossenen Gesichtsausdruck. Roth war schlank, breitschultrig und körperlich offenbar hervorragend in Form. Ralph wusste aus den Akten, dass er fast zehn Jahre älter war als er selbst, doch in einem sportlichen Wettstreit hätte er vermutlich haushoch gegen Roth verloren.

Eckard Roth hielt erst Kaufmann, dann Angersbach die Hand hin, ehe er ihnen Plätze in der Sitzecke anbot. Die grauen Polstersessel schienen noch aus den Sechzigerjahren zu stammen, ebenso der braune Tisch mit den Keramikfliesen. Wahrscheinlich hatte Roth die Stücke aus seinen Privatbeständen mitgebracht. Der Rest der Einrichtung des winzigen Raums waren die typischen hellgrauen Behördenmöbel, nüchtern und sachlich. An einer Wand hingen die aktuellen Fahndungsplakate, an einer zweiten erblickte Ralph eine Reihe von Urkunden, die Roth im Laufe der Jahre erhalten hatte. Er trat näher und stellte fest, dass Eckard Roth offensichtlich ein herausragender Schütze war.

»Soll ich euch einen Kaffee kommen lassen?«, fragte Roth. »Ich muss euch allerdings warnen. Die Brühe ist nicht besonders genießbar.«

»Wir hatten schon, danke.«

Roth nickte und setzte sich zu ihnen. »Also. Was kann ich für euch tun?« Seine Brauen zogen sich zusammen. »Ich hatte gestern schon einen Besuch dieser Art. Die beiden Ladys von der Vilbeler DEG. Ich bin nicht ganz schlau daraus geworden, was sie eigentlich wollten.« Er neigte den Kopf. »Gibt es irgendwelche Vorwürfe gegen mich? Will mich da jemand aus dem Verkehr ziehen?«

»Gäbe es denn einen Anlass dazu?«, fragte Ralph.

Roth sah ihm in die Augen. »Nein.« Ganz ruhig, der Blick offen. Entweder war er ein exzellenter Lügner, oder er hatte ein reines Gewissen.

Ralph überlegte kurz und entschied sich, Schultes Anweisung zu ignorieren. »Wir sind hier, weil die Vilbeler Polizei einen Drohbrief erhalten hat. Jemand behauptet, am letzten Tag des Marktes würde es einen Anschlag geben«, erklärte er. »In diesem Zusammenhang sind auch Anschuldigungen zur Sprache gekommen, die dich betreffen. Es geht um Korruption im Zusammenhang mit der Vergabe der Lizenzen für den Vilbeler Markt.«

Roth lächelte müde. »Ihr glaubt, dass mir jemand Geld angeboten hat? Nein. Ich würde es auch nicht annehmen. Ganz abgesehen davon, dass niemand etwas davon hätte. Wofür sollte man mich denn schmieren? Ich bin für die Sicherheit zuständig. Wenn da etwas schiefläuft, fliegt mir alles um die Ohren. So viel Bestechungsgeld kann man gar nicht bezahlen, um das aufzuwiegen.«

Über diesen Punkt hatte Angersbach auf der Fahrt nach Frankfurt nachgedacht. »Angenommen, du würdest beim Betreiber eines Fahrgeschäfts Sicherheitsbedenken anmelden. Dann wäre die Wahrscheinlichkeit doch hoch, dass stattdessen ein anderer Schausteller lizenziert wird, bei dem keine Zweifel bestehen.«

»Richtig.« Roth nickte knapp. »Aber das war beim diesjährigen Markt nicht der Fall. Es ist niemand abgelehnt worden, weil es Sicherheitsmängel gab.«

»Okay.« Angersbach überlegte. Er wusste nicht recht, wie er weitermachen sollte. Sie stocherten im Nebel. Gab es dort überhaupt etwas zu finden?

»Was ist das für eine Geschichte mit dem Drohbrief?«, hakte Roth nach. »Warum denkt ihr, dass das etwas mit den Korruptionsvorwürfen zu tun hat?«

»Wir vermuten, dass es sich um ein Ablenkungsmanöver handelt. Jemand will Kräfte binden, damit der Skandal nicht aufgedeckt wird.«

Roth schüttelte den Kopf. »Wenn du mich fragst: Ihr denkt zu kompliziert. Jemand, der einen Drohbrief schreibt, will gewöhnlich genau das: Angst verbreiten, bevor er zuschlägt.« Sein Blick bohrte sich in Ralphs. »Habt ihr das ermittelt? Gibt es da niemanden, der infrage kommt? Jemanden, der ein Rachebedürfnis gegen einen der Vilbeler Beamten oder das ganze Revier hat?«

»Doch.« Angersbach berichtete in knappen Worten von der Familie Metzger. »Aber wir glauben nicht, dass sie es waren.«

»Sie sind sicher nicht die Einzigen, die eine Wut auf die Polizei haben«, gab Roth zu bedenken. »Habt ihr euch die Verurteilungen der letzten Jahre angesehen? Hat da jemand vor Gericht Drohungen ausgestoßen? Ist einer dieser Täter in den letzten Monaten entlassen worden? Da würde ich ansetzen.«

»Die Kollegen in Bad Vilbel haben das geprüft«, sagte Ralph steif. Inhaltlich hatte Roth natürlich recht, aber er mochte es nicht, wenn ihm jemand sagte, wie er seine Arbeit zu tun hatte, Kollege hin oder her. »Da ist nichts.«

Roth rückte den Kragen seines Uniformhemds zurecht und zog die Krawatte enger. »Dann kann ich euch nicht helfen.« Er schaute zu Kaufmann. »Was ist mit dir? Hast du keine Meinung zu dieser Sache?«

Sabine rang sich ein Lächeln ab. »Ich fürchte, wir müssen dem Korruptionsverdacht weiter nachgehen. Auch wenn es mir persönlich nicht gefällt.«

Roth schaute sie väterlich an. »Das ist schon in Ordnung. Ihr tut nur eure Pflicht. Aber bei mir seid ihr an der falschen Adresse.«

Angersbach fuhr sich ungeduldig durch die Haare. Diese Geschichte begann ihm auf die Nerven zu gehen. »Wie ist dein

Eindruck von Kirsten Gerlach?«, erkundigte er sich. »Könnte sie empfänglich für Bestechung sein?«

Eckard Roths Miene verdüsterte sich wieder. »Kirsten? Nein. Das ist eine absolut integre Person. Was man weiß Gott nicht von vielen Politikern sagen kann. Sie tut alles dafür, dass der Jahrmarkt in Bad Vilbel wieder ein Erfolg wird. Davon hat sie mehr als von ein paar Scheinen, die sie sich heimlich in die Tasche steckt. Sie will in ihrer Partei nach oben und vielleicht in ein paar Jahren für den Landtag kandidieren. Das würde sie nicht aufs Spiel setzen.«

»Okay.« Ralph sah Sabine an. Ihm fiel nichts mehr ein, was er noch fragen könnte. Sie bedeutete ihm mit einem Blick zur Tür, dass es ihr nicht anders ging. Angersbach stand auf. Roth und Kaufmann taten es ihm gleich.

»Danke für deine Zeit«, sagte er und gab Eckard Roth die Hand.

»Stets zu Diensten. Wenn ich euch irgendwie unterstützen kann, lasst es mich wissen. Und informiert mich, falls weitere Drohungen eingehen. Wenn auf dem Jahrmarkt tatsächlich ein Anschlag verübt wird, fällt das auf mich zurück. Ich bin für die Sicherheit verantwortlich. Am Ende muss ich den Kopf dafür hinhalten.«

»Selbstverständlich.« Angersbach trat in den Flur, und Kaufmann folgte ihm, nachdem sie sich ebenfalls von Roth verabschiedet hatte.

Das, dachte Ralph, während er die Treppe hinunterging, war das entscheidende Argument. Eckard Roth würde sich ins eigene Fleisch schneiden, wenn er unseriös agierte. Am Ende würde man ihn zum Sündenbock machen.

Sabine sah das genauso.

»Bleibt noch Kirsten Gerlach«, sagte sie. »Also schauen wir uns die Dame mal an.«

Eine knappe Stunde später klopften sie an die Tür der Politikerin.

»Treten Sie ein.« Die Vorsitzende des Stadtmarketings erhob sich von ihrem Schreibtisch und kam auf Kaufmann und Angersbach zu.

Kirsten Gerlach war eine Frau Mitte dreißig, leger gekleidet mit hellblauen Jeans und einer weißen Bluse mit Blumenmuster. Die blonden Locken reichten ihr bis auf die Schultern. Sabine betrachtete sie mit einem Anflug von Neid. Sie trug ihre blonden Haare wieder einmal in einer Kurzhaarfrisur, dabei wollte sie sie schon seit Jahren wachsen lassen. Aber in der Phase zwischen kurz und lang sahen sie einfach furchtbar aus. Deswegen ging sie schließlich doch immer wieder zum Friseur und ließ sie abschneiden.

Das Lächeln der Stadträtin war offen und herzlich.

Nein, entschied Sabine spontan. Das war keine Frau, die sich bestechen ließ, und erst recht keine, die anonyme Drohbriefe verschickte.

»Nehmen Sie doch Platz.« Gerlach dirigierte die Kommissare zu einer großzügigen Sitzgruppe. Das Büro war hell und freundlich mit geschmackvollen Landschaftsaufnahmen an den Wänden, dezenten hellgrauen Aktenschränken und einem Schreibtisch in Birkenoptik.

Kaufmann setzte sich auf einen der blauen Stühle. Kirsten Gerlach stellte Gläser und Getränke auf den Tisch. Sie wartete, bis sich auch Angersbach gesetzt hatte, ehe sie selbst Platz nahm.

»Ich nehme an, Sie kommen wegen des Vorwurfs der Vorteilsnahme im Amt«, begann sie das Gespräch offensiv. »Ihre Kolleginnen von dieser Dezentralen Ermittlungsgruppe hatten mich deshalb schon aufgesucht.« Ihr Mund verzog sich ein wenig. »Sie waren sehr … investigativ. Jedenfalls eine der beiden.«

Sabine hatte keine Mühe, zu erraten, wer gemeint war. »Sie ist Ihnen hoffentlich nicht zu nahe getreten?«

Kirsten Gerlach winkte ab. »Als Politikerin ist man derlei gewohnt. Anschuldigungen dieser Art werden ständig erhoben, meistens von politischen Gegnern. In diesem Fall sind es die Schausteller, die sich durch unsere Entscheidungen benachteiligt fühlen. Ich kann das verstehen. Die Plätze auf dem Markt sind begehrt. Für manch einen geht es um die schiere Existenz. Wer verzweifelt ist, schlägt schon mal um sich. Das muss man abkönnen, sonst hat man auf einem Posten wie diesem nichts verloren.«

»Und die Vorwürfe entbehren selbstverständlich jeder Grundlage«, knurrte Angersbach und griff nach einer Flasche Bionade. Es gluckerte, als er sie schwungvoll in ein Glas goss. Die Flasche landete mit einem Knall wieder auf dem Tisch. Kaufmann sah ihn überrascht an.

Anscheinend missfiel ihm irgendetwas an der Politikerin. Sie hatte allerdings keine Ahnung, worum es sich handeln könnte.

»Ja«, entgegnete Kirsten Gerlach schlicht. »Ich habe die Entscheidungen über die Lizenzvergabe nach bestem Wissen und Gewissen getroffen. Geld hat dabei keine Rolle gespielt.«

»Dann erklären Sie uns doch mal, wie Sie Ihren äußerst kostspieligen Lebensstil finanzieren«, forderte Ralph. »Ihr Gehalt dürfte dafür keinesfalls reichen. Und das Ihres Mannes auch nicht.«

Sabine hätte fast gegrinst. Daher also wehte der Wind. Sie wusste, dass Angersbach kürzlich ein Haus im Vogelsberg entdeckt hatte, das seinem Traum recht nahekam. Leider war es für ihn nicht einfach mal so aus dem Handgelenk finanzierbar gewesen. Seitdem schimpfte er über jeden, der sich eine Luxusimmobilie leisten konnte und damit die Preise, wie er meinte, in astronomische Höhen trieb.

Gerlach behielt ihr freundliches Lächeln bei. »Das ist kein Geheimnis. Mein Vater, der schon lange verwitwet war, ist vor drei Jahren bei einem Autounfall ums Leben gekommen. Er hatte eine kleine, aber exquisite Schmuckwerkstatt. Ich habe sie nach seinem Tod verkauft und einen sehr guten Preis dafür bekommen. Davon haben wir das Haus finanziert. Außerdem hat er mir auch ein gewisses Barvermögen hinterlassen. Ich war plötzlich eine recht wohlhabende Frau. Da wir nun weder Miete zahlen noch Raten abtragen müssen, können wir uns von unseren Einkünften einige Annehmlichkeiten leisten.«

Kaufmann zog ihren Block hervor und machte sich Notizen. Ralph verschränkte die Arme vor der Brust. Wahrscheinlich dachte er, dass das Leben ihm ruhig auch mal einen solchen Segen bescheren dürfte. Doch so etwas passierte meist nur Leuten, denen es schon vorher gut gegangen war. Ralph hingegen hatte von seiner Mutter nur diesen alten Kasten in Okarben geerbt, der sicher keinen sonderlich eindrucksvollen Verkaufspreis erzielt hatte. Außerdem noch eine Halbschwester, verknüpft mit der Bedingung, dass er sich um sie kümmerte, bis sie volljährig war. Sein Vater saß derweil in seinem Traumhaus im Vogelsberg und erfreute sich bester Gesundheit. Sicher, Ralph würde dieses Haus einmal bekommen. Doch zum einen wollte er an diese Option wohl kaum denken, und zweitens deutete sich eine solche Entwicklung noch lange nicht an. Für die nächsten zehn oder zwanzig Jahren würde sich vermutlich nichts an seiner Situation ändern. Aber so war das eben. Das Schicksal verteilte seine Geschenke nicht gleichmäßig. Die einen bekamen mehr, die anderen weniger. Immerhin hatte Ralph seinen Vater noch. Kirsten Gerlach dagegen war Vollwaise.

Sabine musste an ihre eigene Mutter denken, die vor zwei Jahren gestorben war und eine große Lücke hinterlassen hatte, obwohl es nicht leicht mit ihr gewesen war. Die schizophrenen Schübe, und immer wieder der Alkohol. Und dennoch … Es war besser, als allein zu sein. Der zweite Gedanke folgte auf dem Fuße: Ihren Vater hatte sie auch noch. Sie hatte ihn zwar seit dreißig Jahren nicht gesehen, seit er Hedwig und sie im Stich gelassen hatte und nach Spanien ausgewandert war, um eine neue Familie zu gründen. Aber vermutlich lebte er noch, sonst hätte man sie wohl darüber informiert. Wenn sie wollte, könnte sie nach ihm suchen und Kontakt aufnehmen. Theoretisch betrachtet. Aber wollte sie das?

Sie schob die Überlegungen beiseite. Jetzt und hier war nicht die Zeit und auch nicht der richtige Ort, um über ihre persönlichen Probleme zu sinnieren.

»Ich nehme an, Sie können diese Erbschaft belegen?«

»Sicher. Wenn Sie wollen … Ich stelle Ihnen die Unterlagen zusammen.«

»Danke.« Kaufmann schaute zu Angersbach. Der schlürfte seine Bionade und kaute offensichtlich daran, dass andere bekamen, was er sich wünschte, er selbst dagegen nicht. Ob das damit zusammenhing, dass er als Kleinkind ins Heim gekommen und später in Pflegefamilien aufgewachsen war? Fehlende Mutterliebe und Bindungsabbrüche von Anfang an, und immer das Gefühl, benachteiligt zu sein? Vielleicht würde sie ihn irgendwann danach fragen. Doch wahrscheinlich würde er nicht darüber reden wollen. Ralph war ein Mann, der Probleme lieber in sich hineinfraß, als sie im Gespräch zu bearbeiten. Wie die meisten Männer, dachte sie bitter.

»Meinen Sie, die Behauptung, es sei nicht alles mit rechten Dingen bei der Vergabe der Lizenzen zugegangen, ist völlig aus der Luft gegriffen?«, erkundigte Sabine sich. »Oder könnte tatsächlich jemand den Versuch unternommen haben, auf ungesetzliche Weise Einfluss zu nehmen?«

Gerlach schenkte sich ebenfalls eine Bionade ein. »Das kann ich natürlich nicht ausschließen. Ich kann nur für mich sprechen. Ob von den anderen Beteiligten jemand Geld genommen hat? Ich möchte es mir nicht vorstellen, aber ich bin nicht naiv. So etwas geschieht. Ich hoffe nur, dass wir trotzdem die richtigen Entscheidungen getroffen haben. Gegen schlechte Berater ist man natürlich nicht gefeit.«

»Hauptsache, Sie haben eine weiße Weste«, grummelte Angersbach.

Kirsten Gerlach lachte leise und zwinkerte Sabine zu. »Ist das so Standard bei der Polizei? Guter Bulle, böser Bulle? Ich dachte, das gäbe es nur im Fernsehkrimi.«

»Das ist auch so.« Kaufmann stand auf und signalisierte Angersbach, dass sie gehen wollte. »Wir haben das nicht einstudiert. Mein Kollege ist nur schlecht gelaunt. Das kommt bei ihm gelegentlich vor.«

»Ah ja.« Kirsten Gerlach lachte und erhob sich ebenfalls. Sie reichte Sabine die Hand. »Tut mir leid, wenn ich Ihnen nicht weiterhelfen konnte.«

»Sie haben uns schon geholfen. Ich danke Ihnen für Ihre Offenheit. Wenn Sie uns die Unterlagen über die Erbschaft noch zuschicken könnten …« Sie reichte Gerlach ihre Visitenkarte.

»Selbstverständlich. Sie erhalten die Dokumente so schnell wie möglich.«

»Und wenn Ihnen noch etwas einfällt, melden Sie sich bitte.«

»Natürlich.« Kirsten Gerlach schüttelte auch Ralph die Hand. »Hat mich gefreut, Sie kennenzulernen.«

»Äh, ja.« Angersbach räusperte sich vernehmlich und strebte zur Tür. Kaufmann winkte der Vorsitzenden des Stadtmarketings zu und folgte ihm.

Wie war sie nur auf die Idee gekommen, Ralph könnte ein passender Partner für sie sein? Er war ein grober Klotz ohne Feingefühl. Ganz bestimmt nicht die Sorte Mann, mit der sie ihr Leben teilen wollte.

Ralph Angersbach wartete, bis Sabine auf den Flur getreten war. Dann knallte er die Tür ins Schloss.

»Besten Dank«, grummelte er. »War es nötig, mich so bloßzustellen?«

Kaufmann wandte sich ihm zu. »Das war ich nicht. Das hast du schon ganz allein geschafft.«

»Mich regt das einfach auf. Dieses ganze salbungsvolle Geschwafel. Man weiß doch, wie diese Politiker ticken.«

Sabine ging vor ihm her nach draußen. »Du solltest sie nicht alle über einen Kamm scheren. Ich fand Kirsten Gerlach sympathisch. Und ich glaube ihr.«

»Dann ist ja alles klar.« Angersbach drängte sich an ihr vorbei und setzte sich in den Lada. Er war sauer. Allerdings vor allem, wie er sich insgeheim eingestand, auf sich selbst. Es wurmte ihn, dass sie keinen Millimeter vorankamen. Als würde man in Zuckerwatte herumwühlen. Alle gaben sich als aufrechte Bürger. Aber vielleicht war an den Bestechungsvorwürfen ja auch tatsächlich nichts dran. Wenn diese Sache mit der Erbschaft stimmte …

Er startete den Motor und lenkte den Wagen in Richtung Dortelweil. Sie schwiegen, bis er auf den Hof des Golfhotels und Restaurants *Lindenhof* fuhr.

»Wie machen wir jetzt weiter?«, fragte er, nachdem sie ausgestiegen waren.

Kaufmann hängte sich die Handtasche über die Schulter. Ihre Lippen waren schmal. Anscheinend war sie immer noch sauer auf ihn.

»Wir sichten die Unterlagen, die uns Wielandt und Scherer gegeben haben. Wenn irgendwo Geld geflossen ist, finden wir es auch heraus. Irgendwelche Spuren bleiben immer zurück. Notfalls holen wir uns Unterstützung bei den Kollegen von der Wirtschaftskriminalität. Ich könnte …« Sie unterbrach sich, weil ihr Smartphone klingelte. Schnell nahm sie es aus der Handtasche und schaute aufs Display.

»Horst Schulte«, verkündete sie, nahm das Gespräch an und schaltete es auf laut, damit Angersbach mithören konnte.

Der Kriminaloberrat meldete sich knapp und erkundigte sich nach ihren Fortschritten. Kaufmann berichtete von ihren Befragungen und den dürftigen Ergebnissen.

»Morgen nehmen wir uns die Papiere vor, die unsere Kollegen von der DEG zusammengetragen haben«, schloss sie. »Zumindest haben wir hier eine angenehme Arbeitsumgebung.«

»Ja.« Schulte räusperte sich. »Das ist eine Sache, die ich mit Ihnen besprechen wollte. Die Kostenstelle erachtet Ihre Unterbringung vor Ort nicht für nötig. Das Hotel ist zu teuer. Und bisher ist ja nichts passiert. Nur mit einer Drohung, die auch von irgendwelchen Jugendlichen stammen könnte, die sich einen Spaß erlauben wollten, können wir Ihren Aufenthalt nicht rechtfertigen.«

»Es muss also erst etwas passieren?«, schnaubte Angersbach. Das war wieder einmal typisch. Die Polizei schritt erst ein, wenn es zu spät war. Dabei ging es in diesem Fall immerhin um Kollegen, die möglicherweise in Gefahr waren.

»Meine Entscheidung ist es nicht«, erwiderte Schulte. »Aber ich muss Sie bitten, die Ermittlungen fürs Erste von einer Ihrer Dienststellen aus fortzusetzen. Gießen oder Wiesbaden, das ist mir gleichgültig. Es wäre allerdings gut, wenn Sie weiterhin gemeinsam arbeiten. Wenn vielleicht einer von Ihnen ein Gästezimmer hat …«

»Ich habe eine Schlafcouch im Wohnzimmer«, sagte Ralph. Sabine hatte im letzten Jahr schon einmal dort übernachtet. Im Prinzip hatte er nichts dagegen. In der angespannten Stimmung allerdings, in der sie sich gerade befanden, wusste er nicht, ob es eine gute Idee war. Doch nun war es zu spät. Schulte reagierte geradezu euphorisch.

»Phantastisch, dann ist das ja auch geklärt! Ein Punkt weniger auf der Agenda. Dieser bescheuerte Markt bringt uns noch alle um den Verstand … Na ja. Fahren Sie mal nach Gießen. Und informieren Sie mich, sobald Sie Fortschritte machen.« Er verabschiedete sich, und Kaufmann steckte das Telefon zurück in die Handtasche. Auch sie schien nicht begeistert.

»Also fahren wir morgen zu dir.« Sie ließ ihren Blick über das Gelände mit dem gepflegten Rasen und dem See wandern, der in der tief stehenden Sonne glitzerte. »Immerhin haben wir noch einen Abend. Wir könnten also noch mal auf der Terrasse essen.«

»Nein.« Angersbach verspürte einen kindischen Anflug von Schadenfreude. »Ich habe doch eine Verabredung. Mit Cordula Scherer.«

Kaufmann schnitt eine Grimasse. Sie hatte diesen Teil ihres morgendlichen Treffens offenbar erfolgreich verdrängt. Kurz glitt ein Schatten über ihr Gesicht.

»Ach ja. Ich auch«, erinnerte sie ihn bittersüß. »Mit Mirco Weitzel.«

7

Ostdeutschland, vier Jahre vor der Wende

Das Knie war steif geblieben, aber Rico hätte nicht einmal sagen können, ob das das Schlimmste war. Sein ganzes Leben war eine einzige Katastrophe. Er lebte jetzt bei Walter und Margot, aufrechten, regimetreuen Bürgern der Deutschen Demokratischen Republik. Rico war sich sicher, dass sie ihre Nachbarn bespitzelten und jeden, der sich verdächtig verhielt, bei der Stasi anschwärzten.

Sie waren zu fünft, Kinder wie Orgelpfeifen, Rico der Jüngste und Kleinste. Nicht das Nesthäkchen, das von allen mit Liebe überschüttet wurde, sondern der Fußabtreter, den man nach Belieben herumschubsen konnte. Er wurde abkommandiert, um die Schuhe aller Familienmitglieder zu putzen, die Böden zu wischen und den Hof zu fegen. Auch das Zimmer, das er gemeinsam mit Ernst, dem ältesten Sohn von Walter und Margot, bewohnte, musste er aufräumen. Die drei Schwestern, Kathrin, Johanna und Sonja, teilten sich das zweite Zimmer. Wenn die Eltern nicht zufrieden waren, setzte es Backpfeifen. Nur bei ihm, nicht bei Walter und Margots eigenen Kindern. Er war der Sündenbock, der Punchingball für die ganze Familie.

Er hatte auch keine Freunde. Fußball spielen konnte er wegen seines kaputten Knies nicht mehr, und in die Jugendorganisation Ernst Thälmann wollte man ihn nicht aufnehmen. Ein Aussätziger, der Sohn von Republikflüchtlingen, nicht wert, das rote Halstuch zu tragen. Seine neuen Geschwister waren alle in der FDJ und zeigten stolz ihre Blauhemden. Wenn er alt genug war und sich bis dahin gut geführt hatte, würde man ihm dort Zugang gewähren. Schließlich musste Walter und Margot die Chance gegeben werden, einen aufrechten und engagierten DDR-Bürger aus ihm zu formen, und dazu war die Charakterbildung durch die FDJ wichtig.

Rico war es gleichgültig. Früher, bei den Jungpionieren mit dem blauen Halstuch, hatte er gern an den gemeinschaftlichen Freizeitaktivitäten teilgenommen. Mittlerweile hatte er sich daran gewöhnt, allein zu sein.

Er fuhr mit dem Rad herum, was ihm immer wieder Schmerzen im Knie bereitete, aber in erträglichem Maße. Oder er verkroch sich in Gebüschen und schaute sich die Menschen an. So wie man Vögel oder Ameisen beobachtete. Er fand ihr Verhalten interessant, doch im Grunde waren sie ihm gleichgültig. Nur wenn fahrendes Volk in der Stadt war, regte sich etwas in ihm. Das Flirren, der bunte Trubel, die fremden Gerüche zogen ihn an. Das waren Menschen, die etwas mit ihm gemeinsam hatten. Sie waren anders, gehörten nicht dazu, sondern standen wie er am Rand der Gesellschaft.

Gerade jetzt hatte ein Zirkus sein spitzes Zelt auf dem freien Feld am Stadtrand aufgebaut. Rico fuhr am Nachmittag mit dem Rad dorthin und sah zu, wie die Löwen gefüttert wurden und ein Artist mit einem Einrad auf dem Platz seine Runden drehte und dabei Bälle und Keulen jonglierte. Einer der Tierpfleger winkte ihn zu sich und zeigte ihm alle Tiere, die zum Zirkus gehörten.

»Wenn du willst, komm zu uns«, sagte er. »Wir können immer Verstärkung gebrauchen.«

Eine heftige Sehnsucht erwachte in ihm. Wie gern würde er fliehen und mit diesem bunten Volk durch das Land ziehen, frei und ungebunden und niemandem Rechenschaft schuldig.

Aber das ging ja nicht. Wenn er das tat, könnte er seinen Vater nicht mehr besuchen, der in der Nachbarstadt im Gefängnis saß, wie er erfahren hatte, als er ein Gespräch seiner neuen Eltern belauscht hatte. Zwar hatten Walter und Margot bisher nicht erlaubt, dass er das tat, aber irgendwann würde er ihnen das Zugeständnis abringen.

Er pfiff vor sich hin, als er mit dem Fahrrad zurück in die graue Plattenbausiedlung fuhr, in der sich die Wohnung von Walter und Margot befand.

Nach Hause würde er niemals dazu sagen.

Der Nachmittag mit den Zirkusleuten hatte ihm gutgetan. Er wusste jetzt, dass die Dinge nicht für alle Zeit so bleiben würden, wie sie waren. Es gab eine Zukunft, über die Walter und Margot nicht bestimmen konnten. Wenn er volljährig war, konnte er fortgehen und sein eigenes Leben leben.

* * *

Das Licht blendete ihn. Angersbach hob den Arm, um die Augen abzuschirmen, und kniff die Lider fester zusammen. Er fühlte sich steif, und sein Schädel hämmerte, als wollte er zerspringen. Hatten sie gestern Abend tatsächlich zwei Flaschen Wein geleert?

Ralph stöhnte und ließ den Arm zur Seite fallen. Er traf auf etwas Weiches, Warmes, Nachgiebiges. Erschrocken riss er die Augen auf und drehte den Kopf nach rechts.

Neben ihm auf dem breiten Doppelbett lag eine Frau. Schlank, mit kurzen dunklen Haaren, die wie eine Kappe um ihren Kopf lagen, und einem schmalen, ebenmäßigen Gesicht. Cordula Scherer.

Ralph ließ den Blick tiefer wandern und sah, dass sie nackt war, ihr Körper ebenso makellos wie ihr Antlitz. Kleine, feste

Brüste, ein flacher Bauch und lange Beine. Die Fußnägel waren im selben Rot lackiert wie ihre Fingernägel. Ihre Decke hatte sie bis ans Fußende gestrampelt, dabei war es nicht besonders warm im Raum.

Rasch zog er die Hand zurück.

Was war letzte Nacht geschehen? Hatte er tatsächlich …?

Dass er selbst ebenfalls nackt war, ließ wohl keinen anderen Schluss zu. Er warf sich auf die linke Seite und schloss die Augen wieder. Langsam kamen die Bilder zurück. Das gute Essen, der süffige Wein, die romantische Stimmung auf der Terrasse des Golfhotels, mit der glatten Oberfläche des Sees unter einem Himmel, der im Abendrot glühte und sich auf dem Wasser spiegelte.

Cordula hatte mit ihm geflirtet, und er hatte es genossen. Wann hatte ihn zuletzt eine Frau so angesehen? Nachdem er bezahlt hatte, hatte sie seine Hand genommen und ihn hinter sich her ins Foyer gezogen. Er war nicht mehr ganz sicher auf den Beinen gewesen. Sie hatte nach seiner Zimmernummer gefragt und sich den Schlüssel aushändigen lassen. Und dann hatte sie ihn begleitet.

Er hatte nichts dagegen gehabt. Es war schön gewesen. Jetzt allerdings …

Ralph presste zwei Finger an die pochenden Schläfen.

Er war nicht der Typ für eine Nacht. Eigentlich war er überhaupt kein Beziehungstyp. Wenn überhaupt, wollte er etwas Solides. Mit einer Frau wie … Sabine. Aber die hatte sich ja lieber mit Mirco Weitzel getroffen, der ja auch nicht gerade ein Kind von Traurigkeit war. Vielleicht hatten die beiden ja auch …

Angersbach verzog das Gesicht. Es geschah Sabine nur recht, wenn er sich anderswo umschaute.

Die Frage war bloß, was er jetzt mit Cordula Scherer machen sollte.

Sabine Kaufmann rekelte sich. Sie hatte wunderbar geschlafen, wie auf einer Wolke. Die Betten im Golfhotel waren hervorragend. Sie öffnete blinzelnd die Augen. Das Morgenlicht fiel durch die dezent gemusterten Vorhänge und tauchte den Raum in ein warmes Licht. Zu schade, dass sie heute schon auschecken mussten. Hier im *Lindenhof* hätte sie es noch ein paar Tage ausgehalten.

Sie schwang die Beine aus dem Bett und ging ins Bad. Während sie sich die Zähne putzte und ihre Frisur richtete, dachte sie an Mirco.

Der Abend mit ihm war ausgesprochen nett gewesen. Sie hatten sich in einer Pizzeria getroffen. In deren gemütlichem Innenhof hatten sie unter einer großen Linde gesessen, weit genug von den anderen Tischen entfernt, um sich ungestört unterhalten zu können.

Zu ihrer Erleichterung hatte Mirco keinen Annäherungsversuch unternommen. Stattdessen hatte er ihr sein Geheimnis verraten. Er war seit einigen Jahren mit der Tochter eines Gutsbesitzers verbandelt, für den ein einfacher Polizist wie Weitzel als Schwiegersohn nicht infrage kam. Die Tochter würde es wohl auf einen Konflikt ankommen lassen, doch ihr Vater war schwer krank und hatte nicht mehr lange zu leben. Sie hatten beschlossen, ihm die Auseinandersetzung zu ersparen. Die Mutter war eingeweiht und unterstützte die beiden. Davon abgesehen trafen sie sich nur heimlich. Bad Vilbel mochte zwar eine Stadt sein, doch in vielerlei Hinsicht hatte es etwas Dörfliches. Jeder kannte jeden, zumindest galt diese Regel für die Einheimischen, die in den alten Wohnvierteln lebten. Die Wahrscheinlichkeit, dass jemand dem Vater von ihrer Liaison berichtete, war also nicht gerade klein.

Sabine hatte nicht recht gewusst, wie sie das Arrangement fand. Einerseits war es rücksichtsvoll, andererseits makaber.

Hieß es nicht, dass sie auf den Tod des Vaters warteten, um endlich ihre Beziehung offen leben zu können? Dass die Trauer drohte, die Liebe einmal aufzufressen? Dass der Reiz, den dieses Risikospiel mit sich brachte, mit ihm sterben würde? Andererseits verstand sie die beiden. Wahrscheinlich hätte sie selbst nicht anders agiert, wenn es um ihre Mutter gegangen wäre. Richtig oder falsch? Wer wusste das schon. Eigentlich war sie der Überzeugung, dass es immer besser war, die Wahrheit zu sagen, auch wenn sie schmerzlich war. Authentisch zu sein. Trotzdem hatte sie Mirco natürlich versprochen, sein Geheimnis für sich zu behalten. Und ihm alles Gute gewünscht und das auch so gemeint.

Sabine sah auf die Uhr und entschied, dass noch genügend Zeit für eine Joggingrunde um den See war. Um neun wollte sie sich mit Angersbach im Foyer treffen, um auszuchecken und anschließend mit ihm gemeinsam nach Gießen zu fahren.

Lust hatte sie nicht dazu. Sie war immer noch ärgerlich über sein unsachliches Vorgehen bei der Befragung von Kirsten Gerlach. Aber für die Ermittlungen war es sinnvoll, zusammenzubleiben. Also würde zumindest sie sich professionell verhalten.

Sie trat aus der Tür des Nebengebäudes, in dem sich ihr Zimmer befand, und ließ Arme und Beine kreisen, um die Muskeln aufzuwärmen.

Aus dem Augenwinkel registrierte sie eine Bewegung vor dem Haupthaus. Eine Frau trat aus der Eingangstür. Eng geschnittener grauer Hosenanzug, schwarze Kurzhaarfrisur.

Sabine stockte und lachte bitter.

Angersbach und Scherer hatten offensichtlich nicht nur gemeinsam zu Abend gegessen. Sie hatten auch die Nacht zusammen verbracht.

8

Ostdeutschland, vier Jahre vor der Wende

Er stellte sein Fahrrad vor dem hässlichen Gebäude ab und klingelte an der Haustür. Im Gegensatz zu den leiblichen Kindern besaß er keinen eigenen Schlüssel. Irgendjemand drückte oben auf den Summer.

Rico ging die graue Betontreppe in den vierten Stock hinauf. Es war jedes Mal mühsam, weil sein rechtes Bein steif war und er immer nur eine Stufe nehmen konnte. Mit dem linken Fuß einen Schritt nach oben, das rechte Bein nachziehen, und wieder von vorn. Manchmal schlug er wütend auf das nutzlose Knie. Er war ein verdammter Krüppel, und daran würde sich auch nie etwas ändern.

Heute jedoch fand er es leichter. Von den Zirkusleuten, die er kennengelernt hatte, war auch keiner vollkommen. Trotzdem konnte man glücklich werden.

Walter und Margot standen in der Wohnungstür und sahen ihm entgegen. Das war ungewöhnlich. Normalerweise öffneten sie die Tür nur einen Spalt, damit er hereinkommen konnte. Die Mühe, ihn zu begrüßen und in Empfang zu nehmen, machten sie sich nicht.

Rico schaute genauer hin und sah, dass ihre Mienen noch verkniffener waren als sonst.

»Ist was passiert?«, fragte er, während er die letzte Stufe nahm.

»Komm rein.« Walter hielt die Tür weit auf und dirigierte

ihn ins Wohnzimmer. Es war leer, seine Adoptivgeschwister waren offenbar in ihren Zimmern.

»Setz dich.« Walter wies auf den Sessel, der üblicherweise dem Hausherrn vorbehalten war.

Rico nahm zögernd Platz. Ein ungutes Gefühl breitete sich in seiner Magengrube aus. Hatte er irgendetwas getan, das seine neuen Eltern gegen ihn aufgebracht hatte? Er war sich keiner Schuld bewusst, aber das musste nichts heißen. Ihre Wertmaßstäbe unterschieden sich deutlich von seinen eigenen.

Die beiden setzten sich ihm gegenüber auf das Sofa. Margot schaute auf ihre Hände. Dann blickte sie wieder auf.

»Wir haben eine traurige Nachricht für dich«, sagte sie.

»Aha?« Was mochte das sein? Wollten sie ihn wieder loswerden und an eine andere Familie abgeben? Für ihn wäre das alles andere als eine schlechte Botschaft. Oder hatte man bei der FDJ beschlossen, ihn auch nach seinem vierzehnten Geburtstag, dem üblichen Eintrittsalter, nicht in die Organisation aufzunehmen? Das wäre schade, aber mittlerweile konnte er sich allein beschäftigen. Er brauchte keine staatlich gesteuerten Freizeitaktivitäten. Letztlich ging es ja doch nur darum, allen die Ideologie einzutrichtern, die nach Ansicht von Walter und Margot die einzig richtige war. Er selbst war sich da keinesfalls so sicher.

»Dein Vater …«, sagte Margot und schaute dann zu ihrem Mann. Eigentlich hatte sie keine Schwierigkeiten damit, ihm Dinge, die er nicht hören wollte, um die Ohren zu hauen, doch dieses Mal schien es anders zu sein.

Walter straffte sich. »Er ist gestorben«, verkündete er.

»Was?«

Rico hatte plötzlich einen bitteren Geschmack auf der Zunge. Das Blut rauschte in seinen Ohren, und sein Herz hämmerte wie verrückt.

»Aber … das kann nicht sein.«

»Wir haben gerade die Nachricht aus der Haftanstalt bekommen. Offenbar hatte er einen Hirnschlag. Da muss ein Blutgefäß in seinem Kopf geplatzt sein. So etwas kommt vor.« Für seine Verhältnisse klang Walter beinahe mitfühlend.

Rico schluckte schwer. Eine kalte Schwärze senkte sich über ihn.

Bisher hatte er davon geträumt, dass man seinen Vater eines Tages freilassen würde und er dann wieder zu ihm zurückdürfte. Das war nun vorbei. Sein Vater war tot. Er würde ihn niemals wiedersehen. Genauso wie seine Mutter.

Jetzt war er ganz allein.

* * *

Markttag 1

Der Bad Vilbeler Markt rückte in großen Schritten näher, und dann war es auch schon so weit. Der Bürgermeister hielt eine feierliche Eröffnungsrede, und alles, was Rang und Namen hatte – oder sich zumindest danach fühlte –, gab sich ein Stelldichein. Auch Sabine Kaufmann und Ralph Angersbach waren dabei, mit ihren Gedanken aber ganz woanders.

In den letzten Tagen hatten sie sich durch die Berge von Unterlagen gewühlt, die Wielandt und Scherer zusammengestellt hatten, ohne dabei einen Durchbruch zu erzielen. Die Abende hatten sie gemeinsam in Ralphs Wohnung verbracht. Sabine fühlte sich an zwei Tiger erinnert, die sich wachsam umkreisten. Angersbach schien zwischen schlechtem Gewissen und grimmiger Genugtuung zu schwanken. Sie selbst war vor allem verwirrt. Hatte sie sich derart getäuscht? In ihrer eigenen Gefühlswelt und auch in dem, was sie bei Ralph zu sehen glaubte? Gab es bei ihm denn gar keine Entsprechung zu ihren eigenen Gefühlen? Oder drückte er sie mit aller Gewalt weg? Und, wenn ja, warum?

Für den Moment spielte das alles eine untergeordnete Rolle. So schnell der Vilbeler Markt gekommen war, so rasch würde er auch vorbei sein. Und dann würde sich zeigen, ob der Briefschreiber seine Drohung wahr machte. Würde es am letzten Tag tatsächlich einen Anschlag auf einen Beamten oder die Polizeistation geben?

Kirsten Gerlach hatte ihnen eine Kopie des Erbscheins geschickt, außerdem die Verkaufspapiere für die Schmuckwerkstatt ihres verstorbenen Vaters. Alles war so, wie sie es ihnen dargelegt hatte. Ihr Vermögen hatte sie auf legalem Weg erlangt. Das bewies zwar nicht, dass sie sich nicht bestechen ließ, doch die Wahrscheinlichkeit war gering. Wer bereits auf Rosen gebettet war, musste sich nicht die Finger schmutzig machen. Abgesehen davon, dass Gerlach auf sie einen integren Eindruck gemacht hatte und sie nach wie vor nicht glaubte, dass eine Frau den Drohbrief geschrieben hatte.

Blieben also die Eventagentur Fuller & Lohmann und der Frankfurter Sicherheitsbeauftragte Eckard Roth. Hier hatten sie bisher ebenfalls keine stichhaltigen Indizien gefunden, doch das Material reichte auch nicht aus, um die Männer von jedem Verdacht freizusprechen. Sie würden weitersuchen und noch tiefer graben müssen.

Auf der Bühne spielte ein Blasorchester. Das Publikum schunkelte begeistert mit. Kaufmann merkte, dass Angersbach unruhig von einem Fuß auf den anderen trat. Sie erinnerte sich, dass er keine Großveranstaltungen mochte und ihm die Nähe fremder Menschen unangenehm war.

»Sollen wir woanders hingehen?«, fragte sie.

Ralph nickte dankbar. Sie schoben sich zwischen den Zuschauern hindurch und standen gleich darauf auf dem Gelände mit den Fahrgeschäften. Auch hier war bereits Betrieb, doch das Gedränge war noch nicht so dicht, dass man klaustrophobisch wurde.

Angersbach stoppte vor einem der Karussells. Auf den Metallwänden auf der Rückseite war eine bunte Unterwasserlandschaft dargestellt. Zwischen Korallen und Algen schwammen farbenprächtige Fische, pechschwarze Tintenfische und grün schimmernde Polypen. Auf der rechten Seite ragten die Furcht einflößenden Zähne eines Hais ins Bild. Darüber stand in großen blauen Buchstaben der Name des Fahrgeschäfts: *HYDRA*.

Es war ein vielarmiges Karussell mit rotierenden Gondeln. Sie drehten sich in einer Geschwindigkeit, bei der Sabine allein vom Zuschauen schwindelig wurde. Die vorwiegend jugendlichen Mitfahrer streckten die Hände in die Luft. Die Mädchen kreischten, die Jungen gaben sich cool. Der Ansager, der das Karussell steuerte, feuerte sie mit markigen Sprüchen an.

Könnt ihr noch?

Wollt ihr mehr?

»Ja«, erscholl es vielstimmig aus den Kehlen der jungen Leute.

Haltet euch fest! Jetzt geben wir Vollgas!

Laute Musik dröhnte aus den Lautsprechern: *Finale …*

Angersbach schaute sehnsüchtig auf das Fahrgeschäft. »Das war immer mein Lieblingskarussell«, verkündete er.

Kaufmann sah ihn verblüfft an. Ihr knurriger Kollege mit wehenden Haaren und einem Lachen im Gesicht in so einer Gondel? Sie konnte es sich beim besten Willen nicht vorstellen.

»Fahr doch mit.« Sie machte eine einladende Geste. »Aber ohne mich.«

»Lass mal.« Ralph wandte sich ab und strebte mit großen Schritten weiter über den Markt. Wahrscheinlich bereute er seine persönliche Äußerung bereits. Sabine schüttelte den Kopf. Männer!

Angersbach blieb vor einem Wagen stehen, der Popcorn, Zuckerwatte und gebrannte Mandeln verkaufte. Er zog sein Portemonnaie aus der Tasche und erstand ein Tütchen. Kauend hielt er es Sabine hin. Sie probierte und stellte überrascht fest, wie lecker sie die Mandeln fand. Es musste Jahrzehnte her sein, dass sie das letzte Mal welche gegessen hatte. Schade eigentlich.

Sie wollten weitergehen, als hinter ihnen Schreie ertönten. Dazu gesellte sich ein metallisches Kreischen, das Sabine einen Schauer über den Rücken jagte. Rasch wandten sie sich um und liefen den Weg zurück, den sie gekommen waren. Die Schreie wurden lauter, genau wie das Schleifen von Metall auf Metall.

Es war die Hydra. Sie befand sich in voller Fahrt. Die Gondeln drehten sich in rasender Geschwindigkeit um sich selbst. Allerdings nicht mehr symmetrisch.

Eine der Gondeln hatte sich aus der Verankerung gelöst und war zur Seite gekippt. Nur mit einer statt mit zwei Streben war sie noch mit dem dicken Gelenkarm verbunden, der auf der rotierenden Basis saß. Die beiden Insassen, zwei Mädchen von vielleicht zwölf, dreizehn Jahren, kreischten in Todesangst. Ihre Schreie fanden ein Echo bei den Zuschauern, die in Panik vor dem Fahrgeschäft flohen. Wenn sich die Gondel vollends löste und in die Menge der Marktbesucher geschleudert wurde, würde es Tote geben.

Sabine und Ralph blieben wie angewurzelt stehen. Sie starrten auf die Hydra, die einfach nicht langsamer wurde. Die Gondel neigte sich immer weiter. Inzwischen stand sie fast auf dem Kopf.

Angersbach zog sein Smartphone hervor und beorderte bellend Sanitäter und Feuerwehr zum Festgelände. Sabine konnte sich nicht rühren. Sie zitterte, und das Blut in ihren Adern schien zu Eis gefroren. Nur am Rande registrierte sie die Menschen, die an ihr vorbeidrängten. Obwohl sie das Schreckliche nicht sehen wollte, schaffte sie es nicht, den Blick abzuwenden. Wie magnetisch angezogen hafteten ihre Augen an der Gondel, während das Kreischen berstenden Metalls in ihren Ohren dröhnte.

»Sie wird langsamer.« Kaufmann spürte Angersbachs Hand auf der Schulter. Mühsam löste sie die Zunge, die am Gaumen klebte, und schluckte.

Tatsächlich drosselte die Hydra endlich die Geschwindigkeit. Zugleich bog sich allerdings die verbliebene Befestigung, an der die Gondel hing, weiter durch.

Würde das Karussell rechtzeitig anhalten? Oder würden die Insassen in ihrer bunten Kapsel wie ein Katapultgeschoss über das Festgelände fliegen?

Sabine bekam kaum noch Luft. Ihre Knie wurden weich, und das Bild vor ihren Augen verschwamm.

Die Zeit dehnte sich, alles schien in Zeitlupe zu geschehen. Noch einmal drehte sich das Karussell im Kreis, und die Gondel schwebte an ihrem seidenen Faden durch Sabines Sichtfeld.

Dann endlich stand die Hydra still.

Sabine atmete tief durch. Die Gondel hing zwar auf dem Kopf, aber sie war immer noch mit dem dicken Metallarm verbunden. Sofort stürzten die jungen Männer herbei, die vor der Fahrt die Chips einsammelten. Sie hielten die Gondel in ihrer Position und befreiten die beiden Mädchen von den Sicherheitsbügeln, die sie in ihren Sitzen festhielten. Eilig hoben sie die Teenager heraus und trugen sie aus der Gefahrenzone.

Sie hatten den umlaufenden Metallsteg um das Karussell herum kaum erreicht, als die Gondel mit einem ohrenbetäubenden Scheppern abstürzte. Funken stoben, und Metallteile flogen umher. Kaufmann und Angersbach drehten sich rasch weg und schützten die Gesichter mit den Armen. Erst als das gespenstische Kreischen und Dröhnen verklungen war, wandten sie sich wieder um.

Die geborstene Gondel hatte sich tief in die Metallplattform des Fahrgeschäfts gebohrt. Überall lagen bunte Metallteile herum. Verletzt schien wie durch ein Wunder niemand.

Sabine sah, wie die geretteten Teenager von ihren Eltern in die Arme geschlossen wurden. Erst jetzt nahm Sabine diese wahr, sie hatten die ganze Zeit neben ihr gestanden und geschrien, doch sie war völlig von der Gefahrensituation absorbiert gewesen und hatte nichts anderes um sich herum mitbekommen.

Von der anderen Seite eilten Sanitäter und Feuerwehrleute herbei. Kaufmann und Angersbach gingen zu den Eltern, die ihre weinenden Teenager zu trösten versuchten. Eine Frau mit bleichem Gesicht strich ihrer Tochter mechanisch über die Haare. Ihr Mann stand mit wütend gereckter Faust daneben.

»Dafür werdet ihr bezahlen!«, brüllte er den Schaustellern zu. »Das wird ein Nachspiel haben.«

Der Vater des zweiten Mädchens hatte weniger Geduld. Er raste auf die jungen Männer zu, packte einen von ihnen am Kragen und prügelte auf ihn ein.

Ralph eilte hinter ihm her. Er nahm ihn in den Polizeigriff, drehte ihm den Arm auf den Rücken und zog ihn von dem Schausteller weg.

»Angersbach, Kriminalpolizei. Wir untersuchen den Vorfall. Beruhigen Sie sich bitte. Es hilft niemandem, wenn Sie einen Unschuldigen verletzen.«

»Unschuldig?« Der Mann wand sich vergeblich, um sich aus Ralphs Griff zu befreien. »Die hätten fast meine Tochter umgebracht.«

Sabine trat zu den beiden Männern. »Wir werden klären, wie es zu dem Unglück kommen konnte«, sagte sie so fest, wie sie es vermochte. Sie merkte, dass sie noch unter Schock stand, war aber Profi genug, um kompetent agieren zu können. »Wenn es einen Schuldigen gibt, wird er sich vor Gericht dafür verantworten. Kümmern Sie sich um Ihre Tochter. Sie braucht Sie jetzt.«

Der Mann schnappte nach Luft, beruhigte sich aber langsam.

»Kann ich Sie loslassen?«, erkundigte sich Angersbach und gab ihn frei, nachdem er genickt hatte.

Kaufmann nahm seine Personalien auf und reichte ihm ihre Karte. »Gehen Sie nach Hause. Wir melden uns bei Ihnen. Wenn Sie etwas brauchen, rufen Sie an.«

»Ja. Danke.« Der Mann rang sich ein Lächeln ab. Sabine sah ihm an, wie erschüttert er war, über den tragischen Vorfall, aber offenbar auch darüber, dass er so vollkommen die Fassung verloren hatte. Er schien nicht prädestiniert dafür, ein schmächtiger, schüchterner Buchhaltertyp, der vermutlich unter normalen Umständen Konflikte vermied. Aber in Ausnahmesituationen traten gerade bei solchen Menschen Seiten hervor, von deren Existenz sie nichts geahnt hatten.

Der Betreiber der Hydra trat aus seiner Kabine, ein unfassbar dicker Mann mit fettigen braunen Haaren und wulstigen Lippen. Ralph stürmte auf ihn zu. Sabine sah ihm an, dass er ihn gern am Kragen gepackt und geschüttelt hätte, so wie es der Vater mit dem jungen Mann getan hatte. Doch er beherrschte sich. Stattdessen zog er seine Marke hervor.

»Zeigen Sie mir Ihre Papiere«, fuhr er ihn an. »Die Lizenz, sämtliche Genehmigungen und die TÜV-Bescheinigung.«

Der Schausteller nickte mechanisch. Seine Augen glitten über die Trümmer seines Fahrgeschäfts. »Ich weiß nicht, wie das passieren konnte«, stammelte er. »Wir haben die Anlage gründlich überprüft. Es war alles in bester Ordnung.«

Ralph schob ihn zurück in seine Kabine, um die Unterlagen in Augenschein zu nehmen. Sabine wollte ihnen folgen, doch ihre Beine trugen sie nicht. Sie musste sich setzen. Kraftlos sank sie auf das geriffelte Metall des Laufstegs. Wenn sie daran dachte, was alles hätte geschehen können, brach ihr der kalte Schweiß aus.

Angersbach war schnell zurück, einen dicken Stapel Papiere unter dem Arm. Er sprach mit den Sanitätern und Feuerwehrleuten und den Männern vom Technischen Hilfswerk, die mittlerweile eingetroffen waren. Dann setzte er sich neben Sabine.

»Alles okay?«

»Geht schon.« Sie holte tief Luft.

»Komm.« Ralph stand wieder auf und hielt ihr den Arm hin, damit sie sich bei ihm aufstützen konnte. »Wir werden hier nicht mehr gebraucht.«

Er führte sie über das Gelände zum Parkplatz. Überall standen die Menschen in Gruppen zusammen. Sie unterhielten sich aufgeregt, die Stimmen ängstlich und schrill, sensationslüstern oder betroffen. Die typische Stimmung nach einer Katastrophe, der Schock, der nur langsam wich, das Adrenalin, das durch die Adern pulste, die Fassungslosigkeit, die bewältigt werden musste. Sabine kannte das alles, doch das machte es nicht leichter, damit umzugehen.

Angersbach öffnete ihr die Wagentür. Sie kletterte auf den Beifahrersitz, lehnte sich zurück und schloss die Augen. Es war, als wäre sie gerade aus einem Alptraum aufgewacht, der nicht weichen wollte. Nur dass es kein Traum gewesen war, sondern grausame Realität.

9

Horst Schulte, sonst die Ruhe in Person, tobte. Er hatte Ralph und Sabine zurückgepfiffen, als sie schon auf halbem Weg nach Gießen gewesen waren, und auf der Stelle in sein Büro beordert.

»Wie ist das möglich?«, fuhr er sie an, kaum dass sie durch die Tür getreten waren. »Sie hatten zehn Tage Zeit, um den Verfasser des Drohbriefs zu finden, und stehen mit leeren Händen da. Stattdessen macht der Täter seine Ankündigung wahr, und wir hätten beinahe Todesopfer beklagen müssen.«

»Wie bitte? Es gab eine Drohung?«, ertönte eine schockierte Frauenstimme. Ralph wandte den Kopf und entdeckte erst jetzt die vier Personen, die in Schultes Sitzgruppe neben dem Fenster Platz genommen hatten.

»Frau Gerlach und die Herren Fuller, Lohmann und Roth saßen gerade bei einer Besprechung in Bad Vilbel zusammen«, erklärte Schulte die Anwesenheit seiner Gäste. »Ich habe sie gebeten, sofort vorbeizukommen.«

Kirsten Gerlach schaute die drei Männer am Tisch an. »Haben Sie davon gewusst?«

Fuller und Lohmann, die beiden Eventmanager, schüttelten den Kopf. Der Sicherheitsbeauftragte der Frankfurter Polizei, Eckard Roth, schaute zu Boden.

Gerlach fixierte ihn. »Sie wussten es? Und haben mir nichts gesagt?«

Roth hob widerwillig den Blick. »Das war eine vertrauliche polizeiinterne Information.« Er neigte den Kopf in Richtung von Kaufmann und Angersbach. »Die darf ich nicht einfach weitergeben.«

»Auch nicht, wenn Menschenleben auf dem Spiel stehen?« Kirsten Gerlach war fassungslos.

Ralph trat auf sie zu. »Was hätten Sie denn unternommen, wenn Sie es gewusst hätten?«, fragte er barsch. »Verfügen Sie über Informationen, die Sie uns vorenthalten haben?«

Er spürte, wie ihm Sabine kurz die Hand auf den Arm legte. Sie hatte ja recht, wenn er aufgewühlt war, wurde er ruppig. Er konnte nicht anders. Es war seine Art, mit heftigen Gefühlen umzugehen. Hilfreich war es indessen nicht.

Gerlachs Lippen wurden schmal. Ihre Augen verengten sich. »Ich habe Ihnen alles gesagt, was ich weiß. Aber wir als Organisationskomitee sollten doch Bescheid wissen, wenn es bei einer solchen Großveranstaltung konkrete Drohungen gibt.«

»Es ist ja noch gar nicht gesagt, dass es ein Anschlag war«, versuchte Kaufmann die aufgebrachten Gemüter zu besänftigen. »Die Kriminaltechniker sind vor Ort und sehen sich die Hydra an. Wir sollten abwarten, was sie herausfinden.«

Kirsten Gerlach wollte sich nicht beruhigen. »Spielt das eine Rolle? Sie mussten annehmen, dass etwas Schreckliches geschehen würde. Wenn der Unfall dieses Fahrgeschäfts nichts damit zu tun hat – umso schlimmer. Dann müssen wir damit rechnen, dass noch mehr passiert. So etwas muss man im Vorfeld wissen, damit man entsprechende Maßnahmen ergreifen kann.«

Sabine deutete ein Schulterzucken an. »Es war nicht unsere Entscheidung.«

Gerlachs Zorn richtete sich augenblicklich auf Horst Schulte. »Sie waren das?«

Schultes buschige Augenbrauen zogen sich zusammen. »Es war nie die Rede davon, dass es einen Angriff auf den Jahrmarkt an sich geben sollte. In dem Schreiben war eindeutig von der Polizei die Rede.«

»Das enthebt Sie nicht der Verantwortung für die Festivalbesucher.«

Schulte hob die Hände zur Kapitulation. »Sie haben recht. Ich hätte Sie in Kenntnis setzen sollen. Ich gebe zu, dass ich die Situation falsch eingeschätzt habe. Da die Kollegen keine konkreten Hinweise gefunden haben, schien keine akute Bedrohung zu bestehen. Aber jetzt ist das Kind in den Brunnen gefallen, und wir sollten schauen, wie wir damit umgehen.«

Kirsten Gerlach atmete ein paarmal tief durch. »Also gut.«

Ralph dachte bei sich, dass Schultes Argumentation alles andere als konsistent war. Einerseits warf er ihnen vor, aufgrund mangelnder Anstrengungen den Anschlag auf die Hydra nicht verhindert zu haben. Andererseits tat er so, als hätte er bei dem Brief an einen Dummejungenstreich geglaubt. Das passte nicht zusammen. Oder eben doch. Er selbst war genauso hin- und hergerissen gewesen. Nachdem sie sich eine Woche lang vergeblich durch die Papiere von Wielandt und Scherer gewühlt hatten, war er selbst auch immer weniger davon überzeugt gewesen, dass tatsächlich eine Gefahr bestand.

Nun hatten die Ereignisse sie eines Besseren belehrt.

»Setzen wir uns doch.« Schulte deutete auf die Sitzgruppe, und Kaufmann, Angersbach und er selbst gesellten sich zu Kirsten Gerlach und den drei Männern, die bisher geschwiegen hatten. Sie schienen überrollt von der Heftigkeit der Auseinandersetzung. Oder ihnen steckte der Schock über die Ereignisse in den Knochen.

»Also gut«, erklärte Schulte. »Damit alle auf demselben Stand sind: Die Polizeistation in Bad Vilbel hat vor zehn Tagen ein anonymes Schreiben erhalten.« Er zog sein Smartphone hervor, wischte über das Display und las dann vor: »In diesem Jahr wird der Vilbeler Markt mit einem Feuerwerk der besonderen Art enden. Der Tod wird den krönenden Abschluss bilden. Denkt daran: Ich habe euch im Visier. Eure Tage sind gezählt. Auf den Sünder wartet das Höllenfeuer. Macht euch bereit und sprecht euer letztes Gebet. Ihr entkommt mir nicht.«

Schulte ließ das Telefon sinken und setzte nach: »Uns allen ist wohl klar, dass damit nicht das echte Feuerwerk am letzten Abend des Marktes gemeint ist. Dass es dieses Jahr besonders eindrucksvoll werden soll, nachdem es letztes Jahr wegen der Dürre abgesagt wurde.«

Gerlach machte ein nachdenkliches Gesicht und schüttelte den Kopf. »Nein. Das klingt nach einer persönlichen Sache.«

»Jemand, der aus irgendeinem Grund wütend auf die Polizei oder einen Beamten ist«, steuerte Markus Fuller bei und strich sich über den Bart. Wie bei ihrem Besuch in der Eventagentur trug er eine graue Businesshose und einen Kaschmirpullover, diesmal in Dunkelblau.

»Es könnte auch alles ganz anders sein«, widersprach sein Partner Johannes Lohmann, auch heute in Jeans und T-Shirt mit einem lässigen Jackett darüber. Alle sahen ihn fragend an, während er fortfuhr: »Vielleicht ist derjenige einfach ein Menschenhasser. Oder er hat irgendeinen ganz anderen Feind im Sinn. Warum sollte es ausgerechnet die Polizei sein, auf die er abzielt? Bei so einem Fest, mit solch einem Sicherheitskonzept. Nur wegen dieses Drohbriefs? Was ist, wenn das alles eine gezielte Irreführung war, weil der Täter wusste, dass die Behörden auf so etwas reagieren wie ein aufgeschreckter Schwarm Hornissen?«

Ralph musste zugeben, dass er recht hatte. Hatten sie die Sache unter dem falschen Blickwinkel betrachtet? Der Drohbrief war an die Vilbeler Polizeistation adressiert gewesen.

Horst Schulte und er selbst hatten daraus geschlossen, dass der Brief die Polizeibeamten persönlich ansprach. War das falsch? Hätten sie ihre Ermittlungen weiter ausdehnen müssen? Aber wohin? Sie hatten ja keine Spuren bis auf die linguistische Analyse des Schreibens. Der Schreiber hatte keine Fingerabdrücke hinterlassen, weder auf dem Schriftstück noch auf dem Kuvert. Das Briefpapier und der Umschlag waren Massenware, der verwendete Toner gehörte zu einer Druckerreihe, die tausendfach verkauft worden war. Das reichte nicht für eine Individualisierung.

Das Vibrieren seines Smartphones riss Ralph aus seinen Gedanken. Er zog es aus der Tasche, schaute auf das Display und nahm das Gespräch an. Am anderen Ende war ein Kollege von der Spurensicherung.

»Rost«, sagte er. »Die Gondel hat sich gelöst, weil die Befestigung durchgerostet war. Da hat niemand etwas manipuliert. Das Karussell war einfach schlecht gewartet.«

»Okay. Danke.« Angersbach war sprachlos. Er verabschiedete sich und steckte das Gerät weg. Dann berichtete er, was er erfahren hatte.

»Wie kann das sein?«, fragte er Kirsten Gerlach. »Ich dachte, es gibt ein aufwendiges Auswahlverfahren?« Sein Blick wanderte weiter zu Roth. »Die Fahrgeschäfte werden überprüft und die Einhaltung aller Sicherheitsbestimmungen überprüft?« Er fixierte Fuller und Lohmann. »Sie empfehlen nur Schausteller, die vertrauenswürdig und zuverlässig sind?«

»Ja.« Johannes Lohmann holte ein Tablet hervor und schaltete es ein. »Peschke – der Betreiber der Hydra – ist seit Jahrzehnten mit seinem Fahrgeschäft auf Jahrmärkten und Festen in ganz Deutschland unterwegs. Er hat gute Bewertungen im Netz. Und es gibt eine aktuelle TÜV-Bescheinigung aus diesem Jahr, die bestätigt, dass mit dem Karussell alles in Ordnung ist. Es gab keinen Grund, ihn abzulehnen oder nicht zu empfehlen.«

Lohmann hielt Angersbach das Gerät hin. Der schaute nur kurz auf die amtliche Bescheinigung, ehe er sich an Roth wandte. »Wie kann das sein? Der TÜV bestätigt die Unbedenklichkeit eines durchgerosteten Karussells?«

Roth strich sich über die kurzen grauen Haare. »Dazu kann ich nichts sagen. Ich untersuche, ob die Betreiber die Sicherheitsrichtlinien einhalten. Von Technik verstehe ich nichts. Ich kann nur die Vollständigkeit und Richtigkeit der Papiere prüfen.«

»Dieses Papier da«, fauchte Angersbach und zeigte auf Lohmanns Tablet, »ist aber offensichtlich nicht richtig.«

»Wir werden die ganze Angelegenheit mit aller gebotenen Gründlichkeit und Schärfe untersuchen«, erhob Horst Schulte die Stimme, um die anderen zu übertönen. »Auf der anderen Seite: So tragisch dieser Unfall auch ist, hat die Sache doch ein Gutes. Wir haben es nicht mit einem Anschlag des Drohbriefschreibers zu tun.«

Sabine neben ihm lachte bitter auf. Auch Ralph selbst fühlte sich unangenehm berührt. Konnte man wirklich so zynisch sein?

Kirsten Gerlach erhob sich. »Ich kann darin keinen Vorteil erkennen«, versetzte sie kühl. »Es bedeutet doch, dass wir immer noch damit rechnen müssen, dass der Briefschreiber seine Drohung wahr macht. Und Sie haben nicht die geringste Ahnung, um wen es sich handeln könnte.«

Sie schaute nicht ihn, sondern Horst Schulte an, doch Ralph fühlte sich trotzdem, als würde er unter ihrem Blick schrumpfen. Er wandte Sabine den Kopf zu und sah, dass es ihr nicht anders ging. Sie hatten bisher ihr Bestes gegeben. Dennoch würden sie ihre Anstrengungen jetzt noch verdoppeln müssen.

Sabine Kaufmann zitterte. Sehen konnte es niemand, nach außen hin war sie ganz ruhig. Aber sie spürte, wie sämtliche Nervenenden vibrierten. Es fiel ihr schwer, sich überhaupt zu bewegen und zu handeln.

Sie kannte diesen Zustand. So war es immer, wenn sie unter Schock stand oder Angst hatte. Sie wusste auch, dass ihr Gesicht dann eine starre Maske war, als hätte sie überhaupt keine Gefühle. Aber in ihrem Inneren tobte ein Sturm.

Mit weichen Knien stieg sie in Angersbachs Lada. Ralph umklammerte das Lenkrad. Sie konnte sehen, dass seine Kiefer mahlten.

»So eine verdammte Sauerei«, brach es aus ihm heraus. »Was geht im Kopf von diesem Schausteller vor? Ein durchgerostetes Karussell aufzubauen und Menschen darin herumzufahren? Bei diesen Geschwindigkeiten? Das sind doch immense Kräfte, die auf die Gondeln wirken. Er muss gewusst haben, wie gefährlich das ist. Und trotzdem hat er nichts unternommen.«

Sabine umfasste ihre Knie und fixierte einen Kratzer auf dem Armaturenbrett. Sie atmete konzentriert ein und aus und versuchte, sich zu entspannen. Langsam ließ das Zittern nach, und der Gedankenfluss in ihrem Kopf kam wieder in Gang. Sie öffnete die Augen und schaute Ralph an.

»Mich würde viel mehr interessieren, wie ein rostiges Karussell an eine gültige TÜV-Bescheinigung kommt«, sagte sie.

Angersbach nickte grimmig. »Den Typen, der sie ausgestellt hat, knöpfen wir uns vor.« Er griff nach der Mappe, die er auf den Rücksitz geworfen hatte. Blätterte darin und zog die gesuchte Bescheinigung hervor. Der Rest der Papiere wanderte wieder nach hinten. Er verband sein Mobiltelefon per Bluetooth mit dem Autoradio und schaltete es ein. Dann wählte er die Nummer, die auf dem Briefkopf des Dokuments stand. Es war die Zentrale des Technischen Überwachungsvereins in Darmstadt.

Er wurde von einer freundlichen Frauenstimme begrüßt. Angersbach schilderte sein Anliegen.

»Genehmigungsverfahren für Fliegende Bauten? Dafür ist der Herr Niesbach zuständig. Einen Moment bitte, ich verbinde. Herr Niesbach müsste im Haus sein.«

Es knackte, dann erklang die typische Warteschleifenmusik. Kaufmann warf einen Blick auf das Dokument. Zumindest hatten sie nun die Auflösung, was die unleserliche Unterschrift auf dem Papier bedeutete.

Wieder ein Knacken, dann ertönte ein wuchtiger Bariton. »Niesbach?«

Angersbach schnaubte. »Ihre Schlamperei hätte beinahe Menschenleben gefordert.«

»Bitte?«

»Sie haben einem durchgerosteten Karussell bescheinigt, dass es keine technischen Mängel aufweist«, polterte Ralph weiter. »Eine der Gondeln hätte sich um ein Haar aus der Verankerung gelöst und wäre über das Festgelände geschleudert worden.«

Sabine legte ihm die Hand auf den Arm, damit er sich mäßigte, doch Ralph schüttelte sie unwirsch ab. Sie konnte ihn ja verstehen. Aber es brachte sie vermutlich nicht weiter, wenn Angersbach den TÜV-Mitarbeiter vor den Kopf stieß. Der allerdings blieb vollkommen gelassen.

»Von welchem der Fliegenden Bauten reden wir?«, fragte er.

»Der Hydra.«

»Okay. Eine Sekunde.« Sie hörten das Klappern einer Computertastatur aus den Lautsprechern des Autoradios, dazu ein in kurzen Abständen ausgestoßenes sonores Brummen. Dann verstummte beides. Ralph und Sabine sahen einander ratlos an. Sabine beugte sich vor.

»Herr Niesbach? Kriminaloberkommissarin Sabine Kaufmann vom LKA Wiesbaden hier. Was ist los?«

»Pardon. Ich war nur irritiert. Wir reden vom Fahrgeschäft Peschke?«

»Richtig.«

»Das ist sonderbar. Meinen Unterlagen zufolge liegt die letzte Prüfung durch uns fast drei Jahre zurück. Vorgeschrieben ist aber eine zweijährliche Abnahme.«

»Wir haben hier eine von Ihnen unterschriebene Bescheinigung aus diesem Frühjahr vorliegen.«

»Wie bitte?« Wieder klapperte die Tastatur. »Das kann nicht sein. Wenn ich die Hydra untersucht hätte, wäre das hier in meinen Daten. Ich würde mich auch daran erinnern. Peschke ist kein besonders angenehmer Zeitgenosse. Die Begegnungen mit ihm bleiben einem im Gedächtnis.«

Sabine schaute auf das Papier in ihrer Hand. Eine dunkle Ahnung keimte in ihr auf. »Möglicherweise haben wir es mit einer Fälschung zu tun.«

»Das wäre eine Erklärung.«

Kaufmann dachte nach. Wenn der Betreiber wusste, dass sein Karussell die Prüfung nicht bestehen würde, könnte er die Papiere manipuliert haben, um nötige Wartungsarbeiten aufzuschieben. Wenn das Geld knapp war, hatte er vielleicht erst weitere Gewinne einfahren wollen, um sich die Reparaturen leisten zu können.

»Kommt so etwas öfter vor?«

»Es hat schon Fälle gegeben«, erwiderte Niesbach. »Die Prüfung durch uns ist nicht billig. Gerade kleinere Betriebe können die Beträge oft nur schwer aufbringen. Da lohnt es sich, in eine Fälschung zu investieren.«

»Von welchen Summen reden wir da?«, fragte Angersbach.

»Für die Prüfung der Anlage müssen Sie dreißigtausend Euro veranschlagen. Die Abnahme nach Durchführung aller nötigen Reparaturen kostet noch einmal fünftausend.«

Kaufmann verschlug es die Sprache. Sie hatte nicht geahnt, dass die Schausteller derartige Summen aufbringen mussten.

Angersbach griff nach der Mappe auf dem Rücksitz und blätterte darin.

»Die Fahrgeschäfte werden also nur alle zwei Jahre überprüft? Sie müssen nicht nachweisen, dass sie ihr Karussell ordnungsgemäß aufgebaut haben, wenn sie den Standort wechseln?«

»Doch. Aber dafür sind nicht wir zuständig. Das fällt in den Aufgabenbereich der lokalen Baubehörde.«

»Okay«, sagte Ralph gedehnt. Ihm ging wohl langsam auf, dass er Niesbach zu Unrecht angefahren hatte.

»Dann bedanken wir uns erst einmal. Und …«, er räusperte sich, »… entschuldigen Sie bitte meinen rüden Tonfall. Wir waren vor Ort, als es fast zur Katastrophe gekommen ist. Das hat uns ziemlich schockiert.«

»Kein Problem«, sagte Niesbach. »Da hatte ich schon ganz andere Anrufe. Sie glauben gar nicht, wie oft man hier unflätig beschimpft wird. Aber wenn Sie darauf bestehen, es wiedergutzumachen: Schicken Sie mir eine leckere Stracke von Metzger. Der ist doch sicher auch auf dem Markt vertreten, oder?«

Sabine dachte an den vierschrötigen Metzger und seinen gewaltbereiten Sohn. Sie hatten die beiden weit ans Ende ihrer Verdächtigenliste verbannt, aber vielleicht tat auch hier eine weitere Überprüfung not?

»Ja, der ist hier, und wir haben ohnehin einen Besuch bei ihm geplant. Die Stracke kommt.«

»Wunderbar.« Niesbach verabschiedete sich, und Ralph drückte das Gespräch weg. Anschließend wühlte er wieder in den Papieren.

»Hier.« Er hielt einen amtlich aussehenden Zettel hoch. »Das ist die Bestätigung über den ordnungsgemäßen Aufbau der Hydra auf ihrem zugewiesenen Standplatz. Ausgestellt durch die Baubehörde. Unterschrieben von einem Herrn … Benjamin Bittner.« Er tippte die Nummer in sein Smartphone.

»Vielleicht versuchst du es dieses Mal etwas höflicher«, schlug Kaufmann vor.

»Keine Sorge«, brummte Ralph. »Ich bin durchaus in der Lage, aus meinen Fehlern zu lernen.«

»Ach ja?« Sabine wollte nicht mit ihm streiten, aber es tat gut, ein wenig Luft abzulassen, um den Stress abzubauen.

Angersbach setzte an, um etwas zu erwidern, doch am anderen Ende wurde bereits abgenommen.

Benjamin Bittner war ein korrekter und humorloser Mann, das hörte man schon am Telefon. Er bestätigte, was sie bereits ahnten: dass er die Hydra nicht in Augenschein genommen hatte.

Ralph konnte wieder nicht an sich halten. »Und das ist Ihnen nicht aufgefallen? So klein ist das Karussell ja nicht.«

Bittner hüstelte. »Ich bin nicht der Einzige, der diese Überprüfungen vornimmt. Wir machen das hier zu viert. Es sind ja nicht gerade wenige Fahrgeschäfte, und alles muss immer größer und extremer sein. Wir haben schließlich auch noch andere Dinge zu tun.«

»Trotzdem muss doch irgendjemand die Hydra auf dem Zettel gehabt haben.«

»Sicher. Aber wenn der Betreiber demjenigen ein Papier unter die Nase gehalten hat, auf dem die Abnahme durch mich bereits bestätigt war, wird er sich damit zufriedengegeben haben.«

»Danke.« Ralph verabschiedete sich und beendete auch dieses Gespräch.

Sabine dachte nach.

Es war also nicht nur das TÜV-Gutachten gefälscht worden, sondern auch der Bericht der Baubehörde. Jemand hatte systematisch jede Prüfung von der Hydra ferngehalten. Das bedeutete, dass derjenige gewusst hatte, dass das Fahrgeschäft die Kontrollen nicht bestehen würde. Beim Urheber dieser Schweinerei musste es sich um den Betreiber selbst handeln. Er hatte wissentlich manipuliert oder jemanden zu diesem Zweck engagiert, um Geld zu sparen und seine Einnahmen auf dem Bad Vilbeler Markt zu sichern. Und dabei billigend in Kauf genommen, dass ein Unglück geschah und Menschen ums Leben kamen.

Angersbachs Gedanken gingen offensichtlich in dieselbe Richtung.

»Ich sorge dafür, dass dieser Peschke hinter Gitter kommt«, grollte er und startete den Motor. »Aber vorher nehmen wir ihn gründlich in die Mangel.«

Sabine hatte nichts dagegen. Jemand, der so verantwortungslos handelte, hatte es nicht besser verdient. Zugleich beschäftigte sie allerdings noch ein anderer Gedanke. Beschränkten sich Peschkes Straftaten auf die Manipulation amtlicher Dokumente und die Verschleppung notwendiger Reparaturen? Oder hatten sie in Wirklichkeit die Ausläufer eines Sumpfs entdeckt, der noch viel tiefer war?

10

Ostdeutschland, zwei Jahre vor der Wende

Sie war das schönste Mädchen der Schule. Alle Jungs gafften ihr hinterher, wenn sie in ihren zu engen Hosen über den Schulhof ging. Auch Rico.

Selbst nannte er sich immer noch so, auch wenn es sonst niemand mehr tat. Er mochte seinen neuen Namen nicht. Zu bieder, zu bürgerlich, zu altbacken. Aber das durfte er nicht laut sagen, sonst setzte es etwas.

Das Mädchen hieß Mandy. Ein hübscher Name, fand Rico. Er passte zu ihr.

Mandy hatte ihn bisher nie beachtet, so wie sie auch sonst keinen der Jungen in seinem Alter beachtete. Schließlich machten ihr auch die großen aus den höheren Klassen schöne Augen. Immer war sie mit einem von ihnen zusammen, wenn auch nie lange.

Heute aber war irgendetwas anders. Mandy schwebte nicht wie sonst selbstbewusst durch die Schule, sondern stand verloren vor der Tür des Lehrerzimmers. Rico war unschlüssig, doch ihre traurige Miene rührte ihn. Er ging zu ihr und tippte ihr sacht auf den Arm.

»Alles in Ordnung mit dir?«, fragte er schüchtern.

Sie schaute ihn an, und Rico fühlte sich, als hätte ihm jemand einen Schwinger in die Magengrube versetzt. Er war ihr noch nie so nah gekommen, dass er ihre Augenfarbe hätte erkennen können. Jetzt sah er sie, ein sonniges Braun mit golde-

nen Sprenkeln. Sie selbst mochte hübsch sein mit ihren langen dunklen Locken, die ihr fast bis zum Po reichten, aber ihre Augen waren das Wunderbarste, das er je erblickt hatte.

Jetzt kniff sie sie zusammen. »Was glotzt du so?«

»Deine Augen«, stammelte Rico.

»Ja? Was ist mit denen?«

»Die sind wunderschön. Wie ... eine weiche, warme Wolldecke.«

Im nächsten Moment hätte er sich am liebsten geohrfeigt. Das war ja wohl das Dämlichste, was man sagen konnte. Wer wollte schon mit einem filzigen Stück Stoff verglichen werden? Doch Mandy schien überraschenderweise gerührt.

»Findest du?«

»Ja. So warm. Kuschelig.«

Kuschelig? Rico grinste verlegen. Wahrscheinlich klang er wie ein hirnamputierter Erstklässler. Doch Mandy lächelte und entblößte ihre strahlend weißen, ebenmäßigen Zähne.

»Komm mal mit.«

* * *

Ralph war gerade im Begriff, einen der ausgewiesenen Parkplätze anzufahren, neben dem sich der Bereich befand, auf dem die Schausteller mit ihren Wohnwagen standen. Im Grunde war es nicht mehr als eine umfunktionierte Wiesenfläche, von der am Ende der neun Markttage kaum mehr als festgewalztes Erdreich übrig bleiben dürfte. Zum Glück spielte das Wetter halbwegs mit, dachte er. Nicht weit von hier ruhte eine äußerst ungute Erinnerung an einen halb versunkenen Lada Niva in einem lehmigen Acker. Doch das gehörte in die Vergangenheit. Bevor er sich zwingen musste, nicht mehr an damals zu erinnern, rührte sich sein Smartphone in der Halterung am Armaturenbrett. Er nahm das Gespräch an, ohne hinzusehen, und schaltete es auf den Lautsprecher des Autoradios.

»Sabine? Ralph?«, drang eine dünne Stimme an sein Ohr. Angersbach konnte sie nicht zuordnen, doch Sabine rief: »Levin? Was ist los?«

»Könnt ihr herkommen?«, stammelte der Vilbeler Polizeiobermeister Queckbörner. »Wir haben hier ein Problem.«

Ralph riss das Steuer herum und änderte die Fahrtrichtung. Er schoss an der Einfahrt des Parkplatzes vorbei und raste auf den Kreisel zu, von dem die Straße zum Riedweg abzweigte. Kaufmann versuchte unterdessen, den aus der Fassung geratenen Kollegen wieder ins Gleichgewicht zu bringen.

»Levin«, wiederholte sie mehrere Male. »Beruhige dich.«

Ohne Erfolg. Queckbörner brachte keinen geraden Satz heraus, er stotterte nur.

Angersbach bog mit quietschenden Reifen auf den Hinterhof der Polizeistation.

Sie sahen es sofort. In dem großen Fenster, das zum Dienstzimmer von Weitzel und Queckbörner gehörte, klaffte ein Loch. Ein Spinnennetz von Rissen überzog die Scheibe. Glaszacken standen hervor. Ein paar Splitter lagen vor dem Gebäude. Das meiste musste sich demzufolge im Inneren befinden.

Ralph sprang aus dem Wagen und hetzte über den Parkplatz, gefolgt von Kaufmann. Sie stürmten in die Polizeistation, kamen aber nicht weiter, weil die Sicherheitstür verriegelt und der Posten hinter dem Tresen nicht besetzt war. Angersbach wollte sein Handy aus der Tasche ziehen, um Queckbörner anzurufen, damit er ihnen öffnete. Es war nicht dort, weil es, wie ihm einfiel, noch in der Halterung im Lada steckte.

Er drehte sich um und wollte zurückeilen, sah aber dann, dass Sabine ihr Smartphone bereits in der Hand hatte.

»Levin«, sagte sie beschwörend. »Du musst uns aufmachen.«

Sie ließ das Telefon sinken und schaute in den Flur hinter der Glastür.

Tatsächlich rührte sich dort etwas. Ein schwankender Schatten, der wie in Zeitlupe auf den Eingang zukam. Es war Queckbörner, aber er wirkte wie sein eigener Geist. Das Gesicht war leichenblass, die Lippen bebten. Mit zitternden Fingern griff er nach dem Knauf und schloss die Tür auf.

Angersbach schob ihn beiseite und eilte durch den Flur zum Dienstzimmer. Die Tür stand offen, er konnte das Loch in der Scheibe und die Glassplitter sehen, die darunterlagen. Rasch betrat er den Raum und entdeckte Mirco Weitzel, der auf seinem Stuhl hockte und sich ein paar Papiertaschentücher seitlich an den Kopf presste. Die improvisierte Kompresse war rot getränkt.

»Mirco. Was ist passiert?« Sabine stürzte hinter Ralph ins Zimmer. Sie schob Weitzels Hand beiseite und nahm die Papiertücher vorsichtig weg. Darunter kam eine blutige Platzwunde zum Vorschein.

Ralph blickte zurück in den Flur, dann zu Weitzel. »Habt ihr den Rettungswagen gerufen?«

Mirco winkte ab. »Halb so wild.« Er deutete zum Fenster. »Da hat einer einen Stein reingeworfen. Hat mich am Kopf getroffen. Dumm gelaufen.«

Sabine verließ den Raum und kam gleich darauf mit einem Verbandskasten zurück.

»Das brennt jetzt«, sagte sie und sprühte die Wunde mit Desinfektionsmittel ein. Weitzel verzog das Gesicht und presste die Lippen zusammen. Angersbach vernahm trotzdem das Stöhnen, das er zu unterdrücken versuchte. Kein Wunder, bei der Größe der Verletzung.

Kaufmann drückte eine Kompresse sacht auf die Wunde. Anschließend öffnete sie eine frische Packung Verbandsmull und wickelte ihn ein paarmal um Weitzels Kopf. Der grinste schief. »Du hättest Krankenschwester werden sollen.«

»Nein, danke.«

Ralph wusste, dass sie Routine hatte. Oft genug hatte sie ihre Mutter versorgen müssen, wenn diese in betrunkenem Zustand gestürzt war und sich verletzt hatte. Sosehr sie den Tod ihrer Mutter betrauerte, diesen Teil wünschte sie sich sicher nicht zurück.

Levin tauchte aus dem Flur auf. Er torkelte zu seinem Stuhl und ließ sich schwer darauf fallen.

»Habt ihr hier irgendwo Schnaps?«, fragte Angersbach. Weitzel deutete auf die unterste Schublade seines Schreibtisches. Ralph öffnete ihn und fand ein Sammelsurium kleiner Flaschen, Weinbrand, Korn, Magenbitter. Daneben lagen mehrere Springmesser und ein Schlagring.

»Was ist das?« Angersbach sah den Kollegen erstaunt an.

»Unsere Sammlung. Was wir den Minderjährigen so abknöpfen, die wir beim Ladendiebstahl erwischen oder wenn sie heimlich Graffiti sprühen.«

»Ah.« Ralph war erleichtert und ein wenig beschämt zugleich. Einen Moment lang hatte er doch ernsthaft gedacht, es handele sich um Weitzels private Sammlung. Er wählte ein Fläschchen Magenbitter, öffnete den Verschluss und hielt es Levin hin. »Trink das.«

Queckbörner blinzelte.

»Ich … trinke keinen Alkohol.«

»Jetzt schon.« Ralph schob ihm die Öffnung des Fläschchens zwischen die Lippen. »Los. Schluck.«

Levin tat wie geheißen. Sein Adamsapfel bewegte sich auf und ab. Angersbach tätschelte ihm den Kopf.

Queckbörner hustete und keuchte. Anscheinend war er wirklich keinen Alkohol gewohnt. Umso rascher trat der gewünschte Effekt ein. Seine Wangen bekamen wieder Farbe, und der Blick wurde klarer.

Sabine schaute Ralph missbilligend an. Offenbar fand sie nicht, dass der Zweck die Mittel heiligte. Doch sie wollte jetzt wohl auch nicht darüber diskutieren.

»Du musst zum Arzt«, sagte sie zu Weitzel. »Die Wunde muss geklammert werden.« Sie zog den Kollegen vom Stuhl und führte ihn zur Tür. Dort stoppte sie.

»Kommst du?«, fuhr sie Angersbach an. »Oder sollen wir zu Fuß gehen?«

»Äh. Nein.« Ralph setzte sich in Bewegung, blieb aber noch einmal stehen.

Sicher durchfuhr einen ein gewaltiger Schreck, wenn plötzlich ein Stein durch das Fenster hereinflog und einen Kollegen am Kopf traf. Aber bekam man als Polizeibeamter deshalb einen derartigen Schock, wie Levin ihn hatte?

»Wo ist der Stein?«, fragte er den Kollegen. Queckbörner zeigte mit einem zitternden Finger auf seinen Schreibtisch.

Es war ein grauer Pflasterstein, wie man ihn hier in der Gegend überall für Gehwege verwendete. Sicher gab es irgendwo in der Nähe eine Baustelle, bei der man sich problemlos bedienen konnte.

Der zitternde Finger bewegte sich ein Stück zur Seite.

»Der Zettel. Er war um den Stein gewickelt und mit einem Gummiband befestigt.«

Ralph trat an den Schreibtisch und faltete das Papier auf. Als er den Text las, wurde auch ihm flau.

»Noch acht Tage«, stand da. »Dann wartet euer Henker. Macht euch bereit für eure Fahrt zur Hölle.«

Sie wusste nicht, wohin mit sich. Ungeduldig marschierte sie im Foyer der Unfallklinik an der B521 auf dem Weg von Bad Vilbel nach Frankfurt auf und ab. Mirco war in einem der Behandlungsräume und wurde von einem Arzt versorgt. Sie hatten nicht lange warten müssen; Weitzels Uniform und der blutgetränkte Verband um seinen Kopf hatten dafür gesorgt, dass sie umgehend an die Reihe gekommen waren, doch ihr dauerte das trotzdem alles zu lange.

Der Druck wuchs beständig, erst die Beinahekatastrophe mit dem Karussell, dann der neue Drohbrief. Sabine hatte das Gefühl, dass sie in schwindelerregendem Tempo auf einen Abgrund zurasten. Sie brauchten schleunigst einen Ermittlungserfolg.

Es brannte ihr unter den Nägeln, sich Heinz Peschke, den Betreiber der Hydra, vorzuknöpfen. Sie mussten erfahren, wie er an die gefälschten TÜV-Gutachten gekommen war, und die Verantwortlichen dingfest machen. Die Frage war, ob sie damit auch denjenigen hätten, der die Briefe schrieb. Die Drohung schwebte über ihnen wie ein Damoklesschwert.

Aus den Texten sprach so viel Hass. Das schien nicht zu jemandem zu passen, der verhindern wollte, dass die Polizei einem Bestechungsskandal auf die Spur kam. Aber das konnte natürlich auch ein geschickter Schachzug des Täters sein. Oder war das Ganze doch nur die Aktion eines frustrierten Jugendlichen mit überschießenden Hormonen, der sich dafür rächen wollte, dass man ihn wegen eines minderschweren Delikts zu ein paar Sozialstunden verurteilt hatte?

Sie hätte sich gern mit Ralph darüber ausgetauscht, doch der hockte in einem der Sessel im Wartebereich und starrte verbissen aus dem Fenster. Sabine hätte gern gewusst, was hinter seiner Stirn vor sich ging. Beschäftigte ihn der Fall, oder ging es vielmehr darum, dass sie sich trotz der drängenden Zeit entschieden hatte, Mirco ins Krankenhaus zu begleiten?

Was glaubte er denn, was am Abend zwischen ihnen vorgefallen war? Dachte er, dass sie mit dem Kollegen ins Bett gegangen war, so wie er es offenbar mit der Kollegin Scherer getan hatte? Und selbst wenn. Er hatte wohl kaum einen Grund, ihr deshalb Vorwürfe zu machen.

Eine der Türen auf dem weiß gekachelten Flur öffnete sich, und Mirco Weitzel trat heraus. Er hatte einen respektablen weißen Turban um den Kopf und grinste. Sabine lief erleichtert auf ihn zu.

»Schick, oder?« Mirco deutete auf den Verband.

»Super.« Sie sah ihn ernst an, bis er zu grinsen aufhörte. »Wie geht es dir? Alles okay?«

»Klar.« Weitzel zupfte seinen Kragen zurecht. Wenn man seine akkurat gestylten Haare nicht sah, musste wenigstens der Rest picobello sein. »Der Arzt hat mich untersucht. Keine Anzeichen für eine Gehirnerschütterung. Ich bin voll einsatzfähig.«

»Gut. Dann bringen wir dich jetzt zurück, und du kümmerst dich um Levin.« An dessen Einsatzfähigkeit hatte sie große Zweifel. »Er sollte jetzt nicht allein auf der Polizeistation sein.«

Mirco sah auf die Uhr.

»Wir haben gleich Schichtwechsel. Dann wird er ohnehin abgelöst.«

»Schön.« Sabine zupfte ihn am Arm, damit er sich in Bewegung setzte. »Dann geh mit ihm ein Bier trinken. Sorg einfach dafür, dass er den Schock verarbeiten kann. Und du auch.«

»Klar.«

»Wenn ihr morgen wieder fit seid, versucht herauszufinden, ob dieser neue Drohbrief eine Spur ist. Befragt die Anwohner. Vielleicht haben sie jemanden gesehen, der sich auf den Hof der Polizeistation geschlichen hat. Telefoniert auch die Personen durch, die im Rahmen unserer Ermittlung eine Rolle spielen. Wir müssen wissen, wo sie sich aufgehalten haben und ob jemand für den Steinwurf infrage kommt.«

»Logo. Machen wir.«

Sie winkte Angersbach, der eine Weile brauchte, bis er registrierte, dass sie aufbrechen wollte. Mühsam stemmte er sich aus dem Sessel und kam zu ihnen.

»Fertig?«, fragte er Weitzel. Mirco nickte.

»Gut.« Angersbach nickte grimmig. »Also fahren wir jetzt zu den Schaustellern und knöpfen uns Peschke vor. Ich will wissen, wen er geschmiert hat, um eine Lizenz für seine Höllenmaschine zu bekommen.« Er verzog den Mund, wahrscheinlich weil ihm aufging, dass das Wort »Hölle« auch im anderen Teil ihrer Ermittlungen eine Rolle spielte. »Wenn er auch noch für diese Drohbriefe verantwortlich ist, drehe ich ihm höchstpersönlich den Hals um«, fügte er hinzu.

Sabine richtete den Blick zur Decke. Warum mussten Männer unter Stress immer dieses Machogehabe an den Tag legen? Was sie jetzt brauchte, war kein Bulldozer, der alles niederwalzte, was ihm vor die Räder kam. Sie brauchte einen Partner mit einem klaren Kopf.

»Reiß dich zusammen, ja?«, bat sie ihn. »Wir ermitteln nur. Den Rest überlassen wir dem Richter.«

Angersbach zeigte sich unversöhnlich. »Klar. Versuch du es nur mit deiner weichgespülten Tour. Aber ich sage dir: Bei Typen wie Peschke kommst du damit nicht weit.«

11

Ostdeutschland, zwei Jahre vor der Wende

Sie hielt ihm die Hand hin, und Rico ergriff sie. Mandy dirigierte ihn über den Flur zu den Toiletten. Sie schaute nach rechts und links. Als sie sah, dass die Luft rein war, öffnete sie die Tür und zog ihn herein. Rico sträubte sich.

»Da kann ich nicht rein. Das ist das Mädchenklo.«

Mandy lachte. »Es sieht ja keiner.«

Sie schob ihn in den Raum, den er noch nie betreten hatte. Es roch viel besser als auf der Jungentoilette, nicht scharf nach Salmiak und Salpeter, sondern angenehm nach Zitrone. Die Urinale an den Wänden fehlten, dafür gab es mehr Kabinen. In eine davon bugsierte ihn Mandy, drängte sich selbst mit hinein und schloss die Tür hinter ihnen ab.

»Du musst ganz still sein, ja?«

Sie drückte ihn an die Wand neben der Toilettenschüssel und kniete sich vor ihm auf den Boden. Dann fingerte sie an seinem Reißverschluss herum. Rico spürte, wie ihm das Blut in die Lenden schoss.

»Was machst du da?«

»Ich zeig dir was. Etwas besonders Schönes.«

Rico begann zu zittern. Ihm war bereits jetzt heiß, und er war ganz steif. Er fühlte sich fiebrig vor Erwartung, und zugleich hatte er Angst. Natürlich hatte er sich schon selbst gestreichelt. Aber bisher hatte nie jemand seinen Reißverschluss geöffnet und ihn berührt. Jedenfalls nicht mehr, seit er alt genug war, um sich allein an- und auszuziehen. Eigentlich war das hier kein guter Ort; er hatte sich das erste Mal ganz anders vorgestellt, aber weil es Mandy war, das Mädchen, das so oft in seinen Träumen vorkam, ließ er sie gewähren.

Mandy streichelte ihn, und Rico verspürte ein unglaublich süßes Kribbeln. Er schloss die Augen und gab sich ihrer Berührung hin, den Schauern, die von diesem Punkt aus durch seinen ganzen Körper rieselten. Es war herrlich, und es wurde immer noch schöner. Bis ihm plötzlich ein Bild durch den Kopf schoss, das er als kleiner Junge gesehen und nicht verstanden hatte. Er hatte es längst vergessen, doch in diesem Moment kehrte es zurück.

Er hatte zufällig gesehen, wie seine Mutter dasselbe tat wie Mandy jetzt. Damals war er vielleicht drei oder vier gewesen. Er hatte gedacht, sie würde irgendetwas an der Hose des Mannes richten, der vor ihr stand. Erst jetzt, als die Erinnerung wieder in sein Bewusstsein drängte, begriff er, was sie tatsächlich getan hatte.

Rico riss die Augen auf. »Hör auf!«

Er stieß Mandy weg, drängte sich an ihr vorbei und entriegelte die Toilettentür. Mit großen Schritten stürmte er durch den Waschraum auf den Flur. Eine Schülerin, die gerade die Toilette betreten wollte, starrte ihn an, aber er ignorierte sie. Er wollte nur weg hier.

So schnell er konnte, lief er die Stufen hinunter, aus dem Schulgebäude hinaus auf die Straße. Hinter der nächsten Ecke kletterte er über eine Mauer. Dahinter befand sich der Hinterhof eines Mietshauses. Rico versteckte sich manchmal hier, wenn ihn die Jungen aus seiner Klasse nach der Schule jagten, um ihn zu vermöbeln, weil er der Sohn eines Vaterlandsverräters war.

Ganz klein machte er sich, drückte sich in die Nische hinter einem vertrockneten Strauch und kniff die Augen zusammen.

Keine gute Idee, denn sofort war das Bild wieder da. Seine Mutter, die vor dem Mann mit der offenen Hose kniete.

Es war nicht sein Vater. Es war Onkel Dranko.

Die Erkenntnis war so gewaltig, dass sie ihm wie ein Sturm durch den Kopf wirbelte.

Hatten die beiden deshalb nicht auf seinen Vater und ihn gewartet? Hatten sie sie gar nicht mitnehmen wollen? Weil Onkel Dranko im Westen ein neues Leben mit seiner Mutter anfangen wollte – ohne seinen Vater?

Dann war der angeblich beste Freund seines Vaters schuld. Schuld daran, dass sein Vater tot war und dass Rico bei diesen schrecklichen Menschen aufwachsen musste, die ihm einen neuen Namen gegeben hatten und ihn wie ein Stück Dreck behandelten.

Ein gewaltiger Hass stieg in ihm auf.

In diesem Moment beschloss er, sein Leben einem einzigen Ziel zu widmen: Onkel Dranko aufzuspüren und sich für das, was er ihm angetan hatte, zu rächen.

* * *

Zwei Stunden später wusste Sabine Kaufmann, dass Ralph Angersbach recht hatte. Bei Heinz Peschke kam man mit einer subtilen Befragungsstrategie nicht weit. Der stark übergewichtige Karussellbetreiber hing auf dem Stuhl im Vernehmungsraum der Polizeistation wie ein nasser Sack. Er hatte einen endlosen Sermon von sich gegeben, wie entsetzt er war und dass er nicht verstehen könne, wie es zu diesem unglückseligen Vorfall hatte kommen können. Die Hydra sei immer ordnungsgemäß gewartet worden, und im Sommer sei ein Mann vom TÜV da gewesen, der bestätigt habe, dass das Karussell keine Sicherheitsmängel habe. Außerdem habe auch jemand vom Bauamt den Aufbau inspiziert und seine Unterschrift auf die Bescheinigung gesetzt. Davon, dass diese Dokumente falsch waren, wollte er nichts gewusst haben. Angeblich hatte er keine Ahnung, wie es sein konnte, dass weder der TÜV noch die Baubehörde die entsprechenden Untersuchungen bestätigen konnten.

»Da war jemand da und hat sich alles angesehen«, wiederholte er ein ums andere Mal mit seiner hohen, weinerlichen Stimme. »Die haben mir die Papiere ausgestellt. Ich weiß nicht, wieso sie es jetzt bestreiten.«

Zeit, den Kettenhund loszulassen. Sabine schaute zu Ralph und hob auffordernd die Augenbrauen.

Angersbach beugte sich vor und stemmte die Hände auf den Tisch.

»Wollen Sie uns für dumm verkaufen? Glauben Sie im Ernst, Sie kommen damit durch? Ihre sogenannten Bescheinigungen sind bereits auf dem Weg ins Landeskriminalamt. Die Kriminaltechniker dort werden sie untersuchen. Sie werden feststellen, dass es sich um Fälschungen handelt. Darüber hinaus werden sie auch weitere Spuren finden. Fingerabdrücke der Person zum Beispiel, die die Dokumente gefälscht hat. Es ist nur eine Frage der Zeit, bis wir den Verantwortlichen finden.«

Er ließ seine Worte einen Moment wirken.

»Es wäre besser für Sie, wenn Sie uns die Wahrheit sagen«, polterte er weiter. »In diesem Fall kann Ihr Anwalt vor Gericht auf mildernde Umstände plädieren. Wenn Sie warten, bis wir Ihnen Ihre Vergehen nachgewiesen haben, haben Sie diese Möglichkeit verspielt. Dann winkt Ihnen die Höchststrafe.«

Sabine fand, dass er arg dick auftrug, aber seine Worte zeigten Wirkung. Peschke sank auf seinem Stuhl noch weiter zusammen. Wie ein zerfließender Hefeteig, dachte sie.

»Herr Peschke?« Sie sah ihn fragend an. »Wollen Sie sich dazu äußern?«

Der Schausteller zog ein großes, fleckiges Stofftaschentuch hervor und wischte sich den Schweiß von der Stirn.

»Es war nicht meine Idee«, jammerte er.

Angersbach senkte den Kopf wie ein wütender Stier. »Wessen Idee war es denn dann?«

Peschke rang sichtlich mit sich. Schließlich knickte er ein. »Da war ein Mann«, berichtete er. »Es war im Frühjahr, auf dem ersten Volksfest des Jahres in Frankfurt. Am Abend, gleich nachdem wir die Hydra aufgebaut hatten. Ich saß in meinem Wohnwagen über den Papieren. Er stand plötzlich hinter mir.«

Peschke hob hilflos die Arme. »Er hat gesagt, er habe sich das Karussell angesehen. Dabei hätte er rostige Stellen entdeckt. Nichts, was den Betrieb beeinträchtigen würde, aber das Bauamt würde mir sicher keine Genehmigung erteilen. Ich müsste das Karussell wieder abbauen und meinen Platz räumen. Und wenn die Lizenz für den Markt einmal weg wäre, dann könnte ich sie gleich abschreiben.«

Wieder wischte er sich mit dem schmuddeligen Tuch über die Stirn. »Ich kann mir das nicht leisten. Ohne die Einnahmen aus Frankfurt und vom Vilbeler Markt kann ich den Laden zumachen. Deshalb habe ich auch im letzten Sommer den TÜV ausgelassen. Ich hatte einfach das Geld nicht.«

Kein Wunder, wenn eine Begutachtung, wie sie mittlerweile wussten, fünfunddreißigtausend Euro kostete.

»Wie kamen Sie denn ohne gültige TÜV-Bescheinigung überhaupt in die Auswahl für einen Standplatz?«, fragte Kaufmann.

»Glück, dachte ich. Es hat einfach keiner bemerkt, dass sie fehlt. Vor zweieinhalb Jahren hatten wir noch eine Abnahme.

Die Bescheinigung habe ich vorgelegt. Vermutlich hat bei der ersten groben Durchsicht keiner auf das Datum geachtet. Oder eben doch.« Die wulstigen Lippen kräuselten sich. »Es muss ja einen Grund gehabt haben, dass dieser Mann wusste, wo er nach weichen Stellen suchen muss. Und mir war auch klar, dass ich wahrscheinlich nicht noch einmal durchkommen würde, wenn es tatsächlich um die Vergabe der Lizenzen ginge.«

Ralph tauschte einen raschen Blick mit Sabine. Er fand Peschkes Geschichte offenbar nicht sonderlich glaubwürdig. Sie selbst hatte noch keine Meinung, sie wollte erst den ganzen Bericht hören.

»Wie ging es dann weiter?«, fragte sie.

»Der Mann hat mir angeboten, mir die fehlenden Dokumente zu beschaffen und dafür zu sorgen, dass sich niemand vom Bauamt den Aufbau ansieht, weder in Frankfurt noch auf dem Vilbeler Markt.«

»Was wollte er dafür?«

»Zehntausend.«

Viel Geld, aber weniger als das, was der TÜV gekostet hätte, von den entgangenen Einnahmen einmal ganz abgesehen. Die Dippemess im Frühling in Frankfurt und die neun Tage Vilbeler Markt – da konnten die Schausteller gute Geschäfte machen. Peschke mussten die zehntausend Euro Bestechungsgeld als lohnende Investition erschienen sein.

»Wie sah der Mann aus?«

Peschkes Gesicht legte sich in traurige Dackelfalten. »Ich weiß es nicht.«

Ralphs Hand schoss vor, doch Sabine erwischte sie, ehe er Peschke am Kragen packen konnte.

»Wie bitte?«

Der Schausteller gestikulierte wild. »Ich sagte doch, er stand hinter mir. Er hat gesagt, ich soll mich auf keinen Fall umdrehen. Sonst wäre der Deal geplatzt.« Er kniff nachdenklich die Augen zusammen. »Die Stimme. Die hatte ich schon mal gehört. Aber ich weiß nicht mehr, wo.«

»Und Sie haben sich darauf eingelassen?«

»Was sollte ich denn tun?«

Angersbach schnaubte und warf sich auf seinem Stuhl zurück. »Das Richtige. Die Prüfung durch das Bauamt abwarten und die Konsequenzen tragen.«

»Aber das wäre mein Ruin gewesen.« Peschke konnte nicht aufhören, auf der Mitleidschiene zu reiten. Kaufmann bedeutete ihm angewidert, zurück auf den Punkt zu kommen.

»Wie lief die Sache dann ab?«

»Ich habe das Geld besorgt. Er hatte mir Datum und Uhrzeit genannt und gesagt, ich solle eine Pizzeria in der Nähe des Marktes aufsuchen und dort ein Glas Wein trinken. Das Geld musste ich in einer Plastiktüte hinter den Mülltonnen im Hof ablegen. Danach sollte ich wieder in den Gastraum gehen und meinen Wein austrinken. Eine halbe Stunde später steckte der Umschlag mit den Gutachten hinter den Mülltonnen.«

»Sie haben nicht nachgesehen, wer das Geld holt?«

»Er hat gesagt, er beobachtet mich. Wenn ich mich nicht an die Vereinbarung halte, wäre der Deal geplatzt.«

Was bedeutete, dass der Täter möglicherweise einen Komplizen hatte. Einen, der sich unter den anderen Besuchern im Gastraum aufhielt und sein Okay gab, wenn Peschke brav auf seinem Platz saß. Oder es war eine leere Drohung gewesen.

Auf jeden Fall war es dem Betrüger wichtig gewesen, nicht gesehen zu werden. Der Verdacht lag nahe, dass er aus dem Umfeld der Schausteller oder der Organisatoren stammte. Es bestand für ihn die Gefahr, wiedererkannt zu werden. Das engte den Kreis der Verdächtigen nicht besonders weit ein, aber es war immerhin ein Ansatzpunkt. Außerdem hatte sie persönlich eine ziemlich klare Vorstellung davon, wo sie suchen mussten.

Angersbach stand auf und bedeutete Peschke, dass er gehen konnte. Sein Gesicht war immer noch rot vor Wut.

»Wir werden Ihre Geschichte überprüfen«, gab er ihm mit auf den Weg. »Aber glauben Sie nicht, dass Sie damit aus dem Schneider sind. Sie haben wissentlich Menschenleben aufs Spiel gesetzt, um sich zu bereichern. Dafür werden Sie sich vor Gericht verantworten. Ich glaube kaum, dass Sie jemals wieder irgendwo ein Karussell aufbauen werden.«

Peschke rappelte sich vom Stuhl hoch. Seine Augen waren feucht, und sein Gesicht zerfloss beinahe.

»Das ist nicht fair«, jammerte er. »Es ist doch nichts passiert. Und Sie wollen meine Existenz ruinieren.«

Ralph schnaubte. Er machte einen Schritt auf den Schausteller zu und stieß ihn mit beiden Händen vor die Brust, sodass Peschke rückwärts gegen die Wand taumelte. Es klatschte, ähnlich dem Geräusch, das entstand, wenn man mit einem Fleischklopfer ein dickes Steak bearbeitete. Angersbach bohrte dem Schausteller einen Finger unters Kinn und zwang Peschke, ihm in die Augen zu sehen.

»Nichts passiert?«, geiferte er, so aufgebracht, dass Speicheltropfen von seinen Lippen auf Peschkes Gesicht sprühten. »Sie haben einen Haufen Menschen in Todesangst versetzt. Die beiden Mädchen in der Gondel sind traumatisiert. Die werden lange brauchen, bis sie darüber hinwegkommen.«

Peschke hob abwehrend die Hände. »Ja. Sicher. Das tut mir ja auch leid«, stotterte er. Weniger, weil es sich tatsächlich so verhielt, sondern eher, weil es das war, was Ralph hören wollte, vermutete Sabine.

Eigentlich hätte sie eingreifen und Ralph von Peschke wegziehen müssen. Doch in diesem Fall machte sie eine Ausnahme. Vielleicht bekam der Schausteller auf diese Weise zumindest den Hauch einer Ahnung, welche Angst seine Fahrgäste ausgestanden hatten.

Angersbach zog die Hand zurück.

»Nun verschwinden Sie schon!«, bellte er, und Peschke drückte sich aus dem Raum, so schnell es seine Körperfülle zuließ.

Ralph ballte die Fäuste. »Was für ein widerwärtiges Subjekt«, schnaufte er. »Am liebsten hätte ich Hackfleisch aus ihm gemacht.«

Er sah sie herausfordernd an, weil er auf den unausweichlichen Tadel wartete. Ein Polizeibeamter hatte nicht zu urteilen und erst recht nicht zu vollstrecken. Doch bei Peschke ließ Sabines Rechtschaffenheit sie im Stich.

»Er hätte es weiß Gott verdient«, erwiderte sie. »Aber ich bin trotzdem froh, dass du es nicht getan hast. Dann hättest du jetzt ein Disziplinarverfahren am Hals, und ich müsste mir einen anderen Partner suchen.«

Ralphs Mundwinkel zuckten, und sein Blick flackerte kurz. Erst jetzt ging Sabine auf, wie zweideutig sie sich ausgedrückt hatte. Was genau hatte sie eigentlich gemeint?

Ralph schnaufte, als sie die Polizeistation verließen und Heinz Peschke hinterhersahen, der zurück in Richtung Markt ging. Sein Herz pumpte immer noch heftig, und seine Ohren glühten. Er konnte einfach nicht begreifen, wie jemand so verantwortungslos agieren konnte. Nur langsam gelang es ihm, sich zu beruhigen und den Inhalt der Vernehmung sachlich zu betrachten. Was Peschke da behauptet hatte, war reichlich skurril. Hatte der Schausteller ihnen einen Bären aufgebunden, um den Hals aus der Schlinge zu ziehen? Ralph wandte sich an Sabine.

»Denkst du, es stimmt? Oder hat er sich die ganze Geschichte mit diesem Unbekannten, der sein Gesicht nicht gezeigt hat, aus den Fingern gesogen?«

Sabine kaute auf ihrer Unterlippe. »Ich weiß es nicht. Einerseits erschien mir seine Aussage glaubhaft. Aber andererseits: Welches Interesse sollte ein Außenstehender daran haben, dass die Hydra auf dem Vilbeler Markt steht und nicht irgendein anderes Karussell?«

»Na ja.« Angersbach vergrub die Hände in den Taschen. »Immerhin hat derjenige ordentlich abkassiert.«

Kaufmann nickte. Er sah, wie es hinter ihrer Stirn arbeitete, aber sie sagte nichts.

»Was?«, fragte er ungeduldig.

Sie blickte auf. »Angenommen, Peschke hat die Wahrheit gesagt. Dann muss unser Täter irgendwie von dem Problem mit der Hydra Kenntnis erlangt haben. Es kann also nur jemand sein, der in engem Kontakt mit den Schaustellern steht.«

Ralph begriff sofort, worauf sie hinauswollte.

»Fuller und Lohmann. Die haben sich im Vorfeld des Marktes alle Fahrgeschäfte angesehen, um die besten auszuwählen. Sie sind wahrscheinlich technisch nicht so versiert, aber um rostige Stellen zu erkennen, wird es reichen.«

»Die beiden könnten die Gutachten gefälscht haben«, spann Kaufmann den Faden weiter. »Die Leute vom Bauamt, die vor Ort die Fliegenden Bauten abnehmen, haben sie sich mit der gefälschten Bescheinigung vom Hals gehalten. Aber was ist mit dem Kollegen Roth, der für die Sicherheitsprüfung zuständig ist. Meinst du, den haben sie bestochen?«

Ralph dachte an das Gespräch mit dem Frankfurter Kollegen zurück. An die Informationen, die Wielandt und Scherer über ihn zusammengestellt hatten. Ein bescheidener Mann kurz vor dem Ruhestand. Seit ein paar Jahren verwitwet. Die

Frau war an Magenkrebs gestorben, erinnerte sich Angersbach. Eine kleine Wohnung mit niedriger Miete, ein altes Motorrad, mit dem Roth zur Arbeit fuhr, gelegentliche Treffen mit den Kollegen in der Kneipe zum Kartenspielen. Aber war das alles? Wussten sie einfach noch nicht genug?

»Wir müssen ihn noch einmal durchleuchten. Er ist eine Schlüsselfigur. Ohne ihn hätte der ganze Betrug vermutlich nicht funktioniert.«

Kaufmann verzog das Gesicht. »Das gefällt mir nicht.«

Ralph fühlte sich angegriffen. »Meinst du, mir macht das Spaß? Ich will auch kein Kollegenschwein sein. Aber wir können die Tatsachen nicht leugnen.«

»Ist ja gut.« Sabine zog die Schultern hoch.

Ralph fragte sich, warum er so aggressiv war. Weil sie sich so fürsorglich um Weitzel gekümmert hatte? Hätte das nicht jeder getan? Oder weil er ein schlechtes Gewissen hatte? Aber dazu bestand kein Anlass. Sabine und er waren nicht zusammen, also durfte er doch wohl ins Bett steigen, mit wem er wollte. Hatte er das überhaupt gewollt? Diese Nacht mit Cordula Scherer? Sie hatte ihm mehrere SMS geschickt, die er lieber erst gar nicht gelesen hatte. Im Moment war ihm das alles zu viel. Er wollte einfach nur diesen verdammten Fall klären.

»Wenn du recht hast, muss mindestens noch eine weitere Person beteiligt sein«, sagte Kaufmann. Nicht unbedingt versöhnlich, aber immerhin sachlich und neutral. »Irgendjemand im Stadtmarketing muss ja die Unterlagen prüfen, ehe die Lizenzen vergeben werden. Derjenige hätte merken müssen, dass es sich um Fälschungen handelt.«

»Woran? Wenn sie gut gemacht sind?«

»Das werden wir ja erfahren«, versetzte Kaufmann ungeduldig. Sie hatten die Dokumente zu den Experten im LKA

Wiesbaden geschickt. Dort würde man ihnen sagen können, ob ein Profi oder ein Dilettant am Werk gewesen war.

»Okay. Angenommen, du hast recht. An wen denkst du? Kirsten Gerlach?«

»Nein. Ich bin mir sicher, dass sie sauber ist. Aber sie hat Kollegen. Berater. Leute, die ihr zur Seite stehen.«

»Fragen wir sie doch.« Er wollte sein Smartphone aus der Tasche ziehen, doch Kaufmann kam ihm zuvor. Sie hatte ihr Gerät schon in der Hand. Offenbar wollte sie verhindern, dass er mit seiner forschen Art weiteres Porzellan zertrampelte. Dabei war er gar nicht so unsensibel. Er konnte auch ganz anders. Es kränkte ihn, dass Sabine das offenbar nicht sah.

Er trat ein paar Schritte beiseite, die Hände in die Taschen gestemmt, und schaute die Straße entlang. Sabines Stimme drang an sein Ohr, aber er konnte kein Wort verstehen. Er wartete, bis sie das Gespräch beendet hatte, und drehte sich dann zu ihr um.

Auf ihrem Gesicht lag ein triumphierendes Lächeln. »Der Mann, den wir suchen, heißt Lothar Trautwein. Ein Frankfurter Politiker. Es ist seine Aufgabe, die eingereichten Unterlagen zu prüfen und Empfehlungen auszusprechen, wer sein Fahrgeschäft auf dem Vilbeler Markt aufbauen darf. Kirsten Gerlach verlässt sich bei der Lizenzvergabe vollkommen auf ihn. Sie hatte bisher auch keinen Anlass, an seiner Zuverlässigkeit zu zweifeln.«

Angersbach kniff die Augen zusammen. »Warum hatten wir den nicht auf dem Zettel? Mirco und Levin haben doch gecheckt, wer an dieser Bestechungsgeschichte beteiligt sein könnte. Warum war dieser Trautwein nicht dabei?«

»Das habe ich Kirsten Gerlach gefragt«, erwiderte Sabine. »Er macht das ehrenamtlich und steht nicht auf der Liste, die sie Mirco und Levin ausgehändigt hat.«

»Und warum hat sie ihn bei unserem Gespräch nicht erwähnt?«

»Sie hat nicht daran gedacht. Wie gesagt: In ihren Augen ist er über jeden Zweifel erhaben. Aber das soll uns nicht davon abhalten, ihn zu überprüfen.«

»Gut.« Angersbach zog seinen Wagenschlüssel aus der Tasche. »Dann statten wir dem guten Mann jetzt einen Besuch ab.«

Kaufmann sah ihn skeptisch an. »Das kurze Stück willst du mit dem Wagen fahren?«

»Nach Frankfurt?«

Seine Kollegin lachte. »Da arbeitet er normalerweise. Im Augenblick ist er beim Stadtmarketing.« Sie blinzelte ihm zu. »Er arbeitet dort ehrenamtlich mit, weil er ursprünglich aus Bad Vilbel stammt und sich der Stadt verbunden fühlt.«

Ralph wollte sich erst beschweren, dass sie sich über ihn lustig machte, doch dann ließ er es sein. Immerhin hatte sich die angespannte Stimmung dadurch ein wenig gelöst.

Der kurze Spaziergang hatte ihr gutgetan. Es war ein angenehmer Augusttag, der Himmel, auf dem ein paar Quellwolken vorbeizogen, in ein zartes Blau getaucht. Die Temperaturen lagen jetzt, am späten Nachmittag, noch immer über zwanzig Grad, und ein milder Wind trug den Duft des Waldes und der Felder in die Stadt. Sie hatte das Gefühl, dass ihr Kopf ein wenig klarer geworden war. Ralph neben ihr dagegen brummelte etwas in den nicht vorhandenen Bart, das sie nicht verstand. Er ging nicht zu Fuß, wenn es nicht nötig war. Dabei konnte ihm ein bisschen Bewegung nicht schaden. Sie hatte den Eindruck, dass er schwerfälliger und träger wurde. Für einen Polizisten war das nicht gut. Und als Mann machte es ihn nicht besonders attraktiv. Aber er war ja auch ein gutes Stück älter als sie selbst. Würde sie in zehn Jahren noch so energisch ausschreiten, oder würde sie sich auch ein gemächlicheres Tempo aneignen? Sie hoffte es nicht. Auf keinen Fall wollte sie so gebrechlich werden, wie es ihre Mutter gewesen war. Das erreichte man am besten, indem man sich körperlich fit hielt.

Kirsten Gerlach kam ihnen schon im Foyer entgegen.

»Ich habe Lothar Bescheid gesagt, dass Sie mit ihm sprechen wollen.« Sie ging ihnen voran durch die Flure und klopfte an eine Tür am Ende des Gangs.

»Lothar? Die Kommissare sind jetzt da.« Sie machte eine einladende Geste, ließ sie dann aber mit Trautwein allein.

Der Politiker war jünger, als Sabine erwartet hatte. Gerade mal Anfang dreißig, wenn überhaupt. Er hatte eine blonde Föhnfrisur und leuchtend blaue Augen. Seine Kleidung war korrekt und trotzdem lässig, Hemd, Stoffhose und Weste, dazu eine schwarz-weiß karierte Krawatte. Der erste Begriff, der ihr den Sinn kam, war: vertrauenerweckend.

Trautwein lächelte breit und bot ihnen die Plätze in seiner Sitzgruppe an. Auch Getränke stellte er mit ein paar routinierten Handgriffen bereit.

»Was kann ich für Sie tun?«, fragte er und sah Sabine aufmerksam an. »Kirsten sagte, es gehe um die TÜV-Gutachten?« Er trat an ein Regal und zog einen Ordner hervor, den er Sabine reichte. »Ich habe sie mir alle angeschaut. Natürlich bin ich kein Dokumentenprüfer, aber für mich sehen die alle gleichermaßen echt aus. Wenn die Papiere von Peschke gefälscht sind, hat da jemand ganz hervorragende Arbeit geleistet.«

Kaufmann war irritiert. »Frau Gerlach hat uns das Gutachten doch bereits ausgehändigt.« Es lag längst bei den Kollegen vom LKA, und Sabine rechnete damit, bald die Analyseergebnisse zu bekommen.

Trautweins Mundwinkel zuckten. »Es handelt sich selbstverständlich um Kopien. Die Originale geben wir nach dem Jahrmarkt zurück, aber die Kopien bleiben hier. Nur für alle Fälle.«

»Ah. Ja.« Darauf hätte sie auch selbst kommen können.

Sabine schlug den Ordner auf. Peschkes Unterlagen kannte sie ja bereits, aber sie wollte wissen, ob man mit bloßem Auge Unterschiede zu den echten Gutachten feststellen konnte. Ralph rutschte auf dem Sofa dicht an sie heran und schaute ihr über die Schulter. Ungewohnt, aber keinesfalls unangenehm, stellte sie fest. Gleich darauf rief sie sich zur Ordnung. Sie wollte dieses Thema jetzt nicht vertiefen.

Angersbach nahm zwei Blätter aus dem Ordner und hielt sie nebeneinander. »Das stimmt doch nicht überein.«

Sabine sah sofort, dass er recht hatte. Beide Gutachten waren auf hellblau und hellgrün gemustertem Papier gedruckt. Das Design war ähnlich, aber nicht gleich. Nur ein Fehler im Kopierer? Oder steckte mehr dahinter? Sie betrachtete die Dokumente genauer. Bei Peschkes Papieren waren die Formen eine Spur breiter, die Farben ein wenig dunkler. Kästchen und Linien hatten eine leicht abweichende Symmetrie. Sie drehte die beiden Blätter zu Trautwein und wies ihn darauf hin.

»Das haben Sie nicht bemerkt?«

»Nein.« Trautwein neigte den Kopf. »Solange man sie isoliert betrachtet, fällt es nicht auf, finde ich. Erst wenn man sie nebeneinanderhält …«

Das war ein Argument, das nicht von der Hand zu weisen war. Trotzdem wusste Sabine nicht recht, ob sie ihm glauben sollte. Er machte einen aufrichtigen Eindruck, aber irgendetwas störte sie. Das nervöse Blinzeln mit dem rechten Auge. Und der linke Fuß, der auf und ab wippte. Dinge, die man nicht gut kontrollieren konnte. Und die ein Indiz dafür waren, dass jemand log. Sabine hatte mehrere Kurse in Kinesiologie belegt und einiges darüber gelernt, wie sich psychischer Stress in körperlichen Reaktionen ausdrückte. Aber ein Beweis war das natürlich nicht.

Ralph war wohl auch aufgefallen, dass sich die Stimmung verändert hatte. Er beugte sich vor und fixierte den Politiker wie ein Raubtier seine Beute. »War es nicht eher so, dass man Sie gebeten hat, über die kleinen Unterschiede hinwegzusehen?«

Trautwein erwiderte seinen Blick. »Und wer, glauben Sie, sollte das getan haben?«

»Wir hatten gehofft, dass Sie uns das sagen.«

Trautwein lehnte sich zurück, schlug die Beine übereinander und faltete die Hände auf den Knien. Er wusste, dass sie nichts gegen ihn in der Hand hatten, und war Politiker genug, die Situation auszusitzen.

»Selbst wenn man mich gebeten hätte – weshalb hätte ich darauf eingehen sollen?«, fragte er und zeigte ein Zahnpastalächeln, das absolut fernsehtauglich war. »Es liegt doch in unserem Interesse, dass der Markt ein Erfolg wird. Ein schrottreifes Karussell zuzulassen wäre politischer Selbstmord.«

»Nur wenn man es Ihnen nachweisen kann«, warf Ralph ein, mit sehr viel weniger Contenance als sein Gegenüber. »Und Ihr schlechtes Gewissen hat man vielleicht mit einer angemessenen monetären Entschädigung beruhigt.«

An Trautweins Lächeln änderte sich nichts. »Können Sie irgendetwas davon beweisen?«

»Nein. Noch nicht.« Angersbach rückte auf dem Sofa nach vorn. Kaufmann legte ihm rasch die Hand auf den Arm. »Dann bedanken wir uns für Ihre Zeit«, sagte sie freundlich und erhob sich. Trautwein stand ebenfalls auf und reichte ihr die Hand. Er wollte sich auch von Ralph verabschieden, doch der schob die Hände in die Taschen seiner Wetterjacke. Sabine dirigierte ihn zur Tür. Ehe sie auf den Flur trat, warf sie Trautwein einen letzten Blick zu.

»Wir werden sicher noch auf Sie zurückkommen«, versprach sie und sah, dass er verstand. So einfach würde er nicht davonkommen.

12

Ostdeutschland, November 1989

Die Mauer war offen. Erst hatte er es nicht glauben wollen, das Tor in die Freiheit plötzlich geöffnet, nach all den Jahren des Eingesperrtseins. Aber es war wahr. Keine Grenzposten wachten mehr an den Übergängen, keine Gewehre wurden drohend auf jene gerichtet, die ihre Schritte nach Westen lenkten. Die Stacheldrahtzäune wurden eingerollt. Die Polizisten standen verloren neben ihren Einsatzfahrzeugen. Viele schauten grimmig, doch der eine oder andere lächelte auch.

Rico trieb in einer Traube vom Freudentaumel beseelter Menschen dahin. Er fühlte sich seltsam leicht. In seinen Adern prickelte es.

Endlich war er nicht mehr gefangen. Er konnte gehen, wohin er wollte.

Vor drei Wochen war er sechzehn geworden. Den Abschluss der Polytechnischen Oberschule hatte er in der Tasche. Seit dem Sommer besuchte er die Erweiterte Oberschule. Sogar das Abitur hätte er dort machen können. Keine Selbstverständlichkeit für ein Kind von Republikflüchtigen. Doch Walter und Margot hatten sich an den richtigen Stellen dafür eingesetzt. Vielleicht lag genau hierin der Hauptgrund, weshalb er es nicht wollte. Die Noten sprachen dafür, aber noch mal zwei Jahre bei den beiden verbringen? Das wollte er nicht. Nicht bei Walter und Margot, die ihn nur bevormundeten und ihm alles verboten, was ihm Freude machte. Er hasste sie aus tiefs-

tem Herzen. Keinen Tag länger wollte er mit ihnen zusammenleben. Nun musste er es auch nicht mehr.

Am frühen Morgen hatte er seine Sporttasche gepackt. Seinen Ausweis aus der Schublade im Wohnzimmer genommen, die immer abgeschlossen war. Walter und Margot kamen sich unheimlich schlau dabei vor, dass sie dort die Papiere und eine Menge Bargeld verwahrten. Aber Rico wusste, wo der Schlüssel lag. In Walters Nachttisch, direkt unter seinem Parteibuch. Aus der Speisekammer hatte er sich eine getrocknete Wurst geholt und ein paar Flaschen Wasser. Das musste fürs Erste reichen.

Natürlich hatte er auch das Geld mitgenommen. Es war das Mindeste, was Walter und Margot für ihn tun konnten. Eine kleine Starthilfe für sein neues Leben.

Zunächst wollte er nach Berlin. Tanzen und feiern und sich im Getümmel der Großstadt verlieren. Dann würde er sich einen Job suchen. Nicht so eine papiergraue Tätigkeit, wie sie Walter und Margot für ihn vorschwebte, sondern irgendetwas Aufregendes. Alles andere würde sich finden.

Die Menschenmenge drängte in den Westen. Rings um ihn herum strahlende Gesichter. Einige jubelten und sangen, andere lächelten nur still in sich hinein. Rico ballte triumphierend die Faust. Nie wieder würde ihm jemand Vorschriften machen. Jetzt war er sein eigener Herr.

* * *

Ralphs Kiefer schmerzte, weil er die Zähne so fest zusammengebissen hatte. Er zwang sie auseinander und schritt energisch aus, um den aufgestauten Ärger und das Adrenalin abzubauen. Sabine musste fast rennen, um mit ihm mitzuhalten.

»Du kannst ja doch schneller«, stichelte sie.

Ralph blieb abrupt stehen. »Mich bringt das auf die Palme«, grollte er. »Leute, die gewissenlos Menschenleben aufs Spiel setzen, um sich persönlich zu bereichern. Dich nicht?«

»Doch.« Kaufmann verschränkte die Arme. »Ich zeige es nur nicht. Es ist nicht besonders professionell, weißt du?«

»Ah. Ich dachte immer, du findest mich nicht empathisch genug. Und jetzt bin ich dir auf einmal zu emotional?«

Sabine verdrehte die Augen. »Ich rede von einfühlsamen Befragungen, nicht davon, in die Luft zu gehen wie ein HB-Männchen.«

Ralph wunderte sich einen Moment, dass sie die alte Werbung überhaupt noch kannte. Das musste vor ihrer Zeit gewesen sein. Aber darum ging es jetzt nicht. »Wäre vielleicht besser gewesen, wenn ich Schulte gesagt hätte, er soll dir einen anderen Kollegen zur Seite stellen.« Er hörte selbst, dass er wie ein eingeschnappter Viertklässler klang, doch er konnte nicht anders.

»Jetzt spiel doch nicht die beleidigte Leberwurst. Wir haben wirklich Wichtigeres zu tun.«

»Okay.« Angersbach hob die Hände zum Zeichen der Kapitulation und setzte sich wieder in Bewegung. Nur am Rande registrierte er, wie hübsch es in Bad Vilbel war. Die sauberen weißen Häuser mit den roten Dächern, die gepflegten Vorgärten, die Büsche und Bäume, die überall blühten. Was würde davon wohl bleiben, wenn die Besucherscharen einfielen? Zugeparkte Gassen und zertretene Getränkebecher. Abgerissenes Flatterband. Er wusste, weshalb er solche Feste mied.

»Also fahren wir nach Frankfurt und befragen Fuller und Lohmann und Eckard Roth?«, erkundigte er sich, bemüht, seiner Stimme einen neutralen Klang zu geben.

Sabine blieb erneut stehen und ließ den Blick nachdenklich über einen prachtvoll blühenden Garten wandern. Rosen, Tulpen, Nelken, rot, gelb und rosa, in akkuraten Rabatten, mit weißen Feldsteinen umsäumt.

»Ich fürchte, das bringt nicht viel. Die werden genauso leugnen wie Trautwein. Wir brauchen handfeste Beweise. Außerdem ist es schon spät.«

Das stimmte. Im Westen näherte sich die Sonne bereits den Baumwipfeln. Die Wolken, die darüber schwebten, färbten sich allmählich rosa.

»Lass uns nach Hause fahren. Ich bin müde und hungrig.«

Ralphs Herz machte einen kleinen Satz. Nach Hause. Das klang schön. Auch wenn sie es vermutlich nicht so gemeint hatte.

Sie bogen in den Riedweg und erreichten zwei Minuten später den Hof der Polizeistation. Angersbach zog die Wagenschlüssel aus der Tasche. Im nächsten Moment blieb er wie angewurzelt stehen.

Auf der Fahrerseite des Lada prangte ein leuchtend orangefarbener Schriftzug auf dem dunkelgrünen Lack. Komplementärfarben, schoss es ihm wenig hilfreich durch den Kopf. Dadurch kam die Schmiererei besonders gut zur Geltung.

Bullenschweine.

In großen, eckigen und wenig kunstfertig aufgesprühten Buchstaben. Ein Angriff, nicht nur auf seine Ehre, sondern auch auf seinen geliebten Wagen. Ralph spürte, wie ihm vor Wut das Blut in den Kopf schoss.

Hektisch sah er sich auf dem Parkplatz um, doch dort war natürlich niemand zu sehen. Er berührte die Farbe und stellte fest, dass sie bereits getrocknet war. Wer immer das getan hatte, war längst über alle Berge.

»So eine verdammte Sauerei«, schimpfte er. »Das kriege ich doch nie wieder ab! Ich muss die ganze Seite neu lackieren lassen. Hast du eine Ahnung, was das kostet?«

Sabine nickte, doch er sah, dass sie hin- und hergerissen war. Einerseits war sie entsetzt und wütend wie er, andererseits schien die Sache sie aber auch zu belustigen.

»Meinst du, das lohnt noch?«, erkundigte sie sich scheinheilig. »Du könntest es auch zum Anlass nehmen, dir einen neuen Wagen anzuschaffen.«

»Vielleicht so ein Spielzeugauto wie deins?«, schoss er zurück und deutete auf ihren silbernen Renault Zoe. »Das man nicht benutzen kann, weil man ständig befürchten muss, dass die Batterie nicht reicht und keine E-Tankstelle in der Nähe ist, an der man sie aufladen kann?«

»Das wird sich ja in den nächsten Jahren ändern«, gab Kaufmann zurück. »Ich investiere eben in die Zukunft. Solche Dinosaurier wie dein Lada sind jedenfalls überholt. Das ist eine schlecht gefederte Spritschleuder. Der Zoe dagegen steht für Nachhaltigkeit.«

Ralph riss die Fahrertür auf. »Willst du mitfahren? Oder ziehst du dein nachhaltiges Gefährt vor?«

Sabine reckte das Kinn. »Ich fahre natürlich mit dir. Es ist immer umweltfreundlicher, mit einem statt mit zwei Wagen zu fahren.«

Ralph wollte einsteigen, doch eine Stimme in seinem Rücken hielt ihn auf.

»Das ist wieder einmal eine von Ihren Meisterleistungen«, schnarrte Konrad Möbs. Um das zu erkennen, musste er sich nicht einmal umdrehen. Er tat es trotzdem und blitzte seinen ehemaligen Vorgesetzten an.

»Bitte, was?«

Möbs deutete auf die Schmiererei auf seinem Lada. »Das muss man erst einmal schaffen. Sich in so kurzer Zeit dermaßen unbeliebt zu machen. Wem sind Sie da wieder auf die Füße getreten?«

»Wir ermitteln«, gab Angersbach erbost zurück. »Kann sein, dass das nicht jedem passt. Ihrem alten Freund Eckard Roth zum Beispiel.«

Möbs zog die Augenbrauen hoch. »Was hat man Ihnen denn in den Tee getan? Ich habe es Ihnen doch schon gesagt. Eckard ist absolut korrekt. Ein Polizist der alten Schulte, so wie ich. Das waren noch Männer von Ehre.«

Zu denen Ralph in seinen Augen natürlich nicht zählte, das musste er nicht betonen.

»Könnte doch sein, dass Ihr alter Freund seinen Lebensabend ein bisschen annehmlicher gestalten wollte.«

Möbs schnaubte. »Ich weiß wirklich nicht, warum Horst darauf bestanden hat, Sie dazuzuholen. Sie sind auf dem Holzweg, Mann. Begreifen Sie das endlich.«

Damit drehte er sich um und ging zurück in die Polizeistation. Ralph kochte.

Er warf sich hinters Steuer, wartete ungeduldig, bis Sabine eingestiegen war, und schoss mit Vollgas vom Hof. Beinahe hätte er einen Laternenpfahl mitgenommen, doch im letzten Moment riss er das Steuer herum. Er sah, wie sich Sabine am Griff über der Beifahrertür festklammerte, aber es war ihm egal. Er wollte hier einfach nur weg.

Sie hielt die Augen geschlossen, um nicht mit ansehen zu müssen, wie Ralph über die Autobahn jagte. Er fuhr zu dicht auf, betätigte ungeduldig die Lichthupe und wechselte abrupt die Spuren. Wer ihm im Weg war, wurde mit wüsten Beschimpfungen bedacht. Dabei strahlte er eine Hitze ab, die Sabine ins Schwitzen brachte.

Besser, sie zog sich innerlich von ihm zurück und konzentrierte sich auf den Fall.

Irgendetwas an der ganzen Sache passte nicht zusammen.

Klar war, dass Heinz Peschke Geld für falsche Gutachten bezahlt hatte. Ob es seine Idee gewesen war oder die des geheimnisvollen Unbekannten, konnte sie nicht sagen.

Ihr Smartphone vibrierte, sie zog es aus der Tasche und schaute aufs Display. Die Kollegen von der Kriminaltechnik im LKA hatten ihr das Analyseergebnis zu Peschkes TÜV-Bescheinigung geschickt. Sie öffnete das Dokument und überflog es. Keine Überraschung, das Papier, auf dem man es gedruckt hatte, war eine Fälschung. Gut gemacht, aber bei genauer Analyse zu durchschauen. Es war nicht durchgefärbt, sondern das blau-grüne TÜV-Muster nur aufgedruckt. Man musste schon genauer hinsehen, um es zu erkennen.

War es glaubhaft, dass Trautwein nichts bemerkt hatte? Er war ein cleverer Typ, und er hatte Dutzende solcher Bescheinigungen vorliegen gehabt. Ihr Gefühl sagte ihr, dass er eingeweiht gewesen war und die Hand aufgehalten hatte. Beweisen können würden sie das nicht. Aber vielleicht packte ja einer der Beteiligten aus und hängte ihn hin. Fuller, Lohmann und Roth. Alle drei, oder nur einer oder zwei von ihnen? Wenn sie alle mit drinhingen, würde sich die Sache für den Einzelnen kaum lohnen, aber wer sagte, dass Peschke der Einzige war, mit dem sie dieses Spiel gespielt hatten? Sie würden noch einmal mit allen sprechen müssen, auch wenn dabei wahrscheinlich nicht viel herauskam. Oder sollten sie die Bestechungssache wieder Wielandt und Scherer überlassen?

Bis zum Ende des Bad Vilbeler Marktes waren es nur wenige Tage, und sie hatten noch immer nicht die geringste Ahnung, was es mit den Drohungen und den Angriffen auf die Polizeistation auf sich hatte. Dass die Sache mit dem Bestechungsskandal zusammenhing, glaubte sie immer weniger. Es passte einfach nicht. Korrupte Politiker und Beamte warfen keine Steine. Und wer Schmiergelder zahlte, tat das wahrscheinlich ebenfalls nicht. Dieser Tätertyp agierte im Verborgenen. Er machte nicht auf sich aufmerksam, indem er Visitenkarten auf dem Präsentierteller ablieferte.

War es also doch die Familie Metzger, die sich für den verlorenen Prozess rächen wollte? Der Stein, der Mirco am Kopf getroffen hatte, würde dazu passen. Und die Schmiererei auf Angersbachs Wagen? Immerhin, sie hatten die Familie befragt, und Ralph hatte es wie immer an Fingerspitzengefühl fehlen lassen. Aber konnten die Metzgers wissen, dass der Lada ihm gehörte? Vielleicht, wenn sie ihn beobachtet hätten. Doch machte sich jemand, der sich über ein Gerichtsurteil ärgerte, diese Mühe?

Am Ende waren es womöglich doch nur ein paar frustrierte Jugendliche, die Dampf ablassen wollten.

Ralph drosselte das Tempo, als sie den Gießener Ring erreichten, und Sabine berichtete ihm von ihren Überlegungen.

Angersbach schnaufte. »Dieser ganze Fall kotzt mich einfach nur an« war das Einzige, was er beizutragen hatte.

Er musste eine Weile herumkurven, ehe er endlich einen Parkplatz fand. Bis sie oben in seiner Wohnung ankamen, war es fast zehn. Sabines Magen knurrte. Seit dem Frühstück hatte sie nichts mehr gegessen.

Ralph durchsuchte seine Schränke, öffnete zwei Dosen und gab den Inhalt in einen Topf, den er auf dem Herd erwärmte. Als es blubberte, verteilte er das Essen auf zwei Teller und stellte sie auf den Tisch.

Sabine setzte sich und schaute zweifelnd darauf. Dicke graue Kugeln in einer schleimig grünen Soße. Sie probierte und verzog den Mund. »Was ist das? Das ist ja widerlich.«

»Klöße in grüner Soße. Mit Sojahack statt Fleisch.«

Ihr fiel wieder ein, dass Ralph Vegetarier war. Aber musste man deshalb derart scheußliche Dinge essen?

»Hast du nichts anderes?«

Angersbach stopfte sich einen halben Kloß in den Mund. »Das hier ist kein Sternerestaurant. Wenn es dir nicht gefällt, geh ins Hotel.«

Sabine verspürte heißen Zorn, nahm sich aber zusammen und schluckte den Ärger zusammen mit dem geschmacklosen Fleischersatz und der glibberigen Soße hinunter.

Als sie aufgegessen hatten, spülte Angersbach die schmutzigen Teller und knallte sie in das Abtropfgestell auf der Spüle. Er sah sie nicht an, sondern brütete dumpf vor sich hin. Sabine riss der Geduldsfaden.

»Gib nicht mir die Schuld«, schimpfte sie. »Ich kann nichts dafür.«

Ralph fuhr zu ihr herum. »Ach nein? Du bist es doch, die ständig an allem herummeckert, was ich tue.« Er hatte die Stimme erhoben und brüllte sie frustriert an. »Nichts kann ich dir recht machen. Dabei gebe ich mir alle Mühe. Du setzt dich seit Tagen an den gedeckten Tisch. Aber in deinen Augen bin ich offenbar nicht nur ein schlechter Polizist, sondern auch ein schlechter Gastgeber. Und mein Essen schmeckt dir ebenfalls nicht.«

»Deine Klöße in grüner Soße sind einfach ekelhaft«, gab sie ebenso hitzig zurück. »Und ich habe die Schnauze voll davon, dein Kindermädchen zu spielen. Ständig muss ich die Scherben hinter dir aufsammeln, weil du dich wie ein Elefant im Porzellanladen benimmst.«

Ralph funkelte sie an. »Wie schön, dass du alles besser kannst. Und dass du immer weißt, was gut und richtig ist.«

Sabine ballte die Fäuste. »Wenn du ab und zu mal nachdenken würdest, wüsstest du das auch.«

Sie starrten einander wütend an. Dann streckte Ralph plötzlich die Arme aus, zog sie zu sich heran und küsste sie.

Seine Lippen waren überraschend weich, sein Kuss zärtlich und fordernd zugleich. Eine innere Stimme drängte sie, sich fallen zu lassen. Zugleich schrillten ihre Alarmglocken.

Sie schob ihn von sich weg.

»Ich glaube, das ist keine so gute Idee«, sagte sie. »Nicht hier und jetzt.«

Ralph ließ sie abrupt wieder los. »Du hast recht.« Seine Stimme klang rau und ein wenig zittrig.

Wortlos ging er ins Wohnzimmer und warf einen Blick auf das Schlafsofa.

»Brauchst du noch irgendwas? «

»Nein.« Sabine räusperte sich.

»Gut.« Damit verschwand er ins Bad.

Sabine hockte sich auf das Sofa. Sie hörte ihn eine Weile rumoren. Dann öffnete sich die Badezimmertür wieder. Ein paar schnelle Schritte, danach das Klappen der Schlafzimmertür. Sie war allein.

Nicht hier und jetzt, ja. Aber wann dann?

13

Berlin, im Frühjahr 1990

Sein Magen knurrte. Das Geld hatte nicht lange gereicht, die DDR-Mark nützte ihm im Westen nichts. Er hatte sie auf dem Schwarzmarkt umgetauscht, zum Kurs von zwanzig zu eins. Bei einer Bank wäre er sicher besser bedient gewesen, aber dorthin konnte er nicht. Er war noch nicht volljährig. Wenn jemand die Polizei holte, würden sie ihn zurück zu Walter und Margot schaffen, und das musste er um jeden Preis verhindern. Lieber hungerte er oder setzte sich ein paar Stunden auf den Ku'damm und bettelte, um ein paar Deutsche Mark für ein warmes Essen zusammenzubekommen.

Er hatte Glück gehabt; wenige Tage nach seiner Ankunft in Berlin hatte er am Bahnhof Zoo ein paar Jugendliche in seinem Alter kennengelernt, die ebenfalls von zu Hause abgehauen waren. Sie hatten ihn mitgenommen. Jetzt lebte er zusammen mit ihnen in einem besetzten Haus in der Mainzer Straße in Friedrichshain.

Am Anfang war es wie ein Rausch gewesen. Die Freiheit, die Unbeschwertheit, die wilden Partys bis tief in die Nacht. Er hatte sich wie in einem bunten Wirbelsturm gefühlt, in diesem Land, das seinem so nah und doch so anders war. All die Dinge, die man kaufen konnte, wenn man Geld hatte. Die vielen farbenfroh gekleideten Menschen und all die verschiedenen Automarken auf den Straßen. Er hatte sich nicht sattsehen können, und als er das erste Mal im Kaufhaus des Westens gewesen war, hatte er sich wie im Schlaraffenland gefühlt. Der einzige Wermutstropfen war, dass sein Begrüßungsgeld rasch aufgebraucht gewesen war. Die anderen hielten ihn über Wasser, sie gaben ihm etwas von ihren Lebensmitteln ab und fanden das selbstverständlich. Keiner stellte Forderungen, keiner erwartete etwas von ihm. Alle kümmerten sich fürsorglich um den armen Ossi, der so viele Jahre hinter der Mauer hatte leben müssen.

Doch auf die Dauer war das keine Lösung. Rico wollte nicht betteln und sich herumtreiben, bis er achtzehn war und ihm Walter und Margot nichts mehr anhaben konnten. Er wollte etwas Sinnvolles tun, sein eigenes Geld verdienen und sich eine anständige Unterkunft leisten können.

Heute war er in Reinickendorf unterwegs. Auf dem Festplatz am Kurt-Schumacher-Damm fand das erste Volksfest des Jahres statt, das Berliner Frühlingsfest. Er wollte sich dort eine Bratwurst kaufen und sich ein wenig umsehen. Natürlich konnte er es sich nicht leisten, Karussell zu fahren, doch er könnte zumindest eine Weile zusehen, wie sich die bunten Gondeln in höchstem Tempo drehten.

Mit der Wurst in der Hand schlenderte er über den Markt. Die Fahrgeschäfte waren großartig, eines spektakulärer als das andere. So etwas hatte es in der DDR nicht gegeben, jedenfalls nicht auf den Jahrmärkten in der Kreisstadt. Ein altersschwaches Kettenkarussell war das höchste der Gefühle gewesen.

Er ließ sich mitziehen vom Geräusch der schleifend beschleunigenden Motoren, von der hämmernden Musik aus den Boxen und den Rufen der Fahrgeschäftbetreiber. In dieser bunten Welt wäre er gern zu Hause.

Plötzlich blieb er wie angewurzelt stehen, und seine Augen saugten sich an einem braunen Pappschild fest, das am Verkaufshäuschen für die Fahrkarten eines der Fahrgeschäfte hing.

»Mitfahrer gesucht« stand darauf.

Das war er, der Wegweiser, den er sich erhofft hatte. Er warf die Pappe, auf der sich das Würstchen befunden hatte, in den nächsten Mülleimer und strebte auf das Häuschen zu. Wenn sie ihn einstellten, würde er in den nächsten Monaten durch das ganze Land reisen und seine neue Heimat kennenlernen. Und vielleicht, flüsterte eine leise Stimme in seinem Hinterkopf, würde er auch irgendwo eine Spur finden, die ihn zu seiner Mutter führte.

* * *

Markttag 2

Das Frühstück war weitaus weniger spartanisch als die vegetarischen Klöße in grüner Soße aus der Dose am Abend zuvor. Ralph war offenbar früh aufgestanden und im Supermarkt und beim Bäcker gewesen. Jetzt standen ein Korb mit frischen Brötchen, ein jungfräuliches Stück Butter und Gläser mit Marmelade und Honig auf dem Tisch, dazu ein Teller mit Käse. Sogar Servietten hatte Angersbach neben die Teller gelegt. Wurst gab es natürlich nicht.

Sabine hatte nicht mitbekommen, dass Ralph weggegangen war; sie hatte tief und fest geschlafen, so gut wie lange nicht.

Angersbach hielt ihr den Brötchenkorb hin, und Kaufmann griff hungrig zu. Sie schnitt ein Brötchen auf, bestrich es mit Butter und schnitt sich ein dickes Stück Käse ab. Kauend lehnte sie sich zurück und versuchte, sich zu entspannen, doch es gelang ihr nicht. Zu viel Unausgesprochenes lag noch in der Luft. Gut und schön, dass sie den Kuss rechtzeitig beendet hatten, doch irgendwann würde man darüber reden müssen.

»Ich glaube auch nicht, dass die Drohungen gegen die Polizeistation etwas mit der Bestechungsgeschichte zu tun haben«, sagte Angersbach in die Stille hinein und griff damit ihren Gedanken auf, den er auf der Rückfahrt gestern abgeblockt hatte. Offenbar fühlte er sich ebenso unsicher wie sie selbst. Wenn sie über Dienstliches sprachen, bewegten sie sich auf weniger schlüpfrigem Terrain.

»Wahrscheinlich hast du recht«, fuhr er fort. »Das waren irgendwelche Jugendlichen. Oder die Metzgers. Sollen wir noch einmal mit ihnen reden?«

Sabine bezweifelte, dass sie das voranbringen würde, wusste aber auch nicht, was sie stattdessen tun sollten. Genau wie Peschke hatten die Metzgers einen Stand auf dem Markt, also wären sie zumindest vor Ort im Zentrum des Geschehens. Woraus auch immer dieses in den nächsten Tagen bestehen würde.

»Hm«, brummte sie zustimmend und nickte, weil sie den Mund voll hatte.

Angersbach stand auf und füllte zwei Becher mit Kaffee, schwarz, so wie sie beide es mochten. Er griff nach der Zeitung, die er vom Einkaufen mitgebracht hatte, und blätterte darin.

Der Beinaheunfall mit der Hydra war der Aufmacher auf der ersten Seite. Im Innenteil gab es eine ausführliche Berichterstattung. Angersbach rutschte mit seinem Stuhl zu ihr herum und legte die Zeitung so auf den Tisch, dass sie mitlesen konnte.

Der Artikel erhob schwere Anschuldigungen gegen die Verantwortlichen vom Stadtmarketing und forderte schärfere Sicherheitskontrollen. Von Bestechung und Schmiergeldern war nicht die Rede. Bisher hatte die Presse weder von den gefälschten Gutachten noch von den Ermittlungen der Polizei Wind bekommen.

Sabine war froh darüber. Das verschaffte ihnen Zeit, Beweise zusammenzutragen. Die Schuldigen konnten sich in Sicherheit wiegen und würden vielleicht Fehler machen. Oder auch nicht. Der Kollege Roth wusste Bescheid und könnte die anderen warnen, wenn er tatsächlich in der Sache drinsteckte. Sie wollte gerade etwas Diesbezügliches sagen, als das Smartphone in ihrer Tasche vibrierte. Sabine zog es hervor.

Der Anruf kam von der Polizeistation Bad Vilbel. Ihr Herz setzte einen Schlag aus und fing dann an zu rasen. Hatte es etwa schon wieder einen Angriff gegeben? Rasch nahm sie das Gespräch entgegen.

»Schlechte Nachrichten«, verkündete Mirco Weitzel. »Verdammt üble Sache.«

Sabine spürte, wie ihre Kehle eng wurde. »Was ist passiert?«

»Wir haben eine Leiche«, berichtete Weitzel. »Der Betreiber vom Kettenkarussell hat sie entdeckt, als er heute Morgen alles bereit machen wollte. Der Tote ist auf einem der Sitze festgebunden. Man hat ihm die Kehle durchgeschnitten. Und … die Zunge fehlt.«

Kaufmann schluckte. Das klang nicht nach einem simplen Totschlag, sondern nach einem heimtückischen Mord. Einem, der womöglich noch eine Botschaft hatte.

»Wissen wir schon, wer der Tote ist?«

»Ja. Das ist ja das Üble.« Weitzel räusperte sich. »Es ist Eckard Roth. Der Sicherheitsbeauftragte von der Frankfurter Polizei.«

Auf der Fahrt hatten sie nicht gesprochen. Die Nachricht steckte ihnen beiden in den Knochen, und das Unbehagen, das vom vorherigen Abend geblieben war, kam noch hinzu. Ralph hatte die Strecke in Rekordzeit zurückgelegt, dank des mobilen Blaulichts, das er auf dem Dach des Lada befestigt hatte. Es musste ein irritierender Anblick sein, die alte grüne Kiste mit dem Blaulicht und dem orange leuchtenden Schriftzug »Bullenschweine« an der Seite. Doch das alles war ihm egal.

Er hätte sich ein Monogramm in den Hintern beißen können, dass sie gestern Abend nicht mehr nach Frankfurt gefahren waren. Roths Tod konnte nur bedeuten, dass ihn jemand am Sprechen hatte hindern wollen. Eine abgeschnittene Zunge. Das war kaum anders zu interpretieren.

Vielleicht hätte er ja mit ihnen geredet und verraten, wer an der Bestechungsgeschichte beteiligt war, denn um die musste es doch wohl gehen? Dann wäre er kein Geheimnisträger mehr gewesen, und ihn zum Schweigen zu bringen hätte dem Täter nichts mehr genützt. Er hätte zwar noch die Aussage vor Gericht verhindern können, aber damit hätte er sich auch selbst verdächtig gemacht. Wenn Roth sich ihnen anvertraut hätte, könnte er vielleicht noch leben. Und sie selbst wären einen großen Schritt weiter.

Die beiden Brötchen mit Camembert und Marmelade lagen ihm jetzt schwer im Magen. Hätte Weitzel nicht ein paar Minuten eher anrufen können, ehe er sie hinuntergeschlungen hatte? Er konnte nur hoffen, dass er sich beim Anblick von Roths Leiche nicht übergeben musste. Das war ihm seit Jahren nicht mehr passiert, und ausgerechnet an einem Tatort, an dem sich vermutlich jede Menge Schaulustige und Journalisten tummelten, wäre es verdammt unangenehm.

Angersbach stellte den Lada auf dem Parkplatz ab, der dem Kettenkarussell am nächsten lag. Anders, als er befürchtet hatte, war der Markt wie ausgestorben. Die Buden und Fahrgeschäfte hatten noch nicht geöffnet, und frühe Besucher hatten sich auch noch nicht hierherverirrt.

Die Vilbeler Kollegen hatten klugerweise nicht einfach das rot-weiße Flatterband rund um das Karussell gespannt, sondern den kompletten Bereich abgeriegelt. Um das Kettenkarussell herum hatten sie zusätzlich weiße Stellwände aufgebaut, um Neugierigen den Blick auf den Leichnam zu verwehren. Selbst wenn die Presse etwas erfuhr, würden die Reporter nicht viel sehen.

Die Kollegen von der Spurensicherung hatten sich um einen Tisch herum versammelt, auf dem Kaffee und Snacks bereitstanden. Offenbar hatten sie die ersten Schritte schon getan und überließen das Feld jetzt der Rechtsmedizin. Auch Professor Wilhelm Hack, von den Kollegen hinter vorgehaltener Hand Hackebeil genannt, war bereits vor Ort. Erstaunlich, da er von Gießen her eigentlich dieselbe Fahrzeit hatte. Hack untersuchte den toten Polizisten, der schlaff im Sitz des Kettenkarussells hing und nur durch einen Gurt um den Brustkorb am Hinunterfallen gehindert wurde. Als er Kaufmann und Angersbach bemerkte, richtete sich der Rechtsmediziner auf und kam auf sie zu.

»Guten Morgen.« Er zog sich mit einem Schnalzen die Latexhandschuhe von den Fingern und reichte erst Sabine, dann Ralph die Hand. »Ich würde ja sagen, dass ich mich freue, Sie zu sehen, aber unter diesen Umständen …«

Ralph sah, dass das gesunde Auge des Rechtsmediziners gerötet war. Im Kontrast zu dem unbewegten Glasauge wirkte das besonders verstörend.

»Sie haben Roth gekannt?«, erkundigte sich Sabine mitfühlend.

»Er war oft dabei, wenn ein Toter in die Rechtsmedizin überführt werden musste«, entgegnete Hack rau. »Nicht so empfindlich wie andere Kollegen.« Er schaute Angersbach bedeutungsvoll an. »Hat sich für meine Arbeit interessiert. Gelegentlich habe ich ihn zusehen lassen, wenn es niemanden gestört hat.«

»Sie waren befreundet?«, fragte Kaufmann.

Hack winkte unwirsch ab. »Das wäre zu hoch gegriffen. Wir hatten keinen privaten Kontakt. Aber er war ein Kollege, den ich geschätzt habe. Und ein solches Ende wünscht man niemandem. Auch wenn ich schon Leichen gesehen habe, die weitaus schlimmer zugerichtet waren. Man muss ja nur an Ihren letzten Fall denken.« Der Rechtsmediziner schien seine Fassung zurückzugewinnen. Er blinzelte Sabine zu. »Scheint ein schlechtes Omen zu sein, wenn Sie beide gemeinsam ermitteln. Dann werden selbst im beschaulichen Bad Vilbel Leichen verstümmelt.«

Ralph knurrte. Ihm war nicht nach Scherzen zumute, nach solchen schon gar nicht. Er wusste, dass er in dieser Hinsicht nicht besonders robust war, anders als Hack, der schon in Kriegsgebieten Leichen obduziert hatte. Bei einem dieser Einsätze hatte er sein Auge eingebüßt. Wie das genau passiert war, wusste er nicht, Hack schwieg sich darüber aus.

»Verraten Sie uns Ihre Erkenntnisse?«

Der Rechtsmediziner trat zu dem Klapptisch, den die Kriminaltechniker neben dem Karussell aufgestellt hatten, und zog ein frisches Paar Latexhandschuhe aus einer bereitstehenden Box. »Kommen Sie.«

Angersbach folgte ihm mit einem mulmigen Gefühl. Auch Sabine, die neben ihm ging, war blass. Es war nie leicht, sich dem Anblick eines Toten zu stellen. Im Fall eines Kollegen, mit dem man zehn Tage zuvor noch gesprochen hatte, war es besonders schwer.

Hack hob das Kinn des Toten an. Der Schnitt durch die Kehle klaffte weit auf. Ralph sah jede Menge Blut, das am Hals hinuntergeronnen war und Roths Oberhemd durchtränkt hatte. Es war dunkelrot und getrocknet, der Mord musste also schon einige Stunden zurückliegen. Irgendwann in der Nacht, nahm Ralph an, als der Marktplatz dunkel und verlassen gewesen war. Da der Tote auf einer der vom Gang abgewandten Gondeln saß, war die Wahrscheinlichkeit gering, dass irgendjemand etwas beobachtet hatte.

Der Rechtsmediziner bestätigte seine Einschätzung. »Eintritt des Todes irgendwann heute Nacht, zwischen Mitternacht und vier Uhr in der Früh schätzungsweise. Genaueres, wenn ich ihn auf dem Tisch hatte.« Er deutete auf die Wunde. »Ein einziger, langer Schnitt. Sauber ausgeführt. Keine Ausfransungen, wie sie entstehen, wenn jemand mehrfach herumsäbelt.«

Ralph musste wieder einmal an die traumatisierenden Hausschlachtungen denken, die er als Kind miterlebt hatte, und schüttelte das Bild eilig ab.

»Sehr scharfe Klinge«, fuhr Hack fort. »Ein gut geschliffenes Messer, vielleicht auch ein Skalpell.«

Sabine tauschte einen Blick mit Ralph. Die Familie Metzger, die ihre Stracke in hauseigener Produktion herstellte, besaß sicher eine ganze Reihe geeigneter Messer. Aber die hatten ja keinen Grund, sich an Roth zu rächen. Wenn es Queckbörner oder Weitzel getroffen hätte …

Angersbach schüttelte sich erneut. Die Gedanken, die ihm durch den Kopf schossen, waren nicht geeignet, seinen aufgewühlten Magen zu beruhigen.

Hack drückte Roths Kopf nach hinten und öffnete mit beiden Händen dessen Kiefer. Es knackte, die Totenstarre hatte längst eingesetzt und musste gebrochen werden. Der Rechtsmediziner zwängte Roths Zähne auseinander, sodass sie in den Mund schauen konnten. Die Zunge war nur noch im Ansatz vorhanden, ein blutiger roter Stummel weit hinten im Rachen.

Ralph spürte, wie sein Frühstück den Weg nach oben antrat. Rasch wandte er sich ab und presste die geballte Faust auf den Mund. Auch wenn noch keine Journalisten vor Ort waren, wollte er sich diese Blöße nicht geben. Hacks spitze Bemerkungen wären ihm auf Jahre hinaus gewiss. Oder jedenfalls so lange, bis Hackebeil in den Ruhestand ging, schoss es ihm durch den Kopf. Wie lange war das eigentlich noch hin? Er wusste nicht genau, wie alt der Rechtsmediziner war, aber lange konnte es nicht mehr dauern, bis er die fünfundsechzig erreicht hatte.

Das ist doch jetzt egal, sagte er sich. Er musste sich konzentrieren.

Angersbach spürte, wie ihm jemand die Hand auf die Schulter legte. Sabine.

»Alles okay?«, fragte sie.

»Nein.« Ralph wandte ihr den Blick zu. »Aber es geht schon.«

Sie gingen gemeinsam mit Hack zu den Kollegen von der Spurensicherung, die den Tatort bereits abgesucht hatten. Sie hatten die Kapuzen ihrer weißen Anzüge abgenommen und tranken heißen Kaffee aus Pappbechern, während sie darauf warteten, dass der Rechtsmediziner seinen Part erledigte.

Angersbach nahm sich ebenfalls einen Becher Kaffee vom Tisch und stürzte ihn hinunter. Für ein paar Sekunden verstärkte sich seine Übelkeit noch. Dann wurde es besser. Er wandte sich an einen der Kriminaltechniker. »Habt ihr was für uns?«

Der Spurensicherer hob vage die Hand. »Kann man so noch nicht sagen. Wir haben Faserspuren von seiner Kleidung abgenommen. Um den Leichnam herum lagen reihenweise Zigarettenkippen, die wir eingesammelt haben. Ob irgendwas davon vom Täter stammt? Kann sein, kann auch nicht sein. Die Brieftasche des Toten steckte in seiner Jacke. Knapp dreihundert Euro, Ausweis, Führerschein, Bankkarten. Uhr und Handy hatte er auch noch. Kein Raubmord also, aber das war aufgrund der Verstümmelung ohnehin nicht sehr wahrscheinlich.« Der Kriminaltechniker betastete sich die Lippen. »Die Zunge abgeschnitten. Wenn man sich das vorstellt.«

Er merkte, was er gerade tat, und ließ die Hand sinken. »Das Handy ist unterwegs nach Frankfurt in die KTU. Die Kollegen lesen euch die Kontakte und die anderen Daten aus, soweit das möglich ist. Ihr bekommt die Ergebnisse so rasch wie möglich. Die haben zwar einen Bearbeitungsstau, aber in diesem Fall …«

Ralph nickte. Wenn es um einen Kollegen ging, machte man schon mal eine Ausnahme.

»Danke.« Er sah sich zu Sabine um. »Dann sollten wir jetzt herausfinden, ob es noch Angehörige gibt, die wir informieren müssen.« Wielandt und Scherer hatten sie zu Beginn der Ermittlungen über Roths Lebensumstände in Kenntnis gesetzt, doch er konnte sich nicht mehr im Detail daran erinnern. Und sein zerfleddertes Notizbuch, in dem er sich die Daten aufgeschrieben hatte, lag zu Hause in Gießen auf der Flurkommode. In der Hektik nach Weitzels Anruf hatte er vergessen, es einzustecken. Zum Glück hatte Kaufmann ein besseres Gedächtnis als er.

»Es gibt niemanden«, erinnerte sie ihn. »Die Frau ist vor Jahren an Krebs gestorben, Kinder hatten sie nicht. Seine Eltern sind ebenfalls tot, das habe ich vor ein paar Tagen recherchiert, und er hatte auch keine Geschwister. Er war ganz allein auf der Welt, abgesehen von den Kollegen, mit denen er gelegentlich Karten gespielt hat.«

Was für ein armseliges Leben, dachte Ralph. Aber sein eigenes war ja auch nicht viel besser. Bis auf den Vogelsberger Metzger Neifiger und Hack, den er nach all den Jahren immer noch siezte, hatte er keine engeren Freunde, und selbst das waren Beziehungen, die man als sehr locker bezeichnen musste.

Der Kontakt zu seinem Vater, den er ja erst vor ein paar Jahren kennengelernt hatte, war dürftig, und seine Halbschwester Janine, um die er sich eine Zeit lang gekümmert hatte, nabelte sich immer weiter ab. Sie hatte ja jetzt Morten, mit dem sie in einigen Jahren nach Australien auswandern wollte.

Kein Grund also, auf Roth hinabzusehen.

Er deutete zur Absperrung, wo ein dürrer, bleicher Mann mit wirren grauen Haaren auf einem Klappstuhl saß. »Ist das der Betreiber des Kettenkarussells?«

Der Kriminaltechniker nickte. »Erich Stankowitz. Steht unter Schock, aber einen Krankenwagen hat er abgelehnt.«

Angersbach füllte einen weiteren Pappbecher mit Kaffee und ging damit zu Stankowitz. »Hier. Trinken Sie das.«

Der Schausteller nahm den Becher entgegen und starrte hinein. Er pustete über die heiße Flüssigkeit und setzte sich den Pappbecher dann vorsichtig an die Lippen.

»Warum ausgerechnet das Kettenkarussell?«, fragte er düster und holte mit der freien Hand weit aus. »Wir haben dieses ganze riesige Gelände und Dutzende von Fahrgeschäften. Weshalb musste es ausgerechnet meins sein?«

Angersbach ging nicht darauf ein. Die wenig einfühlsame Reaktion war vermutlich dem Schock geschuldet. Oder Stankowitz war einfach ein Mann, der sich nicht besonders für andere interessierte. Wie auch immer, es spielte im Augenblick keine Rolle.

»Kannten Sie den Toten?«

Der Schausteller blinzelte. »Ich weiß nicht. Wenn das Gesicht so starr ist, sehen die Leute anders aus. Ich habe auch nicht richtig hingeschaut.« Er wehrte hastig ab, ehe Ralph auf die Idee kommen konnte, ihn zu fragen, ob er noch einen weiteren Blick auf die Leiche werfen wollte. Stattdessen kniff er die Augen zusammen.

»Doch«, sagte er dann und richtete sich ein wenig auf. »Das war der Chef von der Sicherheitspolizei, stimmt's?«

Ralph verzog den Mund. »Der Sicherheitsbeauftragte der Frankfurter Polizei«, korrigierte er. Stankowitz' Formulierung klang nach einer Epoche, die man besser dort beließ, wo sie war.

Für den Schausteller schien die feine Differenzierung keinen Unterschied zu machen.

»Oder so. Jedenfalls ist der mal hier gewesen. Hat sich alles angesehen, ob die Absperrungen richtig aufgebaut sind und die Gurte in Ordnung. Hatte nichts zu beanstanden.«

Kaufmann trat neben ihn. »Wären Sie so freundlich, uns die TÜV-Urkunde für Ihr Karussell und die Bescheinigung vom Bauamt über den ordnungsgemäßen Aufbau zu zeigen?«

»Sicher.« Stankowitz kippte den restlichen Kaffee hinunter, fasste den Papierkorb ins Auge, den die Kriminaltechniker neben dem Klapptisch aufgestellt hatten, und warf den Pappbecher mit geübtem Schwung hinein. Bei einer Entfernung von vier, fünf Metern keine schlechte Leistung. Angersbach hob anerkennend die Augenbrauen. Stankowitz lächelte flüchtig. »Das lernt man, wenn man immer auf Jahrmärkten unterwegs ist und auf Campingplätzen lebt«, bemerkte er. Er zeigte auf das rot-weiße Flatterband. »Darf ich dort entlang? Die Unterlagen sind im Kassenhäuschen.«

Ralph warf einem der Kriminaltechniker einen fragenden Blick zu.

»Kassenhäuschen geht«, erwiderte der. »Da sind wir durch.«

Kaufmann und Angersbach folgten Stankowitz, der ihnen nach kurzem Suchen die Papiere präsentierte. Mittlerweile wussten sie, worauf man zu achten hatte. Die Bescheinigungen für das Kettenkarussell schienen völlig in Ordnung. Aber der Tatort musste ja auch nicht zwangsläufig mit dem Motiv in Verbindung stehen.

»Haben Sie irgendetwas Ungewöhnliches beobachtet? Irgendeine Idee, wer das getan haben könnte?«

Stankowitz schüttelte den Kopf. »Nein. Weder noch. Ich weiß nicht, weshalb Menschen so etwas tun. Ich habe es noch nie begriffen, hier genauso wenig wie damals, als die Mauer noch stand, drüben. Warum es immer Menschen gibt, die glauben, sie könnten anderen ihren Willen aufzwingen. Gewalt löst keine Probleme. Sie schafft nur ständig neue.«

Ralph war ein wenig überrascht über die fast philosophische Bemerkung. Aber ein Fahrgeschäft war ja auch ein Unternehmen, für dessen Führung man Verstand brauchte, und wenn man so viel herumkam, erlebte man sicher einiges. Er bedankte sich bei Stankowitz und entließ ihn wieder auf die andere Seite der Absperrung.

»Wenn wir hier nichts finden, widmen wir uns den potenziellen Tätern«, schlug er vor. Roths Ermordung musste etwas mit der Bestechungsgeschichte und den gefälschten TÜV-Gutachten zu tun haben, auch wenn das Kettenkarussell nicht darin verwickelt war. Aber der Ablageort der Leiche auf dem Festgelände sprach eine deutliche Sprache. Genau wie die abgeschnittene Zunge. Die Personen, die für die Tat infrage kamen, waren Heinz Peschke und der Frankfurter Politiker Lothar Trautwein. Und die beiden Eventmanager, Fuller und Lohmann, auch wenn es für deren Beteiligung an der Schmiergeldaffäre keine stichhaltigen Indizien gab. Aber Ralphs Gefühl sagte ihm, dass sie etwas damit zu tun haben mussten. Sie waren der Angelpunkt; ohne sie wären Peschke und Trautwein schwerlich zusammengekommen.

Kaufmann stimmte ihm in allem zu. »Mit wem fangen wir an?«

»Trautwein«, sagte Ralph sofort. »Er war gestern schon nervös. Bei einer ernsthaften Vernehmung hält er nicht lange durch. Nicht wenn es um Mord geht.«

»Gut.« Kaufmann verabschiedete sich von Hack und den Kriminaltechnikern und setzte sich in Bewegung, blieb aber gleich darauf wieder stehen. Mit einer entschuldigenden Geste zog sie ihr Mobiltelefon aus der Handtasche. Sie schaute aufs Display und hob die Augenbrauen. Dann meldete sie sich rasch.

Viel zu sagen hatte sie nicht, der Anrufer dafür offenbar umso mehr. Nachdem sie fast zwei Minuten lang zugehört hatte, verabschiedete sie sich mit einem »Ja, natürlich« und steckte das Gerät weg.

»Kriminaloberrat Schulte«, sagte sie zu Ralph. »Wir sollen sofort zu ihm kommen.«

Knapp zwanzig Minuten später parkten sie hinter der Regionalkriminalinspektion Friedberg. Angersbach war wieder gefahren, als wäre ihm der Teufel auf den Fersen, ruppig und mit überhöhter Geschwindigkeit, doch Sabine nahm es ihm ausnahmsweise nicht übel. Es ärgerte sie, dass Schulte darauf bestanden hatte, dass sie zuerst zu ihm kamen, ehe sie zu Trautwein fuhren, um diesen zu befragen. Dabei wusste er doch, dass es bei Mord auf jede Minute ankam. Von der ersten Sekunde an erkalteten die Spuren. Zeugen vergaßen, Verdächtige verschwanden, Täter legten sich Ammenmärchen zurecht. Je eher man sie in die Mangel nahm, desto größer war die Chance, die Wahrheit ans Licht zu bringen.

Trautwein war ihr als aussichtsreicher Kandidat erschienen. Er mochte routiniert darin sein, seine Wähler zu belügen, doch für echte Verbrechen fehlte ihm wahrscheinlich die Kaltschnäuzigkeit. Sie hatte sich einiges davon versprochen, den Schock über Roths Ermordung auszunutzen, um ihn zum Reden zu bringen.

Jetzt hatte er Zeit, den Schrecken zu verarbeiten und sich eine Strategie für seine Befragung zurechtzulegen. Als Politiker würde es ihm nicht schwerfallen, die passenden Worte zu finden, um seine Beteiligung an den Vorgängen zu verschleiern.

Aber Horst Schulte war ihr Vorgesetzter. Wenn er einen Befehl erteilte, hatten sie ihn zu befolgen, ob es ihnen sinnvoll erschien oder nicht. Gegen ihren Frust half dieses Wissen allerdings nicht.

Kaufmann sprang aus dem Wagen, noch ehe Ralph den Motor abgestellt hatte. Sie marschierte auf die Tür der Regionalkriminalinspektion zu und musste sich zusammenreißen, um auf Angersbach zu warten. Er konnte ja nichts dafür.

»Was glaubst du, was Schulte von uns will?«, fragte er, nachdem der Beamte am Eingang sie die Sicherheitsschleuse hatte passieren lassen und sie die Stufen zum Büro des Kriminaloberrats hinaufstiegen.

»Ich habe keine Ahnung. Vielleicht will er uns Anweisungen erteilen, wie wir Möbs in die Untersuchung einbeziehen sollen. Oder er will uns bitten, die Finger von Trautwein zu lassen, weil er ein hohes Tier in seiner Partei ist.«

Ralph schnaubte. »Beides keine Option. Das sollte er wissen.«

Horst Schulte erwartete sie schon an der Bürotür. Die buschigen Augenbrauen wirkten zerzaust, die gewaltige Hakennase war von einem Netz roter Linien überzogen, die Tränensäcke hingen schwer unter Schultes Augen. Er sah nicht wie sonst wie ein Habicht aus, sondern wie eine übernächtigte und gerupfte Eule.

»Setzen Sie sich doch.« Er dirigierte sie zu seiner Sitzgruppe und nötigte sie, Platz zu nehmen. »Kaffee? Wasser?«

»Danke.« Kaufmann hob die Hand. »Wir würden gern so schnell wie möglich mit der Befragung der Verdächtigen beginnen.«

»Ja.« Schulte sank auf einen der Stühle. Er strich über sein Jackett und die Stoffhose, zupfte die Ärmel zurecht, richtete seine Krawatte. Sabine sah, dass sich sein Adamsapfel hektisch auf und ab bewegte. Was um alles in der Welt war mit ihm los?

»Sie denken, der Mord an Roth hat mit dieser Korruptionsgeschichte zu tun, nicht wahr? Diese gefälschten TÜV-Gutachten und die Bestechungsgelder, die vermutlich geflossen sind.«

»Ja.« Sabine runzelte die Stirn. Das war doch alles bekannt. Weshalb mussten sie für diese Feststellung extra nach Friedberg kommen, während in Bad Vilbel und Frankfurt die Arbeit wartete?

»Nun.« Schulte räusperte sich. »Ich fürchte, das Motiv liegt woanders.«

»Aha?« Angersbach rutschte ungeduldig auf seinem Stuhl herum.

Der Kriminaloberrat hustete. Er fuhr sich mit der flachen Hand über das Gesicht, öffnete den Mund und schloss ihn wieder. Was war nur mit ihm los? So aufgelöst hatte Sabine ihn noch nie erlebt.

»Es fällt mir nicht leicht, darüber zu sprechen«, brachte er endlich hervor. »Das ist alles so lange her. Wir haben uns damals nicht mit Ruhm bekleckert, Eckard und ich, aber ich dachte, das sei lange vorbei. Jetzt allerdings …«

Kaufmann tauschte einen Blick mit Angersbach. Der hob die Schultern. Offenbar konnte er sich ebenso wenig einen Reim auf Schultes Gestammel machen wie sie.

Sie sah den Kriminaloberrat eindringlich an. »Bitte. Was genau möchten Sie uns sagen?« Sabine versuchte, die spärlichen Puzzleteile zusammenzusetzen. »Eckard Roth und Sie haben einander gekannt? Sie haben etwas getan, was Sie nicht hätten tun sollen?«

Schulte richtete sich auf. »Wir haben das Richtige getan, vom Grundsatz her jedenfalls. Nur in diesem speziellen Fall ist etwas schiefgegangen.« Er beugte sich vor und legte die Hände auf die Knie. »Sie wissen vermutlich nicht, dass Eckard aus der DDR stammte. Unsere Eltern haben auf benachbarten Höfen im Grenzgebiet gelebt, in der Nähe von Vacha. Die Familien waren seit Generationen befreundet, bis die Mauer gebaut wurde. Auf einmal waren wir im Westen und die Roths auf der anderen Seite im Osten. Eckard war Polizist in der DDR. Er war ständig hin- und hergerissen zwischen seinen Verpflichtungen als Staatsbeamter und seinem eigenen Moralempfinden.« Schulte hob die Hände und ließ sie wieder fallen. »Man muss wohl sagen, dass dieser Konflikt nicht nur das Beste in ihm hervorgebracht hat.«

Sabine wusste nicht recht, was sie von dieser Eröffnung halten sollte, und wartete gespannt.

»Wir haben während des Kalten Kriegs gemeinsam Fluchten organisiert«, fuhr Schulte fort. »Später, nach der Wende, als Roth in den Westen gegangen ist und in Frankfurt bei der Polizei angefangen hat, haben wir uns angefreundet.« Er verzog den Mund. »Erst Jahre später hat er mir anvertraut, dass er einige der von uns vorbereiteten Fluchten vereitelt hat, indem er die betreffenden Personen der Stasi gemeldet hat.«

Schulte holte tief Luft. »1987 war ich Grenzpolizist auf westdeutscher Seite. Ich stand mit Eckard in dauerndem Kontakt. Zwischen den Grundstücken unserer Familie verlief ein altes Entwässerungsrohr. Zu eng für eine Person, aber groß genug, um eine Telefonleitung zu verlegen und Westgüter, Ausweise und so weiter nach Osten zu schmuggeln. Zusätzlich haben wir Brieftauben benutzt.«

Sein Blick wanderte in die Ferne, als sähe er das alles plötzlich wieder deutlich vor Augen. »Im Sommer 1987 wollten wir einem Kollegen von Eckard zur Flucht verhelfen, gemeinsam mit einer befreundeten Familie. Der Kollege hat bei seiner Einheit einen Panzerwagen gestohlen, um damit durchs Minenfeld zu fahren. Die Frau der befreundeten Familie war pünktlich vor Ort, aber der Mann und der Sohn sind zu spät gekommen. Sie waren aufgehalten worden, weil die Stasi Wind von ihren Plänen bekommen hatte und die Wohnung durchsucht hat. Das war Eckards Schuld, er hatte ihnen einen Tipp gegeben. Das war wieder sein Problem mit der Moral. Ein Kollege, der sich aus dem Staub machen will – er wollte helfen, und gleichzeitig konnte er es nicht akzeptieren. Nun ja. Der Kollege und ich haben jedenfalls irgendwann beschlossen, nicht länger zu warten. Das war alles heikel genug, wir haben über den Funk im Panzerwagen kommuniziert, auf einer Frequenz, die von der Grenzpolizei normalerweise nicht genutzt wurde, aber sie hätten es trotzdem merken können. Wir mussten uns beeilen. Es gab nur ein enges Zeitfenster, in dem die Flucht gelingen konnte. Also sind sie losgefahren. Dem Kollegen war das nur recht. Er liebte die Frau seines Freundes und wollte mit ihr im Westen ein neues Leben anfangen. Der Ehemann hatte keine Ahnung.«

Schulte schnaufte. »Die Fahrt durch das Minenfeld ist gelungen. Aber danach begann das Drama. Der Ehemann und der Sohn haben versucht, die Situation auszunutzen und dem Wagen zu Fuß zu folgen. Dort, wo er entlanggefahren war, waren die Minen ja explodiert, sodass keine Gefahr mehr bestand. Aber die Grenzpolizisten haben sie entdeckt und verfolgt. Sie haben geschossen. Der Junge wurde ins Knie getroffen.«

Schulte schloss für einen Moment die Augen. »Den Vater haben sie verhaftet. Der Junge wurde zwangsadoptiert. Der Vater ist wenige Monate später unter ungeklärten Umständen im Gefängnis gestorben.«

Sabine lief ein kalter Schauer den Rücken hinunter. Das war in der Tat eine schreckliche Geschichte. Allerdings sah sie nicht, was sie mit dem Mord an Roth zu tun haben sollte. Angersbach deutete ein Schulterzucken an. Ihm ging es offensichtlich nicht anders.

»Nun.« Schulte fuhr sich mit der Zunge über die Lippen. »Die Sache ist die, dass ich glaube, ihm in den letzten Tagen wiederbegegnet zu sein. Dem Sohn, meine ich.«

»Wie bitte?« Sabine starrte den Kriminaloberrat fassungslos an.

Ralph runzelte die Stirn. »Wie soll das gehen? Sie haben ihn doch nie zu Gesicht bekommen?«

»Nicht persönlich. Aber die Kollegen drüben haben vor jeder Flucht Fotos von den Leuten geschickt, die über die Grenze wollten. Falls irgendwas schiefläuft. Damit wir sie erkennen und helfen können, wenn sie sich durch den Wald schlagen oder versuchen, sich schwimmend durch den Fluss zu retten. Das Gesicht dieses Jungen ist mir im Gedächtnis geblieben, gerade weil er nie angekommen ist.«

Ralph rutschte auf seinem Stuhl nach vorn. »Wer ist es?«

Schulte blinzelte. »Einer der Männer von der Frankfurter Eventagentur Fuller & Lohmann. Markus Fuller.«

»Und das sagen Sie uns erst jetzt?« Sabine war fassungslos. »Wir suchen verzweifelt nach dem Unbekannten, der Drohungen gegen die Polizei Bad Vilbel ausstößt, und Sie enthalten uns ein solches Verdachtsmoment vor?«

Schultes Gesicht verhärtete sich. »Sie sagen es. Die Drohung ging an die Polizeistation Bad Vilbel, nicht an die Frankfurter Polizei. Und mit einer solchen Geschichte geht man ja nicht ohne Not hausieren.«

Angersbachs Augen verengten sich. »Es war Ihnen wichtiger, den guten Ruf des Kollegen zu schützen, als eine Straftat zu vereiteln?«

Schulte sank auf seinem Stuhl zurück. »Eine Fehlentscheidung«, bekannte er matt und schaute Ralph und Sabine Hilfe suchend an. »Glauben Sie, Eckard könnte noch leben, wenn ich Ihnen von Anfang an die Wahrheit gesagt hätte?«

Die Antwort lag auf der Hand, doch weder Ralph noch Sabine sprachen es aus.

»Wir werden es herausfinden«, erklärte Angersbach barsch und erhob sich. »War das alles? Oder gibt es noch etwas, das wir wissen sollten?«

Schulte schüttelte den Kopf. »Mehr habe ich nicht zu sagen.«

»Gut.« Sabine stand ebenfalls auf und folgte Ralph zur Tür. »Sie hören von uns.«

14

Bad Vilbel, einige Wochen vor dem ersten Markttag

Sie hatten sich alle in der großen Halle versammelt. Die Tonangeber der Stadt, die Eventmanager, die Schausteller, Polizei, Feuerwehr und Rettungskräfte. Es war das erste Zusammentreffen in dieser Besetzung, auch wenn es für die meisten eine wiederkehrende Routine war. Doch man nahm ihn ernst, den Bad Vilbeler Markt, denn er war für alle Beteiligten etwas Besonderes.

Rico schlenderte am Buffet entlang. Appetitliche Häppchen mit Wurst und Käse, Lachs und Schinkenmett. Natürlich fehlte auch die landestypische Stracke nicht. Ein Schild wies darauf hin, dass es sich um »Metzgers Stracke – die hessische Traditionswurst« handelte. Rico kannte den Hersteller; Metzger und seine Familie waren seit vielen Jahren deutschlandweit auf den Jahrmärkten unterwegs, um ihre hausgemachte Spezialität an den Mann zu bringen. Er schnitt sich ein großes Stück davon ab und nahm sich ein trockenes Stück Baguette dazu.

Genüsslich biss er in die deftige Wurst und kaute. Eher zufällig wanderte sein Blick zur Tür. Immer noch kamen Menschen, dieses Mal einige Vertreter der Polizei. Jedenfalls nahm er das an, weil die grauen Herren in den strengen Anzügen von uniformierten Beamten begleitet wurden.

Rico hätte sich beinahe an seiner Wurst verschluckt. Er keuchte und würgte den Bissen hinunter. Ungläubig starrte er den Mann an, der geradewegs zur Bühne marschierte und oben hinter dem langen Pult Platz nahm, das den hochrangigen Vertretern des Organisationsteams vorbehalten war.

Mit der Macht eines Orkans stürmten die Bilder auf ihn ein. Onkel Dranko hatte ihn einmal mitgenommen auf den Hof eines Freundes, direkt an der Grenze. Mit dem Fernglas hatten sie zugesehen, wie auf der anderen Seite, auf dem Nachbarhof, der seit der Teilung zu einem anderen Land gehörte, ein Mann eine Brieftaube fliegen ließ.

»Das ist unser Kontakt im Westen«, hatte Onkel Dranko gesagt.

Rico hatte fasziniert durch das Fernglas geschaut. Dieser Mann war es also, der ihnen die Tür in die Freiheit öffnen würde. Seine Eltern und Onkel Dranko planten seit einigen Wochen die Flucht, und sie hatten ihn eingeweiht. Einweihen müssen, weil er ungewollt Zeuge eines lautstarken Streits in der Küche geworden war. Darüber, ob man es lieber mit einem Boot an einem Fluss versuchen sollte oder Onkel Drankos Idee umsetzen, mit dem Panzerwagen quer durch das Minenfeld zu fahren. Sie hatten sich dann für das Husarenstück entschieden. Damit würde kaum jemand rechnen.

Der Mann auf dem Nachbarhof im Westen war ungefähr so alt wie sein Vater. Er hatte volles, braunschwarzes Haar, dunkle, buschige Augenbrauen, die an einen Habicht erinnerten, eine spitze, leicht gekrümmte Nase und auffallend breite Schultern.

Mittlerweile waren das Haar und die Augenbrauen grau, aber das Habichtsgesicht war immer noch dasselbe. Er war auch nicht mehr schlank wie damals, sondern füllig und ein wenig behäbig geworden. Aber Rico zweifelte nicht eine Sekunde lang. Die Namensgleichheit war kein Zufall. Das war der Mann, der damals die verhängnisvolle Flucht organisiert hatte. Er war schuld, dass seine Mutter verschwunden und sein Vater im Gefängnis gestorben war. Daran, dass er bei Walter und Margot aufwachsen und seine Fußballerträume begraben musste. Er und Onkel Dranko.

Der Hass war plötzlich wieder da, so frisch und brennend wie damals. Er hatte ihn nicht bewältigt, sondern nur irgendwo tief in seinem Inneren verschlossen. Nun kam er mit Macht zurück, aber er war nicht mehr hilflos. Jetzt hatte er ein Ziel.

* * *

Ralph schimpfte halblaut vor sich hin, während er den Lada in Richtung Frankfurt steuerte. Für die Schönheit der Landschaft hatte er keinen Blick, obwohl sie an diesem Morgen besonders lieblich dalag. Die Sonne schien durch dünne Wolkenschleier, die wie ein Weichzeichner wirkten. Alles schien wie mit Gold übergossen, die Felder, auf denen das reife Korn stand, die saftigen Wiesen und die bewaldeten Hügel. Sein Sehnsuchtsort, immer noch, doch im Augenblick war sein Inneres ausgefüllt mit lodernder Wut.

»Wenn wir das vorher gewusst hätten«, fluchte er. »Wir wären Fuller ganz anders angegangen.«

Sabine legte ihm federleicht die Hand auf den Arm.

»Du hast ja recht. Aber wir können es nicht mehr ändern. Das Kind ist in den Brunnen gefallen.« Sie zog die Hand wieder zurück. »Außerdem steht noch nicht fest, ob diese alte Geschichte tatsächlich das Motiv ist. Immerhin liegt das Ganze mehr als dreißig Jahre zurück.«

Angersbach grunzte. Was sie sagte, stimmte natürlich. Aber er wollte sich nicht beruhigen. Mit überhöhtem Tempo fuhr er durch Bad Vilbel und beschleunigte weiter, kaum dass sie das kurze Stück Landstraße bis nach Frankfurt erreicht hatten.

»Jedenfalls hätten wir die Sache untersuchen können. *Bevor* jemand stirbt.«

»Aber wir hätten nichts in der Hand gehabt. Auch wenn wir ihn mit der Vergangenheit konfrontiert hätten. Fuller hätte niemals zugegeben, dass er die Drohbriefe geschrieben hat. Und ich wage zu bezweifeln, dass wir Polizeischutz für Roth bekommen hätten.«

»Zumindest hätten wir ihn warnen können«, widersprach Angersbach. »Er hätte gewusst, dass er sich in Acht nehmen muss. So hat sein alter Freund Schulte ihn ins offene Messer laufen lassen.«

»Falls Markus Fuller der Täter war«, wiederholte Kaufmann. »Woher soll er denn überhaupt gewusst haben, dass Roth damals seine Eltern und ihn verraten hat?«

Ralph verdrehte die Augen. »Keine Ahnung. Vielleicht hat er irgendwelche alten Stasiakten studiert? Du denkst es doch auch.«

»Ja.« Sabine seufzte. »Aber solange wir keine Beweise oder ein Geständnis haben, ist es nur eine Theorie.«

Ralph atmete tief durch und drosselte das Tempo, als sie sich dem Stadtzentrum näherten. Er hatte auch dieses Mal Glück und fand einen Parkplatz ganz in der Nähe des Hochhauses mit der Glasfront, in dem sich das Büro der Eventagentur Fuller & Lohmann befand.

Als sie aus dem Fahrstuhl stiegen, sah Kaufmann ihn beschwörend an.

»Lass mich reden, ja? Wir sollten nicht gleich mit der Tür ins Haus fallen.«

Angersbach knirschte mit den Zähnen. Doch. Genau das wollte er. Markus Fuller am Kragen packen und ihn durchschütteln, bis er ein Geständnis ablegte. Aber er fügte sich.

Kaufmann drückte auf die Klingel, und gleich darauf öffnete sich die Tür. Johannes Lohmann stand vor ihnen, wie immer in T-Shirt und Bluejeans, die dunkelblonden Haare zerzaust, als wäre er eben erst aufgestanden.

»Guten Morgen«, sagte er überrascht. »Haben wir einen Termin?«

»Nein. Wir sind spontan vorbeigekommen«, knurrte Angersbach. Kaufmann sah ihn warnend an.

»Wir hätten noch eine Frage an Ihren Kompagnon«, erklärte sie.

»Oh.« Lohmanns jungenhaftes Gesicht nahm einen bedauernden Ausdruck an. »Dann haben Sie den Weg umsonst gemacht. Markus ist nicht hier.«

Ralph ballte die Fäuste. Das war wieder einmal typisch. Statt nachzudenken, war er einfach losgerast. Sie hätten zumindest vorher anrufen und sich erkundigen können, ob Fuller im Büro war.

»Wo ist er denn?«, fragte Kaufmann.

»Zu Hause«, sagte Lohmann. »Er fühlte sich heute Morgen nicht wohl. Magen-Darm-Grippe wahrscheinlich.«

»Können Sie uns seine Adresse geben?«

»Sicher.« Lohmann winkte sie höflich herein. Er nahm einen Block vom Tresen, schrieb etwas darauf und riss das oberste Blatt ab. »Er hat ein kleines Haus in Vacha.«

Ralph tauschte einen raschen Blick mit Sabine. Fuller lebte dort, wo sich damals sein Schicksal so unglücklich gewendet hatte?

»Er fährt jeden Tag den ganzen Weg hierher?«

Lohmann zuckte mit den Schultern. »Markus meint, es lohnt sich. Er wohnt so herrlich ruhig, und er mag die Landschaft.«

»Wussten Sie, dass er von dort stammt? Und dass er als Kind mit seinem Vater in den Westen fliehen wollte?«

Lohmann rieb sich das beinahe bartlose Kinn. »Nein. Jedenfalls kann ich mich nicht daran erinnern. Ist das wichtig?«

»Dann wissen Sie auch nicht, dass sein Vater in einem Gefängnis in der DDR gestorben ist?«, bohrte Kaufmann weiter.

»Was?« Lohmann riss erschrocken die Augen auf. »Das ist ja furchtbar.«

»Ja. Das ist es wohl.«

Sie nahm den Zettel entgegen, den Lohmann ihr hinhielt, und bedankte sich.

Als sie wieder unten vor dem Haus standen, schaute sie Ralph fragend an. »Hätten wir ihm sagen sollen, dass er Fuller nicht über unseren anstehenden Besuch informieren soll?«

Ralph schüttelte den Kopf. »Das hätte wohl kaum etwas genützt. Vermutlich hätte er es dann erst recht getan.« Er schloss den Wagen auf und setzte sich ans Steuer. Der Motor heulte auf. »Wir sollten uns besser beeilen.«

Sabine Kaufmann wurde gründlich durchgeschüttelt, als Ralph über die Landstraße in Richtung Vacha raste. Sie ärgerte sich, dass sie ständig mit Angersbachs schlecht gefedertem Wagen unterwegs waren, doch das war nicht zu ändern. Für die pausenlosen Fahrten über Land, das musste sie sich widerwillig eingestehen, war ihr Elektroauto mit seiner geringen Reichweite tatsächlich ungeeignet.

Obwohl Ralph alles aus dem Wagen herausholte, dauerte es mehr als neunzig Minuten, bis sie ihr Ziel erreichten. Kaum zu glauben, dass Fuller diesen Aufwand täglich in Kauf nahm, um hier zu leben, zumal ihn doch alles an die missglückte Flucht von damals erinnern musste. Aber vielleicht ging es ihm genau darum. Die Erinnerung zu bewahren, seinen Hass auf die Verräter und den Rachedurst wachzuhalten.

Vacha war ein kleiner, beschaulicher Ort, dem trotz der gepflegten Häuser und etlicher Neubauten noch ein gewisser DDR-Charme anhaftete. Nach all den Jahren. Aber auf dem Land tickten die Uhren eben langsamer.

Fullers Haus befand sich am Ortsrand. Dahinter lagen Wiesen, weiter im Osten erstreckte sich ein ausgedehntes Waldstück.

In der Einfahrt parkte eine dunkle BMW-Limousine. Anscheinend war Markus Fuller tatsächlich zu Hause.

»Schicker Wagen«, bemerkte Angersbach, als er den Lada dahinter abstellte. »Scheinen gut zu laufen, die Geschäfte der Eventagentur. Oder er kann ihn sich leisten, weil er sich schmieren lässt.«

»Das werden wir bald wissen.« Kaufmann stieg aus und ging zur Haustür. Hinter dem geschlossenen Vorhang des Fensters zur Straße hin meinte sie eine Bewegung wahrzunehmen. Sie drückte energisch auf den Klingelknopf. Angersbach rückte sein Holster zurecht und legte die Hand auf den Griff seiner Pistole.

Von drinnen waren Schritte zu hören, doch niemand öffnete. Stattdessen schienen sich die Geräusche zu entfernen. Ein Klappern ertönte, dann ein Knall, als irgendwo auf der Rückseite des Hauses eine Tür ins Schloss fiel. Sabine sah Ralph alarmiert an.

»Der haut ab.«

Sie liefen beide um das Haus herum, Ralph auf der linken, Sabine auf der rechten Seite. Beinahe gleichzeitig kamen sie auf der Terrasse an und sahen gerade noch, wie ein Mann über die Wiese rannte und gleich darauf in das dahinterliegende Waldstück eintauchte.

Sabine sprintete los. Dank ihrer täglichen Joggingrunde war sie gut in Form. Ralph fiel schon auf den ersten fünfzig Metern weit zurück. Als sie den Wald erreichte, konnte sie nicht einmal mehr sein Keuchen in ihrem Rücken hören.

Sie blieb kurz stehen und spähte zwischen den Bäumen hindurch.

In welche Richtung war Fuller geflohen?

Sabine versuchte, auf dem Waldboden eine Spur zu entdecken, doch der Boden war zu trocken. Fullers Schritte auf der harten Erde hatten keine Abdrücke hinterlassen. Sie lauschte und glaubte, rechts von sich ein Knacken zu hören. Rasch rannte sie in diese Richtung.

Die Blätter um sie herum raschelten, irgendwo über ihr flog ein Vogel auf. Ein Tier huschte vor ihren Füßen durchs Unterholz, dichtes, rotbraunes Fell, ein Marder oder Iltis vielleicht. Trockene Zweige zerbarsten knackend unter ihren Schuhsohlen. Sie blieb mit dem rechten Hosenbein in Brombeerranken hängen und brauchte ein paar Sekunden, um den Stoff von den Dornen zu befreien.

Immer weiter lief sie in den Wald hinein. Irgendwann blieb sie stehen.

Es war sinnlos, sie konnte niemanden sehen. Sie hörte auch nichts mehr, weder die Schritte des Flüchtenden noch Ralphs Keuchen, der längst den Anschluss verloren hatte. Frustriert drehte sie sich um und trat den Rückweg an.

Seine Beine wurden immer schwerer. Er stolperte über eine vorstehende Baumwurzel und griff instinktiv nach einem Ast, um nicht zu stürzen. Spitze Nadeln bohrten sich in seine Handfläche. Markus Fuller stöhnte auf.

Sein Herz jagte wie verrückt, der Pulsschlag hämmerte in seinen Ohren. Adrenalin flutete durch seine Adern. Er merkte, dass er zu schnell atmete; sein Kopf wurde flau. Aber er durfte jetzt nicht stehen bleiben.

Weiter. Weiter.

Er torkelte mehr, als dass er lief, die Glieder weich, die Füße wie Blei. Wieder blieb er an etwas hängen und taumelte gegen einen Baumstamm. Es ging nicht mehr. Keuchend blieb er stehen und sank auf die Knie.

Langsam kam er zur Besinnung.

Warum um alles in der Welt war er weggelaufen? Es war das Dümmste, was er hatte tun können. Ein Schuldeingeständnis, ehe überhaupt irgendjemand Anklage erhoben hatte.

Johannes' Anruf hatte ihn in Panik versetzt. Dass sie alles wussten, seine Vergehen kannten, seine Verbindung zu Roth.

Na und?

Nichts davon war ein Beweis.

Sie hatten nichts gegen ihn in der Hand. Er wusste, dass er keine Spuren hinterlassen hatte. So dumm war er nicht.

Er hätte einfach nur die Nerven behalten müssen. Die Beamten mit ihren Fragen ins Leere laufen lassen. Jeder Anwalt würde ihn in null Komma nichts wieder freibekommen, falls sie ihn festnehmen sollten.

Wenn er nicht geflohen wäre.

Doch noch war es nicht zu spät. Er musste nur umkehren und sich stellen. Den Polizisten eine gute Erklärung liefern, weshalb er weggerannt war.

Aber was sollte er sagen? Dass er Angst gehabt hatte, vor einer unfairen Vernehmung, vor der Untersuchungshaft, vor einem Fehlurteil? Davor, dass es irgendwelche alten Stasiakten gab, in denen Dinge standen, die nicht wahr waren, ihn aber zum Verbrecher stempelten?

Nein. Nichts davon.

Er war einfach in Panik geraten, nachdem Johannes behauptet hatte, sie würden kommen, um ihn zu verhaften. Punkt.

Markus Fuller nickte entschlossen. Genauso würde er es machen.

Er rappelte sich auf, klopfte sich Nadeln und Erde von den Hosenbeinen und ging den Weg zurück, den er gekommen war.

15

Ralph Angersbach kämpfte sich durchs Dickicht. Den Flüchtenden hatte er längst aus den Augen verloren, ebenso wie seine Kollegin. Er konnte nur raten, in welche Richtung sie gelaufen waren. Er hätte auch umkehren können, doch immerhin bestand ja die Chance, dass er zufällig auf Fuller stieß, weil dieser die Orientierung verloren hatte und im Kreis lief oder sich irgendwo versteckte, weil er nicht mehr weiterkonnte. Der Eventmanager war nicht viel jünger als er selbst und vielleicht ebenfalls nicht so gut trainiert wie Sabine Kaufmann.

Angersbach schaltete in den Maschinenmodus, wie er es für sich selbst nannte, setzte grimmig einen Fuß vor den anderen, schob mit den Armen Äste und Zweige beiseite, die in seinen Weg hineinragten, und ließ den Blick aufmerksam zwischen den Bäumen umherschweifen.

Irgendwo in seiner Nähe raschelte es. Links von ihm bewegten sich die Blätter eines Gebüschs. Nur der Wind oder ein Tier, das davonhuschte? Oder war es Fuller, der sich davonzuschleichen versuchte? Aber wenn er sich versteckte, würde er sich doch wohl still verhalten?

Ralph ging trotzdem auf das Gebüsch zu und tauchte hinein. Der Bewuchs wurde noch dichter. Ein Zweig, den er beiseitegeschoben hatte, schnellte zurück und peitschte ihm ins Gesicht. Er fühlte den Schmerz auf seiner Wange, betastete sie und sah Blut auf seinen Fingerspitzen – *was für ein Mist!*

Wütend brach er den Zweig ab und schleuderte ihn weg.

Wo steckte dieser verdammte Eventmanager?

Von seinem Platz oben auf der kleinen Kuppe aus konnte er die Lichtung und den angrenzenden Wald gut überblicken. Er lag auch recht bequem, auf der dunkelbraunen Wolldecke, die ihm Gerda geschenkt hatte, ehe sie mit seinem besten Freund durchgebrannt war.

Im Grunde bedauerte er es nicht, dass sie ihn verlassen hatte. Jetzt war er wieder sein eigener Herr und konnte tun und lassen, was er wollte. Er war auch nicht allein. Harro war stets bei ihm und folgte ihm auf Schritt und Tritt. Oder er lag still neben ihm auf der Decke, so wie jetzt.

Albert Fölsing betrachtete den braun gescheckten Drahthaarterrier wohlgefällig. So ein Hund war einfach der beste Freund, den man sich wünschen konnte. Treu und ergeben, ohne Falschheit und Hinterlist. Ganz anders als Benno, der ihm Hörner aufgesetzt hatte.

Aus dem Augenwinkel bemerkte er eine Bewegung am Rand der Lichtung und spähte konzentriert durch die Bäume. Er lag schon eine ganze Weile hier auf der Lauer, ohne dass ihm ein Tier vor die Flinte gelaufen war. Vielleicht jetzt?

Fölsing kniff die Augen zusammen.

Ja. Da, zwischen den Bäumen, war etwas. Etwas Haariges, Braunes. Er konnte es nicht richtig erkennen, aber das war auch egal. Hauptsache, es warf einen anständigen Braten ab. Blöderweise hatte er seine Brille zu Hause vergessen. Aber er war ein guter Schütze. Er würde seine Beute auch ohne die Sehhilfe treffen.

Harro kam auf die Beine und fiepte.

»Sch.« Fölsing bedeutete dem Hund, sich wieder hinzulegen, doch Harro gehorchte nicht. Er spitzte die Ohren, die Augen auf die Lichtung gerichtet, die Schnauze in die Luft gereckt, um Witterung aufzunehmen. Ein leises Jaulen entstieg seiner Kehle.

»Still.«

Harro scharrte mit den Pfoten auf der Decke.

»Sitz.«

Der Hund wandte ihm den Kopf zu und öffnete die Schnauze. Albert sah, dass er bellen wollte. Rasch versetzte er ihm einen sanften Nasenstüber.

»Sitz, sag ich. Und keinen Mucks. Du vertreibst mir ja die Beute.«

Harro gehorchte endlich und legte sich wieder neben ihn auf die Decke. Fölsing spähte suchend über die Lichtung. Erfreut stellte er fest, dass das Tier immer noch zwischen den Bäumen stand. Er legte an und richtete den Lauf der Waffe auf die Beute. Hielt den Atem an, kniff die Augen zusammen und zog langsam und bedächtig den Abzug durch.

Der Knall hallte laut über die Lichtung. Das braunhaarige Wesen kippte zur Seite und stieß einen markerschütternden Schrei aus. Harro sprang auf und begann zu kläffen. Fölsing runzelte verwirrt die Stirn.

Was war das für ein Tier, das Laute ausstieß, die beinahe menschlich klangen?

Er legte das Gewehr beiseite und marschierte mit großen Schritten über die Lichtung. Harro sauste hinter ihm her, überholte ihn und bellte das Geschöpf an.

Fölsing blinzelte. Neben der braunen Haartracht meinte er nun dunklen Stoff zu erkennen. Je näher er kam, desto mehr wurde aus der bösen Ahnung die sichere Gewissheit.

Das, was er da gerade abgeschossen hatte, war kein Tier. Es war ein Mensch.

Fölsing begann zu rennen und fiel neben dem Mann auf die Knie. Er hatte ihn in die linke Schulter getroffen. Die Wunde blutete heftig, und der Mann war bewusstlos.

»Scheiße.« Fölsing sah sich hektisch um. »Was mache ich denn jetzt?«

Er fühlte nach dem Puls des Mannes und atmete erleichtert auf. Immerhin, er lebte noch. Keine Verurteilung wegen Totschlags, sondern nur wegen gefährlicher Körperverletzung. Sofern der Mann überlebte. Aber Fölsing wollte nicht in den Knast.

Es musste eine andere Lösung geben. Es gab immer irgendeine Lösung.

Er schaute den Hund Rat suchend an, doch der jaulte nur leise, als wollte er sagen: »Ich habe dich gewarnt. Aber du wolltest ja nicht auf mich hören.«

»Ja, Harro. Du hast recht.« Fölsing biss sich auf die Lippen. Was sollte er tun?

Was auch immer es war, er musste es schnell tun, sonst würde der Mann hier verbluten.

Rasch faltete er sein Stofftaschentuch zu einem kleinen Viereck und presste es auf die Wunde. Er löste den Gürtel aus seiner Hose, schlang ihn dem Mann um Oberkörper und Schulter und zog ihn so fest, wie er konnte. Das musste fürs Erste reichen.

Doch weiter?

Endlich kam ihm ein Geistesblitz. Er eilte zurück zu seinem Ausguck, hob das Gewehr und die Decke auf und nahm den klappbaren Rollwagen mit, auf dem er das erlegte Wild transportierte. Es war nicht leicht, den Mann auf den Wagen zu bugsieren; er war schwerer als ein Reh, wog eher so viel wie ein ausgewachsenes Wildschwein, aber schließlich gelang es. Fölsing war schweißgebadet, dabei war dies hier nur der erste Schritt. Er hatte noch eine gewaltige Anstrengung vor sich. Doch wenn es gelang, war er aus dem Schneider.

Sorgsam breitete er die Decke über den Verletzten und stopfte sie unter seinem Körper fest, damit er nicht auskühlte. Anschließend hängte er sich sein Gewehr über die Schulter und nahm die Deichsel des Wagens auf.

Der Hund, der die ganze Zeit winselnd neben dem Verletzten gelegen hatte, hob die Schnauze.

»Komm, Harro«, forderte Fölsing ihn auf und setzte den Rollwagen mühsam in Bewegung. »Wir bringen das wieder in Ordnung.«

Sabine Kaufmann stand wie angewurzelt zwischen den Bäumen und horchte. Sie hatte einen Schuss gehört, eindeutig. War Markus Fuller bewaffnet? Hatte er auf Angersbach geschossen, weil ihm dieser zu dicht auf den Fersen gewesen war? Oder war es nur ein Jäger, der auf seine Beute angelegt hatte?

Es war August, die Schonzeit für die meisten Waldtiere war vorbei. Auf Hirsche, Rehe, Wildschweine und dergleichen durfte jetzt geschossen werden. War es das, was sie gehört hatte?

Angestrengt versuchte sie, sich an das Geräusch zu erinnern. Ein Gewehr, das abgefeuert wurde, klang anders als ein Pistolenschuss. Aber wer sagte ihr, dass Fuller nicht im Besitz einer Flinte war? Immerhin lebte er direkt am Wald. Vielleicht war er ein passionierter Jäger.

Sie haderte mit sich selbst, weil sie es versäumt hatten, alle verfügbaren Informationen über Fuller zusammenzutragen. Immerhin stand der Eventmanager schon länger auf der Liste ihrer Verdächtigen. Aber bisher war es nur um Korruption gegangen. Die Frage, ob jemand eine Schusswaffe besaß, hatte sich nicht gestellt. Sie hätte schon über hellseherische Kräfte verfügen müssen, um etwas Derartiges zu ahnen. Und dennoch … Wenn Ralph etwas zugestoßen war, würde sie sich das nie verzeihen.

Der ganze Ärger, den sie empfunden hatte, war verflogen. Stattdessen spürte sie mit neuer Klarheit, wie sehr sie ihn mochte.

Rasch schaute sie sich um. Seit dem Knall war nichts mehr zu hören gewesen. Falls Fuller auf Angersbach geschossen hatte, hatte dieser das Feuer nicht erwidert. Kein gutes Zeichen.

Oder war es andersherum? Hatte Ralph auf Fuller geschossen?

Sie wusste ja, dass er manchmal zu aggressiv agierte, aber er würde doch nicht auf einen Verdächtigen schießen, nur weil dieser sich durch Flucht der Vernehmung entzog? Es wäre vollkommen unverhältnismäßig.

Und genau deswegen tut er es auch nicht, beruhigte sie sich selbst.

Aber wenn er nicht der Schütze war, war er vermutlich das Opfer. Sie musste ihn so schnell wie möglich finden.

Noch einmal blickte sie sich um. Dann eilte sie in die Richtung, aus der sie meinte, den Schuss gehört zu haben.

Dr. Klaus Wohlert schaltete das Diktiergerät aus und lehnte sich in seinem Bürostuhl zurück. Es war ein langer Tag gewesen, aber er hatte sich gelohnt. Endlich war die liegen gebliebene Arbeit erledigt. Alle Briefe geschrieben, und selbst die verhasste Aufstellung für die Kasse hatte er fertig. Der Urlaub konnte beginnen. Zwei Wochen lang keine Patienten, kein Husten und Schnupfen, keine verstauchten Knöchel, kein Sodbrennen, keine Kopfschmerzen, keine Migräne. Geradezu paradiesisch.

Mit einem Lächeln auf den Lippen öffnete er die Schreibtischschublade, nahm die Pfeife heraus und stopfte sie. Normalerweise rauchte er nicht in der Praxis, aber bis er in zwei Wochen wieder öffnete, würde der Geruch längst verflogen sein. Er musste nur ab und an die Fenster öffnen. Warm genug war es ja.

Er wollte gerade das Streichholz anreißen, als es an der Tür schellte. Ärgerlich warf er das Zündholz und die Schachtel auf den Schreibtisch. Wer wagte es, diese kostbare Minute, die erste seines lang ersehnten Urlaubs, zu stören?

Wohlert legte die Pfeife beiseite und ging zur Tür. Kurz überlegte er, einfach so zu tun, als sei er nicht da, aber dann öffnete er. Es konnte immerhin ein Notfall sein, und als Arzt hatte er den hippokratischen Eid geschworen. Alles zu tun, um Leiden zu lindern und menschliches Leben zu verlängern.

»Hallo, Klaus.«

Als er sah, wer vor der Tür stand, bereute er es doch, dass er nicht den Kopf in den Sand gesteckt hatte.

»Albert.«

Erst danach fiel sein Blick auf das Bündel, das Albert Fölsing auf seinem Aluminiumrollwagen hergebracht hatte. Es war ein Mensch, eingewickelt in eine Decke, die auf Brusthöhe rot getränkt war, das Gesicht wachsbleich. Als hätte der Tod bereits die Finger nach dem Mann ausgestreckt. So schlaff, wie er auf dem Wagen lag, musste er schwer verletzt sein. Auf jeden Fall war er bewusstlos.

»Was ist passiert?« Wohlert entdeckte die Flinte, die über Fölsings Schulter hing. »Sag nicht, du hast ihn angeschossen.«

Fölsing schnitt eine Grimasse. »Kann ich ihn vielleicht erst reinbringen, und du kümmerst dich um ihn?«

»Ja, sicher.« Wohlert schüttelte über sich selbst den Kopf. Der Mann dort brauchte Hilfe. Was spielte es da für eine Rolle, wer ihn bei ihm ablieferte oder weshalb er es tat?

Er dirigierte Fölsing in einen der Behandlungsräume, und gemeinsam hievten sie den Mann vom Wagen und legten ihn vorsichtig auf die Liege. Wohlert entfernte behutsam die Decke, die am Oberhemd und der blutverkrusteten Wunde klebte. Anschließend knöpfte er das Hemd auf und entblößte die Brust des Mannes.

Die Kugel war in die linke Schulter eingetreten. Eine Austrittswunde gab es nicht, ein Steckschuss also. Herz und Lunge waren offensichtlich verschont geblieben. Wohlert nahm sein Stethoskop und horchte den Mann ab.

Der Atem ging regelmäßig, die Herztöne waren schwach, aber in Ordnung. Der Puls war zu hoch, was bei dem Schock, den der Körper erlitten hatte, kein Wunder war.

Wohlert entfernte die provisorische Binde, desinfizierte die Einschusswunde und brachte einen Verband an. Viel mehr konnte er nicht tun. Die Verletzung bedeutete keine akute Lebensgefahr, aber die Kugel musste entfernt werden. Andernfalls könnte sich die Wunde entzünden und eine lebensbedrohliche Sepsis verursachen.

»Ich rufe den Rettungsdienst«, sagte er zu Fölsing. »Der Mann muss ins Krankenhaus.«

Er machte einen Schritt auf seinen Schreibtisch zu und wollte nach dem Telefon greifen, doch Fölsing streckte den Arm aus und hinderte ihn daran.

»Den Notruf hätte ich auch selbst wählen können. Ich habe mein Handy dabei.«

»Weshalb hast du es nicht getan?«

Fölsing nahm sein Gewehr von der Schulter und lehnte es in die Zimmerecke.

»Das hast du doch bereits erraten. Die Kugel in seiner Schulter stammt aus meiner Waffe. Wenn er ins Krankenhaus kommt, wird man ermitteln. Schussverletzungen müssen gemeldet werden.«

»Richtig.«

Fölsing sah ihn beschwörend an. »Bitte, Klaus. Du musst mir helfen.«

»Wie genau stellst du dir das vor? Soll ich vielleicht hier in meiner Landarztpraxis die Kugel herausoperieren?«

»Kannst du das? Ich meine, angenommen, es wäre eine Katastrophensituation. Ein Orkan, die Telefone tot, kein Durchkommen für einen Krankenwagen. Wärst du dann in der Lage, ihm zu helfen?«

»Na ja.« Wohlert rief sich das Aussehen der Wunde ins Gedächtnis. »Besonders tief scheint die Kugel nicht drinzustecken. Könnte schon sein, dass ich sie rausbekäme. Rein hypothetisch natürlich. Mein Telefon funktioniert, und die Straßen sind ebenfalls frei.«

Wieder wollte er nach dem Hörer greifen, wieder hinderte Fölsing ihn daran. »Mach du es, Klaus. Kümmere dich um ihn.«

Wohlert verschränkte die Arme. »Warum sollte ich das tun?«

Fölsings Augen verengten sich.

»Ich dachte, ich muss es nicht extra sagen. Aber bitte, wie du willst: Du schuldest mir noch einen Gefallen. Einen großen Gefallen.«

Wohlert spürte, wie ihm die Kehle eng wurde. Er hatte geglaubt, dass Fölsing die Sache ebenso verdrängt hatte wie er und niemals darauf zurückkommen würde. Doch so wie es aussah, hatte er sich geirrt.

Vor ihr wurde es heller. Sabine Kaufmann trat zwischen den Bäumen hervor und stand plötzlich auf einer Lichtung, die ringsherum von dichtem Grün umstanden war. Nur an einer Seite schien der Bewuchs dünner, und es ging ein Stück bergan bis zu einer Kuppe, auf der ein paar niedrige, dunkelgrüne Büsche standen.

Wenn ich mich irgendwo verstecken wollte, um auf jemanden zu schießen, würde ich es dort tun, dachte sie.

Hatte Fuller das getan? Hatte er sich dort oben auf die Lauer gelegt und auf Ralph gefeuert, als dieser ahnungslos über die Lichtung gelaufen war? Aber wenn es so war, dann musste Ralph zumindest noch am Leben sein. Fuller hätte sich wohl kaum die Zeit genommen, seine Leiche beiseitezuschaffen.

Sie lief das kleine Stück zu der Kuppe hinauf und spähte hinter die Büsche. Ein kalter Schauer lief ihr über den Rücken.

Dort hatte tatsächlich jemand gelegen. Das Moos war platt gedrückt, die Umrisse eines menschlichen Körpers waren schemenhaft zu erkennen. Sabine versuchte abzuschätzen, ob der Abdruck zu Fullers Körper passen könnte. Der Eventmanager war groß und schlank. Die Person, die hier gelegen hatte, schien kleiner und kräftiger gewesen zu sein. Aber vielleicht täuschte sie sich auch.

»Was tust du da?«

Sabine wirbelte herum und schnappte erschrocken nach Luft. Ralph Angersbach trat zwischen den Bäumen hervor, begleitet vom Knacken zerbrechender Äste. Sabine keuchte. Wut und Erleichterung brachen sich im selben Maße Bahn, doch die Wut gewann die Oberhand.

»Musst du dich so anschleichen, verdammt? Mir ist fast das Herz stehen geblieben.«

Dafür raste es jetzt und jagte das Blut in harten Stößen durch ihren Körper. Ihr war so flau, dass sie fürchtete, jeden Moment umzukippen.

Angersbach deutete auf den von trockenen Zweigen übersäten Boden zu seinen Füßen.

»Ich bin nicht geschlichen. Eher dachte ich, dass man mich kilometerweit hört. Wahrscheinlich war es ein Kinderspiel für Fuller, mir aus dem Weg zu gehen.«

Sabine schloss kurz die Augen. »Hast du den Schuss nicht gehört?«

»Doch. Natürlich.« Angersbach neigte den Kopf, und sie sah die Erkenntnis in seinen Augen aufblitzen. »Du dachtest,

Fuller hätte auf mich gefeuert?« Er lächelte, als würde ihm dieser Gedanke gefallen. Was den umgekehrten Fall betraf, hatte er offenbar nicht dieselbe Idee gehabt.

»Du nicht?«

Ralphs Miene wurde betreten. »Nein. Das war doch ein Gewehr. Es ist Jagdzeit. Da wird hier öfter mal geschossen.«

Sabine atmete tief durch. Langsam normalisierte sich ihr Puls wieder.

»Und du warst dir sicher, dass Fuller bei seiner Flucht keine Flinte dabeihatte?«

»Nein.« Angersbach runzelte die Stirn. »Hatte er?«

»Ich weiß es nicht«, fauchte Sabine. »Aber es hätte doch sein können.«

Einen Moment lang schwiegen sie und starrten einander wütend an. Dann zog Sabine ihr Smartphone aus der Tasche. Sie rief die Leitstelle an und ließ Fuller zur Fahndung ausschreiben.

»Gehen wir zurück«, sagte sie. »Weißt du, wo wir langmüssen?«

Ralph hob die Hand. »Da.« Sein Arm beschrieb einen Viertelkreis. »Oder dort?«

Sabine wischte über das Display ihres Telefons und rief die Karten-App auf.

»Zum Glück gibt es ja jemanden, den wir fragen können«, sagte sie bissig.

16

Es war bereits nach sechs, doch Johannes Lohmann war noch in der Agentur, und es sah auch nicht so aus, als plane er, bald Feierabend zu machen. Vielleicht war das in dieser Branche normal, dachte Angersbach, während Lohmann den beiden Kommissaren die Tür öffnete und dabei eine zerknirschte Miene aufsetzte. »Es war ein Fehler, nicht wahr? Markus zu sagen, dass Sie mit ihm sprechen wollen?«

»Allerdings.« Ralph war immer noch sauer und gab sich keine Mühe, es zu verbergen. Allerdings waren sie selbst nicht ganz schuldlos an der Misere. Sie hatten Lohmann nicht darum gebeten, Stillschweigen zu bewahren. Ob er sich daran gehalten hätte?

»Ich konnte mir nicht vorstellen, dass Markus etwas mit dem Tod von Roth zu tun hat. Wahrscheinlich habe ich ihn deshalb angerufen. Weil ich sein Lachen hören wollte. Darüber, dass man ihn für verdächtig hält.«

»Aber er hat nicht gelacht.«

»Nein. Er war plötzlich ganz kurz angebunden. Hat nur gesagt, er müsse jetzt auflegen.« Lohmann bat die Beamten herein und bot ihnen die Plätze in der Sitzgruppe an. »Wollen Sie einen Kaffee? Oder einen Schnaps auf den Schreck? Ich könnte jetzt einen gebrauchen.«

Angersbach hätte auch nichts gegen einen kräftigen Schluck gehabt, aber er war im Dienst. In dem Punkt war er strikt. Bei der Arbeit und wenn er Auto fahren musste, trank er keinen Tropfen Alkohol. Er fand, das war das Mindeste bei einem Polizisten.

»Nur ein Wasser«, sagte er und trank durstig, als ihnen Lohmann das Gewünschte hinstellte. Sich selbst schenkte der Eventmanager einen Fingerbreit Whisky ein und stürzte ihn hinunter. Anschließend füllte er das Glas erneut und setzte sich zu ihnen.

»Wie kann ich Ihnen helfen?«, fragte er.

»Was wissen Sie über Ihren Kompagnon Markus Fuller? Haben Sie eine Idee, wohin er geflohen sein könnte? Hat er Freunde, zu denen er gehen könnte?«

Dass es keine direkten Angehörigen gab, wussten sie bereits, weil sie unterwegs die Datenbanken abgefragt hatten.

Lohmann drehte das Glas in den Händen. »Nein. Ich meine, ich weiß es nicht. Wir sind ein super Team, es macht riesig Spaß, mit ihm zu arbeiten, aber wenn es um Privates geht, macht er einfach dicht. Wir gehen manchmal nach der Arbeit zusammen was trinken, aber ich habe keine Ahnung, mit wem er sich sonst trifft oder ob er eine Freundin hat. Tut mir leid.« Er schnitt eine Grimasse. »Kann ich sonst etwas für Sie tun?«, erkundigte er sich.

Ralph und Sabine hatten auf der Fahrt hierher darüber gesprochen. Dass Fuller ein persönliches Motiv für den Mord an Roth gehabt hatte, änderte nichts daran, dass die Agentur in Sachen Korruption im Fokus stand. Solange die Fahndung nach Fuller lief, würden sie sich auf diesen Aspekt konzentrieren.

»Wir würden uns gern mit Ihnen über den Unfall unterhalten. Die Gondel der Hydra, die sich beinahe losgerissen hätte«, sagte Sabine.

Auch das hatten sie im Wagen besprochen: dass Ralph ihr die Befragung überlassen würde. Solange sie keine Beweise in der Hand hatten, war mit seiner zupackenden Art nicht viel zu gewinnen.

»Eine furchtbare Geschichte«, entgegnete Lohmann und nippte an seinem Whisky. »Aber ich weiß nicht, was ich dazu beitragen könnte.«

»Es hat sich herausgestellt, dass die Papiere, mit denen sich Heinz Peschke um die Lizenz für den diesjährigen Markt beworben hat, gefälscht waren.«

Lohmann blinzelte. »Die Papiere?«

»Das TÜV-Gutachten. Wenn sich ein Experte das Fahrgeschäft angesehen hätte, wäre die Genehmigung nicht erteilt worden. Der Aufbau war an etlichen Stellen durchgerostet.«

»Aha?« Lohmann stellte das Glas beiseite. »Das ist natürlich übel.«

»Sie hatten keine Ahnung?«

»Wie sollte ich? Für die Überprüfung der Betriebssicherheit sind wir nicht zuständig. Wir sehen uns die Karussells im Hinblick auf ihren Unterhaltungswert an. Da geht es um den Fahrspaß, um optische Faktoren und die Qualität der Präsentation.« Er dachte kurz nach. »Die Hydra, das ist das Fahrgeschäft Peschke, nicht wahr? Der Mann ist gut, er macht knackige Ansagen und lockt die Leute scharenweise in sein Karussell.«

»Trotzdem steckt er in wirtschaftlichen Schwierigkeiten.«

Lohmann seufzte tief. »Welcher Schausteller tut das nicht? Seit die EU diese unsinnigen neuen Sicherheitsrichtlinien erlassen hat … Da müssen plötzlich an Karussells, die jahrelang stabil gelaufen sind, neue Sicherheitsbügel angeschweißt oder Gurte angebracht werden. Dabei ist so ein Fahrgeschäft ein ausgeklügeltes System. Wenn man an einer Stelle etwas verstärkt, schwächt man es an einer anderen. Was da als Sicherheit verkauft wird, ist in Wirklichkeit ein Unsicherheitsfaktor. Ganz abgesehen davon, dass die geforderten Umbauten einen Haufen Geld kosten. Von den zusätzlichen Überprüfungen durch den TÜV ganz zu schweigen. Daran hat die ganze Branche zu knabbern, nicht nur Peschke. Etliche Unternehmen mussten deshalb schon aufgeben.«

Angersbach konnte sich nicht länger zurückhalten. »Sie können es also verstehen, wenn jemand TÜV-Gutachten fälscht, um Geld zu sparen? Eine lässliche Sünde sozusagen, weil man es so schwer hat?«

Lohmann schaute ihn pikiert an, und auch Sabines Miene verhieß nichts Gutes.

»Das habe ich nicht gesagt«, erwiderte der Eventmanager. »Ich habe nur versucht, Ihnen zu erklären, wie das Geschäft läuft. Oder eben nicht läuft in den letzten Jahren.«

»Hat Peschke mit Ihnen über seine Probleme gesprochen?«, fragte Sabine, ehe Ralph sich in das Thema verbeißen konnte.

»Er hat es erwähnt, ja. Und nicht nur er. Wie gesagt: Wir haben sein Karussell empfohlen, weil er einen guten Job macht. Von irgendwelchen gefälschten Gutachten weiß ich nichts.«

»Gilt das auch für Ihren Kompagnon?«, erkundigte sich Ralph.

Wieder trafen ihn böse Blicke aus gleich zwei Augenpaaren. Aber deswegen waren sie doch hier. Um der Wahrheit auf die Spur zu kommen. Wenn man immer nur um den heißen Brei herumredete, kam man nicht voran.

»Bei uns ist alles sauber«, erwiderte Johannes Lohmann steif. »Wir haben einen Ruf zu verlieren. Was meinen Sie denn, was passiert, wenn auch nur der Hauch eines Verdachts aufkommt, wir könnten mit gezinkten Karten spielen? Eventagenturen gibt es wie Sand am Meer, aber nur wenige haben Zugang zu den großen Events. Dippemess, Museumsuferfest, Wäldchestag. Da ist null Bewegung drin. Wenn wir den Bad Vilbeler Markt verlieren, können wir den Laden dichtmachen. So viel Schmiergeld kann uns überhaupt niemand bieten, dass es sich lohnen würde, unsere Existenz aufs Spiel zu setzen.«

Angersbach griff nach seinem Wasserglas und kippte den Inhalt hinunter. Er hatte es ja gleich gesagt. Die ganze harmlose Fragerei brachte nichts. Wenn sie etwas erfahren wollten, mussten sie viel mehr Druck machen.

Kaufmann stand auf und bedankte sich bei Lohmann. Angersbach wollte noch nicht klein beigeben, aber sie ließ ihn nicht zu Wort kommen, sondern schob ihn mit Nachdruck zur Tür.

»Es ist besser, wenn wir nicht jetzt schon unser ganzes Pulver verschießen«, sagte sie, als sie wieder draußen auf der Straße standen. »Wir erledigen die Dinge der Reihe nach. Als Erstes sehen wir uns bei Eckard Roth um und schauen, ob wir Hinweise auf Bestechung finden. Morgen früh gehen wir zur Staatsanwaltschaft und beantragen einen Durchsuchungsbeschluss für die Eventagentur. Und dann stellen wir den Laden hier auf den Kopf.«

Angersbach, der gerade eine Schimpftirade hatte starten wollen, grinste. Das war Polizeiarbeit nach seinem Geschmack. Und er würde einen Besen fressen, wenn sie in der Agentur nicht irgendetwas fanden.

Die Wohnung von Eckard Roth war so bescheiden, wie man es nach dem Bericht der Kolleginnen von der Dezentralen Ermittlungsgruppe über die Lebensumstände des Kollegen hatte erwarten dürfen. Zwei kleine Zimmer, die Möbel alt und abgenutzt, aber sauber. Auf der Kommode im Flur stand ein Telefon mit Anrufbeantworter. Das Gerät zeigte an, dass sich eine Nachricht darauf befand. Sabine drückte auf die Wiedergabetaste.

»Eckard?«, erklang eine raue Stimme. »Erich hier. Rudi ist krank, wir müssen unseren Skatabend morgen ausfallen lassen. Nächste Woche dann wieder.« Es krachte, als am anderen Ende der Hörer aufgelegt wurde.

Angersbach sah sich um. »Lass uns schauen, ob wir irgendwelchen Schriftverkehr finden. Oder Unterlagen, die mit den TÜV-Gutachten zu tun haben.« Er runzelte die Stirn. »Wollten sich die Kollegen von der KTU nicht melden? Wegen der Verbindungsdaten von Roths Handy? Und Hackebeil? Da müsste doch mittlerweile etwas vorliegen.« Er zog sein Smartphone aus der Tasche und warf einen prüfenden Blick darauf. Kaufmann tat dasselbe bei ihrem Gerät, doch es waren keine Nachrichten eingegangen. Sie suchte die Nummer der Kriminaltechnischen Untersuchungsstelle aus ihren Kontakten heraus und tippte darauf.

Ein Kollege aus der KTU meldete sich bereits nach dem zweiten Klingeln.

»Nein, tut mir leid«, sagte er, nachdem sie ihr Anliegen vorgetragen hatte. »Wir sind noch nicht so weit. Morgen früh, hoffe ich.«

»Okay. Danke.« Sabine drückte die Verbindung weg und wählte gleich darauf die Nummer der Gießener Rechtsmedizin.

Auch Hack war sofort am Apparat. »Ich hätte mich schon gemeldet«, knurrte er. »Wir sind eben erst fertig geworden. Der Bericht ist diktiert, aber noch nicht abgetippt.«

»Irgendetwas Neues?« Sabine schaltete das Telefon auf laut, damit Ralph mithören konnte.

»Wir können die Tatzeit eingrenzen. Zwischen eins und drei in der Nacht. Die Todesursache war ja bereits offensichtlich. Der Schnitt durch die Kehle. Keine Abwehrverletzungen, aber das ist kaum verwunderlich. Der Angriff dürfte von hinten erfolgt sein. Von vorn bekommt man einen so schön sauberen Schnitt nicht hin.«

»Und die Zunge?«

»Post mortem«, erwiderte Hack. »Roth hat nichts mehr davon mitbekommen, wie man sie ihm rausgeschnitten hat.«

»Also eine Handlung mit Symbolcharakter«, überlegte Kaufmann laut.

»Das müssen Sie herausfinden«, knurrte der Rechtsmediziner. »Ich bin nur für die Fakten zuständig.«

»Ja, ja«, murmelte Ralph. Hack hatte es offenbar gehört.

»Ah, der Kollege Angersbach ist bei Ihnen. Ich habe Sie bei der Obduktion vermisst.«

»Wir hatten keine Zeit«, brummte Ralph. »Wir mussten einen Verdächtigen verfolgen.«

»Haben Sie ihn erwischt?«

»Nein.«

Der Rechtsmediziner lachte meckernd. »Liegt wahrscheinlich an Ihrer Kondition. Oder am Fleischmangel. Sie wissen ja, was ich davon halte.«

»Es lag daran, dass man ihn gewarnt hat«, knurrte Angersbach.

Hack schnaubte. »Versteht immer noch keinen Spaß, Ihr Kollege, was?« Damit legte er auf.

Ralph verdrehte die Augen. »Wenn er nicht so verdammt gut wäre …«

»Dann?«

Angersbach winkte ab. »Schauen wir uns mal um«, sagte er.

»Okay.« Sabine machte sich an die Arbeit. Sie nahm sich die rechte Seite des Einbauschranks vor, Angersbach die linke.

Eckard Roth war ein ordentlicher Mensch gewesen, alle wichtigen Unterlagen waren thematisch sortiert abgeheftet. Kaufmann fand ein Heft mit Kontoauszügen und blätterte darin.

»Da ist nichts Auffälliges. Wenn man ihn geschmiert hat, hat er das Geld bar bekommen.« Sie schaute sich um. »Aber das alles hier macht nicht den Eindruck, als hätte er sich ein Zubrot verdient. Wenn man ihn bestochen hat, hat er das Geld nicht ausgegeben.«

»Warum hat er es dann genommen?«

»Keine Ahnung. Aber wenn er sich weder teure Reisen noch einen großen Fernseher gegönnt hat und das Geld nicht auf seinem Konto ist, müsste es hier irgendwo versteckt sein.«

»Schauen wir mal.« Angersbach hörte ihr nicht richtig zu, er blätterte konzentriert in einem Ordner. Seine Miene verdüsterte sich.

»Hast du da was?«

Ralph blickte auf. »Das Motiv.« Er hielt Sabine den Ordner hin.

Die Seite, die er aufgeschlagen hatte, war ein Arztbrief. Man teilte Roth darin mit, dass eine Laboruntersuchung den Verdacht auf Morbus Parkinson bei ihm bestätigt hatte.

»Oh. Das ist hart.«

Angersbach blätterte um.

»Dahinter befinden sich Prospekte von Altersheimen, die auf Parkinson spezialisiert sind. Alle sehr teuer. Von seinen Beamtenbezügen hätte er das nicht bezahlen können. Es gibt auch einen Briefwechsel mit der Krankenkasse. Mehr als die Standardversorgung ist nicht drin.«

»Also hat er sich bestechen lassen, um sich einen halbwegs anständigen Lebensabend leisten zu können.«

Ralph klappte den Ordner wieder zu. »Das wäre zumindest eine plausible Erklärung.« Er blickte einen Moment in die Ferne. »Ich möchte beinahe sagen, ich könnte es verstehen. Aber nur fast.«

Sabine ging es nicht anders. Sie empfand Mitleid mit Roth, doch eine Entschuldigung für kriminelles Verhalten war es nicht. Aber bisher war es auch nur eine Theorie. Sie hatten ein mögliches Motiv gefunden, doch keine Indizien dafür, dass der Kollege tatsächlich an dem Betrug mit den falschen TÜV-Gutachten beteiligt war.

Eine halbe Stunde später hatten sie alles auf den Kopf gestellt. Gefunden hatten sie nichts.

»Heißt das nun, dass wir falschliegen?«, fragte Sabine. »Oder hat er ein Versteck gefunden, auf das wir nicht kommen?«

Angersbach rieb sich nachdenklich das Kinn. »Roth war bei der Volkspolizei, richtig? Er hat bestimmt an etlichen Wohnungsdurchsuchungen teilgenommen und kennt Verstecke, auf die wir gar nicht kommen.«

Sie gingen noch einmal durch die gesamte Wohnung und ließen ihre Blicke über Möbel und Wände schweifen. Die tief stehende Sonne blendete sie. Kaufmann griff nach dem Gurt, mit dem man den Rollladen hinunterließ. Es funktionierte nicht, irgendetwas klemmte. Sie schaute nach oben zum Rollladenkasten. Er sah aus, als sei er nur provisorisch befestigt.

»Bring mir mal einen Stuhl«, sagte sie zu Angersbach. Der schaute verständnislos, ging aber in die Küche und holte das Gewünschte. Sabine stellte den Stuhl unters Fenster, kletterte darauf und rüttelte an der unteren Abdeckung des Rollladens.

Ralph sah ihr skeptisch zu. »Da wäre ich auch so rangekommen«, bemerkte er.

Sabine verfluchte wie so oft ihre geringe Körpergröße, die nur knapp über eins sechzig lag. War das der Grund, weshalb Ralph Cordula Scherer attraktiver fand? Im Gegensatz zu ihr selbst reichte Cordula ihm nicht nur bis zum Kinn, sondern war fast so groß wie er. Aber wenn ihm solche Äußerlichkeiten wichtig waren, konnte er ihr auch gestohlen bleiben.

Sie griff fester zu und zog energisch an der Abdeckung. Im ersten Moment bewegte sich nichts. Dann löste sich die Sperrholzplatte mit einem Ruck, und dicke Bündel Geldscheine regneten auf Sabine herab.

Angersbach schaute auf das kleine Vermögen, das sich angesammelt hatte.

»Also doch«, sagte er traurig.

Ralph Angersbach reihte sich in die lange Autoschlange ein, die zäh durch Bad Vilbel kroch. Ordner in gelben Warnwesten wiesen die Besucher in die Parkplätze ein. Vom Markt dröhnte laute Musik herüber.

Angersbach betrachtete widerwillig die Menschenströme, die sich dorthin bewegten. Er hatte nach Hause fahren wollen, doch Kaufmann hatte darauf bestanden, dass sie noch eine Runde über den Markt drehten. Nur um zu sehen, ob alles in Ordnung war, hatte sie gesagt.

Er hatte protestieren wollen, sich dann aber gefügt. Auch wenn es kaum etwas gab, wozu er weniger Lust gehabt hätte. Es war ihm schleierhaft, was andere daran fanden, sich inmitten dicht gedrängter Besuchermassen über den Markt zu schieben.

Als er den Wagen endlich abgestellt hatte, hatte er bereits die Nase voll. Sabine dagegen stieg beschwingt aus und warf ihm einen auffordernden Blick zu. »Nun komm schon. Ich will etwas essen. Noch mal deine Klöße in grüner Soße brauche ich nicht.«

Angersbach stapfte missmutig neben ihr her. Auf dem Gelände war es laut und voll. Überall musste man anstehen, egal ob man eine Runde Karussell fahren, ein Bier trinken oder etwas essen wollte. Dabei reihte sich ein Imbisswagen an den anderen.

Natürlich hatte man darüber nachgedacht, die gesamte Veranstaltung nach dem Unfall mit der Hydra abzubrechen, doch die Mehrzahl der Verantwortlichen hatte dagegen gestimmt. Zu viele Vorbereitungen waren getroffen, zu viel Geld investiert worden. Also hatte man nur die Trümmer so rasch wie möglich beseitigt und die beschädigte Hydra hinter einem Bauzaun verborgen, der von ein paar rasch engagierten regionalen Künstlern mit bunten Motiven bemalt und mit passenden Graffiti versehen wurde. Für die öffentliche Wahrnehmung gab es keinen Mord und keine Zeichen der Gefahr. Und so blieb der Markt selbst nach dieser Beinahekatastrophe ein Event, das Tausende feiernder Besucher anzog.

Kaufmann deutete auf einen Stand, an dem in einer riesigen Schwenkpfanne Champignons gebraten wurden. »Das wäre doch was. Rein vegetarisch, das kannst du auch essen.«

Sie stellten sich an und erhielten jeder eine Pappschale, bis zum Rand gefüllt mit saftigen, gut gebräunten Pilzen in einer dunklen Soße mit Zwiebeln. Mit Glück ergatterten sie einen der Stehtische, und Ralph musste zugeben, dass seine Kollegin eine gute Wahl getroffen hatte. Die Champignons waren lecker, das alkoholfreie Bier, das sie dazu geordert hatten, süffig. Seine Laune hob sich. Vielleicht war es doch keine so schlechte Idee gewesen, hierherzukommen.

Direkt gegenüber drehte sich das Kettenkarussell. Kurz hatte Ralph das Bild des ermordeten Eckard Roth vor Augen, den man auf einen der Sitze gefesselt hatte. Energisch schob er es beiseite. Sie hatten jetzt Feierabend. Über Roth, die alte DDR-Geschichte und den Korruptionsskandal konnte er morgen nachdenken.

Das Karussell drehte sich schnell, die Sitze flogen hoch oben in der Luft, die Mitfahrenden lachten und kreischten.

»Sollen wir auch mal?«, fragte Sabine. »Das macht bestimmt Spaß.«

»Lieber nicht.« Nachdem er gesehen hatte, was mit der Gondel der Hydra passiert war, wollte er sich keiner dieser Höllenmaschinen mehr anvertrauen.

»Dann lass uns noch eine Runde gehen.« Sie warf die leeren Becher und Pappschalen in den Mülleimer und klinkte sich geschmeidig in den Besucherstrom ein. Ralph folgte ihr und stopfte die Hände in die Taschen.

Gleich darauf blieb er abrupt stehen. Ein Mann, der hinter ihm lief, hatte den Stopp nicht vorausgesehen und rempelte ihn an.

»Verzeihung.«

Ralph reagierte nicht auf ihn. Sabine, die bereits ein paar Schritte voraus war, bemerkte, dass er ihr nicht folgte, und drehte sich um. Rasch kam sie zu ihm zurück und schob ihn zur Seite, damit er nicht weiter im Weg stand.

»Was ist los?«

Angersbach wühlte ungläubig in seinen Taschen. »Mein Handy.«

»Ja?«

»Es ist weg.«

Kaufmann runzelte die Stirn. »Wo hattest du es denn?«

»Hier. In der Tasche.« Ralph kehrte das Innenleben der Taschen seiner Wetterjacke nach außen.

»Und du bist dir sicher, dass du es nicht im Wagen gelassen hast?«

Ralph dachte nach. »Ich weiß nicht. Vielleicht?«

»Lass uns nachsehen.«

Sie wechselten die Seite und ließen sich vom Strom in die Gegenrichtung zum Parkplatz mitschwemmen. Angersbach öffnete den Wagen, schaute in den Fußraum und unter die

Sitze, schließlich auch in den Kofferraum. Aber es blieb dabei. Das Smartphone war weg.

»Was machen wir denn jetzt?«, fragte er und fühlte sich vollkommen hilflos.

Sabine lachte unfroh. »Was schon? Wir gehen zur Polizei.«

Mirco Weitzel und Levin Queckbörner hatten an diesem Abend Dienst. Kaufmann und Angersbach sahen verblüfft, dass eine lange Schlange vor dem Tresen stand. Weitzel überließ Queckbörner die Frau, die gerade an der Reihe war, und winkte Sabine und Ralph zur Sicherheitstür. Er hatte noch immer den dicken Turban unter der Dienstmütze, den man ihm im Krankenhaus verpasst hatte. Verblüffenderweise stand ihm der Look, er erinnerte an einen verwegenen Piraten.

»Was ist denn hier los?«, fragte Sabine. Ein solcher Menschenauflauf war für die kleine Polizeistation höchst ungewöhnlich.

»Gestohlene Handys.« Mirco ging ihnen voran durch den Flur und winkte sie in die Teeküche. »Da scheint eine Bande am Werk zu sein, die das Jahrmarktsgedränge ausnutzen will.« Er schenkte sich einen Kaffee ein und ließ sich auf einen der Stühle fallen. »Das geht schon seit Stunden so.« Er deutete auf die Kaffeekanne. »Wenn ihr auch wollt …«

»Nein, danke.« Kaufmann und Angersbach setzten sich zu ihm.

Weitzel schlürfte seinen Kaffee. »Kann ich irgendwas für euch tun? Habt ihr was Neues?«

Ralph schnitt eine Grimasse. »Wir wollten einen Diebstahl melden. Mein Smartphone ist weg.«

»Oh.« Weitzel stellte die Tasse zurück auf den Tisch. »Das ist schlecht.« Er stand auf. »Kommt mal mit.«

Er führte sie über den Flur in sein Büro. An der Wand hing ein Plan des Marktgeländes, in dem reihenweise rote Pinnnadeln steckten.

»Ich habe mal geschaut, ob ich ein System finde«, erklärte er. »Im Prinzip ereignen sich die Diebstähle auf dem gesamten Markt. Aber es gibt eine Häufung. Hier.« Er zeigte auf eine Stelle auf dem Plan. »Die meisten Diebstähle sind rund um das Kettenkarussell passiert.«

»Da ist meins auch weggekommen«, sagte Ralph verblüfft.

Sabine betrachtete nachdenklich den Plan. »Hat das etwas zu bedeuten?«

»Könnte doch sein.« Weitzel öffnete seine Schreibtischschublade und nahm einen dünnen Hefter heraus. »Ich habe mich mal schlaugemacht. Beim letzten Hessentag und in den Städten, in denen in den letzten Monaten Jahrmärkte waren. Es gab mehrmals einen deutlichen Anstieg der Handydiebstähle. Und zwar immer dann, wenn das Kettenkarussell unter den Fahrgeschäften war.«

»Du meinst, die Diebesbande befindet sich unter den Schaustellern?«

»Wäre doch möglich, oder nicht?«

Angersbach nahm sich einen Stuhl und setzte sich neben Weitzel an den Tisch. »Hast du Informationen über die Leute?«

Mirco blätterte in seinen Unterlagen. »Der Eigentümer heißt Justus Franke. Kommt aus Jena.«

Kaufmann runzelte die Stirn. »Nicht Erich Stankowitz? Das war doch der Mann, der Roths Leiche in seinem Kettenkarussell entdeckt hat.«

»Stimmt.« Weitzel leckte den Zeigefinger an und drehte einige Seiten um. »Franke ist Unternehmer. Er besitzt mehrere Fahrgeschäfte. Außerdem betreibt er eine kleine Import-

Export-Firma. Stankowitz ist derjenige, der mit dem Kettenkarussell über die Jahrmärkte reist.«

Sabine überlegte, ob es etwas zu bedeuten hatte, dass die Schausteller aus dem Osten kamen. Aber Jena und Vacha waren ein gutes Stück voneinander entfernt; Vacha lag unmittelbar an der Grenze zwischen Hessen und Thüringen, Jena tief im Herzen der ehemaligen DDR. Was sollten die Schausteller auch mit der alten Geschichte zu tun haben, die ihnen Schulte erzählt hatte? Organisierte Diebstähle und Bestechung waren zwei vollkommen unterschiedliche Delikte, und die Bescheinigungen für das Kettenkarussell waren ja in Ordnung gewesen.

»Die Mitfahrer wechseln, aber einige sind seit Jahren dabei«, fuhr Weitzel fort. »Ich habe schon mit dem LKA telefoniert und die Namen durchgegeben. Sie versuchen zu checken, ob einer von denen im Netz im großen Stil gebrauchte Smartphones vertickt. Das kann allerdings dauern. An die Nutzernamen kommt man nicht so einfach heran, und der Verdacht ist zu vage, um einen Gerichtsbeschluss zu bekommen, mit dem man sich direkt an den Provider wenden kann, damit er Kundendaten herausgibt. Deswegen versuchen wir parallel etwas anderes.«

Er unterbrach sich, weil es an der Tür klopfte. Petra Wielandt und Cordula Scherer von der Dezentralen Ermittlungsgruppe kamen herein.

»Ach, da seid ihr ja.« Weitzels Mundwinkel hoben sich. »Ich habe gerade von euch gesprochen.«

Wielandt begrüßte Kaufmann und Angersbach herzlich. Cordula reichte Sabine die kühle Hand, ohne eine Miene zu verziehen. Dafür lächelte sie Ralph vielsagend an.

Sabine biss die Zähne zusammen. Sie hatte beinahe verdrängt, dass die Kollegin an dem Morgen, an dem sie aus dem

Golfhotel *Lindenhof* ausgecheckt hatten, aus dem Foyer gekommen war. Jetzt erinnerte sie sich wieder, und es versetzte ihr erneut einen Stich. Aber sie würde den Teufel tun und sich etwas anmerken lassen.

»Habt ihr etwas erreicht?«, erkundigte sich Weitzel.

»Nein.« Petra setzte sich auf den Stuhl hinter Levins Schreibtisch und sah Sabine an. »Wir haben uns auf dem Vilbeler Markt unters Volk gemischt. Aber die Diebe sind offensichtlich geschickt. Wir haben nichts Verdächtiges beobachtet.«

»Habt ihr euch auf das Kettenkarussell konzentriert?«

»Auch. Wenn wir die ganze Zeit dort gewesen wären, wäre es vielleicht aufgefallen.«

Sabine nickte. »Macht trotzdem weiter.« Die Wahrscheinlichkeit, dass man den oder die Diebe auf frischer Tat ertappte, war nicht besonders groß. Es dauerte ja nur Sekunden, einem ahnungslosen Besucher das Smartphone aus der Tasche zu ziehen und es in der eigenen verschwinden zu lassen. Einen Versuch war es dennoch wert.

»Ralphs Handy ist auch weg«, berichtete Mirco, was Cordula veranlasste, Angersbach tröstend über den Arm zu streichen. »Du hast hoffentlich ein Back-up deiner Kontakte in der Cloud?«

Ralph schüttelte den Kopf. »Ich lade doch keine persönlichen Daten ins Netz hoch. Wer weiß, wer sich da bedient? Aber ich habe ein Adressbuch. Ein richtiges, aus Papier. Da stehen alle wichtigen Nummern drin.«

»Ah ja.« Scherer schien ein wenig irritiert. Sabine grinste innerlich. *Du hast keine Ahnung, auf was für einen Dinosaurier du dich eingelassen hast,* dachte sie schadenfroh.

Weitzel öffnete ein Formular auf seinem Computer. »Dann nehmen wir mal die Anzeige auf.« Er schaute Ralph an. »Was war es denn für ein Modell, dein Smartphone?«

Angersbach gab ihm die gewünschten Daten, und Weitzel tippte. »Okay«, sagte er, als sie fertig waren. »Aber mach dir keine Hoffnungen, dass wir es wiederfinden. Wenn so ein Handy erst mal weg ist, ist es weg.«

»Schon klar«, brummte Ralph. »Trotzdem muss man ja wohl Anzeige erstatten. Damit die Bande angeklagt werden kann, wenn wir sie schnappen.«

Mirco hob den Daumen. »Auf jeden Fall.«

Scherer schaute auf die Uhr. »Ich finde, wir sollten noch eine Runde übers Festgelände drehen. Jetzt geht das Geschäft erst so richtig los. Kommt ihr mit?«

Angersbach, der unter anderen Umständen sicher abgelehnt hätte, nickte grimmig. »Ich will die Leute kriegen, die sich mein Telefon unter den Nagel gerissen haben.«

»Wir könnten Pärchen bilden«, schlug Scherer vor und sah Ralph vielsagend an. Sie hoffte wohl auf einen Zickenkrieg, doch Sabine tat ihr den Gefallen nicht.

»Warum nicht?«, sagte sie leichthin und wandte sich an Petra Wielandt. »Dann haben wir endlich mal wieder die Gelegenheit, ausgiebig zu quatschen. Das haben wir schon viel zu lange nicht mehr getan.«

Aus dem Augenwinkel schielte sie zu Ralph. Er bemühte sich redlich, sich nichts anmerken zu lassen, doch Sabine kannte ihn gut genug, um zu sehen, dass er sich unbehaglich fühlte, umso mehr, als sich Cordula Scherer gut gelaunt bei ihm einhängte. Aber das geschah ihm nur recht. Er hätte sich ja gar nicht erst auf sie einlassen müssen.

17

Markttag 3

Die Staatsanwältin schloss gerade ihre Bürotür auf, als Sabine Kaufmann und Ralph Angersbach den Flur betraten. Sie hatten sich früh auf den Weg gemacht; die Autobahn war noch leer gewesen, und Ralph hatte die Strecke von Gießen nach Frankfurt in Rekordzeit zurückgelegt. Es war nicht ganz einfach gewesen, zu klären, wo eigentlich die Zuständigkeiten lagen, doch am Ende hatten Sabines Chef im LKA Wiesbaden und Ralphs Vorgesetzter im Polizeipräsidium Mittelhessen in Gießen beschlossen, dass es sinnvoll war, gegen Fuller & Lohmann ein eigenes Ermittlungsverfahren wegen Korruption einzuleiten. Damit fiel die Sache in den Bereich der Frankfurter Staatsanwaltschaft.

Dr. Johanna Freier hielt in der Bewegung inne und schaute ihnen entgegen. »Wollen Sie zu mir?«

»Ja.« Sabine reichte der Staatsanwältin die Hand. »Sabine Kaufmann vom LKA Wiesbaden und Ralph Angersbach von der RKI Gießen. Kriminaloberrat Julius Haase müsste uns angekündigt haben.«

»Ah.« Ein Lächeln ging über das Gesicht von Johanna Freier. »Sie sind das. Ich hatte nicht so früh mit Ihnen gerechnet.« Sie hielt ihnen die Tür auf und machte eine einladende Geste.

»Wir sind gut durchgekommen«, sagte Ralph. Sabine nickte nur. Sie hatte es langsam satt, ständig in seinem schlecht gefederten Wagen zu sitzen statt in ihrem bequemen Zoe, doch daran war im Augenblick nichts zu ändern. Der Renault stand seit Beginn der Ermittlungen auf dem Parkplatz der Polizeistation Bad Vilbel. Sie konnte froh sein, wenn er nach der langen Zeit – es waren jetzt fast zwei Wochen – überhaupt noch genug Saft hatte, um damit zur nächsten Ladestation zu kommen. Doch damit konnte sie sich beschäftigen, wenn der Schreiber der Drohbriefe gefunden, die Schmiergeldaffäre aufgeklärt und der Mörder von Eckard Roth gefasst war.

Der gestrige Abend hatte in dieser Hinsicht keine Fortschritte gebracht. Drei Stunden lang hatten sie auf dem Volksfest ihre Runden gedreht, umgeben von wabernden Menschenmassen und einer Kakophonie aus lauter Musik verschiedenster Stilrichtungen, die von allen Seiten auf sie eindröhnte, und den lauten Anpreisungen der Schausteller, die das Publikum in ihr Geschäft zu locken versuchten. Jemanden, der sich an den Handtaschen oder Jacken der Besucher zu schaffen machte, hatten sie nicht entdeckt. Dafür hatte Sabine zumindest ihre Freundschaft zu Petra Wielandt auffrischen können, die in den letzten Jahren brachgelegen hatte. Schade. Die Kollegin war wirklich nett. Sie hatten beschlossen, sich in Zukunft wieder öfter zu treffen.

Was Ralph und Cordula Scherer in der Zeit gemacht hatten, war ihr nicht klar. Als sie sich zur vereinbarten Zeit an Angersbachs Lada wiedergetroffen hatten, hatten sie nur denselben Misserfolg zu melden wie Petra und sie selbst. Aber ob sie tatsächlich ebenfalls drei Stunden lang zwischen den Fahrgeschäften, Bierständen und Essensangeboten unterwegs gewesen waren, konnte sie nicht beurteilen. Begegnet war man sich jedenfalls kein einziges Mal. Ein Zeichen dafür, dass Angersbach und Scherer nicht über das Gelände flaniert waren, sondern sich stattdessen an einen stillen Ort zurückgezogen hatten, um … Ja, was? Sie konnte sich nicht vorstellen, dass sich die beiden hinter dem Toilettenhäuschen vergnügt hatten oder an irgendeinem anderen ähnlich ungeeigneten Ort. Vor allem wollte sie es nicht. Doch was wusste sie schon?

Das Büro der Staatsanwältin war klein, aber gemütlich. Möbel aus rötlichem Holz, Kirsche wahrscheinlich, dazu eine Sitzgruppe mit grünem Plüsch. Die Regale quollen über vor Akten, auch auf dem Schreibtisch türmte sich ein Stapel.

»Mögen Sie einen Kaffee?« Johanna Freier hielt den Telefonhörer schon in der Hand. Sabine und Ralph signalisierten, dass sie gerne einen hätten. Die Staatsanwältin bat ihre Sekretärin – oder wer auch immer am anderen Ende war – das Gewünschte zu bringen, dazu ein paar Kekse und ein wenig Wasser und Saft. Dann lud sie die Kommissare ein, sich zu setzen. Sabine staunte, dass das alles für die Staatsanwältin ganz selbstverständlich zu sein schien. Immerhin war Sonntag. Aber der staatsanwaltschaftliche Notdienst schien Johanna Freier nichts auszumachen. Im Gegenteil wirkte sie, als hätte sie Vergnügen daran.

»Sie benötigen einen Durchsuchungsbeschluss gegen die Eventagentur Fuller & Lohmann, richtig?«

»Ja. Und dazu eine Genehmigung zur Einsichtnahme in die Telefonverbindungen der beiden Teilhaber.«

»Was haben Sie gegen die Agentur in der Hand?«

Kaufmann zählte die Verdachtsmomente auf. Das gefälschte TÜV-Gutachten, die falsche Bescheinigung des Bauamts, die Verbindung zu Eckard Roth, Lothar Trautwein und Heinz Peschke, dem Betreiber der Hydra.

»Wir haben bei Roth eine große Menge Bargeld gefunden«, berichtete sie. »Insgesamt knapp sechzigtausend Euro. Außerdem haben wir mittlerweile die Auswertung seiner Telefonkontakte vorliegen. Er hat in den letzten Tagen mehrfach mit der Agentur telefoniert, auch am Abend vor seinem Tod.«

»Hm. Das ist nicht gerade viel«, bemängelte die Staatsanwältin. »Sie stützen sich im Wesentlichen auf Vermutungen, richtig? Die Telefonate könnten auch dienstlich gewesen sein, immerhin hatte Roth als Sicherheitsbeauftragter der Frankfurter Polizei direkt mit der Organisation des Marktes zu tun, nicht wahr? Und dass das Geld aus einer Bestechung stammt, ist auch nur eine Hypothese. Beweise, dass Fuller & Lohmann in irgendeiner Weise beteiligt sind, haben Sie nicht?«

»Wir hatten noch keine Einsicht in die Geschäftskonten«, erwiderte Angersbach barsch. »Aber es liegt doch auf der Hand, dass in der Agentur etwas faul ist. Das zeigt allein der Umstand, dass sich Fuller der Befragung durch uns entzogen hat.«

»Ich dachte, Sie vermuten, dass er der Mörder von Eckard Roth ist? Und dass das Motiv in der gemeinsamen DDR-Vergangenheit der beiden liegt?«

»Das ist richtig«, bestätigte Sabine.

Die Staatsanwältin wiegte nachdenklich den Kopf. »Das ist aus meiner Sicht eine hinreichende Erklärung für Fullers Flucht.«

Ralph rutschte auf seinem Sessel nach vorn. »Wollen Sie uns nicht helfen?«

Sabine warf ihm einen warnenden Blick zu. Es war ihrem Anliegen sicher nicht förderlich, wenn er die Staatsanwältin verstimmte. Doch Johanna Freier nahm ihm den schroffen Ton nicht krumm.

»Ich muss unser Vorgehen vor Gericht plausibel begründen können. Sonst fliegt uns der ganze Fall um die Ohren. Unsere Argumentation muss wasserdicht sein.« Sie lächelte Ralph an. »Haben Sie da irgendetwas für mich? Ein Sahnehäubchen, das ich dem Untersuchungsrichter vorsetzen kann, damit er dem Durchsuchungsbeschluss zustimmt?«

Angersbach knetete seine Unterlippe. Sabine dachte nach.

»Heinz Peschke hat ausgesagt, dass ihm ein Mann, den er nicht sehen konnte, das gefälschte TÜV-Gutachten angeboten hat. Er meinte, die Stimme sei ihm bekannt vorgekommen, aber er konnte sie nicht zuordnen.«

Johanna Freier blinzelte ihr zu. »Das ist doch was. Sie haben ihn also so verstanden, dass er glaubte, es könne eine Person gewesen sein, die mit der Organisation des Vilbeler Marktes zu tun hatte?«

Das war nicht ganz die Wahrheit, aber es war auch nicht allzu weit davon entfernt.

»So könnte man es vielleicht sagen«, erwiderte sie vorsichtig.

»Wunderbar.« Johanna Freier stand auf. »Dann gebe ich das so an den Untersuchungsrichter weiter.«

Es klopfte an der Tür, und ein junger Mann im dunklen Anzug mit Krawatte und streng zurückgekämmten Haaren trat ein. Er balancierte ein Tablett mit Tassen, Gläsern und einer Kaffeekanne, einer Schale mit Keksen und etlichen kleinen Flaschen. Mit vorsichtigen Schritten kam er näher und setzte es mit einem Seufzer der Erleichterung auf dem Tisch ab.

»Das ist Tobias, unser Rechtsreferendar«, stellte Freier ihn vor und blinzelte. »Er hat einen tollen Abschluss hingelegt, aber das Kellnern muss er noch üben.«

»Ich wusste nicht, dass das Teil der erwarteten Qualifikation ist«, gab der junge Mann trocken zurück. »Das stand nicht in der Stellenausschreibung.«

Johanna Freier lachte. Sie verteilte die Tassen auf dem Tisch und schenkte Kaffee ein. Dann wandte sie sich mit hochgezogenen Augenbrauen an den Rechtsreferendar. »Milch und Zucker?«

»Ach, Mist.« Der junge Mann schnitt eine Grimasse. »Das habe ich vergessen.«

»Kein Problem. Wir trinken den Kaffee schwarz«, sagte Sabine schnell, und Angersbach bestätigte das.

»Na dann. Glück gehabt.« Johanna Freier lud den Rechtsreferendar ein, sich dazuzusetzen, und schilderte ihm in knappen Worten den Fall. Sabine war beeindruckt, wie klar und präzise sie die Dinge auf den Punkt brachte.

»Ist das nicht ein bisschen dünn?«, fragte Tobias, als sie fertig war. Angersbach verdrehte die Augen zur Decke. Sabine seufzte. Sie waren doch schon fast so weit gewesen, dass Johanna Freier den Antrag beim Untersuchungsrichter stellte. Würde sie es sich jetzt wieder anders überlegen?

Tobias legte die Stirn in Falten und rieb sich das Kinn. »Fuller & Lohmann«, murmelte er. »Da war doch was.« Er kniff die Augen zusammen und grübelte. Dann schnippte er mit den Fingern. »Jetzt weiß ich es wieder. Eine Anzeige vor drei Jahren. Ein Konkurrent, den die Agentur bei der Vergabe eines Open-Air-Konzerts ausgestochen hat, beschuldigte Fuller & Lohmann des unlauteren Wettbewerbs. Das Verfahren wurde eingestellt, weil es keine Beweise gab.« Er grinste verlegen. »Ich studiere gerade die alten Fälle, um mir einen Überblick zu verschaffen.«

»Tobias hat ein phänomenales Gedächtnis. Er wird später mindestens Oberstaatsanwalt werden, vielleicht sogar Richter«, sagte Johanna Freier. »Es sei denn, er entscheidet sich für die Gegenseite und macht lieber das große Geld als Wirtschaftsanwalt.«

»Nie im Leben«, verkündete Tobias empört.

Die Staatsanwältin lachte leise. »Ich weiß doch.« Sie wandte sich wieder an Kaufmann und Angersbach. »Wir necken uns gerne ein bisschen gegenseitig. Ich hoffe, das irritiert Sie nicht allzu sehr.«

»Nein.« Sabine schaute zu Ralph hinüber. »Wir tun das auch.«

»Gut.« Johanna Freier nahm einen Notizblock von ihrem Schreibtisch und schrieb etwas darauf. »Ich denke, in der Summe reicht das. Die Anzeige von damals und die Vermutung des Betreibers der Hydra, dass es sich bei dem Anstifter des Betrugs um jemanden aus der Agentur gehandelt hat. Fahren Sie ruhig schon ins Präsidium und stellen ein Team zusammen, das die Durchsuchung der Geschäftsräume von Fuller & Lohmann vornimmt. Der Beschluss dürfte eine reine Formsache sein.«

Kaufmann und Angersbach tranken ihren Kaffee aus und erhoben sich.

»Danke«, sagte Sabine und schüttelte Johanna Freier die Hand. »Und Ihnen natürlich auch.« Sie lächelte dem Referendar zu. Der wehrte ab.

Die Staatsanwältin drohte ihm mit dem Zeigefinger. »Nur nicht so bescheiden. Sonst verliere ich am Ende noch meine Wette mit dem Oberstaatsanwalt, was Ihre berufliche Karriere anbelangt, Tobias.«

Kaufmann verließ das Büro mit einem Lächeln auf den Lippen. Es war wirklich schön zu sehen, wie die beiden miteinander umgingen. Dann marschierte Angersbach mit großen Schritten an ihr vorbei, und sie seufzte leise. Schade, dass es bei ihnen beiden nicht halb so entspannt war.

Zwei Stunden später war es so weit. Sie rückten mit vier Bussen an, zwei Dutzend Bereitschaftspolizisten, zwei Kollegen von der Wirtschaftskriminalität des Frankfurter Präsidiums und Sabine und Ralph, bewaffnet mit den gewünschten Dokumenten, die ihnen der Richter umstandslos ausgestellt hatte. Sie klingelten und standen gleich darauf vor Johannes Lohmann, der dem Tross mit schreckgeweiteten Augen entgegensah.

»Was … äh …?«

Weiter kam er nicht. Angersbach hielt ihm das Blatt unter die Nase, auf das der Untersuchungsrichter seine schwungvolle Unterschrift gesetzt hatte.

»Wir haben einen Durchsuchungsbeschluss für Ihre Geschäftsräume. Ab sofort dürfen Sie nichts mehr verändern oder an sich nehmen. Wenn Sie wollen, können Sie dabei sein, aber Sie dürfen die Kollegen nicht an ihrer Arbeit hindern.« Er winkte den Polizisten, die sich an Lohmann vorbeidrängten und auf die Räume verteilten. Der versuchte immer noch, seine Fassung zurückzugewinnen.

»Aber … was suchen Sie denn?«

»Das wissen Sie doch. Wir gehen davon aus, dass Sie, Ihr Kompagnon Fuller oder Sie beide zusammen an den betrügerischen Vorgängen beteiligt waren, die zu der Beinahkatastrophe mit der Hydra geführt haben.«

Er sah, dass ihm Sabine einen verwunderten Blick zuwarf. Sie hatte wohl nicht erwartet, dass er den amtlichen Jargon so mühelos beherrschte. Normalerweise redete er, wie ihm der Schnabel gewachsen war. Aber er konnte auch anders. Hier ging es nicht um Kleinkriminelle, sondern um Geschäfte, die in die Nähe Organisierter Kriminalität rückten. Davon abgesehen wollte er ihr zeigen, dass er nicht der Trampel war, für den sie ihn offenbar immer noch hielt.

Johannes Lohmann hielt sich am Türrahmen fest, als hätte er Sorge, dass seine Beine ihn nicht länger tragen würden.

»Wenn sich das herumspricht, sind wir ruiniert«, murmelte er.

»Das hätten Sie sich vorher überlegen müssen«, konterte Ralph mitleidslos.

Lohmanns Kopf ruckte nach oben, sein Gesicht nahm einen fast trotzigen Ausdruck an. »Ich habe doch nicht …«, fauchte er, brach aber mitten im Satz ab und presste die Lippen zusammen. »Ich will unseren Anwalt anrufen«, presste er hervor.

»Selbstverständlich.« Angersbach machte eine einladende Geste. Kaufmann trat näher an Lohmann heran. Anscheinend hatte sie seinem kurzen Ausbruch etwas anderes entnommen als die reine Sachinformation.

»Wenn Sie etwas zu sagen haben, sprechen Sie mit uns«, empfahl sie ihm sanft. »Sie sehen ja, wir stellen hier alles auf den Kopf. Wir sichten Ihre Unterlagen, checken Ihre Telefonverbindungen und prüfen sämtliche Kontobewegungen. Früher oder später finden wir die Wahrheit heraus. Sie könnten die Sache abkürzen. Ein Geständnis macht sich immer gut vor Gericht, wenn es um mildernde Umstände geht.«

Lohmann legte den Kopf in den Nacken und fuhr sich über die kurzen, dunkelblonden Haare.

»Verdammt. Ich will doch Markus nicht hinhängen.« Er schnitt eine Grimasse. »Wahrscheinlich denken Sie sowieso, dass ich bloß alles auf ihn abwälzen will, jetzt, wo er verschwunden ist.«

»Sagen Sie uns einfach, was Sie wissen. Wir werden schon die richtigen Schlüsse ziehen.«

Johannes Lohmann rang noch einen kurzen Moment mit sich. Dann knickte er ein. »Also gut. Sie haben recht. Markus hat da ein paar krumme Dinger gedreht. Zusammen mit Lothar Trautwein, der ehrenamtlich beim Stadtmarketing arbeitet, und Eckard Roth. Er denkt, ich hätte keine Ahnung, aber ich habe ein paar Telefongespräche mitbekommen.« Er gestikulierte in Richtung der Büroräume. »Wir haben so eine Anlage, bei der man nur den Hörer abheben muss, um mitzuhören.«

»Warum haben Sie nichts unternommen?«

Lohmann hob die Arme und ließ sie wieder fallen. »Wir konnten das Geld gut gebrauchen. In letzter Zeit war die Auftragslage nicht so gut. Markus hat sicher einen Teil in die eigene Tasche gesteckt, aber er hat auch die Löcher unseres Geschäftskontos gestopft.«

»Also haben Sie billigend in Kauf genommen, dass er mit unsauberen Mitteln arbeitet?«

Johannes Lohmann blinzelte, Ralph sah, dass seine Augen feucht waren. Er würde doch nicht in Tränen ausbrechen? Angersbach hatte wenig für flennende Männer übrig, und für Selbstmitleid noch weniger. Aber Lohmann riss sich zusammen.

»Was genau haben Sie mitbekommen?«, fragte Sabine Kaufmann.

»Nicht viel.« Lohmann dachte nach. »Ich weiß nur, dass Geld geflossen ist. Von irgendwelchen Schaustellern an Markus, und von ihm zu Roth und Trautwein. Ein Teil davon ist auch verwendet worden, um falsche Gutachten zu produzieren, aber wer das übernommen hat … Keine Ahnung.«

»Namen haben Sie keine? Von den Betreibern der Fahrgeschäfte, die gezahlt haben?«

»Nein. Wie gesagt. Ich habe nur bruchstückhaft Telefonate mitbekommen. Der Name Peschke ist einmal gefallen, aber sonst …«

»Und wie war das vor drei Jahren mit dem Konkurrenten, den Sie bei der Vergabe ausgestochen haben?«, fragte Angersbach.

Lohmann machte ein überraschtes Gesicht.

»Nein.« Seine Augen weiteten sich. »Das heißt …« Er schluckte. »Ich habe damals angenommen, die Vorwürfe wären aus der Luft gegriffen. Aber womöglich hat Markus schon da …« Wieder führte er den Satz nicht zu Ende. Auch wenn er gewusst hatte, was sein Partner trieb, schockierte ihn wohl das Ausmaß des Betrugs.

»Nehmen Sie mich jetzt fest?«, fragte er rau.

»Nein. Sie werden sich vor Gericht verantworten müssen, aber bis dahin sind Sie ein freier Mann«, erwiderte Sabine.

»Das heißt, ich kann gehen?« Lohmann schaute auf seine Armbanduhr.

»Wohin wollen Sie denn?«

»Wir haben hier heute und morgen noch größere Musikveranstaltungen, da wäre ich gern vor Ort.«

Ralph zückte sein zerfleddertes Notizheft. »Wo finden wir Sie, falls wir noch Fragen haben?«

»Auf dem Platz, auf dem die meisten Schausteller ihre Zelte aufgeschlagen haben. Ich habe mein Wohnmobil dort stehen.« Er diktierte Ralph das Kennzeichen. »Sie können es nicht verfehlen. An der Seite steht der Name unserer Agentur. Fuller & Lohmann.« Sein Gesicht nahm einen schmerzlichen Ausdruck an. »Damit ist es jetzt wohl vorbei.«

Angersbachs Mitleid hielt sich in Grenzen. Auch wenn er ihn nicht für den Hauptverantwortlichen hielt: Diese Suppe hatte sich Lohmann selbst eingebrockt.

Der Eventmanager nickte ihnen matt zum Abschied zu und schlich sich davon. Ralph und Sabine gesellten sich zu den Kollegen, die den gesamten Schriftverkehr der Agentur in Kisten verstauten, Computer und Speichermedien einpackten und die Daten der Telefonanlage auslasen. Die beiden Beamten von der Wirtschaftskriminalität machten einen zufriedenen Eindruck.

»Das ist ein dicker Fisch, den ihr da an Land gezogen habt«, bemerkte der eine von ihnen und grinste.

Sabine Kaufmann nickte.

»Damit wäre der Fall klar, oder?«, sagte sie zu Ralph. »Markus Fuller hat Heinz Peschke den Vorschlag gemacht, ihm gefälschte Gutachten für die Hydra zu beschaffen. Dafür hat er sich gut bezahlen lassen. Einen Teil des Geldes hat er an Trautwein und Eckard Roth weitergegeben, damit Peschke seine Lizenz für den Jahrmarkt bekommt und bei der routinemäßigen Sicherheitsüberprüfung nicht auffliegt. Aber dann ist der Unfall mit der Gondel passiert. Wir haben angefangen zu ermitteln. Fuller muss klar gewesen sein, dass wir über Roth auf ihn stoßen. Also hat er ihn vorsorglich zum Schweigen gebracht, und als wir dann trotzdem bei ihm aufgekreuzt sind, ist er in Panik verfallen und abgehauen.«

Angersbach rieb sich das Kinn. »Und die alte DDR-Geschichte? Wie passt die dazu? Eckard Roth war doch derjenige, der Fuller und seinen Vater bei der Stasi angeschwärzt hat, wenn es stimmt, was Schulte uns erzählt hat. Er war schuld, dass Fullers Vater im Gefängnis gestorben ist. Und ausgerechnet gemeinsam mit diesem Mann soll er schmutzige Geschäfte gemacht haben?«

Sabine dachte darüber nach. »Vielleicht hat er ihn nicht erkannt«, schlug sie vor.

»Aber Schulte hat doch gesagt …«, setzte Ralph zu einer Erwiderung an, hielt dann aber inne. Nein, Schulte hatte nichts davon gesagt, dass Roth den Eventmanager wiedererkannt hatte oder Fuller den Sicherheitsbeauftragten. Er hatte nur gesagt, dass er selbst Markus Fuller wiedererkannt hatte.

»Das heißt, es ging überhaupt nicht um Rache?«

»Wer weiß?« Kaufmann hob die Schultern. »Vielleicht hat Fuller ihn auch irgendwann erkannt, wenn er sich mehrfach mit Roth getroffen hat, um seine schmutzigen Geschäfte einzufädeln. Dann hätte er mit dem Mord zwei Fliegen mit einer Klappe geschlagen. Den Mitwisser zum Schweigen gebracht und den Verräter bestraft.«

Ralph ließ sich die Argumentation durch den Kopf gehen. So bekam die Sache Hand und Fuß.

»Also müssen wir nur noch warten, bis uns Fuller ins Netz geht«, schloss er. Irgendwann würde die landesweite Fahndung schon Erfolg haben.

Sein Magen knurrte, sie hatten am Morgen nur ein paar Scheiben Toastbrot hinuntergeschlungen, und mittlerweile war es fast Mittag. Sie könnten irgendwo gepflegt essen gehen und bei dem schönen Wetter vielleicht draußen auf der Terrasse sitzen. Aber nach den letzten Tagen wusste er nicht so recht, wie er mit Sabine umgehen sollte. Sie schien es ihm auch übel zu nehmen, dass er am Abend zuvor mit Cordula Scherer ein Duo gebildet hatte. Dabei war zwischen ihnen überhaupt nichts gelaufen, im Gegenteil. Er hatte Cordula klargemacht, dass sich das, was zwischen ihnen passiert war, nicht wiederholen würde. Danach war sie nur noch schweigend neben ihm hermarschiert und hatte ihm ab und an mit verkniffenen Lippen böse Blicke zugeworfen.

Gut, er hätte vielleicht nicht von einem Ausrutscher sprechen sollen. Das war nicht gerade gentlemanlike. Aber es war schlicht und einfach die Wahrheit.

»Was machen wir jetzt, nachdem der Fall geklärt ist?«, versuchte er sich an einem leichten Tonfall. »Sollen wir essen gehen?«

Sabine schüttelte den Kopf. Ralph schluckte. Trotz allem, was gewesen war, hatte er nicht damit gerechnet, eine so klare Abfuhr zu kassieren.

Seine Kollegin schaute ihn nicht einmal an, sondern blickte durch ihn hindurch. Erst mit einiger Verzögerung begriff er, dass sie sich auf etwas konzentrierte, das vor ihrem geistigen Auge ablief. Schließlich fokussierte sich ihr Blick wieder.

»Meinst du, Fuller war derjenige, der den Drohbrief geschrieben, den Stein durch das Fenster der Polizeistation geworfen und dein Auto beschmiert hat?«

Ralph biss sich auf die Lippen. Angesichts der sich überschlagenden Ereignisse hatte er den ursprünglichen Auslöser für ihre Ermittlungen glatt vergessen. Dabei erinnerte ihn doch das Schmähgraffito an seinem Lada beständig daran. Er dachte darüber nach. Würde jemand, der im Verborgenen seine Fäden zog, Urkunden fälschte und Schmiergelder verteilte, etwas tun, mit dem er die Aufmerksamkeit der Polizei auf sich zog? Natürlich könnte es ein Ablenkungsmanöver gewesen sein. Nebelkerzen, die Fuller geworfen hatte, um Verwirrung zu stiften und Kräfte zu binden, die bei der Aufklärung der Korruptionsgeschichte fehlen würden. Doch ebenso gut könnte es jemand anderes gewesen sein. Lothar Trautwein, der ebenfalls Anlass hatte, die Ermittlungen zu behindern? Oder doch die Familie Metzger mit ihrer Wut auf Mirco Weitzel und Levin Queckbörner, die sie für den Verlust des Auges des Metzger-Juniors verantwortlich machten?

»Du hast recht«, sagte er. »Wir müssen weiterermitteln.«

Wieder knurrte sein Magen, diesmal laut.

»Ja.« Sabine lächelte. »Aber zuerst tun wir etwas gegen deinen Hunger.«

Nach kurzer Überlegung hatten sie sich für die Terrasse des *Café Mondnacht* in Bad Vilbels Neuer Mitte entschieden. Dort war es ruhiger als in der Frankfurter Innenstadt, und man hatte einen hübschen Blick auf die Nidda, die hier vom Kanal wieder zum Flüsschen mutierte und friedlich in Richtung Frankfurt plätscherte. Das Café war Teil der gläsernen Mediathek, die sich ähnlich dem Ponte Vecchio in Florenz über den Fluss wölbte. Das Bibliotheksgebäude war von den Erbauern auf eine Brücke gesetzt worden, mitsamt einem Café und einer weitläufigen Terrasse, die als Fußweg über die Nidda diente – ein wenig mittelalterliches italienisches Flair in der Wetterau.

Ralph und Sabine hatten einen Tisch an der Balustrade der Caféterrasse ergattert und ein ausgezeichnetes spätes Frühstück genossen. Satt und zufrieden liefen sie anschließend zu Fuß zum Markt. Dabei kamen sie an dem Platz vorbei, auf dem die Schausteller ihre Campingwagen und Wohnmobile abgestellt hatten. Kaufmann ließ den Blick neugierig über die Fahrzeuge schweifen und entdeckte einen Camper, an dessen Seite der Schriftzug »Fuller & Lohmann« prangte. Im selben Moment, in dem sie hinübersah, öffnete sich die Tür, und ein Mann trat heraus.

Sabine musste zweimal hinsehen, ehe sie erkannte, dass es sich um Johannes Lohmann handelte. Zwar trug er auch jetzt Jeans, T-Shirt und Turnschuhe, doch dieses Mal war es keine Markenkleidung, sondern Massenware. Die Hose war außerdem schmutzig und hatte Risse, die ganz offensichtlich nicht schon bei der Produktion hineingeschnitten worden waren. Auch das T-Shirt wirkte schmuddelig. Auf dem Kopf hatte er eine speckige rote Kappe.

Was mochte das für eine Veranstaltung sein, die ein solches Outfit erforderte? Irgendeine Rockband, bei der zerschlissene Kleidung zum guten Ton gehörte? Als Eventmanager musste man wohl flexibel sein und sich seiner Klientel anpassen.

Für eine Sekunde schob sich ein Bild vor ihr geistiges Auge, das sie irritierte. Hatte sie diesen Mann nicht vor zwei Tagen am Kettenkarussell beim Chip-Einsammeln gesehen? Aber warum sollte Lohmann das tun? Wahrscheinlich täuschte sie sich, schließlich pflegten viele Mitfahrer im Schaustellergewerbe diesen abgerissenen Look. Oder, wenn er es doch gewesen war, war es vielleicht seine Strategie, die Beziehungen zu seiner Klientel zu vertiefen.

Im nächsten Augenblick vergaß sie ihre Überlegungen zu diesem Thema, denn Angersbach marschierte schnurstracks auf den Verkaufswagen von Metzgers Stracke zu. Sabine beeilte sich, ihm zu folgen. Sie wollte nicht, dass er wieder einmal übers Ziel hinausschoss. Bis auf Mutmaßungen hatten sie gegen Vater und Sohn Metzger nichts in der Hand.

Doch Ralph überraschte sie. Er grüßte die beiden Männer hinter der Theke freundlich, wählte mit Bedacht eine dicke Ahle Wurst aus und ließ sie sich einpacken.

»Für meinen Vater«, erklärte er, als Sabine die Stirn runzelte. »Ich dachte, wir besuchen ihn mal wieder.«

»Ja, gern.« Die Idee gefiel ihr; sie mochte Johann Gründler, der auf einem einsam gelegenen Hof im Vogelsberg lebte und auch im Alter noch sein Hippie-Image pflegte. Gründler war nicht weniger stur als sein Sohn. Darüber hinaus war er vor allem unkonventionell, und die Besuche bei ihm waren vergnüglich, weil er einen unerschöpflichen Fundus an Geschichten aus seiner Zeit in der Antiatomkraftbewegung und anderen Bürgerinitiativen zu bieten hatte.

Angersbach bezahlte die Wurst und verstaute sie in der geräumigen Tasche seiner Wetterjacke. Erst dann sagte er: »Ich nehme an, Sie erinnern sich an uns? Kaufmann und Angersbach von der Kriminalpolizei.«

»Sicher.« Die Mienen der beiden Metzgers blieben unbewegt.

»Wir hätten noch eine Frage. Wo waren Sie in der Nacht von Freitag auf Samstag?«

Die Augen von Metzger senior verengten sich. »Die Nacht, in der man diesen Polizisten ermordet hat? Meinen Sie, wir waren das?«

»Das hängt davon ab, ob Sie ein Alibi haben.«

»Wir waren in unserem Wohnwagen und haben geschlafen.«

»Kann das jemand bezeugen?«

»Mein Sohn kann bezeugen, dass ich dort war. Und ich kann bezeugen, dass er ebenfalls dort war.«

Kaufmann lachte unfroh in sich hinein. Ein Alibi, das zwei Tatverdächtige sich gegenseitig gaben, war nicht besonders viel wert.

»Was ist mit Ihrer Frau?«, bohrte Angersbach weiter. »Hat sie gemeinsam mit Ihnen im Wohnwagen geschlafen?«

»Nein.« Metzger senior verschränkte die massigen Arme vor der Brust.

Ralph wartete, doch mehr kam nicht.

»Weshalb nicht?«, fragte er. »Sie ist doch mit Ihnen hier auf dem Markt?«

»Ja. Aber sie schläft bei ihrer Mutter. Die wohnt in Karben. Ich nehme an, das kennen Sie?«

Angersbach nickte. In Okarben, einem Ortsteil von Karben, hatte er bis zum letzten Sommer ein Haus besessen, in dem er einige Jahre gemeinsam mit seiner Halbschwester Janine gelebt hatte. Jetzt war das Haus verkauft, und Ralph suchte nach seinem Traumhaus im Vogelsberg. Sabine nahm sich vor, ihn nach seinen Fortschritten zu fragen. Sie wusste, dass er sehr darunter gelitten hatte, als im letzten Sommer der Kauf des Hauses in Fuchsrod geplatzt war.

»Ist bequemer als in dem Wohnwagen«, setzte Metzger senior hinzu. »Der ist eigentlich zu eng für drei Erwachsene.«

Metzger junior, der bisher wortlos zugehört hatte, nickte. Kaufmann konnte sich vorstellen, dass es nicht leicht für den jungen Mann war, ständig auf so engem Raum mit seinen Eltern zu leben. Wahrscheinlich kam es deswegen gelegentlich zu Auseinandersetzungen. Eine Entschuldigung dafür, dass den beiden Männern gelegentlich die Sicherungen durchbrannten und der Junior sogar mit einer Eisenstange auf einen Polizeibeamten losging, war es allerdings nicht.

»Das ist leider nicht das, was wir als stichhaltiges Alibi bezeichnen«, bemerkte Angersbach.

Metzger senior stemmte seine Pranken auf die Verkaufstheke. »Und welchen Grund sollten wir gehabt haben, den Bullen umzubringen? Der war doch ein hohes Tier in Frankfurt, wie man so hört.«

Das entsprach nicht ganz den Tatsachen, doch in Metzgers Augen mochte es so aussehen.

»Er war der Sicherheitsbeauftragte für den Markt«, stellte Ralph richtig.

»Schön. Aber mit dem hatten wir keinen Ärger. Wenn wir jemandem eins auf die Rübe hätten geben wollen, dann den beiden jungen Schnöseln aus Bad Vilbel, die meinem Sohn das Auge ausgeschlagen haben und vor Gericht einfach so davongekommen sind.«

»In dem Fall wäre es gut, wenn Sie für den Freitag ein lückenloses Alibi hätten. Beide.«

Das war der Tag, an dem der Stein durch die Scheibe der Polizeistation geflogen war und jemand in leuchtendem Orange das Wort »Bullenschweine« auf Angersbachs Lada gesprüht hatte.

»Für den ganzen Tag? Warum denn das?«

Ralph erklärte es ihm.

»Jetzt werden Sie aber putzig«, stänkerte Metzger senior. »Das war der erste Markttag. Da war hier der Bär los. Wir hatten alle Hände voll damit zu tun, die ganzen Kunden zu bedienen. Unsere Stracke ist begehrt. Weil sie nämlich gut ist.« Er nickte, um seine Aussage zu unterstreichen. »Da haben wir weitaus Besseres zu tun, als uns alberne Streiche auszudenken.«

»Bis zum Polizeirevier ist es nicht weit«, gab Angersbach zu bedenken. »Können Sie – oder Ihre Frau – beschwören, dass sich keiner von Ihnen im Laufe des Tages aus dem Wagen entfernt hat?«

Metzger sah ihn an, als sei er nicht ganz dicht. »Natürlich war jeder von uns mal ein paar Minuten weg. Wir müssen schließlich auch gelegentlich was essen oder zur Toilette. Man kann sich ja schlecht ausschließlich von Wurst ernähren, oder?«

Also hatten die Metzgers auch für die Anschläge auf das Polizeirevier kein belastbares Alibi. Aber sie selbst hatten auf der anderen Seite nichts in der Hand, um ihnen nachzuweisen, dass sie etwas damit zu tun hatten.

»Danke.« Ralph wirkte unzufrieden, doch auch ihm war klar, dass sie im Augenblick schlechte Karten hatten. »Das war es fürs Erste.« Er wandte sich zu Sabine um und signalisierte ihr, dass er gehen wollte.

»Ich hoffe, Sie finden den Mörder und den Typen, der Ihren Wagen beschmiert hat«, rief Metzger ihnen nach. »Damit Sie uns endlich in Ruhe lassen.«

18

Die folgenden Tage zeichneten sich durch zähe Polizeiarbeit aus. Aufwendig, anstrengend und ohne jedes Flair von Aufregung und Abenteuer. Die Wirklichkeit sah eben ganz anders aus als die Darstellungen im Fernsehen.

Die Fahndung nach Markus Fuller blieb ergebnislos. Ralph und Sabine widmeten sich dem Aktenstudium und kauten sämtliche Unterlagen aus der Agentur Fuller & Lohmann durch. Von der Kriminaltechnik kamen immer neue Informationen, die Verbindungsnachweise von Markus Fuller und der Telefone in der Agentur, die Kontoaufstellungen einer Frankfurter Bank, die Auswertung der Spuren am Fundort von Eckard Roths Leiche. Auch die Kollegen von der Wirtschaftskriminalität schickten erste Ergebnisse, und von Petra Wielandt und Cordula Scherer traf das Protokoll der Befragung des Frankfurter Politikers Lothar Trautwein ein, die sie übernommen hatten.

Mit jedem Puzzlestück zeichnete sich ein klareres Bild ab: Zwischen Fuller, Trautwein und Roth war Geld geflossen. Markus Fuller hatte eine große Summe auf das Konto der Agentur eingezahlt und eine etwas kleinere auf sein Privatkonto, beides in bar. Vom Geschäftskonto waren anschließend Überweisungen an Trautwein und Roth erfolgt, bei Ersterem als Spende, bei Letzterem als Beraterhonorar deklariert. So hatte Fuller die Beträge, die er von Heinz Peschke und anderen, bisher nicht bekannten Schaustellern erhalten hatte, geschickt in sauberes Geld verwandelt. Insgesamt belief sich das Volumen des Betrugs auf mehrere Hunderttausend Euro, die sich im Verlauf der letzten Monate angesammelt hatten. Fuller, Trautwein und Roth hatten ordentlich abkassiert – und dafür den Tod von Marktbesuchern billigend in Kauf genommen.

Ralph Angersbach hätte kotzen können. Die Gier machte die Menschen zu Tieren.

Noch hatte es keine Festnahme gegeben; Lothar Trautwein ahnte womöglich nicht einmal, was ihm bevorstand, aber die Staatsanwältin Dr. Johanna Freier bereitete bereits akribisch die Anklagen gegen ihn und Fuller vor. Für Markus Fuller das kleinere seiner Probleme – wenn er den Fahndern ins Netz ging, musste er sich zunächst für den Mord an Eckard Roth verantworten.

Auch die Handydiebe hatten sie einzukreisen versucht. Der zuständige Staatsanwalt in Gießen hatte einer Durchsuchung der Behausungen aller Angestellten des Kettenkarussells zugestimmt, doch die Beamten hatten nichts gefunden. Sollten die Schausteller dennoch die Täter sein, waren sie zumindest vorsichtig genug, die Beute nicht in ihren Wohnwagen aufzubewahren.

Was ihnen bei alldem auch einen Tag vor dem Ende des Vilbeler Marktes noch fehlte, war ein Hinweis auf die Identität des Drohbriefschreibers.

War es Markus Fuller, der auf diese Weise von seinen korrupten Geschäftspraktiken hatte ablenken wollen? Oder waren es doch die Metzgers, die ihrer Wut auf die Vilbeler Polizei Luft gemacht hatten?

Solange diese Frage nicht geklärt war, konnten sie sich nicht entspannen.

Ralph nahm noch einmal die Kopie des Briefes in die Hand.

In diesem Jahr wird der Vilbeler Markt mit einem Feuerwerk der besonderen Art enden. Der Tod wird den krönenden

Abschluss bilden. Denkt daran: Ich habe euch im Visier. Eure Tage sind gezählt. Auf den Sünder wartet das Höllenfeuer. Macht euch bereit und sprecht euer letztes Gebet. Ihr entkommt mir nicht.

Er las auch die Nachricht, die um den Stein gewickelt worden war.

Noch acht Tage. Dann wartet euer Henker. Macht euch bereit für eure Fahrt zur Hölle.

Was würde morgen, an diesem achten Tag, geschehen? Würde es zusammen mit dem großen Abschlussfeuerwerk tatsächlich einen Anschlag geben? Oder war die ganze Drohgebärde nur heiße Luft?

Sie hatten mit Kriminaloberrat Horst Schulte darüber diskutiert, und er hatte zugestimmt, ein zusätzliches Polizeiaufgebot auf dem Gelände zu postieren. Für den Vorschlag, das Feuerwerk ausfallen zu lassen, waren weder Schulte noch die Organisatoren zu haben gewesen. Die Mehrzahl der Verantwortlichen war davon überzeugt, dass keine ernste Bedrohung bestand, sondern die Briefe mit der Korruptionsgeschichte in Zusammenhang standen. Man konnte nur hoffen, dass sie recht behielten. Und, wenn nicht, dass die Polizeipräsenz einen potenziellen Gewalttäter abschreckte.

So oder so – mehr, als sie getan hatten, konnten sie nicht tun.

Morgen Abend würden sie mehr wissen.

19

Der letzte Markttag

Der Bad Vilbeler Markt lockte ein letztes Mal Besucher an. Zum Abschluss gab es noch einige Attraktionen, und das Gelände war wieder einmal voller ausgelassener und gut gelaunter Menschen.

Petra Wielandt und Cordula Scherer ließen sich mittreiben und beobachteten die Marktbesucher, genauso wie sie es schon die gesamte vergangene Woche getan hatten. Sie wollten keine Gelegenheit ungenutzt lassen, die Handydiebe zu entdecken und zu überführen.

Innerlich hatte Petra die Hoffnung längst aufgegeben. Sie hatte auch keine Lust mehr. Ihre Füße taten weh. Obwohl sie bequemes Schuhwerk trug, hatte sie sich mehrere Blasen gelaufen. Cordula dagegen schien keine Probleme zu haben, obwohl sie in hochhackigen Pumps unterwegs war, in denen Petra keine halbe Stunde hätte gehen können.

Sie sehnte sich auch nach ein wenig Ruhe. Die laute Geräuschkulisse des Jahrmarktes – die dröhnenden Musikboxen, die Rufe der Anpreiser, die zahllosen Stimmen der Besucher und das Kindergeschrei – verursachte ihr Kopfschmerzen, und seit zwei Tagen hatte sie im linken Ohr ein Klingeln, das vorher nicht da gewesen war. Sie hoffte, dass es verschwinden würde, wenn sie ihre gewohnte Tätigkeit in der Polizeistation wieder aufnahmen, und sich nicht zu einem Tinnitus auswuchs.

Gedankenverloren schaute sie zu den Gondeln des Riesenrads, die sich hoch oben in der Luft drehten, als Cordula hart nach ihrem Arm griff. Sie blieb stehen und folgte dem Blick der Kollegin.

Vor einem Weinstand drückte sich ein Mann in abgerissenen Jeans und schmuddeligem T-Shirt herum. Seine Hand bewegte sich beiläufig zur Jackentasche eines Kunden, der vor ihm in der Schlange stand. Er zog etwas daraus hervor und ließ es blitzschnell in seiner Hosentasche verschwinden. Dann löste er sich aus der Schlange, als dauere ihm das Anstehen zu lange.

Wielandt und Scherer folgten ihm über das Marktgelände. Er ging in Richtung Kettenkarussell, bog dort aber nicht ab, sondern lief weiter zu den Besucherparkplätzen. Dort strebte er auf einen himmelblauen Renault Kangoo zu. Der Wagen hatte ein Jenaer Kennzeichen, war relativ neu und sauber. Zu dem ungepflegten Mann schien er nicht recht zu passen.

Doch der zog einen Schlüssel aus der Tasche und betätigte ihn. Die Blinklichter des Wagens leuchteten auf. Der Mann sah sich kurz um und öffnete die Kofferraumklappe.

Wielandt und Scherer traten rechts und links neben ihn und zückten ihre Dienstausweise.

»Polizei. Dürften wir bitte einen Blick in Ihren Wagen werfen?«

Der Mann wirbelte herum. Seine dunklen Augen huschten zwischen ihnen hin und her. »Das dürfen Sie nicht.«

»Wir dürfen, wenn wir den begründeten Verdacht haben, dass eine Straftat vorliegt«, sagte Cordula Scherer.

Der Mann schubste sie weg. Scherer taumelte ein paar Schritte rückwärts und stürzte. Der Verdächtige wollte loslaufen, doch Petra war bereits hinter ihm. Mit zwei schnellen Tritten in die Kniekehlen brachte sie ihn zu Fall. Sie griff ihm in den Nacken und drückte ihn zu Boden. Energisch drehte sie ihm die Arme auf den Rücken und legte ihm Handschellen an. Dann half sie ihm wieder auf die Beine.

Cordula hatte sich mittlerweile aufgerappelt. Sie spähte in den Kofferraum, in dem ein großer Pappkarton stand. Petra zog den Festgenommenen mit sich und sah zu, wie ihre Kollegin den Karton öffnete. Darin lagen Smartphones, zwei oder drei Dutzend, vielleicht mehr.

»Das sind meine«, sagte der Mann und versuchte, sich aus Petras Griff zu befreien.

Cordula hob verächtlich die Mundwinkel. »Sie telefonieren wohl viel? Darf ich mal Ihren Ausweis sehen?«

Sie zog die Brieftasche aus seiner Hosentasche und nahm die Plastikkarte heraus.

»Martins, Ringo«, las sie vor. »Gemeldet in Jena.«

»Also ist das Ihr Wagen?«, erkundigte sich Petra Wielandt.

»Nein. Den Schlüssel hat mir ein Typ gegeben, den ich gestern Abend in der Kneipe getroffen habe. Ich sollte etwas für ihn hineinlegen. Heute Abend soll ich ihm den Schlüssel zurückgeben.«

Wielandt und Scherer tauschten einen schnellen Blick. Das war eine höchst hanebüchene Geschichte.

»Name?«

»Ringo Martins. Haben Sie doch gerade vorgelesen.«

Scherer schnaubte. »Der Name des Mannes, der Ihnen den Wagenschlüssel gegeben hat.«

»Weiß ich nicht.«

»Er hat sich Ihnen nicht vorgestellt, aber überlässt Ihnen die Schlüssel für sein Auto?«

Martins grinste. »Gibt halt komische Leute.«

Scherer konnte darüber nicht lachen. Sie nahm ihr Smartphone aus der Tasche, tippte auf eine Nummer und hielt sich das Gerät ans Ohr.

»Arbeiten Sie hier auf dem Markt?«, fragte Wielandt.

»Ja.«

»Wo?«

»Kettenkarussell.«

Petra runzelte die Stirn. Sie hatten doch die Fahrzeuge der Schausteller durchsucht. Wieso waren sie nicht auf diesen Wagen gestoßen?

Scherer hatte jemanden erreicht. »Wir haben eine Halterabfrage«, sagte sie und gab das Kennzeichen durch. Eine halbe Minute später bedankte sie sich und drückte die Verbindung weg.

»Das Auto ist auf eine Jacqueline Dengler in Jena zugelassen.« Sie wandte sich an den Festgenommenen. »Wer ist das?«

Martins grinste wieder. »Wahrscheinlich die Tussi von dem Typen, der mir den Schlüssel gegeben hat.«

Scherer tippte erneut auf ihrem Handy. Sie ging ein paar Schritte beiseite und hielt das Gerät ans Ohr. Petra hörte sie nur undeutlich murmeln. Als sie das Gespräch beendet hatte, drehte sie sich mit einem triumphierenden Lächeln um.

»Tja, Herr Martins. Das Einwohnermeldeamt konnte mir weiterhelfen. Jacqueline Dengler ist Ihre verheiratete Schwester.«

Der Blick des Schaustellers flackerte kurz. Dann setzte er seine gleichgültige Miene wieder auf. »Ja. Toll. Und was haben Sie jetzt davon? Meine Schwester hat mir den Wagen geliehen.«

»Sie wollen aber nicht behaupten, dass ihr der Karton mit den Telefonen gehört?« Scherer funkelte den Mann an.

Der spitzte die Lippen. »Wem denn sonst?«

Wielandt tastete ihn ab und zog ein Smartphone aus seiner hinteren rechten Hosentasche. »Und das hier?«

»Das ist meins.«

Petra aktivierte das Display. Das Gerät forderte eine Eingabe.

»Ihre PIN?«

Martins' Kiefer mahlten. »Die sag ich Ihnen nicht.«

Wielandt griff erneut zu und befördert ein weiteres Handy hervor, diesmal aus der linken Hosentasche. »Und dieses?«

»Ist auch meins.«

Scherer hatte genug. Sie schlug die Kofferraumklappe zu, hob den Schlüssel auf, den Martins bei seiner Verhaftung hatte fallen lassen, und verriegelte den Wagen.

»Sie kommen jetzt mit auf die Polizeistation. Und dann klären wir die Angelegenheit in aller Ruhe. Die Handys gehen an die Kriminaltechnik. Die werden die PINs schon knacken.«

Über Martins' Gesicht fiel ein Schatten. Auf einmal sah er gar nicht mehr so abgeklärt aus. »Hören Sie. Ich kann Ihnen das alles erklären.«

Scherers Augen blitzten.

»Da sind wir aber gespannt.«

Dr. Klaus Wohlert zog dem Patienten die Blutdruckmanschette über den Arm und pumpte sie auf. Den Kopf des Stethoskops presste er auf die Ader. Langsam ließ er die Luft aus der Manschette ab und horchte. Der Blutdruck war perfekt, hundertvierundzwanzig zu sechsundachtzig, der Puls ruhig und gleichmäßig, achtundsechzig Schläge in der Minute. Wohlert legte das Messgerät beiseite und löste vorsichtig den Verband von der linken Schulter.

Die Schusswunde verheilte gut. Nichts hatte sich entzündet, die Haut war frisch und rosig. Der Arzt erneuerte den Verband und drehte den Regler am Tropf, der neben der Behandlungsliege stand.

Der Fremde lag immer noch im künstlichen Koma. Ohne die Medikamente, die Wohlert ihm verabreichte, wäre er längst aufgewacht, doch was hätte er dem Mann sagen sollen? Auf keinen Fall durfte er ihn auch nur zu Gesicht bekommen. Ein Mediziner, der einen Verletzten mehr als eine Woche in seiner Privatpraxis behandelte und festhielt, war mit Sicherheit die längste Zeit Arzt gewesen.

Ihm blieb nur, das zu tun, was Albert Fölsing verlangt hatte: den Mann aufzupäppeln und dann, wenn er wieder bei Kräften war, irgendwo im Wald auszusetzen, wo er den Weg fortsetzen konnte, der durch den Schuss aus Fölsings Flinte so rabiat unterbrochen worden war. Vermutlich würde er das in den nächsten ein, zwei Tagen tun können.

Er hatte eine Magensonde gelegt, über die der Patient mit Nährstoffen und Flüssigkeit versorgt wurde. Zusätzlich bekam er Schmerzmittel und ein Antibiotikum. Trotzdem bereitete es Wohlert Bauchschmerzen, ihn ohne medizinische Nachbetreuung in die Wildnis entlassen zu müssen. Was, wenn der Mann doch zu schwach war, wenn er stürzte und sich etwas brach oder einfach zusammenklappte? Fölsing musste auf jeden Fall in der Nähe bleiben und sicherstellen, dass dem Mann die sichere Heimkehr gelang. Andernfalls würde er das Spiel nicht länger mitmachen, auch wenn es ihn Kopf und Kragen und natürlich seine Approbation kosten würde.

Wohlert versicherte sich noch einmal, dass alles in Ordnung war, und ging in seine Wohnung. Er setzte sich vor den Fernseher und wog die Fernbedienung unschlüssig in der Hand. Wenn er Urlaub hatte, pflegte er sämtliche Nachrichtensendungen zu meiden. In seinem Beruf hatte er tagtäglich mit Not und Leid zu tun. Um sich zu erholen, musste er all das für eine Weile ausblenden. Doch heute hatte er das Bedürfnis, einen Kontakt zur Welt herzustellen, nachdem er sich während der letzten Woche komplett isoliert hatte. Zufällige Begegnungen gab es nicht, sein Haus lag einsam am Waldrand, die nächsten Nachbarn waren weit entfernt. Sie wussten, dass er seine Ruhe schätzte, und drängten sich nicht auf. Nur seine Patienten kamen den schlecht gepflasterten Weg hierher, und das auch nur, wenn sie einen Termin hatten.

Klaus Wohlert ließ den Daumen kurz über dem Knopf der Fernbedienung schweben. Dann schaltete er den Fernseher ein.

Den Beginn der Nachrichten hatte er verpasst, doch die Katastrophen, die man in der verbleibenden Zeit zu bieten hatte, reichten ihm schon, um seine Entscheidung für die Sendung zu bereuen. Er wollte das Gerät gerade wieder ausschalten, als ein Fahndungsaufruf der Polizei eingeblendet wurde.

Wohlert stockte das Blut in den Adern. Der Mann, der dort auf dem Bildschirm zu sehen war, war ohne jeden Zweifel derselbe, der in seinem Behandlungszimmer lag. Sein Name war Markus Fuller. Gesucht wurde er wegen Mordverdachts.

Klaus Wohlert starrte wie paralysiert auf den Monitor, noch lange nachdem das Foto längst ausgeblendet worden war. Die Fußballergebnisse zogen an ihm vorbei, die Wettervorhersage und der Beginn des *Tatorts.* Erst als ein Schuss ertönte, der die Figur im Film jäh aus dem Leben beförderte, erwachte er aus seiner Starre.

Was sollte er tun? Der Mann nebenan in seiner Praxis war ein mutmaßlicher Mörder.

Er musste ihn so schnell wie möglich loswerden.

Ein lauter Knall zerriss die Stille. Eine glühende Feuerkugel schoss in den dunklen Himmel, zerplatzte und teilte sich in Hunderte rot, blau und grün leuchtender Sterne. Zwei, drei, vier weitere Feuerbälle folgten und gossen Fontänen aus buntem Licht über das Festgelände. Die Menschen unten auf dem Platz raunten, aus zahllosen Kehlen waren Ahs und Ohs zu hören.

Es war brechend voll. Die Zuschauer standen dicht gedrängt, zum Feuerwerk gab es immer ein Besucherhoch. Dazu kamen die Polizeikräfte, die einen Ring um den gesamten Markt gebildet hatten. Schulte hatte sich selbst übertroffen und mehrere Hundertschaften aus ganz Hessen hierherbeordert. Weitere uniformierte Polizisten behielten die Fahrgeschäfte im Auge, und ein paar Dutzend Zivilbeamte bewegten sich zwischen den Besuchern umher. Wenn irgendjemand plante, diesen traditionellen Höhepunkt des Festes für eine Straftat zu nutzen, würde er nicht ungesehen davonkommen.

Auch die Polizeistation Bad Vilbel stand an diesem Abend unter besonderer Bewachung. Zusätzlich zu den dort tätigen Kollegen war ein Spezialeinsatzkommando vor Ort, das im Falle eines Anschlags schnell und kompromisslos agieren würde.

Sie waren so gut aufgestellt, wie es überhaupt nur möglich war. Jetzt konnten sie nur noch warten.

Fast eine halbe Stunde lang flogen die Raketen in den Himmel und malten immer neue impressionistische Gemälde aus bunten Lichtblitzen. Dahinter bildete sich eine dunkle Rauchwolke, die schwerfällig in Richtung Osten zog. Die Luft war erfüllt vom Geruch nach Schwarzpulver. Die zahllosen Explosionen verschmolzen zu einer Sinfonie aus Trommelschlägen, die etwas Hypnotisches an sich hatte. Es war derart beeindruckend, dass Sabine für einen Moment vergaß, weshalb sie hier waren. Eine innere Ruhe erfüllte sie angesichts der beeindruckenden Schönheit, und wie von selbst neigte sich ihr Kopf zur Seite und lehnte sich an Ralphs Schulter.

Sie merkte, wie sich Angersbach versteifte.

»Entschuldige.« Hastig streckte sie sich wieder. Er hatte ja recht, jetzt war nicht der richtige Augenblick für Romantik. Im Grunde sollte sie sich nicht einmal das Feuerwerk ansehen, sondern die Besucher beobachten. Doch das Farbenspiel war einfach zu schön. Sie konnte sich nicht entziehen.

Das Finale bestand aus Silberfontänen und Goldregen, der sich als Kuppel über den Markt wölbte. Wie in Zeitlupe fielen die goldenen Lichtfäden der Erde entgegen, während von oben immer neue nachkamen.

Dann explodierte mit einem besonders lauten Knall die letzte Rakete. Eine Goldfontäne, größer und schöner noch als die vorhergehenden, regnete auf die Fahrgeschäfte hinab und tauchte alles in einen unwirklichen Schimmer. Das Bild des Riesenrads vor dem goldenen Himmel haftete noch auf Sabines Netzhaut, als das Licht schon verflogen und der Knall verhallt war.

Mit einem leisen Seufzen schaute sie zu Ralph. »Gott, war das schön.«

»Was?«

Die andächtige Stille war unmittelbar nach dem letzten Leuchtkörper zerrissen, die Besucher tauschten sich mit erhobenen Stimmen über das Schauspiel aus, riefen versprengte Mitglieder ihrer Herde zusammen und drängelten, weil nun alle möglichst schnell zu den Parkplätzen und nach Hause wollten.

»Es war schön«, brüllte Sabine gegen den Lärm an.

»Ja«, gab Ralph in gleicher Lautstärke zurück, während er seinen Blick wachsam über das Gelände wandern ließ. »Hübsch.«

Kaufmann seufzte. Aber was hatte sie auch erwartet? Angersbach war eben doch ein grober Klotz, wenn ihn nicht einmal diese bunte Lichterpracht rühren konnte. Oder war er einfach nur professionell, während sie sich von ihren Gefühlen leiten ließ?

Kriminaloberrat Horst Schulte kam durch den Besucherstrom auf sie zu. »Irgendwelche Vorkommnisse?«

»Bis jetzt nicht«, teilte Angersbach mit.

»Gut. Bei den anderen Einheiten ist auch alles ruhig.« Schulte hielt das Funkgerät hoch, mit dem er in ständigem Kontakt mit der Polizeistation und den Bereitschaftspolizisten auf dem Marktgelände stand.

Sabines Handy vibrierte. Am anderen Ende war Petra Wielandt.

»Wie ist die Lage bei euch?«

»Bisher alles ruhig.«

»Hier auch. Kein Attentäter. Dafür haben wir das Diebesnest ausgehoben. Ringo Martins und zwei seiner Kollegen vom Kettenkarussell. Alle drei beteuern, dass ihr Chef, Erich Stankowitz, nichts mit der Sache zu tun hat. Das klingt so weit glaubhaft, trotzdem muss es irgendwo einen Mann im Hintergrund geben. Die drei machen nicht den Eindruck, als verfügten sie über genügend Organisationstalent, die gestohlenen Handys zu vertreiben. Martins ist offenbar technisch versiert, er knackt die PINs und macht irgendwas mit den Geräten, damit sie SIM-Lock-frei sind. Aber er ist mit Sicherheit nicht das Verkaufsgenie.«

»Kocht sie noch ein bisschen weich«, riet Sabine. »Irgendwann werden sie schon singen. Morgen früh wird abgebaut, und die Schausteller ziehen weiter. Das werden sie nicht verpassen wollen. Sonst sind sie ihren Job los.«

»Wir legen eine Nachtschicht ein, wenn es sein muss«, versprach Wielandt und verabschiedete sich. Kaufmann steckte das Telefon zurück in die Tasche.

»Irgendetwas Neues?«, erkundigte sich Schulte.

»Die Kolleginnen Wielandt und Scherer sind dabei, die Ermittlungen in Sachen Handydiebstahl wasserdicht zu machen. Ansonsten ist alles wie immer.«

»Gut.«

Sie blieben am Rand des Marktes stehen und sahen zu, wie er sich leerte. Die Schausteller verriegelten ihre Fahrgeschäfte und Stände und tingelten zu ihren Wohnwagen. Die letzten Besucher erreichten die Parkplätze. Schließlich waren nur noch die Einsatzkräfte der Polizei vor Ort.

Schulte setzte sich noch einmal mit der Polizeistation in Verbindung, doch auch dort hatte sich nichts ereignet.

»Das war's dann wohl«, sagte er und gab den Einheiten den Befehl, abzurücken. »Alles nur ein Mummenschanz. Oder ein Dummejungenstreich. Viel Lärm um nichts.«

»Sieht ganz danach aus«, grummelte Angersbach. »Und dafür die ganze Arbeit.«

Sabine nickte, verspürte aber einen nagenden Zweifel im Hinterkopf. »Vielleicht war die Drohung ernst gemeint, aber der Briefschreiber hatte keine Gelegenheit, sie in die Tat umzusetzen.«

Ralph verstand sie sofort. »Weil es Fuller war, der jetzt untergetaucht ist.«

Kriminaloberrat Schulte zuckte mit den Schultern. »Der Effekt ist derselbe, oder nicht? Es ist nichts passiert. Nur darauf kommt es an.«

»Trotzdem wäre mir wohler, wenn wir Fuller endlich festnehmen könnten und ein Geständnis hätten«, beharrte Kaufmann.

»Das wird schon.« Schulte klopfte ihr ein wenig unbeholfen auf den Arm. »Er wird in ganz Deutschland gesucht. Irgendwann muss er aus dem Rattenloch hervorkriechen, in dem er sich versteckt. Und dann kriegen wir ihn.«

Gemeinsam gingen sie über den Markt zur Straße. Eine Karawane von Polizeibussen rollte vorbei. Sie sahen ihnen nach, bis die letzten roten Rücklichter in der Finsternis verschwunden waren. Alle Geräusche waren verstummt, nun war es unwirklich still in Bad Vilbel. Zwölf Tage war dies das Zentrum des größten hessischen Volksfestes gewesen. Jetzt war es wieder eine friedliche Kleinstadt, in der sich Fuchs und Hase Gute Nacht sagten.

»Mein Wagen steht auf dem Parkplatz dahinten«, verkündete Schulte und deutete nach Norden.

»Wir haben auf der anderen Seite geparkt.« Angersbach wies in die entgegengesetzte Richtung.

»Dann trennen sich unsere Wege hier.« Schulte reichte erst Sabine, dann Ralph die Hand. »Ich danke Ihnen für Ihren Einsatz. Es war mir eine Freude, wieder einmal mit Ihnen zusammenzuarbeiten.«

Der Kriminaloberrat tauchte in der Dunkelheit unter. Ralph und Sabine gingen zu Ralphs Lada. Er hielt ihr einladend die Tür auf. »Kommst du noch mit zu mir?«

»Nein.« Sabine hatte schon am Morgen ihre Sachen gepackt und im Kofferraum verstaut. »Setz mich bitte an der Polizeistation ab. Ich will heute Nacht mal wieder im eigenen Bett schlafen.«

»Meinst du, der Zoe hat noch genug Saft?«

»Ich fahre ihn direkt an die Ladestation. Die ist gleich bei mir um die Ecke. Den Rest kann ich laufen.«

»Okay.« Angersbach steuerte den Wagen schweigend durch die menschenleeren Straßen. Auch in der Polizeistation war alles dunkel. Die Kollegen waren wohl inzwischen auch gegangen, das Spezialeinsatzkommando abgerückt.

Ralph stoppte neben Sabines Zoe. Sie wollte die Tür öffnen, doch er hielt sie auf.

»Wir müssten ja schon mal irgendwann über den Kuss reden.«

Sabine hob die Augenbrauen. »Übers Küssen redet man nicht. Man tut es.«

Damit drückte sie die Klinke hinunter und sprang aus dem Wagen, ehe er etwas erwidern oder womöglich Taten folgen lassen konnte. Sie schnappte sich ihre Tasche aus dem Kofferraum, entriegelte den Zoe und setzte sich hinters Steuer.

Zum Glück sprang er an. Sie lenkte ihn eilig vom Parkplatz. Im Rückspiegel sah sie, dass Ralph ihr immer noch konsterniert hinterherblickte.

Die Fahrt nach Gießen hatte er wie in Trance zurückgelegt. Sein gesamter Körper fühlte sich irgendwie taub an. Er hatte das Autoradio laut aufgedreht, damit er nicht nachdenken musste. Dafür kam ihm die Stille im Treppenhaus jetzt umso erdrückender vor. Angersbach betrat die Wohnung und ging ins Wohnzimmer.

Das Sofa war ausgeklappt, die Decke und das Kissen, auf dem Sabine die letzten Nächte geschlafen hatte, lagen noch dort. Ralph nahm sie an sich, trug sie ins Schlafzimmer und verstaute sie im Bettkasten. Anschließend klappte er das Sofa wieder zusammen, öffnete eine Flasche Rotwein und setzte sich in den Sessel.

Er wollte gerade zur Fernbedienung greifen, um den Fernseher einzuschalten, als sein Handy vibrierte. Sein neues Smartphone, das er zwangsweise hatte anschaffen müssen, nachdem man ihm das alte im Markttreiben gestohlen hatte. Zu seiner Überraschung hatte sich die Technik rasant weiterentwickelt; das Wischen auf dem Display, das er immer gehasst hatte, ging mit diesem Gerät so leicht, dass es ihm regelrecht Spaß machte. Rasch nahm er das Telefon aus der Tasche. Vielleicht war es Sabine, die dem schroffen Abschied noch etwas hinzufügen wollte? Wer sonst sollte ihn mitten in der Nacht anrufen?

Doch das Foto auf dem Display zeigte ein anderes Gesicht.

»Janine.« Angersbach nahm das Gespräch an wie einen Rettungsanker. Zum Glück hatte er die neue Handynummer sofort nach der Anschaffung des Geräts an alle Kontakte verschickt, die er in seinem handgeschriebenen Telefonbuch gefunden hatte. »Wie schön, dass du anrufst.«

»Hallo, Ralph.« Seine Halbschwester klang gut gelaunt und ein wenig verwundert. »Hast du mich vermisst?«

Ralph wollte es nicht vermasseln. Wenn er zu sehr klammerte oder gar väterlich wurde, würde Janine sich rasch wieder zurückziehen.

»Ich habe in den letzten Tagen ein paarmal an dich gedacht«, entgegnete er. »Wir ermitteln gerade in Bad Vilbel. Das erinnert mich an unsere Zeit in Okarben.«

»Du meinst, Sabine und du?«

»Ja.«

»Läuft da endlich was zwischen euch?«

Angersbach schluckte. Hatte Janine etwas gemerkt? Sie war doch schon seit Jahren weg, lebte in Berlin in ihrer WG mit ihrem Morten.

Und mit dem sie nach Australien auswandern will, schoss es Ralph schmerzlich durch den Kopf.

»Was bringt dich denn auf die Idee?«

»Ach, komm schon. Ihr habt euch doch schon damals so gezofft. So wie man es tut, wenn man nicht will, dass der andere merkt, dass man eigentlich etwas ganz anderes empfindet.«

»Aha?«

»Nun sag schon. Habt ihr es endlich kapiert?«

»Na ja.« Ralph wusste nicht so recht, was er sagen sollte. »Wir hatten einen netten Abend zusammen auf der Terrasse des Golfhotels. Und später, als wir bei mir waren, haben wir uns geküsst. Aber das war ein Versehen.«

»Ja, klar.« Janine lachte. »Ihr seid ja schlimmer als meine Jungs im Jugendknast. Die tun auch immer so, als wären sie zu cool, um irgendwas zu fühlen.«

Janine hatte dort ihr Soziales Jahr abgeleistet und arbeitete im Jugendgefängnis noch ehrenamtlich, während sie ihr Abitur nachholte.

»Du musst ihr zeigen, dass du sie willst«, erklärte seine Halbschwester. »Frauen erwarten so etwas.«

»Das ist ein bisschen schwierig. Ich bin da in etwas hineingeschlittert. Mit einer anderen Kollegin aus Bad Vilbel.«

»Ein One-Night-Stand?« Janine klang ungläubig. Das hatte sie ihm wohl nicht zugetraut. Es passte ja auch gar nicht zu ihm.

»Weiß Sabine davon?«

»Nein. Oder … vielleicht.«

»Was denn nun?«

»Es war in dem Hotel, in dem wir beide übernachtet haben. Kann sein, dass sie Cordula am nächsten Morgen gesehen hat.«

Janine stöhnte. »Na bravo.«

Ralph knirschte mit den Zähnen. Aber was sollte er sagen? Es war tatsächlich keine Meisterleistung gewesen. »Jedenfalls habe ich Cordula erklärt, dass es ein Ausrutscher war. Aber es spielt auch keine Rolle. Sabine ist ohnehin nicht interessiert. Sie hat selbst einen Verehrer.«

»Ach so? Wen denn?«

»Mirco Weitzel.«

Janine lachte herzlich. »Das glaubst du doch nicht wirklich?«

»Warum nicht?«

»Mirco ist überhaupt nicht ihr Typ. Und er will auch nichts von ihr. Er hat doch seit Jahren eine andere.«

Davon war Angersbach nichts bekannt. Er war immer davon ausgegangen, dass Weitzel Single war – und außerdem der Typ, der durch die Clubs zog und Frauen aufriss. Haben konnte er sie sicherlich alle, er war smart, sah gut aus und konnte flirten.

»Die Tochter eines Gutsbesitzers aus der Gegend, für den ein Polizist als Schwiegersohn nicht infrage kommt. Sie treffen sich heimlich.«

»Woher weißt du das?«

»Das hat er mir damals verraten, als ihr mich aus dieser Drogensache rausgeholt habt.«

Angersbach erinnerte sich nur ungern daran. Janine wäre beinahe den Kollegen von der Drogenfahndung bei einer Razzia in die Finger geraten, wenn Sabine und er nicht eingegriffen hätten. Weitzel hatte einen guten Draht zu Janine gehabt und ihr geholfen, wieder festen Boden unter die Füße zu bekommen.

»Da bist du dir sicher?«

»Ja. Das ist die ganz große Liebe. Sie wollten es längst offiziell machen, haben aber irgendwie immer den richtigen Zeitpunkt verpasst.« Janine seufzte schwer, während Ralphs Herz heftig zu klopfen begann. »Na ja«, fuhr sie fort, »und jetzt ist ihr Vater schwer krank und hat nicht mehr lange zu leben. Deshalb wollen sie ihm die Enttäuschung wohl ersparen und einfach … abwarten. Schlimm, oder?«

Überhaupt nicht schlimm, hätte Ralph beinahe gedacht. Natürlich war es heftig, dass in modernen Zeiten wie diesen zwei Liebende auf Romeo und Julia machen mussten. Doch etwas anderes war viel wichtiger: Wenn das alles so war, mit Mirco Weitzels großer Liebe … dann war Sabine frei, und er musste nicht gegen ihn antreten. Aber wahrscheinlich hatte er seine Chance verspielt, als er sich auf Cordula Scherer eingelassen hatte.

»Interessant. Und wie geht es dir?«

Janine schnaubte leise. Sie hatte gemerkt, dass er ihr auswich, aber sie hatte offensichtlich auch etwas, das ihr unter den Nägeln brannte. Sonst hätte sie wohl kaum mitten in der Nacht bei ihm angeklingelt. Ein Blick auf die Uhr verriet ihm, dass es bereits nach zwei war, eine selbst für Janine ungewöhnliche Zeit für einen Anruf. Aber eine Katastrophe hatte sich offensichtlich nicht ereignet, so entspannt und beschwingt, wie sie klang. So als hätte sie schon ein paar Gläser intus und sich keine Gedanken über die unpassende Uhrzeit gemacht, fiel ihm jetzt auf.

»Deswegen rufe ich an«, erklärte sie aufgekratzt. »Morten hat mir einen Ring geschenkt.«

»Aha?« Ralph fand das keine so bemerkenswerte Neuigkeit, dass es einen Anruf zu nachtschlafender Zeit rechtfertigte. »Wertvoll?«

»O ja. Sehr.« Sie kicherte. »Einen Verlobungsring.«

Angersbach musste schlucken. Seine Kehle war plötzlich ganz eng.

»So?« Etwas Blöderes hätte er nicht antworten können, dachte er, aber irgendwie fehlten ihm die Worte. Umso redseliger zeigte sich Janine.

»Er hat mir einen Heiratsantrag gemacht«, verkündete sie mit einer Leichtigkeit, die so gar nicht zu dem Deathmetal hörenden Teenager passte, der sie einmal gewesen war. »Ganz romantisch. Er hat ein Boot gemietet und ist mit mir auf den Wannsee rausgerudert. Und dann hat er sich vor mich hingekniet und mich gefragt, ob ich seine Frau werden will.« Sie machte eine kleine dramatische Pause. »Na ja. Und ich habe natürlich Ja gesagt.«

»Glückwunsch«, presste Ralph hervor.

»Wir heiraten in Australien«, sprudelte seine Halbschwester weiter. »Mortens ganze Familie wird dabei sein. Du kommst doch auch?«

»Nach Australien?«

»Ja, klar. Ich erwarte von dir, dass du dabei bist.« Sie hüstelte. »Wenn du willst, kannst du Sabine mitbringen.«

Das ging ihm nun alles viel zu schnell.

»Schauen wir mal. Es wird ja nicht schon nächsten Monat sein?«

»Nein. Nächstes Jahr. Aber ich dachte, ich warne dich rechtzeitig vor. Ich weiß ja, wie viel Zeit du immer brauchst, bis du dich auf Veränderungen eingestellt hast.«

Das Gespräch wurde Ralph zunehmend unangenehm. »Bis dahin kann ja noch einiges passieren«, blieb er vage.

»Das hoffe ich doch«, sagte sie verschwörerisch. Im Hintergrund war ein Klappern zu hören, dann das Geräusch einer Tür, die geöffnet wurde. »Oh, ich muss Schluss machen. Morten kommt zurück. Er war schnell beim Kiosk, um neuen Sekt zu holen. Wir wollen noch weiterfeiern.«

»Viel Spaß«, sagte Ralph steif.

»Den werden wir haben. Also, bis bald.« Es knackte, dann war die Verbindung getrennt. Angersbach starrte auf das Telefon in seiner Hand. Einen Moment leuchtete noch Janines Foto. Dann wurde das Display schwarz.

Ralph warf das Handy aufs Sofa und schenkte sich Rotwein ein. Das erste Glas trank er in einem Zug leer. Gegen den Gedanken, der sich schmerzlich in seinem Kopf nach vorn drängte, half es nicht.

Warum mussten alle Frauen, die ihm etwas bedeuteten, weglaufen?

20

Tag 1 nach dem Bad Vilbeler Markt

Sie erwachte von einem lauten Klingeln. Es dauerte ein paar Sekunden, ehe sie sich orientiert hatte und begriff, dass sie in ihrem eigenen Bett lag. Das Klingeln kam von ihrem Handy, das auf dem Nachttisch lag. Die Leuchtziffern des Radioweckers zeigten an, dass es sechs Uhr zweiundzwanzig war.

Sabine griff nach dem Smartphone. Der Anruf kam von Ralph Angersbach. Alarmiert nahm sie das Gespräch an.

»Ralph?«

»Sabine.« Angersbachs Stimme klang dumpf. Hatte ihn ihr Abgang gestern Abend so verstört, dass er nicht darüber hinwegkam und Redebedarf hatte? In dem Fall hätte er gerne warten dürfen, bis sie wach war.

»Was ist los?«, fragte sie und bemühte sich, den Ärger aus ihrer Stimme herauszuhalten.

Angersbach räusperte sich. »Schlechte Nachrichten. Wir haben einen Toten. Direkt am Festplatzgelände bei Radio FFH. Die Leute vom Riesenrad haben ihn heute Morgen in einer der Gondeln entdeckt, als sie abbauen wollten. Man hat ihm die Kehle durchgeschnitten.«

Genau wie Eckard Roth, schoss es Sabine durch den Kopf.

Ralph räusperte sich erneut. »Es ist Schulte.«

»Bitte?«

»Der Tote. Es ist Kriminaloberrat Schulte.«

»Nein.« Sabine versagte die Stimme. Sie hatten doch den gestrigen Abend zusammen verbracht und sich verabschiedet, als niemand mehr auf dem Festgelände gewesen war. Schulte hatte nur die paar Meter zu seinem Wagen gehen müssen. Sein Mörder musste ihm dort aufgelauert haben.

»Hat er … Ist seine Zunge noch da?«

»Ja.« Angersbach schnaufte. »Dafür fehlt etwas anderes.« Er sprach nicht weiter.

Kaufmann schossen eine Reihe unwillkommener Bilder durch den Kopf.

»Was, Ralph? Was fehlt?«

»Die Augen.«

Sabine versuchte sich zu erinnern, was ihnen Schulte über die missglückte Flucht von Markus Fuller und seinem Vater erzählt hatte. Die Frau, die Eckard Roths Kollegen geliebt hatte und mit ihm in den Westen getürmt war und Mann und Sohn zurückgelassen hatte. Schulte hatte davon gewusst – und weggesehen. Hatte Fuller ihm deshalb die Augen ausgestochen, nachdem er sich an Schulte gerächt hatte?

Sie warf die Bettdecke beiseite und schlüpfte in ihre Pantoffeln. Mit dem Telefon am Ohr ging sie ins Bad und putzte sich die Zähne.

»Wo bist du jetzt?«, nuschelte sie an der Bürste vorbei.

»Zu Hause. Ich mache mich gleich auf den Weg.«

»Ich komme.«

Sie drückte das Gespräch weg und vervollständigte ihre Morgentoilette. Anschließend kleidete sie sich an. Schwarze Hose, graue Bluse, schwarzer Blazer. Das war wohl das Mindeste, was sie ihrem ehemaligen Vorgesetzten an Ehre erweisen konnte.

Kurz überlegte sie, noch einen Kaffee zu trinken, um wach zu werden, ließ es dann aber sein. Ihr Magen war ohnehin schon in Aufruhr.

Rasch suchte sie ihre Sachen zusammen und lief hinunter auf die Straße. Bis zur Ladestation waren es nur ein paar Minuten. Sie koppelte den Zoe ab und setzte sich ans Steuer. Dann machte sie sich auf den Weg nach Bad Vilbel.

Ralph Angersbach, Professor Wilhelm Hack von der Rechtsmedizin und die Kollegen von der Spurensicherung waren schon vor Ort, als sie auf dem Festgelände eintraf, ebenso die Kollegen der Polizeistation Bad Vilbel. Sie hatten den Bereich um das Riesenrad herum weiträumig abgesperrt.

Schaulustige gab es so früh am Morgen noch nicht, nur ein paar Männer in abgewetzten Jeans und T-Shirts standen in der Nähe und schauten zum Fahrgeschäft hinüber, der Betreiber und seine Mitfahrer wahrscheinlich.

Sabine begrüßte die Kollegen und ging zu der Gondel, in der sich Hack über ein Bündel Mensch beugte. Als er sie bemerkte, schaute er auf.

»Kein schöner Anblick«, bemerkte er. »Nicht einmal mit einem Auge. Aber eins ist immerhin noch mehr als das, was dem Kollegen Schulte geblieben ist.«

Kaufmann kannte Hacks schrägen Humor, und es war bewundernswert, dass er über sein eigenes Glasauge Späße machte. Doch im Angesicht des Mordes an einem Mann, den sie gut gekannt hatte, fand sie seine Bemerkung nicht witzig. Aber so war er eben. Nicht umsonst hatten ihm die Kollegen den Spitznamen Hackebeil verpasst.

Sie schluckte, als sie an ihm vorbei auf das Opfer blickte. Die leeren Augenhöhlen unter den buschigen Brauen entstellten Schultes Gesicht. Er war nicht länger der wachsame Habicht. Jetzt erinnerte er eher an eine zerfledderte Maus.

Sabine wandte sich ab, ehe sich weitere despektierliche Assoziationen aufdrängen konnten.

»So empfindlich heute Morgen?«, hörte sie Hacks Stimme hinter sich. »Ich dachte, das sei dem Kollegen Angersbach vorbehalten.«

Kaufmann zwang sich, sich wieder dem Rechtsmediziner zuzuwenden.

»Haben Sie schon einen ersten Befund?«

Hack deutete auf den Toten. »Todeszeitpunkt vor sechs bis acht Stunden. Das heißt letzte Nacht zwischen elf und eins. Der Fundort ist nicht der Tatort. Zu wenig Blut in der Gondel. Man hat ihm irgendwo anders die Kehle durchtrennt. Großes, sehr scharfes Messer, soweit ich das erkennen kann. Für die Augen hat der Täter aber etwas anderes verwendet. Ich würde auf einen Schraubenzieher tippen.«

Sabine musste unwillkürlich an die Familie Metzger denken. An das verlorene Auge des Juniors und die großen Messer, mit denen sie ihre Würste zerteilten. Aber weshalb hätten sich die Metzgers an Horst Schulte rächen sollen? Mit dem Einsatz wegen häuslicher Gewalt und dem Prozess, den die Metzgers verloren hatten, hatte er nichts zu tun gehabt.

Nein, es musste um diese alte DDR-Geschichte gehen. Und das bedeutete, dass nur Markus Fuller der Täter sein konnte. Er musste sich in der Nähe verborgen gehalten und abgewartet haben, bis der Bad Vilbeler Markt vorbei war. Und dann hatte er zugeschlagen, so wie er es die ganze Zeit geplant und in seinen Drohbriefen angekündigt hatte.

Sie legte Ralph, der dazugetreten war, ihre Überlegungen dar, und Angersbach nickte. Zu demselben Schluss war er auch gekommen.

»Das ist eine verdammt Scheiße«, sagte er. »Das einzig Gute daran ist, dass Fuller noch in der Nähe sein muss. Wir haben alles abgeriegelt, sämtliche Zufahrtsstraßen und die Bahnhöfe in der Umgebung. Am Flughafen wird gründlich kontrolliert, und wir haben einen Hubschrauber im Einsatz.«

Alles zu spät für Horst Schulte, aber zumindest würden sie seinen Mörder fassen und vor Gericht bringen.

Ein Kollege von der Spurensicherung trat zu ihnen. »Wir haben vermutlich den Tatort gefunden«, berichtete er. »Es ist der Wagen vom Kollegen Schulte. Auf dem Polster des Fahrersitzes ist jede Menge Blut. Das Türschloss ist beschädigt. Wahrscheinlich hat der Täter das Auto gewaltsam geöffnet und sich auf dem Rücksitz versteckt. Als Schulte eingestiegen ist, hat er sich aufgerichtet und ihm von hinten das Messer über die Kehle gezogen. Der Kollege hatte keine Chance.« Er hob die Arme und ließ sie wieder fallen. »Das Einzige, was vielleicht ein Trost ist: Es muss sehr schnell gegangen sein. Kann nur ein paar Sekunden gedauert haben, bis er bewusstlos war, und ein paar Minuten, ehe er verblutet ist.«

Sabine drehte es den Magen um, aber sie drängte die Übelkeit zurück. Sie mussten jetzt professionell handeln, wenn sie Schultes Mörder fassen wollten.

»Er hat ihn also im Wagen angegriffen und getötet«, spann sie das Szenario weiter. »Dann hat er ihn zum Riesenrad geschleppt und in die Gondel gesetzt. Und dort hat er ihm die Augen ausgestochen.«

»Richtig«, erklang Hacks sonore Stimme neben ihr. »Die Augen wurden post mortem entfernt. Davon hat er nichts mehr gemerkt.«

»Warum hat der Täter ihn nicht im Auto zurückgelassen? Weshalb macht er sich die Mühe, ihn zum Riesenrad zu transportieren?«

Hack hob die Hände. »Fragen zu den Lebenden kann ich nicht beantworten. Das müssen Sie schon übernehmen.« Und dann setzte er, gänzlich untypisch für ihn, empathisch hinzu:

»Ich hoffe, Sie finden das Schwein.« Er verabschiedete sich mit einer knappen Geste und ging zurück zu seinem Wagen. Kaufmann sah ihm hinterher. Er wirkte gebeugt, und sein Gang hatte etwas Schleppendes. Zum ersten Mal, seit sie ihn kannte, kam ihr in den Sinn, dass er schon alt war. Vermutlich stand seine Pensionierung unmittelbar bevor. Es wäre ein herber Verlust, wenn er nicht mehr da wäre. Sein einäugiger, messerscharfer Blick würde fehlen. Und was täte Hack ohne seine Leichen? Gab es überhaupt irgendetwas anderes in seinem Leben, das ihm wichtig war? Sie nahm sich vor, Ralph bei Gelegenheit danach zu fragen. Er kannte den Professor besser als sie. Vielleicht wusste er, womit Hack seinen Lebensabend zu verbringen gedachte.

Angersbach deutete auf die Container, die am Rand des Marktes aufgestellt waren. »Wahrscheinlich hat er sich einen Hund ausgeliehen.«

Sabine blinzelte. »Bitte?«

»Der Täter. Die bewahren dort in den Containern doch ihr Werkzeug auf. Da sind sicherlich auch ein paar Hunde dabei. Du weißt schon, diese flachen Rollwagen, wie sie auch Möbelpacker benutzen. Gibt es in jedem Baumarkt.«

Kaufmann wusste, was er meinte. Sie hatte nur keine Ahnung gehabt, dass man die Transporthilfen als Hunde bezeichnete.

»Kollege?« Sie hielt einen der Kriminaltechniker auf, der gerade an ihnen vorbeiging. »Schaut ihr euch da drüben in den Containern um? Ob ihr irgendwas findet, das der Täter benutzt haben könnte, um Schulte vom Parkplatz hierherzubefördern?«

»Klar.« Der Mann legte kurz zwei Finger an die Stirn, ehe er weiterlief.

Sabine wandte sich wieder an Ralph. »Warum war es ihm wichtig, dass Schulte in der Gondel gefunden wird?«

»Vielleicht ist er noch nicht fertig. Es gibt noch andere, an denen er sich rächen will. Und das hier ist eine Botschaft, so wie die Drohbriefe. Oder er wollte den Verdacht auf die Schausteller lenken.«

Kaufmann nickte und sah sich ratlos um. Wo sollten sie ansetzen? Der plausibelste Verdächtige war auf der Flucht. Aber was, wenn er es entgegen aller Wahrscheinlichkeit nicht gewesen war? In dem Fall hätten sie kostbare Zeit bei der Suche nach dem wahren Täter verloren.

Wer kam dafür infrage? Jemand, bei dem es nicht um die alte DDR-Geschichte ging, sondern um den aktuellen Korruptionsskandal? Das mochte für den Mord an Roth zutreffen, aber was war mit Horst Schulte? Sie konnte sich beim besten Willen nicht vorstellen, dass ihr ehemaliger Vorgesetzter die Hand aufgehalten hatte.

Ehe sie sich mit Angersbach darüber austauschen konnte, klingelte ihr Mobiltelefon. Mirco Weitzel.

»Sabine? Möbs lässt ausrichten, dass ihr sofort herkommen sollt.«

Kaufmann runzelte die Stirn. »Seit wann hat er darüber zu bestimmen?«

»Seit gerade eben.« Weitzel seufzte. »Der hessische Polizeipräsident hat ihn aus dem Ruhestand zurückgeholt und kommissarisch für KOR Schulte eingesetzt, bis die Stelle neu besetzt ist. Er leitet ab sofort die Ermittlungen in den Mordfällen Schulte und Roth.«

»Ach Gott.« Sabine fühlte sich so benommen, als hätte ihr jemand einen Knüppel auf den Kopf geschlagen. »Sag ihm, wir kommen.« Sie beendete die Verbindung und steckte das Telefon weg.

»Was ist los?« Angersbach runzelte die Stirn. »Du siehst aus, als hätte dir jemand einen Eimer kaltes Wasser ins Gesicht geschüttet.«

»Genauso fühle ich mich auch.« Sie erklärte ihm die neue Lage.

»Na, herzlichen Glückwunsch«, sagte Ralph und stopfte die Fäuste in die Taschen seiner Wetterjacke. »Das kann ja heiter werden.«

Die Besatzung der Polizeistation Bad Vilbel war bereits vollständig versammelt, als Kaufmann und Angersbach den Besprechungsraum betraten: Weitzel und Queckbörner und die anderen uniformierten Beamten, Wielandt und Scherer und zwei weitere Kollegen der Dezentralen Ermittlungsgruppe. Sie alle wirkten erschüttert. Der Einzige, der einen anderen Ausdruck zur Schau stellte, war Konrad Möbs. Er stand vor der großen Weißwandtafel, das Gesicht krebsrot, die Hände wütend in die Seiten gestemmt.

»Da sind Sie ja endlich«, polterte er. »Verraten Sie uns doch bitte, wie so etwas passieren kann. Seit zwei Wochen ermitteln Sie. Die Bedrohungslage war bekannt. Und trotzdem musste Horst sterben. Weil Sie den Täter haben entkommen lassen.«

Angersbach kämpfte gegen sein eigenes schlechtes Gewissen. »Es gibt einen begründeten Verdacht gegen Markus Fuller, aber leider keine Beweise. Nichts, was einen Haftrichter dazu bewegen könnte …«

»Ach so? Und wo sind dann die anderen Verdächtigen? Haben Sie irgendjemanden einbestellt und vernommen? Dann zeigen Sie mir die Protokolle.«

Ralph und Sabine setzten sich.

»Wir sind uns schon ziemlich sicher, dass es Fuller war«, sagte Sabine. Ralph merkte ihr an, welche Mühe es sie kostete, ruhig zu bleiben.

»Aber er ist doch wohl nicht der Einzige, der in diesen Korruptionsskandal verwickelt war? Was ist mit den anderen Beteiligten? Fullers Partner bei der Agentur? Und dieser Politiker, Lothar Trautwein?«

»Die kämen infrage, wenn das Motiv für die beiden Morde allein bei den Bestechungen läge«, erklärte Kaufmann. »Wir müssen aber davon ausgehen, dass es sich anders verhält. Oder meinen Sie, Kriminaloberrat Schulte war ebenfalls in die Schmiergeldaffäre verwickelt?«

Möbs, der gerade zu einer neuen Schimpftirade hatte ansetzen wollen, stockte. »Worum geht es denn dann?«

»Wir denken, dass die Morde mit Fullers Vergangenheit zusammenhängen.« Sie erläuterte die Umstände der missglückten Flucht und die Beteiligung der Fluchthelfer Schulte und Roth.

Möbs geriet für eine Sekunde aus der Balance. »Der Vater des Jungen ist gestorben?«

»Ein halbes Jahr nach seiner Verhaftung, in einem Gefängnis der DDR. Angeblich eines natürlichen Todes, aber man kennt ja diese Fälle«, sagte Angersbach.

Möbs' kleine Augen verengten sich noch weiter. »Und dafür rächt sich der Junge jetzt?« Die Geschichte schien ihn zu bewegen, doch dann wischte er die Überlegungen mit einer Handbewegung weg.

»Dummes Zeug«, befand er. »Die ganze Sache ist über dreißig Jahre her. Selbst wenn er in Schulte und Roth die Männer erkannt hat, die damals beteiligt waren. Da ist doch längst Gras drüber gewachsen. Der Junge ist erwachsen geworden. Er hat sich ein Leben aufgebaut. Das wirft man doch nicht einfach weg, um sich für etwas zu rächen, das so lange zurückliegt, dass man sich kaum noch daran erinnert.«

Ralph geriet ins Schwanken. Hatte Möbs recht? Hatten sie sich in eine Erklärung verrannt, die einfach gar nicht zutraf? Lag das Motiv für die Morde doch in der Bestechungsgeschichte? In dem Fall hätten sie sich sehr viel genauer mit Lothar Trautwein befassen müssen. Der strebte immerhin eine

Karriere im Hessischen Landtag an. Wenn bekannt wurde, dass er sich in seiner Funktion im Stadtmarketing hatte schmieren lassen und für gefälschte TÜV-Gutachten und den Beinaheunfall der Hydra verantwortlich war, konnte er seine Pläne vergessen. Ein guter Grund, mit Roth einen Belastungszeugen aus dem Weg zu räumen. Aber was war mit Schulte? Hatte er sich womöglich auch noch ein Zubrot für den nahenden Ruhestand dazuverdienen wollen?

»Sie waren doch mit Kriminaloberrat Schulte befreundet«, sagte Ralph barsch. Wenn er sich unsicher fühlte, wurde er schroff. »Können Sie sich vorstellen, dass er Schmiergelder angenommen hat?«

»Natürlich nicht.« Möbs funkelte ihn wütend an. »Horst war absolut korrekt, das sollten Sie wissen. Aber vielleicht hat er ja etwas herausgefunden, das Sie beide übersehen haben. Der Täter musste ihn kaltstellen, damit er sein Wissen nicht weitergibt. Das passt doch zu den ausgestochenen Augen. Er hat etwas gesehen, das er nicht sehen sollte.«

Angersbach kaute auf seiner Unterlippe. Dieselbe Interpretation hatten sie auch vorgenommen. Nur die Schlüsse, die sie daraus gezogen hatten, waren andere.

»Also.« Möbs gestikulierte heftig. »Knöpfen Sie sich diesen Trautwein vor. Und finden Sie endlich Markus Fuller.«

Er war so laut geworden, dass die nachfolgende Stille peinlich war. Keiner wagte es, etwas zu sagen. Dafür hörte man deutlich den Klingelton eines Handys.

Mehrere Hände fuhren zu Hosen- und Handtaschen, aber es war Kaufmann, die ihr Smartphone ans Ohr hielt.

»Ja?« Sie hörte einen Moment lang zu. »Danke, Kollege«, sagte sie dann und ließ das Gerät sinken. Sie schaute erst Ralph, dann Konrad Möbs an.

»Was ist los?«, schnarrte Möbs ungeduldig.

»Das war die Polizeiinspektion Bad Salzungen, die für Vacha zuständig ist. Wir haben ihn«, erklärte sie und klang dabei irgendwie verwundert.

»Wen?«

»Markus Fuller.«

Ralph und Sabine trafen zeitgleich mit dem Rettungswagen vor der Praxis von Dr. Klaus Wohlert ein. Frank Rehbein, der Kollege, der sie informiert hatte, wartete vor der Tür. Man begrüßte sich, dann führte Rehbein sie in das Behandlungszimmer, in dem Markus Fuller auf der Liege lag. Er sah blass aus, aber seine Augen waren klar. Der Eingriff, den Dr. Wohlert durchgeführt hatte, war offenbar erfolgreich gewesen.

Angersbach trat zu ihm ans Krankenlager.

»Herr Fuller? Können Sie mich verstehen?«

Fuller nickte matt.

»Man wird Sie jetzt ins Krankenhaus bringen. Wir kommen später vorbei, um mit Ihnen zu sprechen.«

»Bitte. Tun Sie das.« Fuller schloss die Augen. Ralph machte den Sanitätern ein Zeichen. Die beiden klappten ihre Rolltrage aus und bugsierten ihren Patienten darauf. Wohlert, Rehbein und die Kommissare sahen ihnen nach, als sie ihn nach draußen brachten und in den Rettungswagen schoben.

»Ich denke, ich werde dann nicht mehr gebraucht?« Rehbein schaute Ralph und Sabine fragend an.

»Nein. Vielen Dank, Kollege.« Ralph reichte Rehbein die Hand. »Prima, dass du uns sofort informiert hast.«

Rehbein hob die Hand. »Das ist doch selbstverständlich. Wenn jemand behauptet, dass er einen Mordverdächtigen beherbergt … Da rufe ich lieber gleich die Kavallerie, anstatt mich selbst aufzuplustern.«

»Wie gesagt: gute Arbeit«, wiederholte Angersbach. Rehbein lächelte und hob lässig die Hand an den Mützenschirm.

»Jederzeit gerne wieder. Wenn ihr bei der Mordkommission mal Verstärkung braucht …« Er blinzelte Sabine zu und verschwand durch den Flur. Kaufmann und Angersbach blieben allein mit Klaus Wohlert zurück.

»Vielleicht gehen wir in mein Sprechzimmer?«, sagte der Arzt. Er wählte seinen gewohnten Platz am Schreibtisch. Ralph und Sabine ließen sich auf den Stühlen für die Patienten nieder.

»Dann erzählen Sie mal«, forderte Kaufmann ihn auf.

»Also … Das war so. Am vorletzten Samstagabend stand plötzlich Albert Fölsing vor meiner Tür. Fölsing wohnt hier im Ort, er ist Frührentner und passionierter Jäger. Hat früher in irgendeinem Chemiewerk gearbeitet, da gab es einen Unfall, bei dem giftige Dämpfe ausgetreten sind und seine Augen beschädigt haben. Deswegen ist er bei mir in ständiger Behandlung, er hat nur noch sechzig Prozent Sehkraft. Dafür ist er ansonsten aber gut in Form, er ist viel im Wald unterwegs und macht lange Spaziergänge.« Wohlert merkte, dass er abschweifte, und rief sich mit einem Kopfrucken zur Ordnung. »Jedenfalls: Fölsing hat den Mann, den sie gerade abgeholt haben, an diesem Abend zu mir gebracht, auf dem Transportwagen, den er normalerweise für seine Jagdbeute benutzt.«

»Weil er ihn angeschossen hatte.«

»Richtig.« Wohlert schnitt eine Grimasse. »Hatte ihn anscheinend mit einem Hirsch verwechselt. Die schlechten Augen, wissen Sie? Er hatte wohl auch seine Brille nicht auf.«

Angersbach runzelte die Stirn. Warum nur hatten sie es in diesem Fall ständig mit Augen zu tun? Ausgeschlagen, ausgestochen, verätzt, und dazu noch Hackebeil mit seinem Glasauge. Da konnte man froh sein, wenn man selbst nur eine Lesebrille brauchte.

»Weshalb haben Sie nicht umgehend die Polizei informiert?«, fragte Sabine den Arzt. »Schussverletzungen müssen gemeldet werden, das sollte Ihnen bekannt sein.«

»Selbstverständlich.« Wohlert schaute auf seine Hände. Angersbach fiel auf, dass sie makellos und weich aussahen, als ginge der Arzt regelmäßig zur Maniküre. »Aber Albert hat mich gebeten, es nicht zu tun.«

»Weil niemand erfahren sollte, dass er Markus Fuller angeschossen hat«, mutmaßte Kaufmann. »Er wollte nicht für sein Fehlverhalten geradestehen.«

»Ja.«

Ralph schob sich auf seinem Stuhl nach vorn. Er hatte keine Geduld für Sabines zurückhaltende Befragungsstrategie.

»Wieso haben Sie sich darauf eingelassen? Finden Sie, dass ein Jäger, der versehentlich auf einen Menschen schießt, ungeschoren davonkommen sollte?«

Kaufmann warf ihm einen mahnenden Blick zu. Angersbach ignorierte ihn.

»Albert hat mich … überredet.«

»Aha?« Ralph musterte den Arzt verständnislos. Sabine dagegen nickte, als hätte Wohlert ihr soeben ein Geheimnis offenbart. Anscheinend hatte es Zwischentöne gegeben, die an ihm vorbeigegangen waren.

»Er hat Sie erpresst?«, fragte sie.

Wohlert nickte. Angersbach warf seiner Kollegin einen überraschten Seitenblick zu. Sosehr er den direkten Weg schätzte – vielleicht konnte er doch noch etwas von ihr lernen.

»Was hatte er gegen Sie in der Hand?«, erkundigte sich Kaufmann.

Der Arzt seufzte. »Ich hatte vor einigen Jahren ein Alkoholproblem. Mittlerweile bin ich trocken, aber damals … Diese Zeit als Assistenzarzt ist verdammt anstrengend. Ständig Doppelschichten, Wochenenddienste, viel zu wenig freie Tage und erst recht kein Urlaub … Das steht man nicht so einfach durch. Andere Kollegen nehmen Aufputschmittel oder Beruhigungstabletten. Ich habe zur Flasche gegriffen.« Wohlert hob die Hände. »Es kam, wie es kommen musste. Ich bin alkoholisiert Auto gefahren und wurde erwischt.«

Angersbach grunzte ungeduldig. Das war ein dunkler Fleck auf dem weißen Kittel, aber zweifellos aktenkundig und somit nichts, womit Fölsing den Arzt hätte erpressen können. Wohlert bemerkte, dass Ralph sein langsames Erzähltempo nervte, und hob entschuldigend die Hände.

»Ich mache es kurz: Man hat mir für drei Monate den Führerschein entzogen. Leider bin ich trotzdem gefahren, und das auch noch angetrunken.«

»Sie haben einen Unfall verursacht?«, mutmaßte Sabine.

Der Arzt nickte. »Einen Wildunfall«, präzisierte er. »Nur ein Reh, kein Mensch, aber schlimm genug. Alkohol am Steuer, Fahren ohne Führerschein, und dazu noch der Unfall. Und das alles, nachdem ich gerade erst die Praxis hier übernommen hatte. Ich habe befürchtet, dass man mir die Zulassung entzieht …« Sein Blick wanderte aus dem Fenster. »Albert war dabei. Wir waren früher locker befreundet. Er hat den Polizisten, die den Unfall aufgenommen haben, gesagt, dass er gefahren ist. Ich hatte ihn nicht darum gebeten, er hat es einfach getan. Damals hat er gesagt, ich würde schon irgendwann die Gelegenheit haben, mich erkenntlich zu zeigen. Und da war sie nun.«

Angersbach beugte sich vor. »Wie lange ist dieser Unfall her?«

Wohlert dachte nach. »Das müssen ... zehn oder elf Jahre sein.«

Sabine schnaubte, verärgert oder belustigt, das ließ sich nicht genau sagen. »Dann ist die Sache doch verjährt.«

»Sicher.« Wohlert sah sie traurig an. »Aber wir sind hier auf dem Dorf. Wenn die Geschichte bekannt wird ... Da spielt es keine Rolle, ob es verjährt ist oder nicht. Das Vertrauen der Leute in ihren Arzt würde erschüttert. Ich könnte die Praxis dichtmachen, weil niemand mehr käme.«

Kaufmann stand abrupt auf. »Für die alte Sache wird Sie niemand mehr anklagen. Mit einer Anzeige dürfen Sie trotzdem rechnen«, versetzte sie. »Weil Sie Ihrer Meldepflicht nicht nachgekommen sind. Aber ich nehme an, Sie kommen mit einer Geldstrafe davon.«

Wohlert sah nicht begeistert aus, doch er empfand es wohl als das kleinere Übel.

»Damit kann ich leben«, murmelte er.

»Wie war das genau?«, fragte Ralph. »Vor acht Tagen hat Albert Fölsing den Verletzten bei Ihnen abgegeben und Sie *überredet,* sich um ihn zu kümmern. Wie ging es dann weiter?«

»Ich habe ihn operiert. Fölsings Kugel steckte in der linken Schulter. Ich habe sie herausgeschnitten und den Mann anschließend in ein künstliches Koma versetzt. Eine Magensonde habe ich ebenfalls gelegt, um ihn künstlich zu ernähren.«

»Und das alles hier in Ihrer Hausarztpraxis?«, fragte Sabine mit ätzender Stimme. Dieses Mal gab eindeutig sie den bösen Bullen.

»Auf kleinere Eingriffe bin ich durchaus eingerichtet. Es gibt einen Raum, in dem ich steril arbeiten kann. Die Kollegen im Krankenhaus werden Ihnen bestätigen, dass der Eingriff kunstgerecht ausgeführt wurde. Die Wunde ist gut verheilt, und die Blutwerte sind alle in Ordnung. Das habe ich im Labor prüfen lassen. Sie können mir nicht vorwerfen, ihn unsachgemäß versorgt zu haben.«

»Schön«, sagte Kaufmann und meinte offensichtlich das Gegenteil. »Und wie sollte es dann weitergehen?«

»Fölsing wollte, dass ich den Mann aufpäppele, bis er fit genug ist, allein zurechtzukommen. Dann sollte ich ihn aufwecken und irgendwo im Wald aussetzen.«

»Was Sie schlussendlich aber doch nicht getan haben«, ergriff Ralph wieder das Wort.

»Nein.«

»Wie kam es zu diesem Sinneswandel?«, erkundigte sich Sabine. »Nachdem Sie mehr als eine Woche lang mitgespielt hatten?«

Wohlert seufzte. »Ich habe sein Bild in den Nachrichten gesehen. Daraufhin war mir klar, dass ich ihn nicht einfach gehen lassen kann.«

»Warum hat das so lange gedauert? Wir fahnden seit acht Tagen nach ihm.«

»Ich habe Urlaub«, erklärte der Arzt. »Da schaue ich kein Fernsehen. Erst gestern Abend habe ich das Gerät eingeschaltet, zum ersten Mal seit dem Tag, an dem Fölsing den Mann gebracht hat.«

»Okay.« Kaufmann musterte ihn skeptisch. Aber fürs Erste mussten sie ihm wohl glauben.

»Wie ging es dann weiter?«

»Ich habe alle Maßnahmen eingeleitet, um ihn zurückzuholen. Das Schlaf- und Beruhigungsmittel reduziert und die Magensonde entfernt. Heute Morgen war er wach.«

»Waren Sie in der Nacht bei ihm?«

»Nein. Ich habe selbst ein paar Tabletten eingenommen und mich ins Bett gelegt. Selbstschutz, Sie verstehen? Andernfalls … wäre das Risiko zu groß gewesen, dass ich zur Tankstelle fahre und mir eine Flasche Gin besorge.«

»Sie können also nicht beschwören, dass er die ganze Nacht in Ihrer Praxis war?«

Wohlert legte die Stirn in Falten. »Wo sollte er denn sonst gewesen sein?«

Kaufmann und Angersbach tauschten einen raschen Blick. Von Vacha bis nach Bad Vilbel war es keine Weltreise. Fuller könnte sich auf den Weg zum Festgelände gemacht haben, und dort war ihm Schulte in die Hände gefallen.

»Haben Sie einen Wagen?«

»Selbstverständlich.«

»Wo steht der?«

»Vor dem Haus.«

»Und wo sind die Schlüssel?«

»Die hängen an einem Brett im Flur.«

Kaufmann kniff die Augen zusammen. Offenbar betrachtete sie ein Bild vor ihrem geistigen Auge.

»Zwischen Ihrem Wohnhaus und der Praxis gibt es einen Verbindungsgang, richtig?«

»Ja.«

»Fuller könnte also in Ihr Haus geschlichen sein, den Schlüssel vom Brett genommen haben und mit Ihrem Auto weggefahren sein, ohne dass Sie etwas davon bemerkt haben, weil Sie dank der Tabletten tief und fest geschlafen haben?«

Wohlert sah ernstlich schockiert aus. »Der Mann hat acht Tage im künstlichen Koma gelegen. Er hatte eine Schussverletzung. So jemand steht doch nicht auf, kaum dass er wieder bei Bewusstsein ist, und macht eine Spazierfahrt.« Seine Augenbrauen zogen sich zusammen. »Mal abgesehen davon, dass er völlig desorientiert gewesen sein muss … wohin sollte er denn Ihrer Meinung nach gefahren sein?«

Weder Angersbach noch Kaufmann gaben ihm eine Antwort. Bisher war es nur eine Vermutung. Über Ermittlungsinterna sprach man nicht.

»Können Sie mit Sicherheit ausschließen, dass er dazu in der Lage gewesen wäre?«

Der Arzt kräuselte die Lippen. »Mit Sicherheit? Nein. Es gibt Patienten, die aus dem Krankenhaus weglaufen, sobald sie aus einem künstlichen Koma erwachen. Von jemandem, der in diesem Zustand mit dem Auto fährt, habe ich allerdings noch nicht gehört.«

»Wir werden uns bei Ihren Kollegen in der Klinik erkundigen, die Fuller untersuchen«, erklärte Kaufmann und sah Angersbach auffordernd an. Der verstand und erhob sich ebenfalls.

»Danke für Ihre Auskünfte. Sie hören von uns«, sagte er und folgte seiner Kollegin in den Flur.

Der nächste Schritt war der Besuch bei Fuller im Krankenhaus und das Gespräch mit den Ärzten. Sie mussten wissen, ob Markus Fuller als Täter für den Mord an Horst Schulte infrage kam.

Vielleicht legte er ja auch einfach ein Geständnis ab?

21

Sabine hätte am liebsten lautstark die Tür ins Schloss geknallt, als sie die Arztpraxis verließen.

»Wie blöd kann man sein?«, schnaubte sie. »Er muss doch gewusst haben, dass er sich damit in Teufels Küche bringt.«

»Er konnte ja nicht ahnen, wen er da vor sich hat.«

»Und das macht es besser? Als Arzt sollte er doch genügend Verstand haben, um in einem solchen Fall die richtige Entscheidung zu treffen.«

»Menschen handeln nicht immer rational.« Angersbach schloss den Wagen auf und setzte sich ans Steuer. »Du auch nicht«, fügte er hinzu, als Sabine neben ihm saß.

Sie atmete tief durch. Ralph hatte ja recht. Aber dieser Wohlert hatte sie maßlos aufgeregt. Dank ihrer psychisch kranken Mutter hatte sie viel mit Ärzten zu tun gehabt. Sie hatte gelernt, ihnen zu vertrauen. Aus gutem Grund. Die meisten Mediziner waren klug und verantwortungsbewusst.

»Er war in einer Zwickmühle«, sagte Angersbach, während er den Lada über den von Schlaglöchern übersäten Weg zurück zur Straße lenkte. Kaufmann wurde auf ihrem Sitz gehörig durchgerüttelt, doch in diesem Fall war es nur zum Teil Ralphs Schuld.

Sie wollte sich eigentlich nicht weiter in das Thema verbeißen, aber die Ereignisse der letzten Tage hatten sie dünnhäutig und reizbar gemacht.

»Du findest also, man kann sein Verhalten entschuldigen?«

Ralph warf ihr einen kurzen Seitenblick zu.

»Nein. Aber man kann es verstehen.«

»Ja.« Sabine presste die Finger an die Schläfen. Ihr Schädel hämmerte. Sie hatte zu wenig geschlafen, zu wenig gegessen, zu wenig Zeit gehabt, sich zu entspannen. Ihr Gehirn lief seit fast zwei Wochen auf Hochtouren, und dennoch war es nicht gelungen, einen oder sogar beide Morde zu verhindern. Hatte sie versagt? Was stand ihr im Weg? War *er* es? Wieder ergriff sie dieses Unbehagen, das sie fast ständig spürte, wenn sie neben Angersbach im Wagen saß. Sie musste sich endlich entscheiden, ob sie wollte, dass mehr daraus wurde – oder nicht. Doch im Augenblick fühlte sie sich nicht in der Lage, eine Entscheidung zu treffen.

Anstatt das Thema zu vertiefen, schaute sie aus dem Seitenfenster. Wälder und Wiesen lagen friedlich im Sonnenlicht. Ein beschaulicher Anblick. Kaum zu glauben, dass hier einmal der Grenzstreifen gewesen war. Dass in diesem Boden Tretminen gesteckt hatten und scharf geschossen worden war.

Sie war gespannt, was Markus Fuller zu ihren Vorwürfen sagen würde. War es tatsächlich um die alte Geschichte gegangen, seine missglückte Flucht aus der DDR, und Roths und Schultes Beteiligung daran? Oder hingen die Morde mit dem Korruptionsskandal zusammen, und Kriminaloberrat Schulte war doch involviert gewesen?

Angersbach fuhr rabiat wie immer, schnitt Kurven, rumpelte über den unbefestigten Straßenrand und Bordsteine, bremste zu spät und nahm jedes Schlagloch mit, das ihm vor die Räder kam. Ihr komfortabler Renault Zoe stand erneut auf dem Parkplatz der Polizeistation Bad Vilbel. Im Gegensatz zu Ralphs Lada immerhin ohne eine hässliche Schmiererei an der Seite.

Vielleicht sollte sie überlegen, auf ein Hybridauto umzusatteln? Dann wäre sie auch bei längeren Fahrten über Land flexibel. Doch im Augenblick fehlten ihr dazu die finanziellen Mittel. Die Wiesbadener Wohnung war teuer, und auch wenn das LKA die Umzugskosten übernommen hatte, war die Anschaffung einiger Möbel nötig gewesen. Schließlich hatte sie nicht alle schmerzlichen Erinnerungen an ihre Mutter mit in ihr neues Leben nehmen wollen.

In Gedanken versunken, merkte sie erst, dass sie am Krankenhaus angekommen waren, als Ralph das Tempo drosselte und auf den Parkplatz fuhr.

Wieder holte sie tief Luft.

Reiß dich zusammen. Du musst jetzt professionell agieren.

Sie stieg aus dem Wagen und rang sich ein Lächeln ab. »Willst du Fullers Befragung übernehmen?«

»Nein. Besser, du machst das.« Angersbach grinste. »Auf deine subtile Art.«

Kaufmann verdrehte die Augen. Wenn er ihr Friedensangebot nicht annehmen wollte – dann eben nicht.

Markus Fuller hatte ein Einzelzimmer. Vor der Tür saß ein uniformierter Beamter auf einem Stuhl. Er stand auf, als Kaufmann und Angersbach über den Flur auf ihn zukamen, und grüßte höflich.

Ralph und Sabine betraten das Zimmer. Fuller lag im Bett, aber er sah nicht mehr besonders krank aus. Die Wangen hatten Farbe bekommen. Man hatte ihm auch die Haare gewaschen und den Bart gestutzt. Nur der Verband um seine Schulter, der aus dem Ausschnitt des Krankenhaushemds hervorlugte, zeugte davon, dass er aus gutem Grund hier war.

Direkt nach den Kommissaren kam ein Arzt herein.

»Ah. Die Beamten von der Kriminalpolizei, nehme ich an?« Er war um die sechzig, hatte kein einziges Haar mehr auf dem Kopf, dafür aber einen dichten Vollbart. Seine grauen Augen funkelten wach und intelligent. Er schaute kurz auf das Klemmbrett, das er in der Hand hielt.

»Wir haben den Patienten durchgecheckt. Alles in bester Ordnung. Der Kollege Wohlert hat gute Arbeit geleistet. Erstaunlich für einen Hausarzt. Aber auf dem Land ist man wohl noch daran gewöhnt, die Dinge selbst in die Hand zu nehmen.«

Er lächelte kurz, doch Ralph konnte nicht entscheiden, ob er Wohlerts Eigeninitiative guthieß.

»Die Werte sind okay, weiße Blutkörperchen im normalen Bereich, das heißt keine Anzeichen für eine Entzündung. Wir behalten ihn noch für einen Tag zur Beobachtung hier. Danach kann er von unserer Seite aus nach Hause.« Wieder ein kurzes Heben der Mundwinkel. »Aber ich nehme an, von Ihrer Seite aus nicht.«

»Nein.« Kaufmann postierte sich am Fußende des Betts. »Wenn Sie ihn entlassen, wird er in die Untersuchungshaft überstellt. Der Haftbefehl liegt bereits vor.«

»In Ordnung.« Der Arzt kontrollierte Fullers Puls und Blutdruck und maß seine Temperatur. Die Werte notierte er auf dem Klemmbrett.

»Also, ich lasse Sie mal allein.«

Ralph wartete, bis sich die Tür hinter ihm geschlossen hatte. Er setzte sich zu Fuller ans Bett.

Der Eventmanager schaute ihn an. »Ich will einen Deal mit der Staatsanwaltschaft. Dann sage ich als Kronzeuge aus.«

Ralph entfuhr ein ungläubiges Lachen. »Denken Sie, dass Ihnen das hilft? Bei zweifachem Mord?«

Fullers Augen weiteten sich. »Mord? Damit habe ich nichts zu tun. Ich habe niemanden umgebracht.«

Angersbach schnaubte. »Was genau wollten Sie denn gestehen?«

»Die Bestechung. Ich kann Ihnen sämtliche Namen nennen. Wer die falschen TÜV-Gutachten angefertigt hat. Wer Geld dafür bekommen hat, dass er bestimmten Schaustellern Lizenzen für den Bad Vilbeler Markt beschafft hat. Welche Fahrgeschäfte an dem Deal beteiligt waren. Und wer aufseiten der Polizei mitgespielt hat.«

»Schön«, knurrte Angersbach. »Aber daran sind wir nicht interessiert. Das können Sie mit den Kollegen von der Wirtschaftskriminalität verhandeln. Wir sind hier, um die Morde an Eckard Roth und Horst Schulte aufzuklären.«

Fuller blinzelte. »Kriminaloberrat Schulte ist tot?«

Angersbach seufzte. Markus Fuller hatte also nicht die Absicht, es ihnen leicht zu machen.

»Die Kollegen von der Spurensicherung sind bereits auf dem Weg nach Vacha. Sie werden sich den Wagen von Dr. Wohlert ansehen und feststellen, ob es darin Spuren von Ihnen gibt. Sie können die Sache abkürzen, wenn Sie zugeben, dass Sie letzte Nacht damit zum Jahrmarktsgelände gefahren sind.«

Markus Fuller schüttelte den Kopf. »Ihre Kollegen werden feststellen, dass ich den Wagen nicht benutzt habe.«

»Wie sind Sie dann von Vacha nach Bad Vilbel gekommen?«

Fuller griff nach der Fernbedienung, die am Galgen über ihm hing, und fuhr das Rückenteil seines Betts weiter nach oben. »Ich war nicht in Bad Vilbel. Warum hätte ich Schulte umbringen sollen? Er hatte doch mit der ganzen Bestechungssache überhaupt nichts zu tun.«

Angersbach verspürte Erleichterung. Immerhin, in Schulte hatten sie sich nicht getäuscht.

»Dann ging es um die alte DDR-Geschichte?«

Fullers Augen verengten sich. »Ich habe keine Ahnung, wovon Sie reden.«

Sabine nahm sich einen Stuhl und setzte sich auf der anderen Seite neben das Bett.

»Fangen wir doch einfach ganz von vorne an«, sagte sie sanft. »Warum sind Sie weggelaufen, nachdem Johannes Lohmann Sie darüber informiert hat, dass wir auf dem Weg nach Vacha sind, um mit Ihnen zu reden?«

Der Eventmanager wandte ihr den Kopf zu. »Das war eine Kurzschlussreaktion. Johannes hat gesagt, Sie haben Beweise. Ich dachte, ich kann mich mit dem Geld, das ich beiseitegeschafft habe, ins Ausland absetzen. Aber dann habe ich kapiert, wie dumm das ist. Ich will nicht für den Rest meines Lebens auf der Flucht sein. Ich hatte beschlossen, reinen Tisch zu machen und für den Betrug geradezustehen. Deshalb bin ich umgekehrt. Ich wollte zurück nach Hause und mich stellen. Aber dann habe ich plötzlich einen Schlag gegen die Schulter bekommen, und alles um mich herum wurde schwarz. Ich bin erst heute Morgen wieder aufgewacht. Da lag ich im Behandlungszimmer von diesem Arzt auf der Liege. Gleich darauf kam ein Polizist, und dann hat man mich hierhergebracht.« Er hob die Hand und ließ sie auf die weiße Decke fallen. »Das ist alles.«

»Sie bestreiten also den Mord an Eckard Roth?«

»Warum hätte ich Roth denn töten sollen?«

»Weil Sie Angst hatten, dass er Ihre krummen Geschäfte auffliegen lässt«, mischte sich Ralph wieder ein. Mit Sabines Weichspülstrategie kam man wie immer nicht vorwärts. Fuller präsentierte sich als Unschuldslamm, und Kaufmann sah aus, als wollte sie ihm glauben.

»Sie meinen, ich riskiere ›lebenslänglich‹, um etwas zu vertuschen, das mir im schlimmsten Fall eine weitaus geringere Haftstrafe einbringt?«

»Es haben schon Menschen aus weitaus weniger schwerwiegenden Beweggründen getötet.«

»Ich nicht.«

»Dann ging es also doch um Ihre missglückte Flucht aus der DDR?«

Fullers Augen wurden kalt. »Was soll das mit Roth zu tun haben?«

»Er war es doch, der Sie an die Stasi verraten hat.«

Fullers Adamsapfel bewegte sich ruckartig auf und ab. »Das wusste ich nicht.«

Angersbach geriet ins Schwanken. Er suchte Sabines Blick und sah, dass es ihr nicht anders erging. Hatten sie tatsächlich den falschen Mann?

»Erzählen Sie doch mal. Wie war das damals?«

Fullers Blick verhärtete sich. »Das ist lange her. Mit der Geschichte habe ich abgeschlossen. Ich rede nicht darüber.«

Kaufmann deutete ein Schulterzucken an. Zwingen konnten sie Fuller nicht. Ralph akzeptierte es fürs Erste, auch wenn es ihn ärgerte.

»Wenn Sie es nicht waren – wer hätte denn dann ein Motiv gehabt, Roth zu töten?«

Fuller legte den Kopf schief und dachte offensichtlich nach. »Jemand, der eine Menge mehr zu verlieren hatte als ich, wenn diese Bestechungsgeschichte auffliegt.«

Ralph und Sabine sahen ihn abwartend an. Würde er jetzt wieder mit seiner Kronzeugenforderung kommen?

»Nun spucken Sie's schon aus«, polterte Ralph ungeduldig.

Fuller seufzte. »Gut. In der Hoffnung, dass Sie mir ebenfalls entgegenkommen: Lothar Trautwein.«

Der Frankfurter Politiker mit Ambitionen auf den Landtag, der im Stadtmarketing die Empfehlungen für die Lizenzvergabe an die Schausteller ausgesprochen und dafür die Hand aufgehalten hatte. Hätten sie den Mann gründlicher unter die Lupe nehmen müssen? Sein Motiv wog mindestens so schwer wie das von Fuller. War es ein Fehler gewesen, nach Fullers Flucht anzunehmen, dass er der Mörder war? Allerdings hatte Trautwein im Gegensatz zu Fuller kein Motiv für den Mord an Schulte. Befragen mussten sie ihn trotzdem.

Ralph verständigte sich wortlos mit Sabine. Sie erhoben sich, stellten die Stühle zurück an den Tisch und verabschiedeten sich von Fuller.

»Wir werden das überprüfen«, sagte Ralph. »Sie bleiben so lange hier.«

Markus Fuller grinste schief. »Gemütlicher als in der Untersuchungshaft, vermute ich.« Er ließ das Rückenteil seines Bettes wieder hinunterfahren, legte den Kopf auf das Kissen und schloss die Augen.

Ralph hatte kein Mitleid. Selbst wenn Fuller kein Mörder war. Das, was auf ihn zukam, hatte er sich selbst eingebrockt. Jetzt musste er die Konsequenzen tragen.

Sabine Kaufmann schloss die Tür des Krankenhauszimmers energisch. Dem Beamten nickte sie knapp zu und strebte zum Ausgang. Sie wollte hier raus. Krankenhäuser beschworen immer Erinnerungen an ihre schizophrene Mutter herauf, und die konnte sie jetzt nicht gebrauchen.

»Haben wir einen Fehler gemacht?«, fragte sie Ralph, als sie auf dem Parkplatz angelangt waren. »Ist Fuller tatsächlich unschuldig?«

»Keine Ahnung. Er klang überzeugend, aber was heißt das schon? Aus meiner Sicht hatte er das stärkste Motiv. Und Trautwein – hatten den nicht Petra und Cordula überprüft?«

Sabine versuchte, sich die Protokolle der Vernehmung, die sie von den Kolleginnen bekommen hatten, vor Augen zu führen. Sie konnte die Seiten vor sich sehen. In der untersten Zeile auf einem Blatt hatte es gestanden.

»Er war in der Nacht, als Roth ermordet wurde, zu Hause. Seine Frau hat das bestätigt.«

Ralph gab ein Grunzen von sich. »Ein Alibi von der Ehefrau. Das kann natürlich gelogen sein.«

»Wir sollten noch einmal mit den beiden sprechen. Und dann wären da noch die Schausteller.« Sabine zog ihr Smartphone aus der Tasche und rief Mirco Weitzel an.

»Lasst das gesamte Festgelände abriegeln«, wies sie ihn an.

»Du bist gut«, antwortete dieser. »Es ist Abbautag! Wer weiß, wie viele …«

»Egal«, unterbrach Sabine ihren Kollegen. »Keiner verlässt mehr den Platz. Schnappt euch ein paar Kollegen und lasst euch von allen Schaustellern sagen, wo sie in den Nächten waren, als Roth und Schulte ermordet wurden. Sorgt auch dafür, dass niemand sein Fahrgeschäft abbaut. Jemand vom TÜV soll sich jedes einzelne Karussell ansehen. Kann sein, dass die Hydra nicht das einzige Fahrgeschäft war, das Rost angesetzt hat.«

Weitzel versprach, sich um alles zu kümmern. Kaufmann bedankte sich und steckte das Handy weg. »Und wir beide fahren jetzt zu Trautwein«, sagte sie zu Ralph und blinzelte ihm zu. »Den darfst du von mir aus so richtig in die Mangel nehmen. Bestechliche Politiker sind mir zuwider.«

»O ja.« Angersbach ballte die Fäuste. »Das übernehme ich gern.«

Das Ehepaar Trautwein bewohnte eine hübsche Villa am Stadtrand von Frankfurt. Im Vorgarten blühten Rosen und Tulpen, Hecke und Büsche waren sauber gestutzt. Die Frau, die ihnen die Tür öffnete, trug einen weißen Hosenanzug. Sie hatte lange blonde Haare und war ein wenig zu stark geschminkt.

»Mein Mann ist nicht zu Hause«, erklärte sie auf Angersbachs Frage hin. »Er ist in Bad Vilbel. Sie treffen sich dort beim Stadtmarketing zu einer Lagebesprechung und einer kleinen Andacht für Ihren toten Kollegen.«

Ralph stöhnte leise. Sie hätten vorher anrufen sollen, dann hätten sie sich den Weg nach Frankfurt sparen können. Aber sie wollten ja auch mit Trautweins Frau sprechen.

»Dürfen wir kurz hereinkommen?«, fragte Sabine.

»Natürlich.« Viktoria Trautwein trat beiseite und führte sie in ein Wohnzimmer mit großen Panoramafenstern, die einen Blick über Wiesen und Felder eröffneten. Die Möbel waren aus weißem Leder, der Teppich, ebenfalls weiß, aus hochwertiger Wolle. Dazu gab es weiße Möbel und einen gläsernen Couchtisch. Alles sah sehr neu aus. Verdiente man als aufstrebender Politiker so viel? Oder ließ sich Trautwein nicht nur beim Stadtmarketing schmieren, sondern hielt auch anderswo die Hand auf?

»Setzen Sie sich doch.« Viktoria Trautwein nahm auf der Kante eines Sessels Platz, schlug die Beine übereinander und legte die sorgfältig manikürten Hände auf das Knie.

Sabine wählte das Sofa, Ralph den Sessel gegenüber der Hausherrin. Da sie ihnen nichts zu trinken anbot, ging sie wohl davon aus, dass sie nicht lange bleiben würden. Oder es war ihre Art, ihnen zu zeigen, dass sie nicht willkommen waren.

»Es geht um die Nacht vom vierzehnten auf den fünfzehnten August«, sagte Kaufmann. »Sie haben ausgesagt, dass Sie zu Hause waren und neben Ihrem Mann im Bett gelegen haben.«

»Richtig.« Die Augenbrauen, zwei sauber gezupfte Bögen, wanderten nach oben.

»Bleiben Sie dabei?«

Viktoria Trautwein neigte den Kopf ein wenig zur Seite. »Weshalb sollte ich meine Aussage ändern? Es ist die Wahrheit. Lothar war in der Nacht bei mir.«

»Sie sind nicht verpflichtet, etwas auszusagen, das Ihren Mann belastet. Aber für eine Falschaussage können Sie trotzdem zur Rechenschaft gezogen werden.«

Viktoria Trautwein hob das Kinn. »Das ist mir bewusst.«

»Gut.« Angersbach zog seinen zerfledderten Notizblock hervor. »Dann verraten Sie uns doch, wo Ihr Mann letzte Nacht war.«

»Wozu?«

»Weil es einen weiteren Mord gegeben hat.«

In der Miene der Politikergattin änderte sich nichts. Sie fragte auch nicht, wer getötet worden war.

»Lothar war in Berlin«, erklärte sie. »Bei einem kurzfristig anberaumten Treffen einer Arbeitsgruppe seiner Partei. Sie haben bis spät in die Nacht getagt. Lothar hat dort übernachtet und ist erst heute Morgen zurückgekommen.«

Angersbach presste die Zähne zusammen. Wenn das stimmte, war Trautwein aus dem Schneider. Oder hatten sie es mit zwei verschiedenen Tätern zu tun? Bisher waren sie davon ausgegangen, dass Roths und Schultes Mörder ein und dieselbe Person war. Aber stimmte das überhaupt?

»Der Name des Hotels?«

Viktoria Trautwein nannte ihn, und Ralph notierte ihn auf seinem Block. Sabine schaute sich im Raum um.

»Hübsch haben Sie es hier«, bemerkte sie beiläufig. »Wie finanzieren Sie das alles?«

Trautweins Ehefrau lächelte herablassend. »Sie wollen Lothar unbedingt etwas anhängen, nicht wahr? Aber Ihre Vorwürfe sind vollkommen aus der Luft gegriffen. Lothar hat es nicht nötig, Schmiergelder anzunehmen. Mein verstorbener

Vater war Broker. Er hat ein Vermögen an der Börse gemacht. Von dem Erbe können wir den Rest unseres Lebens sorgenfrei bestreiten.«

Angersbach lachte still in sich hinein. Unter anderen Umständen hätte er der Frau geglaubt. Aber sie wussten, dass sich Trautwein hatte bestechen lassen.

Kaufmann fand sofort den wunden Punkt. »Sie haben einen Ehevertrag?«

Viktoria Trautweins Blick wurde noch hochnäsiger. »Selbstverständlich. Ich liebe Lothar, aber Geld und Gefühle sollte man trennen.«

»Vielen Dank.« Sabine stand auf. »Wir werden Ihre Angaben überprüfen.«

Viktoria Trautwein erhob sich ebenfalls. »Tun Sie das. Sie werden feststellen, dass es die Wahrheit ist. Lothar hat mit Ihren Morden nichts zu tun. Er wäre gar nicht in der Lage, jemandem Gewalt anzutun.«

Beinahe klang es, als würde sie das bedauern. Vielleicht ging es ihr mit der Karriere ihres Ehegatten nicht schnell genug, und sie wünschte, Trautwein hätte mehr Biss? Oder sie gehörte zu den Frauen, die aggressive Männer attraktiv fanden. Das sollte es ja geben, auch wenn Ralph es nicht verstand.

Er folgte den beiden Frauen zur Tür und schüttelte Viktoria Trautweins kalte Hand. Dann fiel die Tür hinter ihnen ins Schloss.

»Das klassische Motiv, nicht wahr?«, sagte Kaufmann. »Der Mann erträgt es nicht, dass die Frau mehr Geld hat und er von ihr abhängig ist. Er will mithalten können und lässt sich deswegen bestechen.« Sie schaute nachdenklich zum Haus zurück. »Aber dass er dafür tötet, glaube ich nicht. Selbst wenn seine Karriere den Bach runtergeht – er würde ja weich fallen. Das ist allemal besser als lebenslang hinter Gittern.«

»Fragt sich nur, ob Lothar Trautwein das auch so sieht«, grummelte Ralph. Frauen wie Viktoria Trautwein verursachten ihm Unbehagen, weil er sich neben ihnen noch linkischer vorkam als ohnehin.

Sabine blinzelte ihm zu. »Das werden wir gleich herausfinden.«

Sie führte die Telefonate, während Ralph über die Bundesstraße zurück nach Bad Vilbel preschte. Die Versammlung im Büro des Stadtmarketings war eine gute Gelegenheit, alle weiteren Verdächtigen im Mordfall Schulte gemeinsam zu befragen.

Das Hotel in Berlin bestätigte, dass Lothar Trautwein in der letzten Nacht dort gewesen war. Er hatte am Nachmittag zuvor eingecheckt. Der Nachtportier konnte sich erinnern, dass er gegen halb zwei in der Nacht ins Hotel zurückgekehrt war. Am heutigen Morgen hatte er gegen sieben gefrühstückt und um kurz nach acht ausgecheckt. Für den Mord an Schulte kam er damit nicht infrage.

Sabine rief trotzdem noch im Parteibüro an. Dort bestätigte man ihr das Arbeitstreffen in Berlin und verband sie mit einem Parteigenossen, der ebenfalls daran teilgenommen hatte. Auch er gab an, dass Trautwein vor Ort und die ganze Zeit dabei gewesen war.

Sie wollte das Smartphone gerade zurück in die Tasche schieben, als es sich per Vibration bemerkbar machte. Auf dem Display erschien das Gesicht von Petra Wielandt. Der Anblick entlockte ihr ein Lächeln.

»Hallo, Petra«, meldete sie sich. »Hast du etwas Neues für uns?«

»Ja.« Wielandt klang fröhlich. »Zur Abwechslung mal gute Nachrichten. Wir haben die Handydiebe weichgekocht und außerdem ein paar nützliche Informationen von der IT im Frankfurter Präsidium bekommen. Der Hehler des Diebesguts ist Justus Franke, der Besitzer des Kettenkarussells und einiger weiterer Fahrgeschäfte. Außerdem Inhaber eines Import-Export-Unternehmens. So weit waren wir ja schon. Der Clou besteht darin, dass der Export online stattfindet und der Import ausschließlich aus Diebesgut besteht. Handys, Schmuck, Markenkleidung. Franke hat mit jedem Karussell eine Gruppe von Handlangern auf den Märkten, die alles an sich bringen, was nicht niet- und nagelfest ist. Sie schicken es in Kartons nach Jena, und Franke vertickt die Sachen im Netz.« Wielandt lachte leise. »Wir haben die Kollegen von der OK schon informiert. Die freuen sich. Da ist uns so ganz nebenbei ein ziemlich dicker Fisch ins Netz gegangen.«

»Gut.« Kaufmann war froh, dass zumindest dieser Teil des Falls geklärt war und die Beamten von der Organisierten Kriminalität ein paar Verhaftungen vornehmen konnten, doch lieber wäre es ihr gewesen, wenn die Kollegen von der DEG etwas zur Aufklärung des Mordes an Schulte hätten beitragen können.

Petra verstand ihre Zurückhaltung. »Ich weiß, du wünschst dir eigentlich etwas anderes. Aber ich dachte, ein kleines Erfolgserlebnis ist trotzdem willkommen. Auch wenn wir Ralphs Handy nicht wiederfinden werden. Da sind so viele Geräte im Angebot …«

»Er hat schon ein neues.«

»Na dann. Ich drücke euch die Daumen. Wenn wir irgendwas zu Schulte herausfinden, melde ich mich.«

»Danke, Petra.« Diesmal gelang es Kaufmann, ihrer Stimme einen herzlichen Beiklang zu geben. Wielandt sollte wissen, dass ihr an der Freundschaft zwischen ihnen gelegen war. Vielleicht konnte man sie nach Abschluss des Falls vertiefen.

Sie beendete das Gespräch und verstaute das Smartphone. Angersbach blickte sie fragend an, und sie ergänzte die Teile, die er nicht mitbekommen hatte, weil sie nicht auf die Idee gekommen war, das Telefon auf laut zu schalten. Ralph nickte nur. Genau wie sie interessierten ihn die Handydiebstähle im Augenblick nur am Rande.

Sabine schaute aus dem Seitenfenster über den Flickenteppich aus Wiesen und Feldern zwischen Frankfurt und Bad Vilbel und dachte nach. Ralph hatte den Gedanken geäußert, dass sie es mit zwei Tätern zu tun haben könnten. Theoretisch kam Trautwein damit für den Mord an Roth immer noch infrage. Aber sie glaubte das nicht. Dazu war die Vorgehensweise in beiden Fällen zu ähnlich. Beiden Opfern war die Kehle durchgeschnitten worden, beiden hatte man ein Organ entfernt, was nach einer symbolischen Handlung aussah. Die abgeschnittene Zunge und die ausgestochenen Augen mussten etwas zu bedeuten haben. Nur: Was?

Angersbach erreichte das Büro des Stadtmarketings und stellte den Lada auf dem Parkplatz ab. Kaufmann ging um das Auto herum. An der Seite prangte noch immer der leuchtende Schriftzug »Bullenschweine«. Auch etwas, das nicht zu einem Mann wie Trautwein passte. Sie konnte sich den smarten Politiker nicht mit einer Spraydose in der Hand vorstellen, ebenso wenig wie beim Steinewerfen.

Nein, es musste eine bessere Erklärung geben. Sie hatten etwas übersehen. Und das musste mit Roth und Schulte persönlich zu tun haben.

Vielleicht war es an der Zeit, tiefer in die DDR-Geschichte einzusteigen.

22

Die Trauergemeinde hatte sich im großen Saal versammelt. Oben auf der Bühne stand auf einem Tisch ein Foto von Kriminaloberrat Horst Schulte, flankiert von zwei Vasen mit weißen Lilien. Für den Trauerredner war ein Pult aufgebaut worden.

Der Saal war gedrängt voll; zu den Verantwortlichen für den Bad Vilbeler Markt waren zahlreiche Polizeibeamte dazugekommen, außerdem sämtliche Schausteller, die ihre Geschäfte auf dem Markt aufgebaut hatten und jetzt nicht abreisen konnten, weil alles abgeriegelt worden war und die Prüfer von Bauamt und TÜV die Fahrgeschäfte gründlich unter die Lupe nahmen. Der Unmut der Betroffenen war deutlich zu spüren, auch wenn er unter der allgemeinen Bestürzung verborgen lag. Alle hatten sich in gedeckte Farben gekleidet, die meisten in Schwarz. Wer nichts Passendes in seiner Garderobe hatte, trug wenigstens dunkle Jeans und blaue oder graue T-Shirts.

Man hatte zahlreiche Stuhlreihen aufgebaut. Einige Gäste saßen bereits, die meisten standen noch in kleinen Gruppen zusammen und unterhielten sich gedämpft.

In der zweiten Reihe hatte man am Rand einen Stuhl entfernt. Stattdessen stand dort ein Rollstuhl. Sabine sah einen braunen Schopf und breite Schultern. Erst als der Mann sich zu seinem Sitznachbarn drehte, erkannte sie, dass es Markus Fuller war. Jetzt bemerkte sie auch den Polizisten, der in unmittelbarer Nähe an der Wand lehnte. Es war derselbe, der vor Fullers Krankenhauszimmer Wache gehalten hatte.

Was hatte es zu bedeuten, dass Fuller hier war? War es einfach eine noble Geste? Oder war er doch der Mörder, der die Früchte seiner Tat genießen wollte?

Fuller unterhielt sich mit Johannes Lohmann. Dieser trug statt Jeans und T-Shirt einen schwarzen Anzug, mit dem er älter und gesetzter wirkte als sonst. Nach einem kurzen Wortwechsel schwiegen die beiden und schauten wieder nach vorn.

Es war fast dieselbe Gesellschaft wie beim ersten Treffen vor dem Vilbeler Markt, doch heute war alles anders. Keine ausgelassene Stimmung, kein Summen aus aufgeregten Worten und Gelächter, keine bunten Kleider. Heute trugen alle Schwarz, sprachen leise oder schwiegen mit ernsten Mienen.

Von seinem Platz aus hatte Rico einen guten Blick auf das Rednerpult und das Foto des toten Polizisten. Er betrachtete es eingehend, ehe er den Blick weiterwandern ließ. Neben der Bühne versammelten sich die Vorsitzende des Stadtmarketings und mehrere Männer in schwarzen Anzügen, die eine Trauerrede halten wollten.

Rico schaute sie einen nach dem anderen an, die grauen Gesichter, die betroffenen Mienen, die hängenden Schultern. Das Messer, das Schulte getötet hatte, hatte auch seine Freunde und Kollegen getroffen, mitten ins Herz.

Als er den Dritten in der Reihe ansah, keuchte er auf. Sein Mund war plötzlich staubtrocken, und sein Herz zog sich schmerzhaft zusammen.

Genau wie Schulte war er alt geworden, doch Rico erkannte ihn sofort.

Der Mann da vorne war Onkel Dranko.

Die Vorsitzende des Stadtmarketings, Kirsten Gerlach, heute im schwarzen Businesskostüm und hochhackigen Pumps, betrat die Bühne und forderte die Anwesenden auf, sich zu setzen. Ralph und Sabine nahmen ganz hinten im Saal Platz, um den Überblick zu behalten.

Gerlach dankte den versammelten Gästen für ihr Erscheinen und entschuldigte sich für die Umstände, die sich durch die polizeiliche Untersuchung ergaben. Dann bat sie Konrad Möbs zu sich und stellte ihn vor, als einen Freund und Kollegen von Horst Schulte, der kurzfristig aus dem Ruhestand zurückgekehrt war, um in den kommenden Tagen dessen Rolle im Stadtmarketing zu übernehmen.

Sabine beobachtete ihren ehemaligen Vorgesetzten genau. Die Trauer in seinem Gesicht schien echt. Auch die Worte, die er fand, um Schultes zu gedenken, waren gut gewählt. Möbs wurde plötzlich menschlich. Fast empfand sie so etwas wie Sympathie. Aber das Gefühl setzte sich nicht fest, dafür war zu viel Unerfreuliches zwischen ihnen vorgefallen.

Nach Möbs sprach Kirsten Gerlach, gefolgt von ihrem Stellvertreter Lothar Trautwein. Letzterer kündigte an, dass die Untersuchungen auf dem Marktplatz bald abgeschlossen sein würden und die Schausteller abbauen und die Heimreise antreten könnten. Sabine fragte sich, woher er diese Zuversicht nahm.

Einige weitere Honoratioren traten ans Rednerpult und fanden mehr oder weniger warme Worte. Nachdem man noch eine Schweigeminute für Schulte eingelegt hatte, beendete Kirsten Gerlach die Zusammenkunft und bat die Mitglieder des Stadtmarketings in den kleinen Sitzungssaal. Gerlach und Möbs machten sich auf den Weg, und Johannes Lohmann bewegte sich in dieselbe Richtung. Kaufmann stand rasch auf, um ihn abzupassen, während Angersbach sich zu Trautwein durcharbeitete. Ehe er sich dem Komitee anschloss, wollten sie ihn befragen.

»Hallo, Herr Lohmann«, sagte Sabine, als sie hinter dem Eventmanager war. Lohmann drehte sich zu ihr um.

»Frau Kaufmann.« Seine Augen waren feucht, in seinem Gesicht arbeitete es. »Es tut mir sehr leid, was mit Ihrem Kollegen geschehen ist.« Er winkte sie ein Stück zur Seite. »Markus hat gesagt, dass Sie ihn festgenommen haben. Glauben Sie wirklich, dass er es war? Dass er Ihre beiden Kollegen …?«

»Wir wissen es noch nicht. Immerhin bestreitet er es, und es gibt noch andere Verdächtige.«

»Gott sei Dank.« Lohmann wirkte erleichtert. »Ich kann es mir auch nicht vorstellen. Markus ist ein feiner Mensch.«

»Er hat dafür gesorgt, dass potenziell gefährliche Fahrgeschäfte auf dem Bad Vilbeler Markt aufgebaut werden. Vielleicht hat er niemanden mit eigener Hand getötet. Aber er hat zumindest billigend in Kauf genommen, dass Menschen sterben. Weil ihm das Geld wichtiger war als die Verantwortung.«

Lohmann biss sich auf die Lippen. »Er hat einen schweren Fehler gemacht. Aber er bereut es.«

»Schauen wir, ob das den Richter beeindruckt«, entgegnete Kaufmann unversöhnlich. Sie hob die Hand zum Abschied, weil sie sah, dass Angersbach und Trautwein auf sie zukamen. Lohmann lächelte schief und verzog sich. Sein Bedarf an Moralpredigten war vermutlich fürs Erste gedeckt.

»Gehen wir in mein Büro«, sagte Trautwein und lief vor Ralph und Sabine über den Flur. Er schien es eilig zu haben. Weil er nicht zu viel von der anstehenden Sitzung verpassen wollte oder weil er endlich sein Gewissen erleichtern wollte? Er schloss die Tür hinter den Kommissaren und forderte sie mit einer knappen Handbewegung auf, Platz zu nehmen.

»Meine Frau hat mir mitgeteilt, dass Sie bei uns waren und mit mir sprechen wollten. Sie sagt, Sie hätten nach meinem Alibi gefragt.«

Kaufmann überließ es Angersbach, die Anschuldigungen vorzutragen. Einen Politiker, der Schmiergelder nahm und über Leichen ging, brauchte man nicht mit Samthandschuhen anzufassen.

»Sie hatten einen guten Grund, Eckard Roth zu beseitigen. Die Aufdeckung der Schmiergeldaffäre wird Ihre politische Karriere ruinieren.«

Trautwein ließ sich auf seinen Sessel sinken. »Vermutlich ja. Ich habe das Risiko unterschätzt. Das Angebot war zu verlockend.« Er seufzte. »Wissen Sie, wie das ist, wenn man finanziell von seiner Frau abhängig ist?«

Angersbach wischte den Verbrüderungswunsch beiseite. »So schlecht verdienen Sie als Politiker nicht. Und ein echter Mann sollte es ertragen, wenn seine Frau mehr Geld hat als er.«

Sabine lächelte überrascht. Derart emanzipierte Sprüche passten überhaupt nicht zu dem Raubein, das Ralph immer vorgab zu sein. Doch sie wusste ja längst, dass hinter der harten Schale ein weicher Kern hauste.

Trautwein hob die Hände. »Es war dumm, ja. Ich habe gepokert und verloren. Das passiert.«

»Für Sie hing alles daran, ob Eckard Roth den Mund aufmachen würde. Deshalb haben Sie ihn zum Schweigen gebracht«, sagte Angersbach.

»Nein.« Trautwein strich sich durch die Haare. »Das hätte doch nichts genützt. Roth war ja nicht der Drahtzieher, sondern nur ein Rad im Getriebe. Im Zweifel wusste er nicht einmal, dass ich an der Sache beteiligt bin. Wenn es jemanden gibt, dessen Tod mir eventuell genützt hätte, wäre es Markus

Fuller. Aber auch in dem Fall hätten Sie in der Agentur sicherlich Unterlagen gefunden, die mich mit der Affäre in Verbindung bringen. Mit einem Mord, an wem auch immer, hätte ich meine Situation nur verschlechtert.«

»Wenn man vernünftig darüber nachdenkt, ja«, entgegnete Angersbach schroff. »Aber Menschen handeln nicht immer rational.«

Trautwein beugte sich zu ihnen vor. »Was kann ich tun, damit Sie mir glauben? Ich war in der Nacht zu Hause bei meiner Frau. Das hat sie Ihnen ja auch bestätigt. Sie dürfen auch gerne die GPS-Daten unserer Fahrzeuge auslesen. Daran werden Sie sehen, dass keiner unserer Wagen in der Nacht in Bad Vilbel war. Ich hatte auch keinen persönlichen Kontakt mit Eckard Roth, wie Sie vermutlich seinen Telefondaten entnommen haben. Ich stelle Ihnen auch gerne meine Verbindungsnachweise zur Verfügung.«

»Es gibt immer Möglichkeiten, sich zu verabreden, auch ohne ein Telefon zu benutzen«, sagte Ralph. »Und man kann ohne eigenen Wagen von Frankfurt nach Bad Vilbel kommen.«

Trautwein legte die Fingerspitzen aneinander. »Noch einmal: Was kann ich tun? Ich bin Politiker. Sie wissen doch: Das sind Menschen, die reden, aber nicht handeln.« Er versuchte sich an einem einnehmenden Lächeln. Angersbach verzog keine Miene.

Lothar Trautwein wandte sich Sabine zu. »Sie glauben doch, dass es derselbe Täter war, der Roth und Schulte getötet hat, oder nicht? Für die letzte Nacht, als Kriminaloberrat Schulte ermordet wurde, habe ich ein Alibi.«

Kaufmann nickte. »Das haben wir überprüft.«

Trautwein lehnte sich zurück und verschränkte die Arme. »Schön. Also haben Sie nichts. Sie versuchen nur, mich einzuschüchtern, in der Hoffnung, dass ich ein Geständnis ablege. Weil Sie nicht wissen, wo Sie sonst nach Ihrem Mörder suchen sollen. Aber ich war es nicht.«

Ralph sprang auf und wollte anscheinend zu einer heftigen Entgegnung ansetzen, doch Sabine war mit zwei Schritten bei ihm und stoppte ihn.

»Lass es. Das hat keinen Sinn.« Sie drängte ihn aus dem Büro. An der Tür drehte sie sich noch einmal um. »Wir sehen uns noch, Herr Trautwein.«

»Ich hoffe, dann haben Sie Fakten und nicht nur butterweiche Theorien«, rief der Politiker ihnen nach.

Kaufmann blieb stehen. »Dieser verdammte …«

Dieses Mal war es Angersbach, der sie weiterzog.

23

Sie fuhren noch am selben Abend nach Berlin. Für einen Besuch im Stasiarchiv war es bereits zu spät, doch wenn sie in der Hauptstadt übernachteten, waren sie am nächsten Morgen gleich vor Ort. Außerdem, hatte Sabine vorgeschlagen, konnten sie dann den Abend mit Janine verbringen. Angersbach, der seine Halbschwester bisher nicht ein einziges Mal in ihrer neuen Heimat besucht hatte, hatte sich gesträubt, doch Kaufmann hatte ihm keine Chance gelassen, sondern erst Ruhe gegeben, als er sein Smartphone zur Hand genommen und Janine angerufen hatte.

»Du bist in Berlin? Wie cool.« Seine Halbschwester freute sich riesig. »Dann kannst du endlich Morten kennenlernen.«

Was der Grund war, warum er sich bisher vor einem Besuch gedrückt hatte. Er wollte dem Mann nicht begegnen, der plante, Janine ans andere Ende der Welt zu entführen.

»Wir sind im A.HORN«, sagte Janine und erklärte ihm, welche U-Bahn-Linie sie nehmen mussten, um dorthin zu kommen. Ralph gab die Informationen an Sabine weiter, die bereits den Plan auf ihrem Smartphone geöffnet hatte.

»Das finden wir.« Sie hob den Daumen.

Ralph fügte sich in sein Schicksal. »Also, in einer halben Stunde, okay?«

Er ließ sich von Sabine mitziehen, durch endlos lange unterirdische Katakomben, auf Bahnsteige, deren Wände von Graffiti übersät waren, in überfüllte U-Bahn-Wagen. Es gefiel ihm nicht, es war zu voll, zu laut, zu hektisch. Ständig wurde gedrängelt, fremde Menschen kamen ihm zu nah. Ihm war schon Frankfurt zu groß, doch dorthin fuhr er zumindest mit dem eigenen Wagen, wenn es sein musste. Aber Kaufmann hatte sich geweigert, die Strecke nach Berlin in seinem Lada zurückzulegen. Also waren sie mit dem ICE gefahren. Das Hotel befand sich direkt am Hauptbahnhof, der in seinen Dimensionen fast an einen Flughafen erinnerte. Angekommen waren sie unter der Erde; die S-Bahn, mit der sie das erste Stück in die Stadt zurücklegten, fuhr oberirdisch.

Das A.HORN befand sich in Kreuzberg, direkt am Landwehrkanal. Sie stiegen an der U-Bahn-Haltestelle Prinzenstraße aus und überquerten den Kanal. Kaufmann sah sich um.

»Schön hier. Dieses Flair. Hat etwas von Aufbruchsstimmung, findest du nicht? Man fühlt sich viel lebendiger als in Frankfurt oder Wiesbaden.«

Angersbach sah sie verwundert an. Er empfand nichts dergleichen. Nur ein Rumoren in der Magengegend und eine unangenehme Enge in der Kehle.

Wann hatte er Janine zuletzt gesehen? Es musste Weihnachten gewesen sein; sie war gekommen, um den ersten Weihnachtstag mit ihm und seinem Vater zu verbringen. Endlich war es einmal so, wie Ralph es sich wünschte, sie drei in Gründlers schönem Haus im Vogelsberg vor dem Kamin, jeder mit einem Punsch in der Hand, die Füße hochgelegt. Seine kleine Familie. Morten war bei seinen Eltern in Australien, und es hatte keine Mühe gekostet, Janine zu überreden, noch ein paar Tage zu bleiben. Erst am Tag vor Silvester war sie zurück nach Berlin gefahren, um Morten vom Flughafen abzuholen.

Kaufmann strebte auf die Tür des Lokals zu. Es lag direkt an der Straßenecke. Bunt zusammengewürfelte Tische und Stühle standen davor. Etliche Leute saßen noch draußen, obwohl es schon dunkel war und nicht mehr besonders warm. Janine konnte er nicht entdecken.

Der Gastraum war nicht besonders groß. Dunkle Holztische standen gedrängt und für Angersbachs Geschmack viel zu dicht beieinander. Widerwillig folgte er Kaufmann, die sich geschickt zwischen den Stühlen hindurchschlängelte.

Dann endlich sah er Janine. Sie hatte einen Platz in der Ecke am Fenster mit Blick auf den Kanal ergattert. Zwei junge Männer saßen rechts und links neben ihr, der eine groß, blond und sportlich, der andere klein und rundlich, mit braunen Haaren, die ihm in die Stirn hingen, und einer dicken Brille. Ralph betrachtete den Blonden widerwillig. Er hatte es ja geahnt. Morten war der Typ cooler Sonnyboy, neben dem er selbst sich immer besonders unbeholfen und behäbig vorkam. Genau deswegen hatte er ihn lieber gar nicht erst kennenlernen wollen.

Janine sprang auf, als sie ihn entdeckte. Sie kam auf ihn zu und umarmte ihn herzlich.

»Ralph. Das ist so toll, dass du da bist.« Sie begrüßte auch Sabine, mit einer Umarmung und zwei gehauchten Küssen auf die Wange. Dann zeigte sie auf die beiden Männer.

»Das ist Morten.« Sie strahlte.

Der kleinere der beiden stand auf und strich sich die braunen Haare aus der Stirn.

»Hi«, sagte er. »Du bist also Janines großer Bruder? Freut mich, dass wir uns endlich kennenlernen.«

Angersbach blinzelte. Seine Augen huschten zwischen den beiden Männern hin und her.

»Du bist Morten?«

»Ja.«

Ralph fiel ein Stein vom Herzen. Der junge Mann wirkte offen, freundlich und bescheiden. Keiner, neben dem er sich blöd vorkam. Im Gegenteil war er ihm auf Anhieb sympathisch.

»Freut mich.« Er schüttelte Morten die Hand. Dann deutete er auf den Sonnyboy. »Und wer ist das?«

»John«, sagte Morten. »Ein Kommilitone von mir. Ich habe ihn mitgebracht, weil Janine gesagt hat, ihr interessiert euch für alte Stasiakten. John macht gerade ein Praktikum im Zentralarchiv. Vielleicht kann er euch weiterhelfen.«

»Super.« Auch Sabine begrüßte die beiden Männer. »Aber erst mal will ich was essen.«

Sie setzten sich und bestellten jeder ein Nudelgericht von der Tafel an der Wand, auf der die Tagesgerichte mit Kreide angeschrieben waren, dazu Berliner Weiße mit Schuss.

»Wenn man schon mal hier ist …« Kaufmann grinste.

»Wir trinken das auch gern«, sagte Morten und griff nach Janines Hand. Angersbach sah die beiden identischen Ringe an ihren Fingern. Morten trug ihn rechts, Janine links. Ralph betrachtete das Paar und musste zugeben, dass sie gut zueinanderpassten. Offensichtlich tat Morten Janine auch gut. Sie sah entspannt aus, erwachsener und in sich ruhender, als er es jemals erwartet hätte.

Nachdem sie gegessen hatten, orderte Kaufmann eine Flasche Sekt. »Wir müssen doch auf eure Verlobung anstoßen.«

Ralph wartete auf das Grummeln im Magen, das ihn bei dieser Vorstellung jedes Mal befiel, doch es blieb aus. Stattdessen verspürte er etwas anderes. Er freute sich für seine Halbschwester. Sie hatte gefunden, wonach er bisher vergeblich gesucht hatte. Aus dem Augenwinkel schaute er zu Sabine. Würden sie beide jemals so einträchtig nebeneinandersitzen wie Janine und Morten? Wenn er sich weiterhin so ungeschickt anstellte wie bisher, sicherlich nicht.

Der Sekt kam, und Sabine, Ralph und John brachten jeder einen Toast auf das junge Glück aus. Anschließend gab ihnen John einen Überblick über die Arbeit des Stasiarchivs.

»Es ist unfassbar. Millionen von Akten. Die haben damals fast jeden beobachtet und alle Informationen gesammelt, die sie bekommen konnten. Das meiste befindet sich hier im Zentralarchiv, aber es gibt auch Außenstellen. Viele Dokumente finden sich auf Mikrofiche, und wir haben die entsprechenden Lesegeräte im Archiv. Von einigen existieren auch digitale Kopien, aber das meiste ist noch auf Papier. Es ist erstaunlich, wie die es damals geschafft haben, den Überblick zu behalten.« Seine Miene verfinsterte sich. »Es muss schrecklich gewesen sein, in diesem Land zu leben. Ständig bespitzelt und immer mit der Angst, plötzlich verhaftet zu werden, weil man etwas Falsches gesagt hat, oder einfach weil einen der Nachbar nicht leiden konnte. Aber das Furchtbarste sind die Zwangsadoptionen. Da haben sie den Leuten einfach ihre Kinder weggenommen.«

Angersbach erinnerte sich, dass man das Markus Fuller angetan hatte, nach der missglückten Flucht mit seinem Vater. Die Mutter und ein Freund der Familie hatten es in den Westen geschafft, aber sein Vater war ins Gefängnis gekommen und dort gestorben, und Fuller war von fremden Menschen adoptiert worden, so jedenfalls hatte ihnen Horst Schulte die Geschichte erzählt.

Der Gedanke an Schulte bedrückte ihn. Es kam ihm mit einem Mal falsch vor, hier zu sitzen und sich einen schönen Abend zu machen, während der Mörder seines ehemaligen Vorgesetzten frei herumlief.

»Lass uns zurück ins Hotel fahren, ja?«, sagte er zu Sabine. »Ich bin müde.«

Janine und die beiden jungen Männer wirkten enttäuscht.

»Ich dachte, wir ziehen noch um die Häuser«, äußerte seine Halbschwester.

»Vielleicht morgen. Wenn wir den Fall gelöst haben.«

Sie verabschiedeten sich herzlich und machten sich dann auf den Weg zum Hotel, mitten hindurch durch das Berliner Nachtleben. Überall um sie herum pulsierte es. Nur in Ralphs Innerem schien alles erstarrt.

24

John erwartete sie vor dem Eingangsportal des Zentralarchivs. Daneben war auf einem Schild mit dem Bundesadler zu lesen: »Der Bundesbeauftragte für die Unterlagen des Staatssicherheitsdienstes der ehemaligen Deutschen Demokratischen Republik«. Der Student winkte, als er Ralph und Sabine entdeckte.

Janine hatte angerufen, als sie im Hotel beim Frühstück saßen, und ihnen angeboten, dass sich John als persönlicher Guide zur Verfügung stellen würde. Angersbach hatte abgewehrt.

»Danke. Wir haben eine offizielle Genehmigung. Das sollte reichen, um alles zu bekommen, was wir brauchen.«

Doch Janine ließ nicht locker. »Diese Akten sind richtig dick«, argumentierte sie. »Um einen Überblick zu bekommen, sieht man sich am besten zuerst die Mikrofiches an. Das ist umständlich, da könnt ihr jede Hilfe gebrauchen, die ihr bekommen könnt.«

Ralph, der das Telefon auf laut gestellt hatte, warf Sabine einen fragenden Blick zu. Sie beugte sich vor und sagte: »Das wäre toll, Janine. Je eher wir etwas finden, desto besser.«

Angersbach hatte sich der geballten Frauenpower gefügt.

»Trotzdem weiß ich nicht, ob das richtig ist«, bemerkte er jetzt, als sie auf John zugingen. »Das ist immerhin eine offizielle Ermittlung. Dabei haben Privatpersonen nichts verloren.«

Kaufmann stimmte ihm grundsätzlich zu, doch in diesem Fall war sie bereit, eine Ausnahme zu machen. Dass diese ganze DDR-Geschichte überhaupt mit den Morden an Roth und

Schulte zusammenhing, war ja bisher nicht mehr als eine vage Hypothese. Sollte sich herausstellen, dass das Motiv tatsächlich in Fullers Vergangenheit lag, sähe die Sache anders aus. Aber dann konnte man John immer noch zum Stillschweigen verpflichten.

Ihre Toleranz wurde allerdings auf eine harte Probe gestellt, als John sie ins Foyer des Zentralarchivs führte. Dort saßen Janine und Morten auf einer Bank und küssten sich. Als sie Ralph und Sabine entdeckten, standen sie auf und kamen auf sie zu.

»Wir dachten, je mehr Hilfe ihr habt, desto schneller geht es«, verkündete Janine. Angersbach warf Sabine einen Blick zu, der wohl so viel heißen sollte wie: »Ich habe es dir ja gleich gesagt.« Doch jetzt war es zu spät, um die Entscheidung rückgängig zu machen. Sie wollte Ralphs Halbschwester und ihren Freund nicht vor den Kopf stoßen.

Gemeinsam mit den dreien gingen sie zum Empfang, wiesen sich aus und trugen ihr Anliegen vor. Die Frau hinter dem Tresen, Ende fünfzig bis Anfang sechzig, füllig und mit einer Frisur, die seit wenigstens zwanzig Jahren aus der Mode war – gerader Pony, hinten knapp kinnlang und ohne Stufen –, strahlte John an.

»Ich sehe, Sie haben einen fachkundigen Führer dabei«, sagte sie zu Kaufmann und Angersbach. »Das ist gut.«

John zwinkerte der Frau zu und führte die kleine Gruppe dann in die Tiefen des Zentralarchivs.

»So.« Er rieb sich in freudiger Erwartung die Hände. »Was suchen wir?«

»Markus Fuller«, erklärte Angersbach. »Er muss Mitte bis Ende der Achtzigerjahre versucht haben, aus der DDR zu fliehen, gemeinsam mit seinem Vater. Die Flucht ist missglückt. Der Vater wurde verhaftet, Fuller zwangsadoptiert.«

»Also ist Fuller nicht sein Geburtsname?«

»Nein. Vermutlich nicht.« Sabine lächelte. Vielleicht war es doch nicht so dumm, die jungen Leute dabeizuhaben. Sie selbst hatten so weit noch nicht gedacht.

John setzte sich an einen Computer und scrollte durch Datensätze. Es dauerte eine ganze Weile. Dann drehte er sich zu ihnen um.

»Tut mir leid. Ich finde hier nichts.« Er legte die Stirn in Falten. »Ist das denn sein richtiger Name? Manchmal haben die neuen Eltern den Kindern andere Namen gegeben. Könnte es sein, dass er später den Namen wieder angenommen hat, den ihm seine richtigen Eltern gegeben haben?«

Kaufmann und Angersbach waren überfragt.

»Okay. Ich versuche etwas anderes.« John tippte wieder auf der Tastatur, und neue Listen erschienen auf dem Monitor.

»Ah. Da haben wir ihn ja.« Er vertiefte sich in ein Dokument. Schließlich blickte er auf.

»Markus Fuller hat in der Tat einen Fluchtversuch unternommen, gemeinsam mit einem Freund namens Robby. Die beiden wollten in den Westen schwimmen. Sie haben ihre Sachen wasserdicht verpackt und sind bei Nacht und Nebel in die Ulster bei Unterbreizbach gestiegen. Sie hatten aber Pech. Ein Wachposten hat sie entdeckt. Die beiden wurden festgenommen. Man hat sie zu zwei Jahren Jugendarrest verurteilt.«

Angersbach runzelte die Stirn. Auch Kaufmann war verblüfft. Das war nicht die Geschichte, die ihnen Horst Schulte erzählt hatte.

»Was war mit dem Vater?«

John scrollte in seinem Dokument weiter nach unten.

»Linientreu. Die ganze Familie. Markus war offenbar so etwas wie das schwarze Schaf.«

»Der Vater hat also keinen Fluchtversuch unternommen? Er war nicht im Gefängnis?«

»Moment.« Wieder klickte sich John durch eine Reihe von Dateien. Sabine war mittlerweile sehr froh, dass sie ihn dabeihatten. Allein hätten sie nicht so schnell etwas herausgefunden.

»Ah. Hier.« John schaute auf. »Die Eltern leben nicht mehr. Sie sind bei einem Autounfall ums Leben gekommen. 1998.«

Neun Jahre nach der Maueröffnung also.

Sabine schaute Ralph an und seufzte. So viel zu ihrer DDR-Spur.

»Verdammt.« Angersbach schnaufte ärgerlich. »Schulte hat sich getäuscht. Wir hätten uns die ganze Fahrt nach Berlin sparen können.«

»Das wäre aber schade gewesen«, lächelte Janine.

»Wie seid ihr denn überhaupt auf die Idee gekommen?«, erkundigte sich Morten. Sabine erklärte es ihm.

Janines Verlobter legte die Stirn in Falten. »Das heißt, die Geschichte stimmt. Aber der Mann war nicht der richtige. Ihr Kollege hat sich geirrt, als er geglaubt hat, ihn wiederzuerkennen.«

»Offensichtlich.« Eine Idee durchzuckte Sabine. Verrückt. Oder doch nicht? Sie dachte daran, wie Johannes Lohmann aus seinem Wohnwagen gestiegen war, mit den zerrissenen Jeans und dem schmuddeligen T-Shirt. Was, wenn er es gewesen war, den sie einige Tage zuvor als Chip-Einsammler am Kettenkarussell gesehen hatte? Der Schausteller kam aus Jena. Vielleicht gab es eine alte Verbindung? Das könnte bedeuten, dass Lohmann ebenfalls aus der DDR stammte. Vielleicht hatte Schulte die beiden Eventmanager verwechselt?

»Schau doch mal, ob du etwas über einen Johannes Lohmann findest«, bat sie John.

»Klar.« Der Jurastudent bearbeitete wieder die Tastatur. Ralph, Sabine, Janine und Morten warteten gespannt.

»Hey.« Morten drehte sich zu Sabine um und grinste. »Du bist gut. Da haben wir was. Es gibt eine Akte. Zu einer Zwangsadoption. Walter und Margot Lohmann haben 1985 einen Jungen adoptiert. Der Name ist hier mit Johannes angegeben.«

Sabine lief ein Schauer über den Rücken.

»Weshalb wurde er zwangsadoptiert?«

»Das steht hier nicht. Wir müssen uns die Akte herausgeben lassen.«

Sie gingen zurück zu der Frau am Empfang mit der altmodischen Frisur.

»Ich lasse sie euch auf Mikrofiche kommen«, versprach sie. »Das kann allerdings eine Weile dauern. Am besten geht ihr erst mal einen Kaffee trinken.«

John übernahm die Führung, und die jungen Leute genehmigten sich ein Frühstück, während es Ralph und Sabine bei einer Tasse Kaffee – schwarz natürlich – bewenden ließen. Sabine erklärte den anderen ihren Gedankengang.

Morten sah sie beeindruckt an. »Das war gut kombiniert.«

»Warten wir es ab«, dämpfte Kaufmann die Begeisterung. »Noch wissen wir ja nur, dass es eine Zwangsadoption gab. Ob tatsächlich eine missglückte Flucht dahintersteckt …«

Das Piepen eines Handys unterbrach sie. John zog sein Smartphone hervor. »Ah. Conny hat mir eine SMS geschickt. Wir können uns die kleinen Fische jetzt ansehen.«

»Kleine Fische?« Angersbach blickte verständnislos.

»Mikro-Fisch«, erklärte Janine und prustete. »Ganz alter Witz. Aber immer noch gut.«

Ralph rang sich ein Lächeln ab. Sabine grinste. Ihr gefiel das Wortspiel.

John führte sie in den Saal mit den Lesegeräten. Ein Mitarbeiter des Zentralarchivs brachte ihnen die Mikrofiches. Es war ein ganzer Karton voll.

»Ach du liebe Güte«, stöhnte Angersbach. »Das wird ewig dauern, bis wir die alle durchgesehen haben.«

»Deswegen sind wir ja mitgekommen«, blinzelte Janine ihm zu. »So muss sich jeder nur ein Fünftel des Materials anschauen.«

»Also los.« John verteilte den Inhalt der Schachtel auf die Gruppenmitglieder, und alle nahmen hinter einem Lesegerät Platz.

Morten entdeckte als Erster etwas. »Hier. Die leiblichen Eltern von Johannes Lohmann heißen Jürgen und Maria Krawitz. Johannes ist auch nicht sein Geburtsname. Seine Eltern haben ihn Rico getauft.«

Angersbach blickte Kaufmann an und pfiff leise durch die Zähne.

»Was ist mit dem Vater passiert?«, fragte sie.

»Das steht hier nicht.« Morten nahm den Mikrofiche aus dem Lesegerät und legte einen neuen ein.

»Versuchte Republikflucht«, meldete sich Janine von der anderen Seite. »Er kam ins Gefängnis und ist dort wenige Monate später verstorben. Angeblich ein Hirnschlag. Aber man weiß ja, wie so etwas läuft.«

»Wie denn?«, fragte Ralph.

Seine Halbschwester verdrehte die Augen. »Die Stasi hatte Mittel und Wege, Personen, die ihr nicht genehm waren, zu liquidieren. Offiziell hieß es dann Hirnschlag oder Lungenentzündung oder dergleichen. In Wirklichkeit hat man den Leuten wahrscheinlich eine Spritze verpasst oder sie einfach totgeprügelt.«

Sabine konnte nicht beurteilen, ob das so war oder nicht, dazu wusste sie zu wenig über die Vorgehensweise der Staatsmacht in der DDR. Aber vorstellbar war es.

»Da steht auch, wer die Information über die geplante Flucht an die Stasi weitergegeben hat. Ein Mann namens Eckard Roth.«

Ralph und Sabine sahen sich an. Das war die Verbindung, nach der sie gesucht hatten.

»Hast du da auch etwas über die Mutter?«, erkundigte sich Kaufmann.

»Die ist tatsächlich geflohen. Gemeinsam mit einem Freund der Familie. Ich habe das Dokument hier«, verkündete John. Ralph und Sabine standen auf. Sie stellten sich hinter ihn und blickten über seine Schulter auf den Monitor des Lesegeräts.

Als sie den Namen lasen, stockte ihnen beiden der Atem.

Zwölf Stunden zuvor

Eigentlich wollte er fernsehen, doch er konnte sich nicht konzentrieren. In seinem Hinterkopf rumorte es. Es hatte mit dem Mann von der Eventagentur zu tun, der auf der Trauerfeier für Horst Schulte in der zweiten Reihe gesessen hatte. So ein Gefühl, als sei er ihm schon einmal begegnet. Nicht in jüngerer Zeit, aber irgendwann vor vielen Jahren. Da war so etwas Vertrautes in seinen Zügen. Etwas, das ihn an jemanden erinnerte.

Er ging zu dem Schrank, in dem er seine Hausbar verwahrte, und schenkte sich einen Cognac ein. Manchmal beförderte ein wenig Alkohol das Denken.

Voller Unrast lief er durch das Haus, das Glas in der Hand. Vom Wohnzimmer in die Küche, durch den Flur zurück ins Wohnzimmer. Er öffnete die Terrassentür und schaute hinaus in die Dunkelheit.

Da war ein Bild in seinem Kopf, das sich nicht richtig formieren wollte. An wen, um alles in der Welt, erinnerte ihn dieser Mann? Wenn er nur wüsste, wie er ausgesehen hatte, als er jünger gewesen war.

Irgendwo im Garten raschelte etwas. Ihm war, als husche ein dunkler Schatten über das Grundstück. Eine Katze? Oder ein Waschbär? Er sollte wohl besser hineingehen und die Tür schließen, doch er hatte das Gefühl, dass die kühle Luft ihm guttat.

Er schaute hinauf in den sternenklaren Himmel, an dem ein dicker, gelber Vollmond hing. Trank noch einen Schluck aus seinem Glas und genoss die Wärme, als der Cognac seine Kehle hinunterlief. Und dann fiel es ihm wie Schuppen von den Augen.

Die Frau, an die ihn der Mann erinnerte, war Maria.

Und der Mann war Rico, Marias Sohn.

Rico war damals zurückgeblieben, als er mit Maria in den Westen geflohen war. Eigentlich hätten Rico und dessen Vater, sein Freund Jürgen, mitkommen sollen. Aber sie waren nicht rechtzeitig am Treffpunkt erschienen. Er hatte bei seiner Einheit den Panzerwagen gestohlen, und Maria war wie vereinbart zugestiegen. Von Jürgen und Rico fehlte jedoch jede Spur. Und Horst Schulte auf der anderen Seite hatte gedrängt, über das Funkgerät im Panzerwagen, das sie auf einer anderen Frequenz benutzten als gewöhnlich, doch ein Risiko war es trotzdem. Das Zeitfenster war eng. Je länger sie warteten, desto größer war die Gefahr, dass man sie entdeckte. Dann wäre alles umsonst gewesen. Also war er losgefahren.

Wieder raschelte es, ganz in seiner Nähe dieses Mal. Dann teilten sich die Zweige des Gebüsches neben der Terrasse, und ein Mann trat heraus.

»Hallo, Onkel Dranko«, sagte Rico.

Er wollte weglaufen, zurück ins Haus, die Tür zuschlagen und die Vergangenheit aussperren. Doch das wäre keine gute Idee gewesen. Rico hatte eine Pistole in der Hand und richtete sie auf seine Brust.

»Ich wollte dich einladen«, sagte er. »Zu einem kleinen Ausflug. Du kommst doch mit?«

Er schluckte und versuchte Rico nicht sehen zu lassen, dass er am ganzen Leib zitterte. »Ja. Wo soll es denn hingehen?«

Ricos Augen funkelten wie Katzenaugen im Licht der Wohnzimmerlampe, das auf die Terrasse fiel.

»Das wirst du dann schon sehen, Onkel Dranko.«

Konrad Möbs.

Sabine Kaufmann starrte den Namen auf dem Bildschirm an und konnte es nicht fassen. In ihrem Kopf wirbelten die Gedanken durcheinander.

Warum hatte ihr ehemaliger Vorgesetzter nichts gesagt? Er musste Johannes Lohmann in den letzten Tagen doch begegnet sein.

Hatte er ihn nicht erkannt? Oder hatte er ihn ebenso verwechselt wie Schulte? Hatte er ebenfalls geglaubt, dass nicht Lohmann, sondern Fuller der Mann war, der für die Morde verantwortlich war? Und was war mit Lohmann? Weshalb hatte er Roth und Schulte getötet, jedoch nicht Möbs? Wenn ihre Vermutung stimmte und die Morde tatsächlich etwas mit der alten DDR-Geschichte zu tun hatten. Aber sie konnte kaum glauben, dass es anders war.

Angersbach zog sein Mobiltelefon aus der Tasche und tippte auf einen Kontakt. Er stellte das Telefon auf laut. Kaufmann hörte das Klingeln, doch niemand nahm ab. Schließlich schaltete sich die Mailbox ein. Die Stimme von Konrad Möbs erklang und forderte dazu auf, eine Nachricht zu hinterlassen.

»Herr Möbs? Ralph Angersbach hier. Wir haben Grund zu der Annahme, dass Johannes Lohmann der Mörder von Eckard Roth und Horst Schulte ist. Lohmann hieß ursprünglich Rico Krawitz. Er ist der Sohn der Frau, mit der Sie 1985 aus der DDR geflohen sind. Wir gehen davon aus, dass er Roth und Schulte dafür verantwortlich macht, dass seinem Vater und ihm die Flucht nicht gelungen ist. Sein Vater ist im Gefängnis gestorben, Rico wurde zwangsadoptiert.« Angersbach stockte. »Das wissen Sie vermutlich alles.« Er schaute Kaufmann Hilfe suchend an. Sie beugte sich vor.

»Melden Sie sich bitte bei uns«, sagte sie in Ralphs Smartphone. »Es könnte sein, dass Krawitz – also Lohmann – sich auch an Ihnen rächen will.«

Angersbach drückte das Gespräch weg und wählte den nächsten Kontakt.

»Mirco? Ist Möbs bei euch?«

»Möbs?« Mirco Weitzel lachte abfällig, was überhaupt nicht zu ihm passte. »Der zieht doch neuerdings die bessere Gesellschaft vor. Darf jetzt, nachdem Schulte nicht mehr da ist, bei all den wichtigen Personen im Stadtmarketing den dicken Max markieren.«

Sabine nahm Ralph das Telefon aus der Hand. »Mirco? Das ist nicht komisch. Es könnte sein, dass der Täter auch Möbs töten will.« Sie erläuterte ihm die Zusammenhänge. Weitzel gab einen verblüfften Laut von sich.

»Unser Möbs? Ich fasse es nicht.«

»Kümmert ihr euch darum? Schickt jemanden zu ihm nach Hause und zum Büro des Stadtmarketings. Wir müssen ihn finden. Solange wir Lohmann nicht haben, braucht er Polizeischutz.«

»Klar. Wird erledigt.«

»Danke.« Sie drückte auf das rote Hörersymbol, wählte eine neue Nummer und tippte auf den grünen Hörer. Schon nach dem ersten Klingeln war sie mit der Staatsanwaltschaft Frankfurt verbunden. Sie legte der zuständigen Staatsanwältin die Lage dar und beantragte einen Haftbefehl. Dr. Johanna Freier versprach, sich darum zu kümmern. Kaufmann verabschiedete sich und rief im Frankfurter Polizeipräsidium an. Sie bat darum, jeweils ein Team zur Eventagentur und zu Lohmanns Wohnung zu schicken, um ihn festzunehmen. Sollten sie ihn nicht antreffen, musste er umgehend zur Fahndung ausgeschrieben werden. Die Kollegen sicherten die sofortige Erledigung zu.

Sabine verabschiedete sich und gab Ralph das Telefon zurück. »Wir müssen so schnell wie möglich nach Bad Vilbel.«

»Ich fahre euch.« John zog ein Schlüsselbund aus der Tasche und schwenkte es. »Zum Bahnhof, meine ich. Mein Wagen steht auf dem Parkplatz hinter dem Zentralarchiv.«

»Also los.«

Sie eilten durch die langen Gänge nach draußen.

Johns Auto war ein alter VW-Bus. Ralph wollte sich von Janine und Morten verabschieden, doch seine Halbschwester wehrte ab.

»Wir kommen mit«, verkündete sie. »Und unterwegs erklärt ihr uns die ganze Geschichte. Ich habe höchstens die Hälfte verstanden.« Ihre Wangen glühten. »Das ist ja wie in einem Thriller.« Sie schaute Ralph bewundernd an. »Echt. Ich hätte nicht gedacht, dass dein Job so spannend ist.«

Angersbach knurrte nur. Das hier war kein Abenteuer, auch wenn es Janine so vorkommen mochte. Immerhin stand ein Menschenleben auf dem Spiel. Sabine hatte Möbs zwar nie gemocht; er hatte sie von Anfang an abgelehnt und Ralph und ihr beständig Steine vor die Füße geworfen. Doch dass ihm jemand die Kehle durchschnitt, hatte er nicht verdient.

Ganz kurz schoss ihr die Frage durch den Kopf, welchen Körperteil Lohmann ihrem ehemaligen Vorgesetzten wohl abschneiden würde, wenn er ihn in die Finger bekam. Bei Roth war es die Zunge, bei Schulte waren es die Augen. Und bei Möbs? Sabine schob den Gedanken eilig beiseite. Sie wollte es sich lieber nicht vorstellen.

Cordula Scherer rief auf Angersbachs Handy an, als sie im untersten Stockwerk des Berliner Hauptbahnhofs auf dem Gleis standen und auf den ICE Sprinter nach Frankfurt warteten.

»Möbs ist nicht im Büro des Stadtmarketings«, verkündete die DEG-Beamtin. »Er sollte eigentlich heute Vormittag zu einer Sitzung erscheinen, aber er ist nicht gekommen.«

»Hat er sich abgemeldet?«, erkundigte sich Angersbach.

»Negativ«, erwiderte Scherer. Sie klang förmlich, und Ralph fragte sich für einen Moment, ob es am Ernst der Situation lag oder an der Abfuhr, die er ihr erteilt hatte.

»Wir haben mit allen gesprochen, die hier sind. Kirsten Gerlach, Lothar Trautwein und die Leute vom TÜV und vom Bauamt. Da herrscht ein ziemlicher Trubel. Die Hydra war nicht das einzige Fahrgeschäft, bei dem Teile durchgerostet waren. Mindestens fünf weitere Karussells genügen nicht den Sicherheitsbestimmungen. Wir können froh sein, dass auf dem Vilbeler Markt nicht mehr passiert ist.«

»Verdammt. Kümmert ihr euch darum?« Ralph machte es wütend, wie in diesem Fall aus Profitgier Menschenleben aufs Spiel gesetzt worden waren, doch wirklich einlassen konnte er sich auf diese Geschichte jetzt nicht. Zu sehr drängte es ihn, herauszufinden, wo Möbs war. Er drückte Cordula weg, ehe sie antworten konnte. Wahrscheinlich würde sie ihm auch das übel nehmen. Es war ihm egal.

Der ICE fuhr ein, und sie verabschiedeten sich von Janine, Morten und John.

»Kommt mal wieder vorbei«, sagte seine Halbschwester. »Und ruf mich an, wenn ihr den Fall gelöst habt. Ich will unbedingt wissen, ob dieser Rico Krawitz tatsächlich der Mörder war.«

»Klar, machen wir«, versprach Ralph. Auch wenn es ihm nicht gefiel; Janines Freunde hatten ihnen einen großen Dienst erwiesen, also verdienten sie wohl auch eine Erklärung.

Das elektronische Piepen kündigte das Schließen der Türen an. Ralph und Sabine traten einen Schritt zurück. Durch die Scheibe winkten sie Janine und den beiden Männern, bis der Zug ausgefahren war. Dann begaben sie sich zu ihren Sitzplätzen. Zum Glück hatte Sabine mit ihrer App reserviert. Der Zug war brechend voll. Ralph hätte keine Lust gehabt, vier Stunden lang zu stehen.

Als sie saßen, zog er sein Smartphone hervor. »Was ist mit Weitzel? Warum meldet er sich nicht?«

Sabine legte ihm kurz die Hand auf den Arm. »Wenn ich mich richtig erinnere, wohnt Möbs irgendwo in der Nähe von Florstadt. Das ist ein Stück zu fahren. Sie können noch gar nicht da sein.«

Ralph atmete einmal tief durch und steckte das Smartphone wieder weg. Dann schloss er die Augen. Er spürte noch die Wärme von Sabines Hand auf seinem Arm. Angenehm, genauso wie hier so dicht neben ihr zu sitzen, näher noch als in seinem Wagen, und ausnahmsweise entspannt. Nicht was den Fall anging, da vibrierten seine Nerven. Aber zumindest auf dem privaten Schlachtfeld herrschte momentan Waffenstillstand. Der Abend mit Janine und den beiden jungen Männern hatte ihnen gutgetan.

Vielleicht wäre es ja doch nicht schlecht, wenn es immer so wäre?

Ralph gab sich dem Sog der Geschwindigkeit hin, der Vibration auf den Schienen und dem leisen Rauschen des Fahrtwinds, der am Zug vorbeistrich.

Im nächsten Moment war er eingeschlafen.

Sie waren kurz vor Halle, als Sabines Smartphone vibrierte. Der Anruf kam von Petra Wielandt. Kaufmanns Herzschlag beschleunigte sich unwillkürlich.

»Petra.«

»Sabine.« Die Kollegin von der Dezentralen Ermittlungsgruppe machte eine kurze Pause. »Das sieht nicht gut aus hier.«

»Was ist los?«

»Wir sind beim Haus von Konrad Möbs. Es liegt am Rand von Florstadt, nicht weit vom Wald entfernt. Schöner Blick über Wiesen und Felder. Es ist nicht besonders groß und erst recht nicht gepflegt, aber es könnte eine Perle sein.« Die Kollegin hüstelte. »Was ich eigentlich sagen will: Von den Nachbarhäusern aus hat man keinen Blick auf Möbs' Terrasse. Deshalb hat wohl auch niemand etwas bemerkt.«

Kaufmann merkte, wie sie ungeduldig wurde. »Wovon denn?«

»Möbs ist nicht zu Hause. Aber die Terrassentür steht offen. Die würde er doch schließen, wenn er weggeht? Er ist immerhin Polizist.«

In der ersten Sekunde war Sabine erleichtert. Wielandt und Scherer hatten also nicht Möbs' Leichnam in seinem Haus gefunden. Dann wurde ihr klar, was sich abgespielt haben musste und weshalb Wielandt so erschüttert war.

»Lohmann hat ihn entführt. Oder er hat ihn getötet und die Leiche irgendwo anders abgelegt.« Ihre Gedanken galoppierten. »Ist irgendwo in der Nähe ein Jahrmarkt?« Lohmann hatte ja offenbar einen besonderen Bezug zu Volksfesten und Schaustellern. Roths Leiche hatte im Kettenkarussell gesessen, die von Schulte hatte man in der Gondel des Riesenrads gefunden. Oder hatte Lohmann sich womöglich trotz der Polizeiabsperrung Zutritt zum Festgelände verschafft und auch Möbs' Leichnam dort abgeladen?

»Kann ich dir so aus dem Stegreif nicht sagen«, entgegnete Wielandt. »Aber es sieht nicht so aus, als hätte er Möbs getötet. Es gibt keine Kampfspuren und auch keine offensichtlichen Blutspuren.«

»Check das mit den Volksfesten. Und schick ein Team übers Jahrmarktsgelände. Wir müssen sichergehen, dass sich Lohmann nicht dort versteckt.«

»Da ist doch schon alles voller Polizei.«

»Dann sollen die sich umsehen. Ich will nicht noch eine Leiche in irgendeinem Karussell.« Schon gar nicht die von Konrad Möbs. »Ruf auch die Spurensicherung. Die sollen sich Möbs' Haus ansehen. Vielleicht finden sie einen Hinweis darauf, was passiert ist.«

Sie verabschiedete sich von Wielandt und schaute auf ihre Anruferliste. Weshalb hatten sich die Frankfurter Kollegen noch nicht gemeldet?

Als hätte das Universum ihren stummen Wunsch erhört, leuchtete im selben Moment die Nummer des Frankfurter Präsidiums auf. Es war ihre frühere Kollegin Julia Durant.

»Tut mir leid, Sabine.« Sie kam ohne Umschweife zur Sache. »Johannes Lohmann hält sich weder in der Agentur noch in seiner Wohnung auf. Sein Wagen steht in der Tiefgarage des Gebäudes, in dem sich die Agentur befindet. Von ihm selbst keine Spur. Da es außer Fuller, den ihr im Gewahrsam habt, keine Mitarbeiter gibt, konnten wir auch niemanden befragen. Die Fahndung läuft.« Im Hintergrund hörte Kaufmann Stimmen. »Die Kollegen melden sich, wenn sich etwas Neues ergibt. Wir müssen jetzt los. Da ist mal wieder ein Verrückter unterwegs. Aber das ist in dieser Stadt ja kaum etwas Besonderes.« Sie zögerte kurz. »Melde dich, wenn du mal wieder in Frankfurt bist. Wir könnten etwas trinken gehen.«

»Mache ich.«

Die beiden Frauen verabschiedeten sich, und Sabine steckte das Telefon zurück in die Tasche. Es war ein seltsames Gefühl gewesen, mit Julia zu sprechen. Sie hatten eine ganze Zeit lang zusammengearbeitet, doch das lag viele Jahre zurück. Dann hatte Sabine sich nach Bad Vilbel versetzen lassen, ihrer Mutter zuliebe. Sie hatte Julia gemocht, sie war eine kluge, geradlinige Frau und eine gute Kommissarin. Trotzdem würde sie den Kontakt zu ihr wohl nicht wieder vertiefen. Die Mordkommission in Frankfurt war Vergangenheit, seitdem war eine Menge schiefgegangen. Es würde sie einfach an zu viele Dinge erinnern, die sie lieber vergessen wollte.

Angersbach zuckte und schlug die Augen auf. Er blinzelte, weil er sich offenbar erst orientieren musste.

»Wo sind wir?«

Die Antwort erklang umgehend aus dem Lautsprecher: »Sehr geehrte Fahrgäste, unser nächster Halt ist in wenigen Minuten der Bahnhof Halle. Sie erreichen alle vorgesehenen Anschlusszüge. Wir bedanken uns bei allen, die in Halle aussteigen, für die Reise mit der Deutschen Bahn und wünschen Ihnen noch einen angenehmen Tag. *Ladies and gentlemen, in a few minutes …*«

Ralph verdrehte die Augen. Das Englisch des Zugchefs war grauenhaft.

Kaufmann berichtete von ihren Telefonaten mit Petra Wielandt und Julia Durant.

»Also hat er sich ihn geschnappt. Aber wo sind sie hin?«

Sabine sah wieder Lohmann vor sich, mit seinen zerrissenen Jeans und dem schmuddeligen T-Shirt.

»Das Wohnmobil.« Sie griff erneut zum Telefon und rief im Frankfurter Präsidium an. Diesmal sprach sie mit einem Beamten, den sie nicht kannte. Sie bat ihn, Lohmanns Camper zur Fahndung auszuschreiben.

Sie beendete das Gespräch und schaute auf das Display ihres Smartphones. Vierzehn Uhr fünfzehn. Der Zug fuhr ab, pünktlich. Bis Frankfurt waren es noch fast drei Stunden.

»Ich hasse es, hier festzusitzen und nichts tun zu können«, sagte sie.

Ralph zog die langen Beine an, die er unter den Vordersitz gestreckt hatte.

»Dann lass uns im Bordrestaurant einen Kaffee trinken. Hier ist es ohnehin zu eng, egal wie man sich faltet.«

Sabine hatte nichts dagegen, obwohl sie sein Problem nicht teilte. Manchmal hatte es eben auch seine Vorzüge, wenn man klein war.

25

Als der ICE Sprinter knappe drei Stunden später in Frankfurt einfuhr, gab es immer noch nichts Neues. Keine Spur von Lohmanns Camper, aber zumindest auch keine Leiche auf irgendeinem Jahrmarkt oder auf dem Gelände des Vilbeler Marktes. Die Beamten vor Ort hatten alles gründlich abgesucht.

Die Kriminaltechnik arbeitete auf Hochtouren. Man hatte Fasern in Möbs' Wohnhaus gefunden, die von seinem Entführer stammen könnten. Ein anderes Team hatte Vergleichsmaterial aus Lohmanns Wohnung besorgt. Kaufmann und Angersbach waren gerade auf dem Weg zum Parkhaus am Bahnhof, als sich Ralphs Smartphone bemerkbar machte.

»Wir haben eine Übereinstimmung«, vermeldete der Kollege aus der Forensik. »Die Faserspuren im Haus von Konrad Möbs stammen eindeutig von Johannes Lohmann.«

»Also stimmt es«, sagte Sabine, als Ralph die Information weitergegeben hatte. »Lohmann hat Möbs entführt. Er ist derjenige, der die Drohbriefe geschrieben und Roth und Schulte ermordet hat. Weil er sie für den Tod seines Vaters und die Zwangsadoption verantwortlich macht.«

Angersbach aktivierte sein Handy wieder und rief die Leitstelle an. »Was ist mit dem Wohnmobil? Ist es irgendwo gesichtet worden?«

»Bisher leider nicht«, sagte die Frau am anderen Ende. »Sobald es Neuigkeiten gibt, informieren wir euch.«

»Ja. Danke.«

Ralph fuhr sich durch die Haare, zog die Hand aber gleich wieder zurück. Sein Haar bekam nicht nur jeden Tag ein paar graue Strähnen dazu, es wurde auch immer dünner. Besser, man zerrte nicht zu sehr daran, sonst riss man womöglich noch etwas aus.

Er schob die Parkkarte in den Automaten und fummelte ungeduldig die EC-Karte in den Schlitz. Gab seine Geheimnummer ein und riss die Karten nach Abschluss des Bezahlvorgangs wieder an sich. Während sie zu seinem Lada liefen, grübelte er. »Wo könnte er hingefahren sein?«

»Weit kann er nicht sein. Wir haben überall Straßensperren. Bis zu irgendeiner Grenze würde er es nicht schaffen.«

Aber es gab in der Wetterau natürlich unzählige kleine Waldstücke, Feldwege und einsam gelegene Rastplätze. Sobald man sich ein Stück von den Bundesstraßen entfernte, konnte man im dichten Grün untertauchen. Wenn Lohmann das getan hatte, würde es lange dauern, bis man ihn aufspürte. Früher oder später würde man ihn finden, es war nur eine Frage der Zeit. Doch die hatten sie nicht.

Angersbach öffnete den Wagen. Sie stiegen ein, und er lenkte den Lada durch die engen Schnecken zur Ausfahrt. Stopfte das Parkticket in den Automaten und trat aufs Gas, kaum dass sich die Schranke geöffnet hatte. Erst einmal raus aus Frankfurt, in Richtung Bad Vilbel. Dort ein kurzer Stopp an der Polizeistation, dann weiter in Richtung Norden. Ralph wollte sich selbst bei Möbs in Florstadt umsehen. Vielleicht entdeckten sie etwas, das ihnen einen Hinweis darauf lieferte, was Lohmann plante. Dank der neuen B3 fielen zwei zeitraubende Ortsdurchfahrten weg, Ober- und Nieder-Wöllstadt. Doch so weit kamen die beiden erst gar nicht.

Kaufmann starrte angestrengt aus dem Seitenfenster, erst auf die hohen Wohn- und Bürotürme im Frankfurter Zentrum, dann auf die Felder und die Kuppen um den Feldberg im Taunus am linken Horizont.

»Vacha«, sagte sie, kurz bevor sie auf dem Heilsberg die Ortseinfahrt Bad Vilbels erreichten. »Dort hat damals alles angefangen. Vielleicht will Lohmann, dass es auch genau da endet.«

Ralph trat auf die Bremse. Hinter ihm hupte es, doch er scherte sich nicht darum.

»Gib mir das mobile Blaulicht«, forderte er Sabine auf und wendete ruppig. Der Autofahrer hinter ihm schimpfte durch die geschlossene Scheibe, gestikulierte wild und macht eine rüde Geste in Ralphs Richtung. Angersbach fuhr die Scheibe hinunter und setzte das Blaulicht mit dem Magnetfuß aufs Wagendach. Der aufgebrachte Fahrer zog eilig Kopf und Hand zurück und brauste mit durchdrehenden Reifen weiter. Angersbach gab wieder Gas.

Er raste die Bundestraße in südlicher Richtung zurück bis zum Preungesheimer Dreieck und fuhr auf die A661. Vorbei am Frankfurter Berg und dem alten US-Flugplatz zwischen Bonames und Kalbach, in dessen rot-weiß kariertem Tower sich jetzt ein Café befand. Nach einigen Windungen der Autobahn passierten sie den IKEA und direkt danach das Bad Homburger Kreuz, von wo es auf die A5 Richtung Norden ging.

Bis zum Hattenbacher Dreieck dauerte es gut eine Stunde, obwohl Ralph das Letzte aus dem Lada herausholte und sämtliche Geschwindigkeitsbegrenzungen ignorierte. Im Einsatz durfte er das.

Sie hatten die Kollegen vor Ort informiert, mehrere Streifenwagen suchten die Umgebung ab. Auch ein Hubschrauber war im Einsatz. Zusätzliche Suchmannschaften wurden zusammengestellt und machten sich auf den Weg. Ihnen lief nicht nur die Zeit davon, sondern auch das Licht. Es war jetzt kurz nach halb sieben. In zwei Stunden würde die Sonne untergehen. Wenn sie Lohmanns Wohnmobil bis dahin nicht gefunden hatten, würden sie erst am nächsten Morgen weitersuchen können, wenn es gegen sechs wieder hell wurde. Zeit, die Konrad Möbs vielleicht nicht hatte. Wenn er überhaupt noch lebte. Auch wenn ihm der Mann nie sympathisch gewesen war – Möbs war ein Kollege. Ganz abgesehen davon, dass jedes Menschenleben zu retten war. Angersbach war es nicht, der über den Wert zu entscheiden hatte.

Vom Hattenbacher Dreieck ging es ein kurzes Stück über die A7, dann am Kirchheimer Dreieck auf die A4. Von dort waren es noch dreiundzwanzig Kilometer bis nach Friedewald, wo man auf die B62 gelangte, dann noch einmal knapp fünfzehn Kilometer bis Vacha. Das Navigationsgerät zeigte die exakten Entfernungen und Fahrzeiten an. Ralph gab sein Bestes, um die Werte zu unterbieten.

»Das Haus«, sagte Kaufmann, als sie bereits auf den Ort zufuhren.

Angersbach, der sich auf den Verkehr konzentrierte, warf ihr einen raschen Seitenblick zu. »Welches Haus?«

»Das von Markus Fuller. Lohmann weiß, dass sein Kompagnon in Polizeigewahrsam ist. Er könnte einen Schlüssel haben. Oder er weiß, wo Fuller den Ersatzschlüssel aufbewahrt. Möglicherweise hat er den Camper dort in die Garage gestellt. Dann ist es kein Wunder, dass wir ihn nicht finden.«

Ralph trat das Gaspedal weiter durch. An den Weg zu Fullers Haus erinnerte er sich von ihrem ersten Besuch dort. Er war sich plötzlich sicher, dass Sabine recht hatte.

Die dunkle BMW-Limousine stand in der Einfahrt. Natürlich, Fuller war ja seit seiner Flucht nicht mehr hier gewesen. Mittlerweile war er aus dem Krankenhaus in die Untersuchungshaft überstellt worden, auch wenn es so schien, als wäre er nicht der Täter, den sie suchten. Doch noch blieb der Haftbefehl bestehen.

Angersbach parkte den Lada hinter dem BMW, und sie stiegen aus. Das Haus wirkte verlassen. Doch das konnte täuschen.

Sie liefen einmal um das Gebäude und die angrenzende Garage herum und spähten durch die Fenster ins Innere. Das Garagentor war fest verschlossen, ein Fenster gab es hier nicht. Wenn sie wissen wollten, ob Lohmann das Wohnmobil darin verbarg, würden sie die Tür aufbrechen müssen.

»Vielleicht gibt es einen Zugang vom Haus aus«, mutmaßte Ralph. Er rüttelte an der Hintertür und drückte versuchsweise gegen die Fensterrahmen. Vor einem kleinen Kellerfenster blieb er stehen. »Wenn wir die Scheibe einschlagen, könntest du dich hindurchquetschen«, schlug er vor.

Sabine seufzte. Sie war in der Tat schmal genug, um durch die Öffnung zu passen, aber ihr war nicht wohl bei dem Gedanken, allein ins Haus einzudringen. Was, wenn Lohmann tatsächlich dort war? Wenn er sie längst bemerkt hatte und ihr drinnen auflauerte? So wie es aussah, hatte er bereits zwei Polizeibeamte getötet. Er würde nicht zögern, auch einen dritten anzugreifen. Sie hatte zwar ihre Waffe, aber während sie sich durch das Fenster schob, wäre sie in einer unglücklichen Position. Lohmann könnte sie überwältigen und als Geisel nehmen.

Der Gedanke spülte die Erinnerung an ihren letzten gemeinsamen Fall nach oben, die Morde in Fuchsrod und das S, das man ihr auf die Brust gebrannt hatte. Ihr Vorgesetzter in Wiesbaden hatte ihr geraten, mit einem Psychologen darüber zu sprechen, doch sie hatte abgelehnt. Sie hatte ihr Leben lang alles mit sich allein abgemacht. Mit einer schizophrenen Mutter und einem abwesenden Vater blieb einem kaum etwas anderes übrig. Aber vielleicht hätte sie den Rat doch beherzigen sollen. Jetzt steckte ihr das Trauma in den Knochen und lähmte sie.

»Ich weiß nicht.«

Angersbach nickte. »Du musst es nicht tun. Wir finden auch einen anderen Weg.«

Kaufmann war überrascht über sein Einfühlungsvermögen. Offenbar ahnte er, was in ihr vorging.

Sie bewegten sich wieder zur Rückseite des Hauses, und Ralph betrachtete die Hintertür. »Ich habe ein Brecheisen im Kofferraum. Damit sollten wir sie aufbekommen.«

Sabine wartete, bis er mit dem Werkzeug zurückkehrte. Er setzte den Kuhfuß am Schließer an und stemmte sich dagegen. Holz splitterte, es knackte.

»Das haben wir gleich«, verkündete er optimistisch.

Wieder knackte es, dieses Mal hinter ihnen.

»Polizei!«, brüllte jemand. »Lassen Sie das Brecheisen fallen und nehmen Sie die Hände hoch.«

Kaufmann drehte sich um und schaute in die grimmigen Gesichter zweier uniformierter Beamte. Beide hatten ihre Dienstwaffe gezogen und zielten auf Angersbach. Ein paar Schritte hinter ihnen stand ein älterer Mann mit wirren grauen Haaren und einer braunen Strickjacke. An den Füßen trug er gleichfarbige Filzpantoffeln. Seine Miene war aufgebracht und zufrieden zugleich.

»Da haben wir das Pack«, brummte er.

Sabine wollte in die Tasche greifen und ihren Ausweis herausnehmen, doch einer der Beamten richtete seine Waffe auf sie.

»Keine falsche Bewegung! Die Hände nach oben und umdrehen! Gesicht zur Wand!«

Ralph warf den Kuhfuß beiseite und hob die Hände.

»Jungs. Wir sind Kollegen.«

»Sicher.« Die beiden lachten auf.

Angersbachs Gesicht wurde rot vor Wut. »Wir suchen einen Mann, der einen Kollegen von uns entführt hat«, grollte er. »Ich bin Kriminaloberkommissar Ralph Angersbach vom Polizeipräsidium Mittelhessen, und das ist Kriminaloberkommissarin Sabine Kaufmann vom LKA Wiesbaden. Der Gesuchte heißt Johannes Lohmann. Wir gehen davon aus, dass er Kriminalrat Konrad Möbs in seiner Gewalt hat.«

Die Mienen der beiden Schutzpolizisten zeigten angesichts von Ralphs Verärgerung und der Flut an wichtigen Titeln deutliche Zeichen der Verunsicherung.

»Wenn einer von euch so freundlich wäre, den Ausweis aus meiner Tasche zu nehmen. Innen links«, polterte Angersbach weiter. »Dann können wir dieses Possenspiel vielleicht beenden.«

Einer der Uniformierten trat zögerlich zu ihm und zog das Gewünschte hervor.

»Es stimmt«, sagte er kleinlaut zu seinem Kollegen.

»Dann können wir die Hände ja herunternehmen«, schimpfte Angersbach. Der Polizist nickte eifrig. Sein Kollege gab sich weniger einsichtig.

»Das konnten wir ja nicht wissen«, sagte er aufmüpfig.

»Nein, schon gut.« Kaufmann versuchte, die angespannte Lage zu beruhigen. In knappen Worten schilderte sie den beiden Schutzpolizisten, weshalb sie hier waren.

»Wir müssen wissen, ob Lohmanns Wohnmobil in der Garage steht«, schloss sie. Die beiden Uniformierten nickten. Einer der beiden hob den Kuhfuß auf, um Ralphs Werk fortzusetzen. Der andere machte sich Notizen.

»Warum habt ihr uns nicht informiert?«, fragte er. »Wir hätten längst hier sein können.«

»Weil uns der Gedanke gerade eben erst gekommen ist«, bellte Ralph. Sabine signalisierte ihm mit einer energischen

Handbewegung, sich zurückzuhalten. Streit half ihnen jetzt nicht weiter. Sie mussten am selben Strang ziehen.

»Das Wohnmobil steht nicht in der Garage«, sagte eine kratzige Stimme neben ihr. Der Mann mit den grauen Haaren und den Filzpantoffeln. Kaufmann hatte ihn beinahe vergessen.

»Wer sind Sie?«

»Erwin Schumann. Ich wohne nebenan.«

»Und Sie haben eine Wahrnehmung gemacht?«, fragte der eine Schutzpolizist.

»Bitte?«

»Sie haben etwas beobachtet?«, übersetzte Sabine.

»Ja. Da war ein Mann mit einem Wohnmobil. Er hat in der Einfahrt geparkt, da, wo jetzt dieser hässliche grüne Geländewagen mit der Schmiererei an der Seite steht.« Sein Blick wanderte zu Angersbach. »*Bullenschweine*. Sie gehören wohl zu der Sorte, die sich gerne unbeliebt macht?« Ein Grinsen schlich sich in seine Mundwinkel. Kaufmann schloss, dass er mit der Staatsgewalt in der Vergangenheit nicht die besten Erfahrungen gemacht hatte. Aber wenn er von hier stammte, hatte er viele Jahre in der DDR gelebt. Da war das wohl nicht ungewöhnlich.

»Der Mann ist ausgestiegen und hat den Schlüssel unter dem Stein neben der Haustür genommen.« Das Grinsen wurde noch eine Spur breiter. »Da liegt er jetzt übrigens wieder.«

Kaufmann ging nicht darauf ein. »Und dann?«

»Ist er ins Haus gegangen. Er hat die Garage geöffnet und das Wohnmobil hineingefahren. In einigen Räumen ist das Licht angegangen. Später war es wieder aus.«

»Wann war das?«

»Gestern Abend.«

»Haben Sie sonst noch jemanden gesehen?«

»Nein. Er war allein.«

Bedeutete das, dass Möbs längst tot und seine Leiche irgendwo verscharrt worden war? Aber wenn es sich bei dem Mann um Lohmann gehandelt hatte, würde er auch dafür gesorgt haben, dass man Möbs nicht sah, wenn er noch bei ihm gewesen war. Sie schaute den Nachbarn eindringlich an.

»Wie ging es weiter?«

»Heute Nachmittag ist er wieder weggefahren. Hat das Garagentor ordentlich verschlossen und den Haustürschlüssel zurück unter den Stein gelegt.«

»Können Sie den Mann beschreiben?«

»Ja.« Erneut zuckten die Mundwinkel. »Ich kann Ihnen aber auch einfach sagen, wie er heißt.«

»Dann tun Sie das«, fuhr Ralph ihn an.

Schumann schüttelte tadelnd den Kopf. »Sie sollten wirklich an Ihrer Selbstbeherrschung arbeiten, junger Mann.« Er blickte wieder zu Sabine. »Das war Johannes Lohmann, der Kompagnon von Herrn Fuller. Er war schon öfter hier. Wenn sich ein Fremder Zutritt verschafft hätte, hätte ich sofort die Polizei informiert. So wie jetzt.«

»Danke, Herr Schumann.«

Sabine trat ein paar Schritte beiseite. Sie musste dringend ihre Gedanken ordnen. Lohmann war tatsächlich hier gewesen. Mit Konrad Möbs oder allein? Was hatte er während der Nacht getan? Hatte er Möbs getötet und war nun unterwegs, um seine Leiche irgendwo abzulegen? Oder befand sich Möbs noch im Haus, tot oder lebendig, und Lohmann war auf der Flucht?

»Wir gehen rein«, entschied sie und winkte Ralph und den Kollegen, ihr zu folgen. Als sich Schumann anschließen wollte, wies sie ihn mit einer knappen Handbewegung zurück.

»Sie nicht. Das hier ist ein Polizeieinsatz. Gehen Sie nach Hause und bleiben Sie in Deckung«, sagte sie scharf.

Der Nachbar trollte sich mit einem Schulterzucken. Sabine eilte zur Haustür und hob den bezeichneten Stein an. Darunter lag tatsächlich ein Schlüssel. Sie schob ihn ins Schloss der Haustür, die sich mühelos öffnen ließ. Kurz blickte sie zu Ralph und den beiden Schutzpolizisten, die mit ernsten, konzentrierten Mienen hinter ihr standen.

»Also los.«

Das Haus war leer. Sie schauten in alle Räume, aber nirgendwo war ein Hinweis darauf zu entdecken, dass hier in den letzten Tagen ein Verbrechen geschehen war. Genauso deutlich war aber, dass sich jemand hier aufgehalten hatte. In der Küche standen zwei benutzte Gläser und zwei schmutzige Teller auf der Spüle. Fullers Bett war zerwühlt, ein Sessel im Wohnzimmer zeigte abgescheuerte Stellen, die vermuten ließen, dass jemand daran gefesselt gewesen war. Vor Ralphs Augen zeichnete sich ein Bild ab.

Lohmann hatte Möbs entführt und hierhergebracht. Er hatte ihn im Wohnzimmer an den Sessel gebunden, während er selbst in Fullers Bett geschlafen hatte. Immerhin hatte er Möbs offenbar etwas zu essen und zu trinken gegeben, ehe die beiden aufgebrochen waren. Die Frage war, wo sie sich jetzt befanden.

Sabine zog ihr Smartphone hervor und kontaktierte die Leitstelle.

»Wir haben eine Geiselnahme«, erläuterte sie. »Bei dem Opfer handelt es sich um Kriminalrat Konrad Möbs. Der Entführer hält sich mit großer Wahrscheinlichkeit in der Nähe von Vacha auf. Wir brauchen einen Hubschrauber mit Wärmebildkamera, außerdem ein Spezialeinsatzkommando.«

Offenbar bestand kein Diskussionsbedarf, das Gespräch dauerte nur knapp zwei Minuten, ehe Kaufmann das Handy mit grimmiger Zufriedenheit in ihrer Tasche verstaute. Sie deutete aus dem Fenster.

»Irgendwo da draußen müssen sie sein. An dem Ort vermutlich, an dem damals die missglückte Flucht stattgefunden hat.«

Ralph fand die Hypothese plausibel. Möbs hatte sich mit Lohmanns Mutter in den Westen abgesetzt und ihn und seinen Vater zurückgelassen. Dafür wollte er Rache. Welcher Ort würde sich besser dazu eignen als der damalige Schauplatz der Ereignisse?

Angersbach sah auf die Uhr. Kurz vor halb acht. Noch gut eine Stunde Tageslicht, ehe die Sonne unterging. Zeit, die sie nutzen sollten.

»Lass uns den Wald durchkämmen«, schlug er vor. »Bis der Hubschrauber und das SEK da sind, ist es dunkel.«

Kaufmann nickte und wandte sich an die beiden uniformierten Beamten. »Unterstützt ihr uns?«

Die beiden legten zackig die Hand an die Mützenschirme. »Selbstverständlich. Ist uns eine Ehre.«

»Meldet euch, wenn ihr etwas entdeckt.« Ralph tauschte mit einem der beiden die Handynummern aus. Dann strebte er nach draußen. Sabine eilte hinter ihm her.

26

Die Dämmerung senkte sich über das Land. Die Bäume warfen lange Schatten. Kaufmann und Angersbach liefen durch den dunklen Wald und spähten zwischen den Stämmen hindurch. Unter Sabines Füßen knackte es. Blätter strichen ihr übers Gesicht, einmal auch das zarte Gewebe eines Spinnennetzes. Sie wischte es weg und schob einen Zweig beiseite.

Rings um sie herum raschelte es, in der Nähe huschte etwas durchs Unterholz. Der satte Geruch nach Waldboden und Nadeln stieg ihr in die Nase. Unter anderen Umständen hätte sie es genossen, durch diese nahezu unberührte Landschaft zu streifen, doch jetzt saß ihr die Angst im Nacken. Lebte Konrad Möbs noch? Hatten sie eine Chance, ihn zu retten? Oder war es längst zu spät?

Sie schaute zu Ralph, der mit grimmiger Miene neben ihr herstapfte, die Hände in den Taschen seiner Wetterjacke vergraben. Er stolperte, trat in ein Loch und verzog mit einem leisen Aufschrei das Gesicht.

»Verdammt.« Angersbach stützte sich an einem Baumstamm ab und ließ vorsichtig den Fuß kreisen. Kaufmann stoppte.

»Alles okay?«

»Geht schon.« Ralph biss die Zähne zusammen und humpelte weiter. Nach ein paar Metern blieb er wieder stehen und zog sein Smartphone hervor. Er aktivierte die Taschenlampen-App und leuchtete auf den Weg durch das Gehölz. Die Dunkelheit wurde immer undurchdringlicher. Mittlerweile konnte man nur noch ein paar Meter weit sehen.

Vorsichtig kämpften sie sich weiter, obwohl die Suche aussichtslos war. In diesem dichten Wald würden sie das Wohnmobil kaum finden. Aufzugeben war jedoch keine Option.

Aus der Ferne war ein Motorengeräusch zu hören, das sich näherte und immer lauter wurde. Ein starker Scheinwerfer tauchte am Himmel auf, und der Wind der Rotoren fegte über die Baumwipfel. Das Display von Ralphs Mobiltelefon leuchtete auf.

»Wir sind jetzt genau über euch«, meldete sich der Pilot des Helikopters. »Ich schicke dir das Bild von der Wärmebildkamera aufs Handy.«

Die Nummer des Anrufers verschwand, stattdessen erschien eine graue Fläche auf dem Bildschirm. Kaufmann und Angersbach blieben stehen. Von oben aus war die Suche leichter. Was die Beamten im Hubschrauber nicht sahen, würden sie hier unten auch nicht finden.

Eine gelb-orange Silhouette kam ins Bild und flitzte von rechts nach links über das Display.

»Das war was Kleines«, ertönte die Stimme des Piloten, der auch den Ton aus dem Helikopter auf Angersbachs Smartphone übertrug. »Ein Dachs oder ein Wiesel.«

Der Hubschrauber begann, größere Kreise zu drehen. Das Licht des Scheinwerfers fiel zwischen die Bäume und malte skurrile Schatten. Einmal glaubte Kaufmann, Augen in der Dunkelheit aufleuchten zu sehen, und tatsächlich zeigte sich ein größerer gelb-oranger Fleck auf dem Monitor. Er stand ganz still.

»Das dürfte ein Hirsch sein. Er hat eure Witterung aufgenommen.«

Im nächsten Moment bewegte sich der Fleck und entfernte sich rasch.

»Jetzt ist er weg.«

Auf dem Bildschirm wurde es wieder schwarz.

Der Helikopter entfernte sich und zog seine Lichtspur über den Wald. Das Motorengeräusch ebbte auf und ab wie Wellen, die auf einen Strand liefen. Hier und da leuchteten kleine und größere Punkte auf. Der Wald war voller Leben, auch wenn man nichts davon sah. Die Beamten im Hubschrauber schwiegen. Was sie bisher entdeckt hatten, war nicht das, was sie suchten.

Sabine biss angespannt auf die Lippen und zuckte zusammen, als ganz nah der Ruf einer Eule ertönte. Sie keuchte leise. »Meine Güte, bin ich erschrocken.«

Die tiefe Dunkelheit im Wald war unheimlich. Zu wissen, dass man von zahlreichen Lebewesen umgeben war, die sich versteckten oder heimlich anschlichen. Gab es in dieser Gegend eigentlich Wölfe? Sie war froh, dass Ralph bei ihr war und sie ihre Dienstwaffe hatte. Allein und ohne eine Möglichkeit, sich zu verteidigen, hätte sie sich gefürchtet.

Ralph schien davon nichts zu spüren. Er starrte konzentriert auf das Display, das immer dasselbe Bild zeigte, die graue Fläche, durch die sich hier und da ein paar kleinere Wärmequellen bewegten.

Der Hubschrauber arbeitete sich weiter nach Osten vor. Kaufmann und Angersbach liefen in dieselbe Richtung.

Dann tauchte etwas Neues auf dem Bildschirm auf. Ein mattgelb leuchtendes, viereckiges Objekt, darin zwei gelborange Punkte, größer als der Dachs, kleiner als der Hirsch.

»Da ist es«, verkündete der Pilot. »Ich erkenne etwas Weißes zwischen den Bäumen. Das dürfte das Wohnmobil sein. Sollen wir näher rangehen?«

»Nein. Schickt mir die genaue Position aufs Handy«, erwiderte Angersbach. »Und dann dreht ab. Es ist besser, wenn er nicht weiß, dass wir ihn gefunden haben.«

»Roger.«

Das Bild der Wärmebildkamera verschwand, stattdessen leuchtete eine Textnachricht auf. Die Koordinaten des Campers. Der Hubschrauber stieg höher, beschrieb eine Rechtskurve und entfernte sich.

»Wir sind dann mal weg«, vermeldete der Pilot. »Viel Glück.«

»Danke.« Angersbach beendete die Verbindung und rief die Leitstelle an. Er teilte der Beamtin die Position des Wohnmobils mit. »Wie lange braucht das SEK?«

Sabine hörte die Antwort, weil Ralph das Gerät auf laut gestellt hatte.

»Vierzig Minuten etwa.«

»Okay.« Angersbach rief die beiden uniformierten Kollegen an. Sie hatten sich weit entfernt, waren genau auf der anderen Seite des Waldes. Bis sie das Wohnmobil erreicht hätten, wäre das SEK längst vor Ort. Ralph bat sie trotzdem dorthin. Spätestens seit den Ermittlungen auf dem Fuchsrücken wusste er, dass immer etwas schiefgehen konnte und man jede Hilfe in Anspruch nehmen musste, die man bekommen konnte.

Er beendete auch dieses Gespräch und holte erneut das Bild der Wärmebildkamera auf den Monitor des Smartphones, den gelb schimmernden Kasten mit den beiden tieforange leuchtenden Punkten. Zwei Punkte.

»Möbs lebt.« Sabine verspürte Erleichterung und Angst zugleich. Konnten sie es sich leisten, auf das SEK zu warten? Oder waren das die Minuten, die zwischen Leben und Tod entschieden?

Ralph hatte bereits eine neue App geöffnet. Er gab die Koordinaten ein, und das GPS zeigte ihm den Weg zur gesuchten Position. Es waren knapp zwei Kilometer. Entschlossen lief er los, und Sabine folgte ihm.

Jeder Knochen in seinem Leib schmerzte. Seit Stunden saß er gefesselt auf dem harten Stuhl, der am Boden des Campers festgeschraubt war. Rico – oder Johannes Lohmann, wie er jetzt hieß – hatte seine Arme mit einem rauen Hanfseil hinter der Stuhllehne zusammengeschnürt und seine Fußknöchel an die Stuhlbeine gebunden. Das allein war unbequem genug, doch dann war er auch noch kreuz und quer mit dem Wohnmobil durch die Gegend gefahren, über schlecht geteerte Straßen und holprige Waldwege. Konrad Möbs war auf seinem Folterstuhl durchgeschüttelt worden, und die kratzigen Seile hatten seine Handgelenke aufgeschürft. Die Wunden brannten wie Feuer, und doch war es wahrscheinlich nur der Anfang von etwas, das noch viel schmerzhafter sein würde.

Konrad Möbs wusste nicht, was er sich wünschen sollte. Dass Rico zurückkam und der Sache ein Ende bereitete, oder dass er fernblieb und ihm noch ein paar Stunden gönnte, ehe er dem Tod ins Auge sehen musste? Aber wozu, wenn diese letzten Stunden seines Lebens nur darin bestanden, zitternd und bewegungsunfähig auf einem Stuhl zu kauern, mit schmerzenden Handgelenken und einer Hose, die im Schritt feucht war, weil er sich vor lauter Angst eingenässt hatte? Nie zuvor in seinem Leben hatte sich Möbs so ausgeliefert gefühlt, nicht einmal damals, als er in der DDR eingesperrt gewesen war und jeder seiner Schritte von irgendeinem Stasispitzel begleitet werden konnte.

Von draußen hörte er ein Geräusch, einen starker Motor, der näher kam und sich wieder entfernte, und ein Rauschen wie von Rotorblättern. Ein Hubschrauber? Suchten die Kollegen nach ihm? Aber woher sollten sie wissen, an welchem Ort sie das tun sollten? Er hatte ja selbst nicht die geringste Ahnung, wo sie hier waren. Rico hatte ihm während der Fahrt die

Augen verbunden und das Tuch erst entfernt, als sie im Haus gewesen waren. Die Landschaft, die er vom Fenster aus sehen konnte, befand sich irgendwo in Hessen oder Thüringen. Sanfte Hügel, dichter Wald, Wiesen und Felder. Es konnte die Wetterau sein oder der Vogelsberg oder irgendetwas ganz anderes. Der kleine Ausschnitt, den er im Blick hatte, reichte nicht aus, um das zu beurteilen.

Er zuckte zusammen, als sich die Tür des Campers knarrend öffnete. Rico trat ein, schweißüberströmt, als wäre er viel zu schnell gerannt, die Augen feucht und blutunterlaufen. In der Hand hielt er eine Waffe. Möbs' Pistole, die man ihm ausgehändigt hatte, als man ihn aus dem Ruhestand zurückgeholt hatte, um kommissarisch Schultes Amt beim Stadtmarketing zu übernehmen. Ausgestattet mit allen Würden.

Warum hatte er nicht begriffen, was dahintersteckte? Schulte hatte ihm erzählt, dass er glaubte, in Markus Fuller den Sohn von Jürgen Krawitz zu erkennen. Er hatte sich Fuller angesehen und festgestellt, dass Schulte sich getäuscht hatte. Aber weshalb hatte der Anblick von Johannes Lohmann nichts bei ihm ausgelöst? Das Thema war doch schon auf dem Tisch, und dennoch hatte es so lange gedauert, bis ihm die Zusammenhänge klar geworden waren.

Weil er nicht darüber nachdenken wollte. Er hatte es damals verdrängt, und die Mauer, die er um seine Gefühle herum errichtet hatte, war so hoch, dass er sie nicht mir nichts, dir nichts wieder einreißen konnte. Lieber hatte er die Augen verschlossen.

Deshalb saß er jetzt hier. Dabei hätte er alle Zeit gehabt, sich in irgendeinem Mäuseloch zu verkriechen. Aber möglicherweise war es ja auch gerecht. Womöglich hatte er es nicht besser verdient.

Konrad Möbs hob den Kopf und sah Johannes Lohmann geradewegs ins Gesicht.

»Wenn du meinst, dass du mich erschießen musst, dann tu es! Aber vielleicht willst du ja vorher meine Version der Geschichte hören?«

Sie liefen, so schnell sie konnten. Sabine war stets ein paar Meter voraus und musste dann warten. Ralph humpelte immer stärker. Sein Knöchel hatte wohl doch mehr abbekommen, als er zugeben wollte. Zu allem Überfluss fing es an zu regnen. Die Sicht wurde noch schlechter. Dicke Tropfen fielen ihr auf den Kopf und in den Kragen und rannen ihr unter der Bluse den Rücken hinunter.

Der Wald wurde dichter, immer wieder schlugen ihr Zweige ins Gesicht. Sie hielt schützend die Hand davor, konnte aber deshalb nicht so gut die Balance halten. Ein ums andere Mal stolperte sie und brachte sich nur mühsam wieder ins Gleichgewicht. Jetzt bloß nicht stürzen. Sie mussten das Wohnmobil so rasch wie möglich erreichen.

In einiger Entfernung lichteten sich die Bäume, dahinter schien eine größere Wiese zu liegen. Und ganz am Ende meinte sie, einen gelblichen Schimmer zu sehen.

»Da vorne«, keuchte Ralph und zeigte in die Richtung. »Das könnte es sein.«

Rico schwitzte. Seine Hände waren feucht, und der Griff der Waffe war so rutschig, dass sie ihm fast aus den Fingern glitt. Er war nach draußen gegangen, um eine Runde zu laufen und seine Nerven zu beruhigen, aber das Gegenteil war der Fall gewesen. Zuerst hatte er das Geräusch nicht einordnen können, doch dann hatte er den Hubschrauber entdeckt, der über dem Waldstück kreiste. Das Licht des starken Scheinwerfers hatte kurz das Wohnmobil gestreift. Gleich darauf hatte der Pilot abgedreht.

Sie hatten ihn gesehen, daran bestand kein Zweifel. Es war nur noch eine Frage der Zeit, bis es zwischen den Bäumen von Polizisten wimmelte. Natürlich hätte er wegfahren können, aber er wusste, dass er keine Chance hatte. Die Straßen waren längst abgeriegelt, und jeder Posten verfügte über eine Beschreibung des Wohnmobils und kannte das Kennzeichen. Es war auch nicht das richtige Fahrzeug, um sich mit der Polizei eine wilde Verfolgungsjagd zu liefern, die in einer Schießerei enden würde. Dabei wäre das ein würdiges Finale. Im Kugelhagel umzukommen, auf derselben Lichtung, auf der ihm vor einer halben Ewigkeit ein Volkspolizist das Knie zerschossen hatte.

In diesem Moment war sein Leben vorbei gewesen. Seine Mutter auf und davon, sein Vater im Gefängnis, er selbst bei Walter und Margot Lohmann, seine Fußballerträume begraben. In einer einzigen Nacht war alles zerbrochen, woran er geglaubt hatte.

Der Schuldige saß jetzt vor ihm.

Onkel Dranko hatte ihn um sein Leben betrogen, und dafür würde er jetzt selbst mit dem Leben bezahlen. Wenn er es nur schaffen würde, abzudrücken.

Er wusste nicht, weshalb es plötzlich so schwer war. Als er sich Roth geschnappt hatte, war sein ganzer Körper von Adrenalin durchflutet gewesen. Der Hass hatte heiß in ihm geglüht, und das Blut, das aus Roths Kehle schoss, war wie Balsam für seine verwundete Seele gewesen. Es hatte ihn mit Genugtuung erfüllt, dem Verräter die Kehle durchzuschneiden.

Bei Schulte hatte er sich stark gefühlt. Sehenden Auges hatte er zugelassen, dass Konrad Möbs seine Mutter in den Westen entführte und Vater und Sohn in den Fängen der Stasi zurückließ. Dass er ihn geblendet hatte, war die verdiente Strafe gewesen, auch wenn Schulte nichts davon mitbekommen hatte, weil er bereits tot war. Aber es ging ja auch weniger um den Akt als vielmehr um die Symbolik.

Bei Onkel Dranko wollte er es anders machen. Er wollte ihn den Schmerz spüren lassen, den er selbst empfunden hatte, ehe er ihn ins Jenseits beförderte. Aber er konnte es nicht. Der Hass brannte nicht mehr lodernd, sondern war nur noch ein mickriges Flämmchen, das zu verlöschen drohte. Stattdessen schoben sich immer wieder Bilder vor Ricos Augen von all den schönen Momenten, die sie gemeinsam erlebt hatten.

Dranko, der mit ihm zum Angeln ging, Fußball spielte und sich seine Sorgen und Nöte anhörte. Es hatte Situationen gegeben, in denen er einen Freund gebraucht hatte, der anders dachte als seine Eltern. Dranko hatte ihm beigebracht, ein Mann zu sein. Nicht zu weinen, wenn er sich verletzte, sich nicht kleinmachen zu lassen und immer wieder aufzustehen, wenn er stürzte. Ohne ihn hätte er vermutlich nie den Mut gefunden, mit sechzehn aus seinem Gefängnis bei Walter und Margot auszureißen und sich den Schaustellern anzuschließen.

Wenige Tage zuvor war die Mauer gefallen. Plötzlich stand ihm die Welt offen. Er war nicht mehr eingesperrt, er war frei. Jahrelang war er mit dem Kettenkarussell durchs Land gereist. Die ständigen Begleiter waren seine Freunde geworden, auch wenn er irgendwann begriffen hatte, dass er mehr aus seinem Leben machen musste, als Karussells auf- und abzubauen und Fahrkarten zu verkaufen. Er war ihnen treu geblieben, während des Studiums und auch danach, als er erst in einer Eventagentur gearbeitet und schließlich mit Markus Fuller sein eigenes Unternehmen gegründet hatte. All seine Urlaube hatte er auf Jahrmärkten verbracht und die Chips der Fahrgäste eingesammelt.

Trotzdem hatte er keine Skrupel gehabt, die alten Kollegen für seine Rachepläne zu missbrauchen, nachdem er beim ersten Treffen im Büro des Stadtmarketings Horst Schulte entdeckt hatte. Zu groß war der Schock gewesen, zu heftig die verdrängten Erinnerungen, die plötzlich wie eine Flutwelle aus der Finsternis in sein Bewusstsein strömten. Dabei hatte er nicht einmal bemerkt, dass er sich auf den falschen Mann konzentrierte. Damals hatte er sich eingeredet, dass der Fluchthelfer auf der Westseite die Schuld trug. Dabei war es in Wirklichkeit Onkel Dranko gewesen, der die Katastrophe ins Rollen gebracht hatte, das war ihm klar geworden, als Schulte in seinen letzten Minuten nicht hatte aufhören können zu reden. Und natürlich Eckard Roth, der die geplante Flucht an die Stasi verraten hatte. Schulte hatte ihn unwissentlich zu Roth geführt. Als er sie nebeneinander sah, wusste er plötzlich, wer sie waren. Der Westpolizist und der Ostpolizist, die von benachbarten Höfen stammten, die Familien vor der Teilung befreundet, später durch die Mauer getrennt.

Er hatte sich sein Vorgehen genau überlegt. Zuerst wollte er Angst und Schrecken verbreiten und sich dann seine Opfer vornehmen. Dabei waren die Drohbriefe, die er geschrieben hatte, der Stein und die Schmiererei am Wagen der Ermittler Strohfeuer und Ablenkungsmanöver zugleich. Der Fokus der Polizei sollte nicht auf der Eventagentur liegen, und mit den Schaustellern standen plausible Verdächtige bereit. Es war leicht gewesen, sie zum Mitmachen zu überreden. Einen Stein ins Fenster der Polizeistation zu werfen, ein Graffito auf den Wagen des Ermittlers zu sprayen. Er hatte ihnen nur erzählen müssen, dass die Polizei ihren organisierten Handydiebstählen auf der Spur war, die sie seit Jahren betrieben. Wenn man sie am Ende zumindest dafür zur Verantwortung zog, wäre ihm das nur recht. Natürlich hätte er seine Freunde nicht verraten, doch gebilligt hatte er diese Aktivitäten nie.

Nun waren sie am Ende des Weges angelangt, doch ihm war der Treibstoff ausgegangen. Wo waren die Wut und der Hass, die er all die Jahre verspürt hatte? Warum befeuerten sie ihn jetzt nicht, wo Onkel Dranko hilflos vor ihm saß und er nur noch abdrücken musste?

Rico nahm die Pistole in die andere Hand und wischte sich die schweißnasse Rechte an der Hose ab.

»Schön«, presste er hervor. »Dann erklär es mir, Onkel Dranko.« Er nahm sich einen Stuhl und setzte sich dem Gefangenen gegenüber. »Warum hast du mir meine Eltern weggenommen?«

»Du musst mir glauben, dass ich das nicht wollte.«

Rico lachte auf. »Du hast sie doch angestiftet. Du hast die Flucht organisiert. Und du bist mit meiner Mutter abgehauen, bevor mein Vater und ich am Treffpunkt waren.«

»Weil alles schiefgegangen ist. Die Stasi hat von unseren Plänen Wind bekommen. Ich hatte bei meiner Einheit den Panzerwagen gestohlen. Sie durften mich auf keinen Fall erwischen, sonst wäre ich nie wieder aus dem Gefängnis herausgekommen.«

»So wie mein Vater.«

Möbs sah ihn bittend an. »Wir wussten doch nicht, was geschehen würde.«

»Warum hat Roth uns verraten? Er hat doch gemeinsam mit euch den ganzen Plan entwickelt.«

Konrad Möbs schnaufte. »Eckard war ein schwieriger Charakter. Er wollte helfen und konnte nicht mit ansehen, wie das

System die Menschen kaputt gemacht hat. Aber er war auch korrekt und befehlsgläubig bis zum Äußersten. Ein Polizist mit Leib und Seele. Er hat vielen Mitbürgern der DDR Westgüter beschafft, Medikamente, technische Geräte, Luxusartikel, und er hat etlichen geholfen zu fliehen. Aber er hat auch ständig mit seinem Gewissen gekämpft, weil er den Regeln seines Staats zuwidergehandelt hat. Deswegen hat er sich und den anderen gelegentlich Steine in den Weg gelegt und der Stasi Tipps gegeben.«

»Aber das ist verrückt. Ich kann doch nicht jemandem ein Glas Wasser hinhalten und es ihm aus der Hand schlagen, wenn er danach greift.«

Möbs leckte sich die Lippen. »Könnte ich vielleicht eines haben? Mein Mund ist total trocken.«

»Nein.«

»Du willst doch, dass ich rede, Rico. Das kann ich aber nicht, wenn meine Zunge am Gaumen klebt.«

»Also gut.« Rico stand auf. Er legte die Pistole beiseite, füllte ein Glas mit Wasser und setzte es Möbs an die Lippen. Der trank gierig, innerhalb von Sekunden war das Glas leer. Rico stellte es in die Spüle und nahm die Waffe wieder in die Hand.

»Also?«

»Vielleicht war es verrückt. Aber es war Eckards Weg, mit diesem Spagat fertigzuwerden. Vielleicht hat er es auch getan, damit seine Kollegen nicht misstrauisch wurden. Sie mussten ihn für loyal halten, damit er heimlich helfen konnte. Ich weiß es nicht.«

»Ich dachte, ihr wart Freunde, Eckard und du.«

Möbs blinzelte. »Ja. Das waren wir. Vor langer Zeit.« Sein Blick wanderte zum Dach des Wohnmobils und verlor sich irgendwo in der Vergangenheit. Dann kehrte er wieder zurück und richtete sich auf Rico. Eine neue Schärfe lag darin. »Mich hat er ja auch nicht verraten. Nur deinen Vater. Eckard und Jürgen ... die sind nie gut miteinander ausgekommen. Dein Vater war ihm zu ... liberal.«

Rico spürte, wie sein Herz wummerte. »Es ist also alles seine Schuld? Du hast nichts getan?«

Möbs hob das Kinn. Er hatte wohl beschlossen, sich nicht länger von einem Bengel einschüchtern zu lassen, den er schon gekannt hatte, als er in den Windeln lag.

»Ich habe den Wagen gestartet und bin losgefahren, mitten durch das Minenfeld. Jürgen und du, ihr wart nicht rechtzeitig am Treffpunkt erschienen, und Horst auf der anderen Seite hat gedrängelt. Er wollte, dass wir nicht länger warten, weil das Risiko mit jeder Minute für uns alle größer wurde.« Möbs' Gesicht verzog sich schmerzlich. »Ich hatte das so nicht geplant. Aber ich muss zugeben, ich war nicht traurig, dass Jürgen nicht gekommen war.«

Rico schnaufte. »Dann stimmt es? Du hast es mit Absicht getan? Obwohl mein Vater dein bester Freund war?«

Er hatte es geahnt, damals schon, in diesen Minuten mit Mandy auf der Schultoilette, als er begriffen hatte, was Onkel Dranko und seine Mutter getan hatten. Trotzdem hatte er es nicht glauben wollen. Dranko war doch sein Freund gewesen! Aber anscheinend hatte das keine Rolle gespielt.

»Du wolltest meine Mutter für dich. Mein Vater hat nur gestört«, spuckte er bitter aus.

Möbs hob überrascht die Augenbrauen. »Du hast es gewusst?«

»Nein. Ich habe euch gesehen, aber da war ich noch zu klein, um zu verstehen, was ihr da tut. Erst Jahre später habe ich es begriffen, als ihr längst weg wart und mein Vater tot. Als ich meine ersten eigenen ... Erfahrungen gemacht habe.«

Möbs blickte ihn traurig an. »Es tut mir so leid. Aber ich habe deine Mutter wirklich geliebt.«

Rico spürte, wie die Wut und der Hass zurückkamen, endlich. Die Flamme, die schon beinahe erloschen gewesen war, züngelte hoch und entfachte einen neuen Brand.

»Dann ist für dich ja alles nach Plan gelaufen«, spuckte er. »Zwei Fliegen mit einer Klappe. Du hattest meine Mutter für dich und warst meinen Vater los.« Er keuchte, weil er kaum noch Luft bekam. »Habt ihr ein schönes Leben gehabt? Warum ist sie jetzt nicht bei dir? Hat sie dich auch sitzen lassen, für einen anderen?«

Er dachte an die Jahre, in denen er vergeblich versucht hatte, sie zu finden, und sah befriedigt, wie Möbs zusammenzuckte. Ja. Er wollte ihm wehtun. Onkel Dranko sollte leiden, so wie er selbst und sein Vater gelitten hatten.

Möbs blinzelte. Waren das tatsächlich Tränen in seinen Augenwinkeln?

»Nein«, sagte er rau. »Wir hatten kein schönes Leben. Deine Mutter hat den Verlust nicht verkraftet. Die Trennung von Jürgen und vor allem nicht von dir. Am liebsten wäre sie zurückgegangen, aber sie wusste, dass man sie dann ebenfalls ins Gefängnis stecken würde. Es gab keine Chance für sie, dich jemals wiederzusehen. Und dann haben wir von Jürgens Tod erfahren. Maria musste im Westen bleiben, das war uns beiden klar. Aber sie hat es nicht ertragen.«

Möbs schluckte. Tränen rannen ihm über die Wangen. »Sie hat sich mit Tabletten das Leben genommen. Zwei Jahre nach unserer Flucht.«

Es war, als hätte ihm jemand eine Faust in die Magengrube gerammt. Die Gefühle brachen wie ein Orkan über ihn herein. Er fühlte sich hilflos wie ein Säugling, wollte nach seiner Mutter schreien und wusste doch, dass sie nicht kommen würde.

Und zugleich erkaltete alles in ihm, und er wollte nur noch töten.

»Das ist deine Schuld. Du hast sie umgebracht.«

Möbs ließ den Kopf hängen. »Glaub mir. Ich habe mein Leben lang darunter gelitten. Es gab nie eine andere Frau für mich. Ohne Maria war alles sinnlos.«

Rico wollte es nicht, doch er verspürte Mitleid. Dieser gebrochene alte Mann vor ihm …

Wütend schüttelte er den Kopf.

Nein. Nicht Onkel Dranko war der Leidtragende, sondern er. Der angeblich beste Freund seines Vaters, der sich mit seiner Mutter davongemacht hatte, hatte sein Leben zerstört. Und dafür musste er jetzt endlich bestraft werden.

Rico hob die Waffe wieder und richtete sie auf Möbs' Kopf. Seine Hand zitterte so sehr, dass er sie kaum gerade halten konnte. Er nahm die zweite zu Hilfe und spannte sämtliche Muskeln an.

»Ich nehme an, du weißt, wo wir hier sind?«

»Nein.« Möbs sah zu dem kleinen Fenster des Wohnmobils. Draußen waren nur schemenhaft ein paar Bäume und eine kaum zu durchdringende Dunkelheit zu sehen.

»Das hier ist der Ort, an dem alles angefangen hat. Das Minenfeld. Es sieht nicht mehr so aus wie damals. Die Bäume stehen dichter, und die Lichtung ist viel kleiner geworden, seit die Schergen des Regimes sie nicht mehr roden, um freies Schussfeld zu haben. Du weißt ja, wie das war, du warst dabei. Hast selbst den Schießbefehl ausgeführt, wenn er gegeben wurde.«

»Das war meine Pflicht«, murmelte Möbs.

»Ja, ja. Damit kann man sich gut herausreden. Aber wie auch immer. Heute ist das hier bloß noch eine Wiese, auf der sich Fuchs und Hase Gute Nacht sagen. Damals war es der

Ort, an dem unser Weg in die Freiheit beginnen sollte. Leider war er sehr kurz und hat nicht in ein neues Leben, sondern ins Verderben geführt. Und in den Tod.«

Möbs schloss die Lider und öffnete sie wieder. »Es tut mir so leid, Rico. Wenn ich irgendetwas ändern könnte … Wenn ich die Zeit zurückdrehen könnte … Ich würde es tun.«

Rico wehrte mit einer unwirschen Geste ab. »Spar dir das Gewäsch.« Er biss die Zähne zusammen, um sich nicht von Möbs' verzweifelter Miene erweichen zu lassen. »Wenn du noch irgendetwas Wichtiges zu sagen hast, sag es jetzt, Onkel Dranko.«

In den grauen Augen lag eine große Ruhe. »Nein, Rico. Es gibt nichts mehr zu reden. Du solltest nur nicht vergessen, dass deine Mutter dich immer geliebt hat.«

Rico kniff wütend die Lippen zusammen. »Wenn sie das wirklich getan hätte, wäre sie nicht weggelaufen.«

»Das ist sie nicht, Rico. Sie wollte auf euch warten. Ich war es, der die Entscheidung getroffen hat, loszufahren.«

Ricos Augen füllten sich mit Tränen. Er umklammerte die Pistole mit beiden Händen und krümmte den Finger um den Abzug.

»Du … Fahr zur Hölle, du Schwein!«

Der Knöchel schmerzte. Jeder Schritt war eine Tortur, aber Ralph biss die Zähne zusammen. Sie hatten den Waldrand erreicht und hasteten über die Lichtung, auf deren anderer Seite das gelblich schimmernde Viereck zu sehen war. Es musste ein Fenster des Wohnmobils sein. Laut Wärmebildkamera befanden sich zwei Personen darin. Johannes Lohmann und Konrad Möbs? Oder irgendein Pärchen, das sich diesen Platz für ein romantisches nächtliches Stelldichein ausgesucht hatte?

Als sie näher kamen, erkannte Ralph den schwach fluoreszierenden Schriftzug an der Seite des Campers. Fuller & Lohmann. Sie hatten also zumindest das richtige Fahrzeug. Nun blieb die Frage, ob der zweite Mann Möbs war oder ein Komplize Lohmanns. Wenn Möbs bereits tot war, strahlte sein Körper keine Wärme mehr ab und wäre auf dem Kamerabild nicht zu sehen. Sie mussten auf alles gefasst sein. Ralph öffnete sein Gürtelholster. Möglicherweise kam es auf den Bruchteil einer Sekunde an.

Sie hasteten geduckt über die Wiese. Am Fenster des Wohnmobils war kein Schatten zu sehen, aber sie konnten nicht ausschließen, dass Lohmann hinaussah. Sie durften kein leichtes Ziel abgeben.

Gleich darauf hatten sie den Camper erreicht, ohne dass jemand auf sie gefeuert hätte. Ralph bezog neben der Tür Position und legte die Hand auf den Griff der Waffe. Sabine schlich zum Fenster und spähte hinein.

»Sie sind da drin«, wisperte sie. »Lohmann und Möbs. Möbs ist an einen Stuhl gefesselt. Lohmann steht mit einer Pistole in der Hand vor ihm. Es sieht aus, als wolle er abdrücken.«

Also konnten sie nicht auf das SEK warten. Sie mussten selbst in das Wohnmobil eindringen und Möbs befreien, ehe Lohmann ihn tötete. Angersbach legte die Hand auf die Klinke, doch die Tür war abgeschlossen.

»Ich brauche ein Werkzeug«, flüsterte er und schaute sich hektisch um. Kaufmann klopfte die Taschen ihrer Jacke ab und beförderte ein kleines Schweizer Taschenmesser hervor. Es hatte nur zwei Teile, Nagelfeile und Messer. Die Klinge war kurz, doch zumindest handelte es sich um ein Schweizer Original, nicht um eine minderwertige Nachbildung. Vermutlich würde es nicht gleich abbrechen, wenn man ein wenig Druck ausübte.

Ralph nahm das Messer entgegen und schob die Klinge zwischen Rahmen und Schließer. Er fühlte den Bolzen unter dem Metall und drückte ihn nach innen. Die Tür gab nach.

Angersbach riss sie auf, ließ das Messer fallen und zog seine Dienstwaffe. Kaufmann war direkt neben ihm und sprang mit der gezogenen Pistole auf den Wagen zu.

»Polizei! Lassen Sie die Waffe fallen!«

Ein ohrenbetäubender Knall ertönte, und der Gestank von Kordit quoll aus der Tür.

Ralph warf sich hinein.

Möbs hing in sich zusammengesunken auf dem Stuhl, an den er gefesselt war. Johannes Lohmann stand vor ihm, die rauchende Pistole in der Hand. Er war leichenblass und starr.

Angersbach entwand ihm die Waffe und stieß ihn zu Boden. Drehte ihm die Arme auf den Rücken und legte ihm Handschellen an.

Sabine löste mit fliegenden Fingern Möbs' Fesseln. Ralph kam ihr zu Hilfe; gemeinsam ließen sie den Kriminalrat auf den Boden gleiten. Kaufmann legte ihm einen Finger an die Halsschlagader.

»Er lebt noch.«

Sie kniete sich neben ihn und presste die Finger auf die Wunde an der linken Brust, aus der hellrotes Blut sprudelte.

»Wir brauchen einen Rettungshubschrauber.«

Ralph hatte das Smartphone schon in der Hand und informierte die Leitstelle.

»Siehst du hier irgendwo Verbandszeug? Er stirbt uns unter den Händen weg.«

Möbs röchelte. Seine Augenlider flatterten. Der Atem ging stoßweise und flach.

»Frau Kaufmann«, stieß er hervor.

»Pssst. Nicht sprechen.« Sabine strich ihm die wirren Haare aus der Stirn. »Bleiben Sie ganz ruhig liegen. Hilfe ist unterwegs.«

Angersbach riss die Türen der Schränke im Wohnmobil auf. In einem davon fand sich tatsächlich ein Erste-Hilfe-Koffer. Er öffnete ihn und holte mehrere Rollen Verbandsmull und eine sterile Kompresse heraus. Mit einer schnellen Bewegung riss er die Verpackung auf und reichte Kaufmann die Kompresse.

Sabine nahm die Finger von der Einschussstelle. Ein Blutschwall schoss heraus. Die Kommissarin öffnete Möbs' Hemd und riss das Unterhemd entzwei. Dann presste sie die Kompresse auf die Wunde. Angersbach entfernte die Verpackungen der Mullbinden und gab sie der Kollegin. Kaufmann knüllte sie zusammen und drückte sie zusammen mit der Kompresse auf Möbs' Brustkorb.

Das Gesicht des Kriminalrats hatte sämtliche Farbe verloren. Sein Blick war trüb, die Lider zuckten immer schneller. Man konnte zusehen, wie ihn das Leben verließ.

Kaufmann schaute zu Angersbach auf. »Er schafft es nicht.«

Ralph griff nach den Handschellen, mit denen er Lohmann gefesselt hatte. Er zog ihn unsanft hoch und stieß ihn aus dem Wagen.

»Raus hier.«

Lohmann taumelte ein paar Schritte und fiel auf die Knie. Angersbach drückte ihn auf den Boden.

»Du bleibst hier liegen und rührst dich nicht von der Stelle. Wenn du versuchst abzuhauen, jage ich dir eine Kugel in den Kopf.«

Johannes Lohmann wimmerte. »Ich wollte das nicht«, stieß er hervor. »Onkel Dranko … Er war doch mein Freund.«

Ralph, der schon auf dem Weg zurück in das Wohnmobil war, drehte sich zu ihm um. Wer um alles in der Welt war

Onkel Dranko? Gab es hier doch noch einen Komplizen? Angersbach suchte den Waldrand mit den Augen ab, konnte aber nichts entdecken. Der Regen wurde stärker, und der Wind trieb nasse Schwaden über die Wiese. Die Tropfen peitschten ihm ins Gesicht und nahmen ihm die Sicht. Aber wenn er keinen freien Blick hatte, ging es dem Gegner auch nicht besser.

»Der Schuss hat sich einfach gelöst«, jammerte Lohmann. »Ich wollte doch gar nicht abdrücken. Aber ich habe mich so erschreckt, als die Tür plötzlich aufflog.«

Ralph sah auf die zusammengekrümmte Gestalt hinunter. Das Licht, das aus der offenen Tür des Campers fiel, war zu fahl, um es richtig zu erkennen, doch es schien, dass Lohmann ehrlich verstört war.

»Wird er es schaffen?«, flüsterte er. »Onkel Dranko? Wird er überleben?«

Angersbach schaute zwischen Lohmann und dem Wohnmobil hin und her. Dann fiel der Groschen. Es war ein Anagramm. Onkel Dranko war Konrad Möbs. Dasselbe Spiel wie damals, als es um Angersbachs Bruder gegangen war. Da hatte jemand mit seinem Namen gespielt. *Schabernag*. Ralph wischte den Gedanken beiseite.

Wenn Möbs Onkel Dranko war, gab es zumindest keinen Komplizen. Angersbach steckte seine Waffe zurück ins Holster. Er trat an die Tür des Wohnmobils und schaute hinein.

Möbs bewegte sich nicht mehr, er sah aus wie tot. Kaufmann drückte immer noch verzweifelt die Kompresse auf die Wunde. Das Blut, das heraussickerte, war dunkelrot geworden.

»Er hat kaum noch Puls«, sagte seine Kollegin heiser. »Lange schafft er es nicht mehr.«

Ralph schaute in den Himmel. Die Regentropfen fielen ihm entgegen. Erst spürte er sie mehr, als dass er sie sah. Dann wurden sie von einem Lichtkegel erfasst und wurden zu einer Kaskade goldglänzender Tröpfchen. Aus dem Rauschen des Waldes und des Regens schälte sich ein weiteres Geräusch heraus, das dumpfe Brummen eines starken Motors, und über den Baumwipfeln zeichnete sich die rot-weiße Silhouette des Rettungshubschraubers ab.

Ralph duckte sich, als er mit wirbelnden Rotoren auf der Wiese landete und zwei Männer mit silbernen Koffern heraussprangen und zum Wohnmobil eilten.

Nun konnte er nichts mehr tun, außer auf ein Wunder zu hoffen.

27

Durch die große Scheibe der Intensivstation konnten sie das Bett sehen, in dem Konrad Möbs lag. Um die Brust hatte er einen dicken Verband. Er hing an etlichen Kabeln und Schläuchen, aber seine Augen waren offen, und er atmete selbstständig.

Ein Arzt im weißen Kittel stand neben ihnen und wies mit dem Kopf ins Innere. »Ihr Kollege hat großes Glück gehabt. Die Kugel ist knapp am Herzen vorbeigegangen. Wir konnten sie entfernen, und wenn die Wunde verheilt ist, werden wohl keine Schäden zurückbleiben.« Er schaute auf Angersbachs Fuß, der mit einer straffen Bandage umwickelt war und in einer Gehhilfe aus Kunststoff steckte. »Gebrochen?«

»Nein. Nur ein Bänderriss.« Ralph grinste schief.

Der Arzt nickte. »Halten Sie ihn ruhig und legen Sie das Bein hoch. Sie haben ja jetzt Zeit, nicht wahr? Ihr Fall ist abgeschlossen.«

»Ja. Wir müssen nur noch ein paar Berichte schreiben.«

»Das kann sicher Ihre Kollegin erledigen«, meinte der Arzt. »Sie sollten sich krankschreiben lassen. Je weniger Sie herumlaufen, desto schneller heilt Ihr Fuß.«

Ralph machte eine vage Handbewegung. Der Arzt hatte sicher recht, aber ihm graute davor, wochenlang alleine zu Hause herumzusitzen. Die Zeit, die ihm jetzt noch mit Sabine blieb, wollte er sich nicht nehmen lassen.

Kaufmann zeigte auf den Patienten. »Dürfen wir zu ihm rein?«

»Aus medizinischer Sicht spricht nichts dagegen. Aber strengen Sie ihn nicht zu sehr an. Für ihn gilt dasselbe wie für Ihren Kollegen. Schonung ist der beste Weg zur Heilung.«

»Wir reden nur kurz mit ihm.« Sabine nahm sich einen der grünen Kittel, die neben der Tür hingen, und schlüpfte hinein. Ralph tat es ihr gleich. Sie setzten die grünen Hauben auf, die ebenfalls bereitlagen, und banden einen Mundschutz um. Ralph kam sich ein wenig albern vor, als hätten sie sich als Statisten für eine Krankenhausserie zur Verfügung gestellt. Aber die Maßnahmen waren sicher vernünftig.

In der Tasche des Arztes piepte es. Er zog ein kleines elektronisches Gerät hervor, warf einen Blick darauf und steckte es wieder zurück. »Ich muss mich verabschieden. Die Arbeit ruft.« Er lief mit schnellen Schritten über den Gang davon.

Sabine klopfte an die Tür des Patientenzimmers und öffnete sie.

Konrad Möbs starrte an die Decke und schien mit seinen Gedanken weit weg zu sein. Sabine Kaufmann nahm sich einen Stuhl und setzte sich an sein Bett. Angersbach blieb am Fußende stehen.

»Hallo, Herr Möbs.« Sie hatte den Impuls, seine Hand zu streicheln, ließ es aber sein. So vertraut waren sie nie miteinander gewesen. Im Gegenteil. Möbs hatte keine Gelegenheit ausgelassen, ihr das Leben schwer zu machen. Aber was spielte das jetzt noch für eine Rolle?

Möbs wandte ihr endlich den Blick zu. »Ich muss mich wohl bei Ihnen bedanken. Sie haben mir das Leben gerettet.«

»Wir haben nur unseren Job gemacht.«

Ralph legte die Hände auf die Metallstange am Fußende. »Warum haben Sie nichts gesagt? Sie haben Johannes Lohmann doch erkannt. Seit wann wussten Sie, dass er Rico Krawitz ist?«

Möbs legte den Kopf in den Nacken. »Erst seit der Trauerfeier für Horst. Er saß neben Markus Fuller in der zweiten Reihe. Da hat sich irgendwas in meinem Hinterkopf geregt. Er kam mir bekannt vor, aber ich konnte ihn nicht einordnen. Am Abend zu Hause ist es mir eingefallen.«

»Warum haben Sie uns nicht informiert? Sie wussten doch, dass wir den Verdacht haben, dass die Morde an Roth und Schulte mit dieser alten DDR-Geschichte zu tun haben.«

Möbs senkte den Blick. »Ich habe es nicht übers Herz gebracht. Nach allem, was ich Rico angetan hatte. Es war ja auch gar nicht sicher, dass es wirklich um diese Sache damals ging.«

»Trotzdem hätten Sie mit uns reden müssen«, beharrte Sabine.

»Das konnte ich nicht. Ich habe Rico geliebt, genau wie seine Mutter. Er war wie ein eigener Sohn für mich. Ich konnte mir nicht vorstellen, dass er ein Mörder ist. Rico war ein guter Junge. Ich wollte nicht glauben, dass er so etwas Schreckliches getan hat.«

Sabine war gegen ihren Willen gerührt. Sie hätte nie geglaubt, dass ein harter Hund wie Möbs auch eine menschliche Seite hatte. Abrupt stand sie auf. Am Ende wurde ihr Möbs noch sympathisch …

»Ihre Loyalität hätte Sie beinahe das Leben gekostet«, erwiderte sie barscher, als sie es vorgehabt hatte.

Möbs wich ihrem Blick nicht aus. »Ich war nie ein guter Menschenkenner, nicht wahr? Ich habe den falschen Leuten vertraut und die richtigen zurückgewiesen.«

Kaufmann hatte plötzlich einen Kloß im Hals. Sie musste hier raus.

Angersbach bemerkte ihre Not. »Wir wollten Ihnen nur mitteilen, dass Rico gestanden hat. Die Morde an Roth und

Schulte. Er war auch der Verfasser der Drohbriefe. Und er hat seine alten Freunde vom Kettenkarussell angestiftet, den Stein durch die Scheibe zu werfen und meinen Wagen zu beschmieren. Er wusste, dass sie im großen Stil Handys stehlen und in irgendwelchen Onlineshops verkaufen, und hat behauptet, wir wären ihnen auf der Spur. Die Aktionen gegen die Polizei waren angeblich ein Ablenkungsmanöver, aber in Wirklichkeit ging es Rico nur darum, uns seine Freunde als Tatverdächtige zu präsentieren.«

Möbs lächelte leicht. »Er war immer ein kluger Kopf. Wenn man ihm bessere Chancen eingeräumt hätte …«

Das war Sabine nun doch zu schlicht. »Man muss kein Mörder werden, nur weil man eine schwere Kindheit hatte. Er hatte genügend Zeit, diese Erlebnisse zu verarbeiten. Wir haben schließlich alle unser Päckchen zu tragen.« Sie ging zur Tür, zwang sich aber, sich noch einmal umzudrehen. »Gute Besserung«, wünschte sie. Dann schlüpfte sie nach draußen.

Ralph folgte ihr. Er ging neben ihr her zum Ausgang. Bei jedem Schritt verursachte seine Kunststoffgehhilfe einen harten Knall auf dem Linoleum.

Als sie draußen standen, schaute er sie von der Seite an. »Ich gehe noch einen Kaffee trinken. Kommt die toughe Kommissarin mit?«

Sabine holte tief Luft. Am liebsten wäre sie weggelaufen, doch dann würde sie nur wieder allein in ihrer Wohnung in Wiesbaden sitzen und grübeln.

»Klar«, sagte sie. »Dann können wir gleich die Arbeit verteilen, die noch zu erledigen ist.«

Angersbach grinste. »Ich dachte, das machst du? Du hast es doch gehört. Ich soll mich schonen.«

Kaufmann verdrehte die Augen. Das war wieder typisch. Vor anderen wurde der starke Mann markiert, aber wenn es um die langweiligen Berichte ging, fiel ihm plötzlich ein, dass er nicht arbeitsfähig war.

»Du kannst den Fuß hochlegen, während du tippst«, gab sie schroff zurück. »Ich leihe dir auch meinen Laptop. Den kannst du dir auf den Schoß stellen.« Sie schaute auf Angersbachs grünen Lada, der immer noch von der grellen Schmiererei an der Seite geziert wurde. »So schlimm scheint es ohnehin nicht zu sein. Auto fahren kannst du ja auch.«

Ralph machte eine einladende Handbewegung. »Nicht nur das. Wenn du nett bist, nehme ich dich sogar mit.«

Sabine kletterte auf den Beifahrersitz und blickte angestrengt durch die Frontscheibe. Vielleicht sollte sie doch lieber nach Hause fahren. Auf die Dauer waren diese seltsamen Vibrationen zwischen Ralph und ihr schwer zu ertragen.

Auf halber Strecke änderte er seine Meinung. Statt die Bäckerei anzufahren, die er im Sinn gehabt hatte, steuerte er den Lada in Richtung Vogelsberg. Allein mit Sabine im Café zu sitzen erschien ihm plötzlich zu intim. Was sollte er denn tun? Über den Tisch nach ihrer Hand greifen, ihr tief in die Augen sehen und über seine Gefühle sprechen? Andere Männer mochten das fertigbringen, aber er konnte es nicht. Wenn das Schicksal es so wollte, musste es einfach passieren. Ohne große Vorreden, aus der Situation heraus.

Sabine reagierte nicht auf seinen Richtungswechsel. Sie starrte durch das Seitenfenster auf die Wiesen und Felder, ohne ein Wort zu sagen. Die Spannung zwischen ihnen war mit Händen zu greifen. Offenbar war ihr das ebenso unangenehm wie ihm.

Erst als er den Weg zum Haus seines Vaters hinauffuhr, blickte sie auf. Ein flüchtiges Lächeln huschte über ihr Gesicht. Anscheinend gefiel ihr diese Lösung ebenfalls besser.

Angersbach lenkte den Wagen auf den Platz vor dem Haus und gab einen überraschten Laut von sich. Dort stand nicht nur Gründlers alter schlammbrauner Passat, sondern auch ein Hippie-Bus. Ein alter VW-Bus, über und über mit Graffiti besprüht. Ralph identifizierte eine hügelige Landschaft, blauen Himmel und Dutzende bunt blühender Blumen. Setzte Johann Gründler nun doch seine Idee von der Hippie-WG in die Tat um, und die ersten potenziellen Mitbewohner gaben sich ein Stelldichein? Sowenig er von dem Plan hielt, so recht war es ihm jetzt. Je mehr Personen anwesend waren, desto weniger würde jemand versuchen, seine Gefühle auszuforschen.

»Sieht aus, als hätte dein Vater schon Besuch«, bemerkte Kaufmann. »Ich hoffe, wir stören nicht.«

Ralph holte die eingewickelte Ahle Wurst aus dem Kofferraum. »Falls doch, geben wir einfach die Stracke ab und fahren wieder.« Er ging zur Haustür und drückte auf den Klingelknopf.

Im Inneren des Hauses rührte sich nichts. Erst als er ein zweites und drittes Mal geläutet hatte, öffnete sich die Tür.

»Ralph.« Johann Gründler, unrasiert, die grauen Haare am Hinterkopf zu einem kurzen Pferdeschwanz zusammengebunden und mit der obligatorischen braunen Weste, die an griechische Schafhirten erinnerte, grinste breit. »Du kommst genau richtig.« Er breitete die Arme aus und fasste Kaufmann an den Schultern. »Sabine. Schön, dass ihr da seid.«

Gründler winkte sie herein und ging ihnen voran. Angersbach schnupperte. Aus dem Wohnzimmer zog durchdringender Marihuanageruch in den Flur. Sofort versteifte er sich. Er wollte nicht Zeuge werden, wie sich ein Haufen alter Männer illegalen Aktivitäten hingab.

Kaufmann versetzte ihm einen leichten Stoß in den Rücken. »Nun geh schon. Das ist nur Eigenbedarf.«

Ralph schnitt eine Grimasse. Das fehlte ihm noch, dass sich Sabine mit Gründlers Hippiefreunden gegen ihn verbündete. Er hielt seinem Vater das Päckchen hin. »Hier. Habe ich dir mitgebracht.«

Gründler entfernte das Papier und las den Aufdruck. »Mhm. Metzgers Stracke.« Er roch an der Wurst. »Gute Wahl. Eine bessere findest du weit und breit nicht.«

»Aha.« Angersbach hatte nicht gewusst, dass Metzger über die Jahrmärkte hinaus bekannt war. Aber für ihn als Vegetarier war das auch von untergeordnetem Interesse.

»Reiner Zufall. Wir hatten die Familie bei unseren Ermittlungen im Visier.«

»O ja. Das sind ordentliche Haudegen.« Gründler grinste. »Was haben sie denn angestellt?«

»Nichts.« Angersbach begann zu bereuen, dass er sich für den Besuch bei seinem Vater entschieden hatte. Zu viel Anarchie, dabei brauchte er doch gerade etwas, woran er sich festhalten konnte.

»Wir dachten, sie könnten für die Drohbriefe verantwortlich sein, die man dem Polizeirevier Bad Vilbel geschickt hat«, bereicherte Kaufmann seine sparsame Antwort. »Aus Rache. Weil Weitzel und Queckbörner bei einem Einsatz wegen häuslicher Gewalt und den daraus folgenden Auseinandersetzungen dem Junior versehentlich ein Auge ausgeschlagen haben. Aber sie hatten nichts damit zu tun.«

Gründler legte die Wurst auf die Arbeitsplatte in der Küche. »Die essen wir später«, versprach er. »Im Augenblick sind wir beim Tee. Es gibt auch Scones.«

Er öffnete die Wohnzimmertür, und Ralph linste neugierig in den großen Raum.

Drei Personen saßen in den abgewetzten Sesseln vor dem Kamin. Allerdings waren es keine alten Männer mit grauen

Haaren, wilden Bärten und Haschpfeifen in den Fingern, sondern der Rest der Familie: seine Halbschwester Janine, ihr Verlobter Morten und dessen Kommilitone John. Die drei standen auf, als sie sahen, wer gekommen war, und Janine flog ihm in die Arme.

Ralph begrüßte sie und schüttelte den beiden Männern die Hand.

»Was tut ihr denn hier?«

Janine lächelte breit. »Wir fanden es so schön, dass ihr uns besucht habt. Da dachten wir, wir fahren einfach mal in den Vogelsberg und schauen bei Onkel Joe vorbei.«

»Onkel Joe«, wiederholte Ralph mit zweifelndem Unterton.

»Du solltest mal hören, wie Morten Johann ausspricht«, grinste Janine. »Außerdem klingt Joe doch viel cooler.«

Cool? Na, *das* traf es! Alte, kiffende Männer in ewig währender Midlife-Crisis. Doch Angersbach schluckte jeden Kommentar hinunter. Da standen sie plötzlich alle. Gründler war zwar nicht wirklich mit Janine verwandt; Ralph und sie hatten unterschiedliche Väter, doch Janine hatte den alten Gründler sofort adoptiert, als sie sich kennengelernt hatten. Wahrscheinlich, weil sie diese rebellische Ader hatten. Und der Kommissar stellte fest, dass sein Umfeld eben doch nicht nur aus einem Metzger und einem Rechtsmediziner bestand.

Sabine Kaufmann hatte keine Mühe, die wirkliche Motivation für die Reise zu erraten.

»Ihr wollt sicher wissen, wie es mit dieser alten DDR-Geschichte weitergegangen ist, stimmt's?«

Janine und die beiden Männer waren kein bisschen verlegen. Sie strahlten Sabine an.

»Na ja«, sagte John und zwinkerte ihr zu. »Nachdem wir nun schon dabei waren …«

»Setzt euch.« Gründler wedelte mit den Händen. »Ich hole euch Tassen. Und dann erzählt ihr alles ganz genau. Ich will diese Geschichte auch hören.«

Ralph ließ sich auf das altersschwache Sofa fallen, und Janine kuschelte sich neben ihn. Sabine übernahm Janines Sessel. Gründler kam mit den Tassen, einer frischen Kanne Tee und einem Teller mit duftenden Scones. Den Aschenbecher, in dem noch die Reste des Joints lagen, räumte er diskret beiseite. Er kannte Ralphs Einstellung zu diesem Thema, und Ralph rechnete es ihm hoch an, dass er darauf Rücksicht nahm.

Er nahm die Tasse, die ihm sein Vater reichte, und lehnte sich auf dem Sofa zurück. Er war froh, dass er sich für diesen Besuch entschieden hatte. Das war genau die Atmosphäre, die er brauchte, um die aufreibenden letzten Wochen zu verarbeiten.

28

Eine Woche später

Der Hauptfriedhof befand sich unmittelbar hinter dem Bahngelände, nur durch eine große Straße und den Parkplatz einiger Einkaufsmärkte von den Schienen getrennt. Auf der anderen Seite stand die Kapelle, ein länglicher weißer Bau mit rotbraun gestrichenen gotischen Spitzbogenfenstern, schwarzem Dach und Turm. Es gab ein paar wuchtige Steindenkmäler, Kriegsgräber aus dem neunzehnten Jahrhundert, aber auch befremdlich modern wirkende Steinsäulen, neben denen Blumen abgelegt worden waren.

Viel von alldem sehen konnte Sabine nicht. Mit ihren knapp eins sechzig wurde sie vom Gros der Anwesenden deutlich überragt. Ralph neben ihr hatte da weniger Mühe. Dafür schien er sich in seinem schwarzen Anzug ausgesprochen unwohl zu fühlen. Immer wieder fuhr er sich mit den Fingern unter den Hemdkragen, um sich ein wenig Luft zu verschaffen. Sicher hätte er gern auf den geschlossenen obersten Knopf und die stramm sitzende Krawatte verzichtet. Doch zu einem solchen Anlass hatte man keine große Wahl.

Sie selbst hatte das schwarze Kostüm angezogen, das eigens für solche Zwecke in ihrem Schrank hing. Es sah gut aus und war teuer gewesen, trotzdem wünschte sie, sie hätte es ausgetauscht. Das letzte Mal hatte sie es auf der Beerdigung ihrer Mutter getragen. Die Erinnerung an Hedwig schien noch darin zu hängen. Nicht jene an die schönen Stunden, sondern an das grausame Ende. Sie hatte die Auseinandersetzung damit immer vor sich hergeschoben. Jetzt kam die Trauer mit einem Schwall in ihr hoch, und ihre Augen füllten sich mit Tränen.

Sie schluchzte heftig und konnte gar nicht wieder aufhören. Ralph sah sie ein wenig befremdet an, ehe er ihr ein Taschentuch reichte. Sabine schnäuzte sich und hatte das Gefühl, weggeschwemmt zu werden. Angersbach legte ihr den Arm um die Schultern und drückte sie ein wenig unbeholfen.

»Ist ja gut«, murmelte er. »Ich wusste gar nicht, dass dir Schulte so viel bedeutet hat.«

»Es ist nicht wegen Schulte«, presste sie hervor. Zu allem Überfluss bekam sie nun auch noch einen Schluckauf.

In Angersbachs Augen traten Verständnis und Mitgefühl. »Du denkst an deine Mutter.«

Sabine nickte. Ein neuer Tränenschwall schoss ihr in die Augen. Ralph drückte sie fester.

Von der eigentlichen Zeremonie bekam sie kaum etwas mit, weil sie so aufgelöst war. Sie konnte auch wenig sehen. Ihre Augen schwammen, und die Menschen um sie herum standen so dicht gedrängt, dass sie nur dann und wann einen Blick auf das Geschehen erhaschte. Sämtliche Beamten der umliegenden Polizeistationen waren gekommen, von Bad Vilbel bis Butzbach, Lich und Büdingen, darunter natürlich auch Mirco Weitzel, Levin Queckbörner, Petra Wielandt und Cordula Scherer. Die Schutzpolizisten trugen ihre Gardeuniformen und hatten Haltung angenommen. Das Landespolizeiorchester hatte eine Gruppe von Musikern aus Mainz geschickt, die einen Trauermarsch spielten. Auch Ralphs Chef vom Polizeipräsidium Mittelhessen, Sabines oberster Vorgesetzter im LKA Wiesbaden, der Chef des Frankfurter Polizeipräsidiums und die Frankfurter Staatsanwältin Dr. Johanna Freier waren gekommen, ebenso mehrere Vertreter des Bad Vilbeler Stadtmarketings, angeführt von Kirsten Gerlach. Es war ein würdiges Begräbnis, das man Kriminaloberrat Horst Schulte bereitete.

Sabine dachte an ihre erste Begegnung mit ihm zurück. Schulte war ein großer Befürworter des Experiments Mordkommission in Bad Vilbel gewesen und hatte es gegen den Wunsch des Dienststellenleiters Konrad Möbs durchgesetzt, obwohl Möbs sein Freund war. Er hatte ihnen den Rücken gestärkt und sie immer wieder daran erinnert, dass sie Möbs nicht zu ernst nehmen sollten. In beruflichen Dingen hatte Schulte keine hohe Meinung von Möbs gehabt.

Damals hatten sie nicht geahnt, wie weit die Freundschaft zwischen den beiden Männern zurückreichte und welch tiefe Gräben es zugleich zwischen ihnen gab. Nachdem sie seine Geschichte kannte, konnte sie besser verstehen, warum Möbs so ein Zyniker geworden war. Und Schulte hatte wohl auch deshalb oft Nachsicht mit Möbs geübt, weil ihm die alte Geschichte nachhing. Das Minenfeld, über das Möbs in den Westen geflohen war, hatten die beiden Männer ihr Leben lang im Herzen getragen. Schulte war nur souveräner damit umgegangen. Aber er hatte ja auch nicht so viel verloren wie Möbs.

In der vergangenen Woche hatten sie den gesamten Fall gründlich aufgearbeitet, gemeinsam mit den Staatsanwälten aus Frankfurt und Gießen. Es waren ja mehrere Ermittlungen, die Morde an Roth und Schulte und der versuchte Mord an Möbs, der Bestechungsskandal im Zusammenhang mit dem Bad Vilbeler Markt, die Drohbriefe, die Sachbeschädigungen und die gestohlenen Handys. Es hatte eine ganze Reihe von Festnahmen gegeben. Markus Fuller und Lothar Trautwein würden sich wegen Bestechung verantworten müssen, ebenso der Hydra-Betreiber Peschke und einige andere Schausteller, die ihre Fahrgeschäfte trotz maroder Gerüste auf dem Jahrmarkt aufgebaut hatten. Die Mitfahrer des Kettenkarussells kamen wegen der Diebstähle und der Sachbeschädigung vor Gericht, der Inhaber des Unternehmens, Justus Franke, wegen Hehlerei. Und Johannes Lohmann alias Rico Krawitz wartete in der Untersuchungshaft auf sein Verfahren wegen zweifachen Mordes und versuchten Mordes.

Mittlerweile waren alle Berichte geschrieben, alle Beweise sortiert, alle nötigen Akten vorbereitet. Nun galt es nur noch, die Toten zu betrauern.

Vier Männer mit schwarzen Zylindern trugen den gleichfalls schwarzen Sarg den Weg entlang zum ausgehobenen Grab und senkten ihn hinab. Die Abordnung des Landespolizeiorchesters spielte zum letzten Geleit. Der Pfarrer sprach ein paar salbungsvolle Worte, ließ mit einer kleinen Schaufel Sand auf den Sarg rieseln.

»Asche zu Asche. Staub zu Staub.«

Dann traten alle nacheinander an das Grab und nahmen Abschied.

Ralph und Sabine warteten, bis sich der Friedhof geleert hatte. Erst als bereits fast alle zur Gaststätte aufgebrochen waren, in der der Leichenschmaus stattfinden sollte, gab sich Kaufmann einen Ruck.

Es war gut, dass sie endlich um ihre Mutter geweint hatte, aber dieser Moment gehörte Kriminaloberrat Horst Schulte. Sie dachte an ihn, wie er hinter seinem Schreibtisch gesessen hatte, mit wachem Blick, den buschigen Augenbrauen und der spitzen, leicht gekrümmten Nase wie ein Habicht, der auf Beute lauerte, aber auch mit Wärme in den Augen. Er war ein guter Polizist gewesen und ein guter Mensch.

Sabine warf die Rose, die sie mitgebracht hatte, in die Grube. Dann drehte sie sich zu Ralph um. »Lass uns gehen.«

Mirco, Levin, Petra und Cordula warteten vor dem Friedhofstor auf sie. Ralph fluchte innerlich. Er hatte doch noch mit Sabine sprechen wollen. Auch wenn sie gesagt hatte, dass man übers Küssen nicht redete. Aber irgendwie mussten sie die Sache klären.

Andererseits war jetzt tatsächlich nicht der richtige Zeitpunkt dafür. Das Problem war nur, dass ihm die Zeit davonlief. Nach der Trauerfeier würden sich ihre Wege trennen. Sie würden sich nicht mehr jeden Tag sehen. Er spürte schon jetzt die Leere, die ihr Fehlen verursachen würde.

»Wir dachten, wir gehen zusammen rüber«, verkündete Weitzel und bot Kaufmann den Arm. Sie hängte sich bei ihm ein, und die beiden überquerten die Straße. Scherer blickte ihn auffordernd an, und Angersbach ließ zu, dass sie sich bei ihm unterschob. Wohl fühlte er sich damit nicht. Er hoffte, dass Sabine sich nicht umdrehen und die falschen Schlüsse ziehen würde.

Sie tat es nicht, sondern schlenderte an Mircos Seite bis zum Hotel Restaurant *Goldnes Fass* und betrat mit ihm die Gaststätte.

Drinnen war es brechend voll. Ralph wurde hin und her geschoben, sprach mit ein paar Leuten und verlor Sabine und die anderen rasch aus den Augen. Er nahm sich ein paar Schnittchen vom Buffet, ohne zu registrieren, was er da aß. Die Frankfurter Staatsanwältin kam zu ihm und gratulierte zur erfolgreichen Arbeit, sein Gießener Chef tat gleich darauf dasselbe.

Angersbach ließ sich am Tresen ein alkoholfreies Bier einschenken und quetschte sich an einen der Tische. Der Zufall beförderte Kaufmann neben ihn, aber sie sprachen nicht miteinander, schoben nur die Häppchen auf ihren Tellern hin und her und ließen sich von den anderen am Tisch in Unterhaltungen verwickeln.

Zuerst waren die Gespräche ernst. Dann wurden auch alkoholhaltige Getränke gereicht, und die Stimmen wurden lauter und entspannter. Anekdoten wurden hervorgekramt, Erinnerungen an Schulte, der so gerne wie aus dem Nichts hinter einem Kollegen aufgetaucht war und ihn mit seiner schnarrenden Stimme zu Tode erschreckt hatte.

Tod. Kurz trat ein peinliches Schweigen ein, bis der nächste Witz – über Schultes buschige Augenbrauen und die spitze, leicht gekrümmte Habichtnase – die Gruppe wieder mitriss.

Als ihr das Lachen zu laut wurde, stand Kaufmann auf. »Hast du etwas dagegen, wenn wir gehen?«

Ihr Wagen stand noch an der Polizeistation Bad Vilbel; sie hatten sich dort getroffen und waren mit dem Lada nach Friedberg gefahren.

»Nein. Das ist mir recht.« Angersbach erhob sich ebenfalls.

Wieder stießen sie vor der Tür auf die Vilbeler Kollegen.

»Ich kann dich auch nach Bad Vilbel mitnehmen«, bot Mirco Weitzel Sabine an. Cordula Scherer klimperte mit den Augen und legte eine Hand auf Ralphs Arm.

»Genau. Bleib doch noch ein bisschen. Wir können später zusammen zurückfahren.«

Kaufmann tat so, als interessiere sie Scherers Offerte nicht im Geringsten, doch Angersbach spürte ihre Anspannung.

»Nein.« Er schüttelte Cordula ab und schob sich neben Sabine.

»Das ist nett«, sagte er zu Mirco. »Aber ich fahre sie. Wir haben noch etwas zu besprechen.«

Petra Wielandt hob vielsagend die Augenbrauen. Weitzel grinste.

Ralph hob die Hand zum Abschied und marschierte in Richtung Bahnhof. Nach ein paar Schritten drehte er sich zu Sabine um. »Kommst du?«

»Ja.« Sie schüttelte den Vilbeler Kollegen die Hand und schloss zu Angersbach auf. Schweigend gingen sie zurück zum Parkplatz und setzten sich in seinen Lada. Ralph startete den Motor und fuhr in Richtung Bad Vilbel.

Er hatte Mühe, sich auf den Verkehr zu konzentrieren. Seine ganze Aufmerksamkeit war bei Sabine. Fieberhaft überlegte er, was er sagen könnte, doch sein Kopf war wie leer gefegt. Seine Wangen glühten, die Hände waren schweißnass. Er kam sich vor wie ein Teenager bei seinem ersten Date. Wie, verdammt noch mal, sagte man einer erwachsenen Frau, dass man Gefühle für sie hatte?

Die Sonne versank im Westen hinter den Bäumen und warf ihr letztes, rötliches Licht über die Felder. Die Straßenlaternen gingen an. Angersbach starrte mit verkniffener Miene durch die Windschutzscheibe. Die Scheinwerfer der entgegenkommenden Autos blendeten ihn. Das war früher nicht so gewesen. Er merkte an allen Ecken und Enden, dass er älter wurde. Umso wichtiger war es, Dinge nicht mehr auf die lange Bank zu schieben.

Als sie auf den Hof der Polizeistation fuhren, war es komplett dunkel, und Ralph hatte noch immer keinen Ton gesagt. Er stieg aus und begleitete Sabine zu ihrem Auto.

Jetzt, dachte er.

Sie standen einander gegenüber, und in ihren Augen schien eine Bereitschaft zu liegen. Oder kam ihm das im milchigen Licht der Laterne nur so vor?

Übers Küssen redet man nicht. Man tut es.

Ralph leckte sich die Lippen.

Sabine beugte sich zu ihm vor und hauchte ihm einen Kuss auf die Wange.

»Adieu.«

Sie öffnete ihren Wagen, stieg ein und startete den Motor. Ein kurzes Winken, ein schnelles Lächeln, dann war sie vom Hof.

Ralph sah den Rücklichtern des Renault Zoe nach, bis sie in der Dunkelheit verschwunden waren.

»Bravo, Ralph Angersbach«, knurrte er leise. »Das hast du ja prima hingekriegt.«

Nun würde er wieder warten müssen. Bis das Schicksal vielleicht entschied, dass sich ihre Wege erneut kreuzen sollten.

IN EIGENER SACHE

Sie haben es vielleicht bemerkt und beim Lesen an der einen oder anderen Stelle gedacht: Das hätte doch glatt ein Hessentagskrimi sein können.

Das stimmt! Dieses Buch entstand vor dem Hintergrund, dass der sechzigste Hessentag – immerhin das älteste und größte Landesfest Deutschlands – im Jahr 2020 in Bad Vilbel stattfinden sollte. Eine Menge an Veränderungen im Stadtbild, eine Menge Vorarbeit, eine Menge Organisation. So etwas reizt einen Autor natürlich immer ganz besonders, vor allem wenn es die Stadt ist, in der diese Krimireihe ihren Anfang nahm. Sehr schnell fand sich die passende Idee, die Kommissare, die längst getrennte Wege gehen mussten, wieder einmal zurück zu ihren Wurzeln zu führen. Zu einem Event, das die Quellenstadt Bad Vilbel lange vorher und weit darüber hinaus prägen würde.

Dann kam COVID-19. Und schließlich das Aus für den Hessentag.

Wir verneigen uns vor den unzähligen Personen, vor den Planer*innen, Helfer*innen, Organisator*innen und Künstler*innen. Vor den Abertausenden geleisteten Arbeitsstunden. Und vor einer Stadtbevölkerung, die um ein Fest gebracht wurde.

Uns selbst wurde im Moment der Absage klar, dass wir keine »Was wäre wenn«-Geschichte schreiben durften. Kein So-tun-als-ob, keinen fiktiven Hessentag Nummer sechzig, keine alternative Realität, kein Überstrapazieren unserer schriftstellerischen Freiheit. Entstanden ist stattdessen eine Geschichte, die sich um den jährlich wiederkehrenden Bad Vilbeler Markt rankt. Traditionelle Volksfeste wie dieses kennt man von überall. Solche mit zweihundertjähriger Tradition schon weniger. Ein Markt also, der es durchaus wert ist, von unseren Kommissaren besucht zu werden.

Ein großes Dankeschön gilt dabei auch unserem Verlag, wo man fast in letzter Minute die Druckmaschinen stoppte, damit wir uns diesen neuen Umständen stellen konnten. Unserer Lektorin, die sich mit einem ganzen Schwung neuer Änderungen auseinandersetzen musste, und allen Beteiligten, die sich einig darüber waren, dass es so vielleicht nicht die einfachste, sicher aber die beste Lösung gewesen ist. Es war also kein einfacher Gang, den dieses Buch genommen hat, aber wie Sie sehen, hat es schlussendlich geklappt. Ralph Angersbach und Sabine Kaufmann haben ihre Geschichte in Bad Vilbel bekommen, denn auch sie hatten es sich verdient, noch einmal »back to the roots« zu gehen. Dorthin, wo sie einander zum ersten Mal begegnet sind.

Und wer weiß – wenn der Hessentag dereinst doch noch in Bad Vilbel landet, vielleicht stehen dann auch die beiden Kommissare wieder Gewehr bei Fuß …

Auftritt für das Ermittler-Team
Sabine Kaufmann und Ralph Angersbach

DANIEL HOLBE

Giftspur

Ulf Reitmeyer, Leiter eines großen Biobetriebes in der Wetterau, bricht auf offener Straße zusammen. Zunächst deutet alles auf plötzlichen Herzstillstand hin. Doch dann taucht eine zweite Leiche auf – ausgerechnet ein Mitarbeiter Reitmeyers. Höchste Zeit, Rechtsmedizin und Kripo einzuschalten. Kommissarin Sabine Kaufmann, die sich erst vor Kurzem vom Frankfurter K11 in die hessische Provinz versetzen ließ, übernimmt den mehr als merkwürdigen Fall. Und wird nicht nur mit einem perfiden Täter, sondern auch mit dem feindseligen Kollegen Angersbach konfrontiert.

Schwarzer Mann

Sommer in der Provinz. Ein Toter hängt, mit dem Kopf nach unten, an einem Baum und gibt Sabine Kaufmann und Ralph Angersbach vom Kommissariat Bad Vilbel Rätsel auf. Was zunächst wie eine normale Mordermittlung beginnt, gewinnt zunehmend an Brisanz, denn der Tote hat eine düstere Vergangenheit …

Sühnekreuz

Während Sabine Kaufmann versucht, die merkwürdigen Umstände beim Selbstmord ihrer Mutter aufzuklären, ermittelt Ralph Angersbach im Fall einer ermordeten Gutsbesitzerin. Ralph vermutet alte Feindschaften, findet aber keinen rechten Zugang zu den wortkargen Dörflern. Kurzerhand bittet er Sabine um Hilfe, und die beiden stellen eine seltsame Gemeinsamkeit in beiden Fällen fest: Sowohl am Tatort des Mordes als auch dort, wo Sabines Mutter Selbstmord beging, steht ein Sühnekreuz. Reiner Zufall?

Totengericht

Leichenfund im Vogelsberg. Ein Mann liegt nackt auf einem kahlen Felsen, mitten im Nirgendwo, sein Körper verstümmelt. Ihm wurde das Wort »Verrat« auf die Brust gebrannt, sein Kopf offenbar von Wildtieren angenagt, sodass er nicht zu identifizieren ist. Die Symbole auf seinem Körper und die Art der Tötung lassen auf einen Ritualmord schließen, doch dann stellt sich heraus, dass es sich bei dem Toten um den Bürgermeister einer Gemeinde handelt, in der ein Windpark gebaut werden soll. Hat der Mord mit diesem umstrittenen Projekt zu tun? Ralph Angersbach beginnt zu ermitteln und stößt bald an seine Grenzen. In seiner Not wendet er sich an seine ehemalige Kollegin Sabine Kaufmann, die inzwischen für das LKA tätig ist. Sie kommt auf eine brillante Idee …